Ne pleure pas

MARY KUBICA

Ne pleure pas

Traduit de l'anglais (États-Unis) par
BARBARA VERSINI

Harper
Collins
POCHE

Titre original :
DON'T YOU CRY

Ce livre est publié avec l'aimable autorisation de HARLEQUIN BOOKS S.A.

© 2016, Mary Kyrychenko.
© 2017, HarperCollins France pour la traduction française.
© 2018, HarperCollins France pour la présente édition.

Le visuel de couverture est reproduit avec l'autorisation de :

HARLEQUIN BOOKS S.A.

Femme : © MILLENIUM IMAGES, UK/CRETA TUCKUTE

Réalisation graphique : C. ESCARBELT (HarperCollins France)
Tous droits réservés.

HARPERCOLLINS FRANCE

83-85, boulevard Vincent-Auriol, 75646 PARIS CEDEX 13
Tél. : 01 42 16 63 63

www.harpercollins.fr

ISBN 979-1-0339-0200-3

A Pete

DIMANCHE

Quinn

Avec le recul, j'aurais dû voir tout de suite que quelque chose n'allait pas. Les bruits insolites au beau milieu de la nuit, la fenêtre ouverte, le lit vide. Après coup, je me suis trouvé tout un tas d'excuses pour justifier ma légèreté : mon mal de tête, ma fatigue, et jusqu'à ma bêtise crasse.

Mais quand même.

J'aurais dû voir tout de suite que quelque chose n'allait pas.

C'est une alarme de réveil qui me tire de mon sommeil. L'alarme du réveil d'Esther, qui hurle à travers nos deux portes.

— Arrête ça, je marmonne, en plaquant un oreiller sur mon visage.

Je me retourne sur le ventre et m'enfonce sous un autre oreiller pour étouffer le bruit, tout en rabattant les couvertures sur ma tête.

Peine perdue. Je l'entends encore.

Je me redresse en repoussant les couvertures au fond du lit avec mon pied.

— Zut, Esther !

Près de moi, un murmure plaintif, des yeux à moitié fermés qui lorgnent la couverture, un soupir d'exaspération. Déjà, j'ai des remontées de l'alcool d'hier soir, un truc baptisé « Cranberry Smash », plus un bourbon citron, plus un Tokyo Iced Tea. La pièce tourne autour de moi comme un hula-hoop, et je me revois subitement en train de tourbillonner sur une piste de danse à l'ambiance surchauffée, en compagnie d'un type répondant au nom d'Aaron ou Darren, ou plutôt Landon ou Brandon. Le même qui m'a proposé ensuite de partager un taxi pour rentrer, et qui reste allongé dans mon lit, agrippé à la couverture, malgré mes efforts pour le convaincre de se lever.

— Ma colocataire, lui dis-je en lui tapotant les côtes. Elle est réveillée. Il faut que tu partes.

— Tu as une colocataire ? demande-t-il en s'asseyant, à moitié endormi.

Il se frotte les yeux et c'est là, à la lueur du lampadaire extérieur qui éclaire le lit défait, que ça me frappe : il a le double de mon âge. Ses cheveux, qui me semblaient bruns sous le diffus éclairage rouge du bar — et sous l'influence d'une bonne dose d'alcool —, se révèlent d'un gris étain. Ce que je prenais pour des fossettes autour de la bouche sont en réalité des rides du sourire.

— Zut, Esther, dis-je à nouveau entre mes dents.

La vieille Mme Budny, de l'étage du dessous, ne va pas tarder à cogner au plafond avec le manche de son balai- éponge pour faire cesser ce chahut.

— Tu dois y aller, dis-je encore à l'inconnu.

Et il s'en va.

Je piste le bruit jusqu'à la chambre d'Esther. Cette alarme, c'est une sorte de crissement strident, comme un chant de cigale.

Tout en pestant à voix basse, j'avance à tâtons dans le couloir obscur, une main appuyée au mur. Il fait nuit. Il n'est pas encore 6 heures, mais le réveil d'Esther hurle comme tous les dimanches matin. C'est l'heure à laquelle elle se prépare pour aller à l'église. Du plus loin que je me souvienne, Esther, avec sa douce voix argentine, a toujours chanté le dimanche dans le chœur de l'église catholique de Catalpa. « Sainte Esther », l'ai-je surnommée.

Quand j'entre dans sa chambre, je suis d'abord saisie par le froid. Nous sommes en novembre et un courant d'air glacial s'engouffre par la fenêtre. Sur le bureau, une pile de feuilles coincées sous un lourd manuel universitaire — *Introduction à l'ergothérapie* — s'agite bruyamment dans la brise. Un dépôt de givre s'est formé sur les panneaux intérieurs de la fenêtre et la condensation y trace des rigoles. La fenêtre est ouverte au maximum. La moustiquaire en fibre de verre est décrochée, abandonnée à terre, et pour cause.

Je me penche à la fenêtre pour voir si Esther est là, dans l'escalier de secours. Dehors, Andersonville, notre petit quartier résidentiel de Chicago, est silencieux et plongé dans le noir. Des voitures en stationnement longent la rue, tapissées par les feuilles mortes tombées des arbres pendant la nuit. Elles sont aussi couvertes de givre, tout comme l'herbe déjà jaunie qui ne résistera pas longtemps aux rigueurs de l'hiver. Des panaches de fumée s'échappent des évents de toiture des maisons voisines, à la dérive dans le ciel matinal. Tout Farragut Avenue dort, à part moi.

Et l'escalier de secours est vide ; Esther n'y est pas.

Je me détourne de la fenêtre et remarque ses couvertures sur le sol, une couette orange vif et un plaid vert d'eau.

— Esther ?

En traversant la chambre étroite, tout juste assez grande pour le lit à deux places, je trébuche sur une pile de vêtements, mes pieds s'étant pris dans les jambes d'un jean.

— C'est l'heure de se lever ! dis-je tout en plaquant ma main sur le réveil pour le faire taire.

Mais je n'ai réussi qu'à allumer la radio, et une cacophonie de voix et de sons emplit la pièce, l'émission du matin le disputant à présent aux crissements de l'alarme.

— Zut !

Puis, perdant patience :

— Esther !

Maintenant que ma vision s'est accoutumée à la pénombre de la chambre, ça me saute aux yeux : sainte Esther n'est pas dans son lit.

Ayant enfin arrêté le réveil, j'allume la lumière en grimaçant sous l'éclat trop vif qui me donne mal à la tête, séquelle de ma nuit de folie. Je regarde encore, au cas où je n'aurais tout simplement pas vu Esther, allant jusqu'à soulever la couette et le plaid. Réflexe absurde, je m'en rends compte, mais je le fais quand même. Je vérifie dans son placard ; je vérifie dans l'unique salle de bains, mes yeux survolant au passage l'impressionnante collection de cosmétiques hors de prix que nous partageons, étalés n'importe où sur la table de toilette.

Mais Esther n'est nulle part.

Les décisions pertinentes ne sont pas vraiment mon fort. Ce serait plutôt le rayon d'Esther. Et c'est sans doute ce qui explique que je n'appelle pas les flics sur-le-champ — elle n'est pas là pour me dire de le faire. Pour être franche, il ne me vient pas une seule fois à l'esprit qu'il a pu *lui arriver quelque chose*. Vaincue par ma gueule de bois, je ferme la fenêtre avant de retourner me coucher.

Quand je me réveille à nouveau, il est 10 heures passées. Le soleil est déjà haut dans le ciel et Farragut Avenue fourmille de gens qui se bousculent aux portes des cafés et des restaurants de bagels, en quête de leur petit déjeuner, ou de leur déjeuner, ou de ce qu'ils ont l'habitude de manger à 10 heures du matin. Ils sont emmitouflés dans des doudounes et des gabardines de laine, mains fourrées dans les poches, chapeaux sur la tête. Pas besoin d'être une surdouée pour en déduire qu'il fait froid.

Pendant ce temps, assise sur le petit canapé du salon — couleur pétale de rose —, j'attends que sainte Esther arrive avec un café aromatisé à la noisette et un bagel. Parce que c'est ce qu'elle fait tous les dimanches après avoir chanté à l'église. Elle arrive avec mon café et mon bagel, nous nous installons à la table de la cuisine et nous mangeons en parlant de tout et de rien, des enfants qui pleurnichaient pendant la messe, du chef de chœur qui avait égaré sa partition, de mes frasques de la veille : boire plus que de raison, puis ramener chez nous un type que je connais à peine, un homme sans visage qu'Esther

14

n'a pas vu, mais seulement entendu à travers les murs fins comme du papier de notre appartement.

Hier soir, Esther a refusé de sortir avec moi. Elle avait prévu de rester à la maison et de se reposer. Elle couvait un rhume, m'a-t-elle dit, mais, maintenant que j'y pense, elle n'avait pas l'air malade — pas de toux, pas d'éternuements, pas d'yeux larmoyants. Elle était sur le canapé, enfouie sous un plaid dans son douillet pyjama de coton. « Viens avec moi », l'ai-je suppliée. Il y avait un nouveau bar sur Balmoral Avenue que nous mourions d'envie de tester, un de ces lounges chics à l'éclairage tamisé où l'on ne sert que des martinis.

— Viens avec moi, l'ai-je suppliée.

Mais elle a refusé.

— Je serais une véritable rabat-joie, Quinn, m'a-t-elle objecté. Si tu veux t'amuser, vas-y sans moi.

— Je peux rester avec toi, ai-je proposé, quoique sans enthousiasme. On pourrait se faire livrer à manger, ai-je ajouté, même si je n'en avais pas du tout envie.

J'avais mis ma nouvelle robe baby-doll et des talons hauts, j'étais coiffée et maquillée. J'étais allée jusqu'à me raser les jambes ; je n'envisageais donc pas sérieusement de me priver de sortie. Mais au moins je l'ai proposé.

Esther a répété qu'il valait mieux que je sorte sans elle et que je m'amuse.

Et c'est exactement ce que j'ai fait. Je suis sortie sans elle et je me suis amusée. Mais pas dans le fameux bar qui ne sert que des martinis. Non. Le lounge, je l'ai gardé pour plus tard, pour Esther et moi. A la place, j'ai échoué dans un bar karaoké minable, j'ai trop bu, et j'ai ramené un étranger chez nous.

Quand je suis rentrée me coucher, la porte de la chambre d'Esther était fermée et elle était au lit. C'est du moins ce que j'ai pensé sur le moment.

Mais à présent que je suis assise sur le canapé, à la lumière des événements de ce matin, une question me taraude : qu'est-ce qui a bien pu pousser Esther à s'enfuir par l'escalier de secours ?

J'y pense et j'y repense, mais ça me ramène toujours à la même image : Roméo et Juliette, la célèbre scène du balcon, quand Juliette déclare son amour à Roméo (c'est à peu près tout ce qui me reste de mes études au lycée, ça et aussi que le corps d'un stylo fait une arme idéale pour le tir de boulettes).

Est-ce que c'est *ça* qui a poussé Esther à enjamber sa fenêtre en pleine nuit : un *garçon* ?

Bien sûr, à la fin de l'histoire, Roméo avale du poison et Juliette se poignarde avec une dague. J'ai lu le livre. Encore mieux, j'ai vu le film, l'adaptation des années 1990 avec Claire Danes et Leonardo DiCaprio. Je sais comment ça se termine : Roméo avale son poison et Juliette lui prend son revolver pour se tirer une balle dans la tête. Et je me dis : j'espère quand même que l'histoire d'amour d'Esther finira mieux que celle de Roméo et Juliette.

Pour l'instant, il n'y a rien d'autre à faire qu'à attendre, et donc, assise sur le canapé couleur de rose, les yeux rivés à la table de la cuisine, j'attends qu'Esther se montre, sans m'inquiéter de savoir si elle a passé la nuit dans son lit, ou si elle est sortie par la fenêtre du troisième étage de notre petit immeuble sans ascenseur. La question ne me paraît pas cruciale. Toujours en pyjama — un T-shirt à encolure tunisienne, un short en flanelle —, avec aux pieds de jolies chaussettes d'intérieur de laine, j'attends la livraison de mon café et de mon bagel. Mais aujourd'hui ils n'arrivent pas et j'en tiens Esther pour responsable ; c'est entièrement sa faute si je vais devoir me passer de petit déjeuner et de caféine.

Aux alentours de midi, je fais ce que tout adulte digne de ce nom ferait à ma place : je commande chez Jimmy John's. Mon sandwich Turkey Tom met quarante-cinq bonnes minutes à arriver, laps de temps durant lequel j'en arrive à me convaincre que mon estomac a commencé à s'autodigérer. Ça fait bien quatorze heures que je n'ai rien avalé et, avec l'abus d'alcool, j'ai l'impression que mon ventre s'est mis à enfler, comme celui des enfants souffrant de malnutrition que l'on nous montre à la télévision.

Je suis au bout du rouleau. Ma fin est proche. Je vais mourir d'inanition.

Enfin l'interphone sonne et je me lève d'un bond. La livraison ! Je vais accueillir à la porte le livreur de chez Jimmy John's et le paye avec des billets prélevés dans l'enveloppe marquée « loyer », celle qu'Esther range dans le tiroir de la cuisine. Je lui laisse même un pourboire.

Après avoir avalé mon déjeuner, penchée sur la table basse industrielle, je fais ce que ferait tout être humain confronté à la disparition de son coloc. Je fouille. Je me glisse dans la chambre d'Esther sans une once de remords, sans l'ombre d'un sentiment de culpabilité.

Sa chambre est la plus petite des deux, à peu près de la taille d'un carton d'emballage pour réfrigérateur. Son grand lit occupe toute la pièce, d'un mur granuleux à l'autre, laissant à peine la place de circuler. C'est tout ce qu'on peut s'offrir à Chicago avec onze cents dollars par mois. Des murs granuleux et une chambre de la taille d'un carton d'emballage.

Je longe le pied du lit, trébuchant sur la couette et le plaid toujours abandonnés sur le vieux parquet, pour scruter l'escalier de secours, une enfilade d'échelles, de paliers et de grilles, accolé à la fenêtre d'Esther. Quand je me suis installée ici, il y a plusieurs années, nous avons plaisanté sur le fait qu'elle avait la plus petite chambre mais que, sa fenêtre donnant sur l'escalier de secours, elle serait la seule à survivre à un incendie si tout l'immeuble prenait feu. Ça m'allait très bien. Et ça me va toujours, parce que dans ma chambre je fais entrer non seulement un lit, un bureau et une commode, mais aussi une chaise ronde en rotin. Et aucun incendie ne s'est jamais déclaré ici.

Une fois de plus, je me demande ce qui diable a bien pu

pousser Esther à emprunter l'escalier de secours en pleine nuit. En quoi passer par la porte d'entrée lui aurait-il posé un problème ? Ce n'est pas que je m'inquiète. A dire vrai, je ne m'inquiète pas. Ce ne serait pas la première fois qu'Esther utiliserait l'escalier de secours. Nous avions l'habitude de nous y asseoir, autrefois, pour contempler la lune et les étoiles en sirotant une boisson, comme sur un balcon, les pieds dans le vide, au-dessus de la ruelle sordide sur laquelle il donne. C'était en quelque sorte notre truc à nous, de nous étendre sur la grille noire du palier, pour partager nos secrets et nos rêves, la trame métallique nous rentrant dans le dos jusqu'à l'engourdissement.

En tout cas, si Esther était sur cet escalier hier soir, elle n'y est plus.

Où peut-elle bien être ?

Je jette un œil à l'intérieur de son placard. Ses bottes préférées ont disparu, ce qui laisse supposer qu'elle les a enfilées, qu'elle a ouvert la fenêtre et qu'elle est sortie intentionnellement.

Et je me dis que c'est exactement ce qu'Esther a fait, supposition qui me rassure sur son sort. Elle est sortie de son plein gré.

Reste maintenant la question du pourquoi.

Je contemple par la fenêtre les rues silencieuses. Le raid du matin sur les cafés est terminé, c'est l'heure où les accros à la caféine essayent de décrocher ; il n'y a pas âme qui vive. La moitié de Chicagoland doit être scotchée devant la télévision, à regarder les Bears encaisser une nouvelle défaite cuisante.

Enfin, je me détourne de l'escalier de secours et commence à fouiller la chambre. Ma première découverte, c'est un poisson affamé ; ensuite, un monceau de linge sale débordant d'un panier dans le placard. Des jeans skinny. Des leggings. Des jeggings. Des soutiens-gorge et des sous-vêtements de grand-mère. Une superposition de caracos blancs, soigneusement pliés près du panier à linge. Un flacon d'ibuprofène. Une bouteille d'eau (sans son bouchon). Une immense pile de manuels universitaires à côté du bureau Ikea, en plus de celle qui sert à maintenir les feuilles volantes sur le plateau. Je pose la main sur la poignée du tiroir, mais je ne regarde pas à l'intérieur. Ce serait trop indélicat et je me contente donc d'un inventaire des objets en vue : ordinateur, iPod, écouteurs, etc.

Punaisée au mur, je remarque une photographie d'Esther et moi datant de l'année dernière. C'était juste avant Noël, lorsque nous avions pris toutes les deux un *selfie* devant notre sapin artificiel Fraser. Le souvenir m'arrache un sourire quand je nous revois, nous frayant un chemin à travers des monticules de neige pour aller récupérer cet arbre. Sur la photo, nous nous serrons l'une contre l'autre, les aiguilles du sapin nous piquent le crâne, des guirlandes s'accrochent à nos vêtements. Nous sourions, moi avec un rictus condescendant, Esther avec son sourire avenant. L'arbre est à elle, elle le stocke pendant l'année dans un garde-meubles où elle loue pour soixante dollars par mois un box de trois mètres sur un mètre cinquante, dans lequel elle entrepose de vieilles guitares, un luth, tout ce qu'elle ne peut pas caser dans sa chambre miniature. Son vélo. Et, bien sûr, l'arbre.

C'est avec pour mission de ramener l'arbre de Noël que nous sommes allées ensemble dans ce garde-meubles en décembre dernier. Nous avons dû progresser dans des talus de neige fraîche, où nos pieds s'enlisaient comme dans des sables mouvants. Il neigeait sans discontinuer, le genre de flocons qui tombent du ciel comme de grosses boules de coton moelleuses. Les voitures garées le long des rues étaient enfouies sous un épais manteau blanc ; pour les sortir de là, il ne restait plus que la pelle ou attendre le dégel. A cause de la tempête, c'était quasiment ville morte, et nous avons donc traversé des rues anormalement calmes en beuglant des chants de Noël à pleins poumons, puisqu'il n'y avait personne pour nous entendre. Seules les déneigeuses s'aventuraient dehors ce jour-là, et encore, en progressant en zigzag. C'était jour chômé, pour Esther comme pour moi.

Nous avons donc pataugé jusqu'à l'entrepôt pour chercher ce petit arbre artificiel qui devait décorer notre appartement pour les fêtes. Dans le couloir bétonné, nous avons exécuté pour la caméra de surveillance une danse endiablée qui a achevé de nous rendre hystériques. Nous avons ri comme des petites folles en imaginant la tête que devait faire l'employé de la réception — un introverti bizarre et mutique — en voyant cette gigue irlandaise sur son écran. Quand nous nous sommes enfin calmées, Esther a sorti sa clé de cadenas pour ouvrir le box 203, tandis que je commentais le chiffre en faisant remarquer que mes parents habitaient justement le 203 David Drive. « Le destin », a répondu Esther, mais je lui ai rétorqué qu'il s'agissait plutôt d'une simple coïncidence.

L'arbre étant démonté et rangé dans un carton, nous avons eu du mal à mettre la main dessus. Il y avait beaucoup de cartons dans ce box. Vraiment beaucoup. J'ai ouvert par inadvertance une boîte à chaussures contenant des photos en vrac et j'ai pioché au hasard celle d'une charmante petite famille respirant le bonheur, posant devant une maisonnette. Quand j'ai demandé à Esther : « Qui est-ce ? », elle m'a arraché le cliché des mains en me répondant du tac au tac « personne ». Je n'avais pas vraiment eu le temps de regarder cette photo mais, quand même, ça n'avait pas l'air d'être *personne*. Je n'ai pourtant pas insisté. Esther n'aimait pas parler de sa famille. Ça, je le savais. Moi, je passais mon temps à gémir et à me plaindre de la mienne, mais Esther gardait tout pour elle.

Elle a remis la photo dans la boîte à chaussures, qu'elle a refermée.

Nous avons fini par dénicher l'arbre, que nous avons porté jusque chez nous, non sans avoir fait une halte dans notre restaurant favori. Nous étions pratiquement seules dans la salle désertée, où nous avons mangé des pancakes en sirotant du café au beau milieu de la journée.

Nous avons regardé tomber la neige en nous moquant des passants qui se débattaient pour avancer, ou pour extraire leurs voitures ensevelies. Ceux qui avaient la chance d'y arriver revendiquaient un droit de priorité sur leur place de stationnement en la marquant avec ce qui leur tombait sous la main — un seau, un fauteuil — pour que personne ne s'y mette. Les places de parking valent de l'or dans le quartier, surtout en hiver. Ce jour-là, Esther et moi, derrière la vitrine du café-restaurant, nous avons ri de ça aussi — de nos voisins trimballant des fauteuils depuis chez eux pour garder des places déneigées qui ne tarderaient pas à être de nouveau recouvertes. Avec un profond sentiment de reconnaissance pour les transports en commun.

Une fois rentrées, nous avons passé la soirée à habiller notre arbre de Noël avec des guirlandes lumineuses et une tonne de décorations. Quand nous avons eu fini, Esther s'est assise en tailleur sur notre canapé rose pour gratter sa guitare, tandis que je l'accompagnais en fredonnant *Silent Night* et *Jingle Bells*. C'était l'année dernière, lorsqu'elle m'a offert une paire de chaussettes d'intérieur en laine pour garder mes pieds au chaud, parce que dans notre appartement j'avais froid vingt-quatre heures sur vingt-quatre, sept jours sur sept. Impossible de me réchauffer. C'était un cadeau plein d'attention, un cadeau montrant qu'elle m'avait entendue quand je me plaignais d'avoir les pieds gelés. Je baisse les yeux et elles sont là, les chaussettes d'intérieur en laine.

Mais Esther, où est-elle ?

Je continue à chercher, quoi ? je ne sais pas, mais je trouve des stylos et des portemines dans tous les coins. Un animal en peluche de son enfance, miteux et tout élimé, se cache sur l'étagère du placard délabré dont les portes ne coulissent plus sur leurs rails. Par terre, dans ce même placard, sont alignées des boîtes à chaussures. Je regarde à l'intérieur, elles contiennent bien des chaussures, confortables mais sans élégance : ballerines, mocassins, baskets.

Pas une paire avec des talons.

Pas une paire qui ne soit pas noire, blanche ou marron.

Et puis une lettre attire mon œil.

Une lettre sur le bureau Ikea, fourrée dans la pile de papiers, sous le manuel d'ergothérapie, entre une facture de téléphone et un devoir de classe.

Une lettre non envoyée, pliée en trois, comme si Esther avait été sur le point de la glisser dans une enveloppe pour la poster, mais qu'elle avait été interrompue par quelque chose.

Je rebouche la bouteille d'eau ; je rassemble les stylos. Comment se fait-il que je n'aie jamais remarqué qu'Esther était à ce point désordonnée ? La question me laisse songeuse. Y a-t-il d'autres choses que j'ignore au sujet de ma coloc ?

Et puis je lis la lettre, bien sûr, car comment pourrais-je ne pas la lire ? C'est une *lettre,* une irrésistible incitation à l'espionnage. Elle est dactylographiée, tapée sur une vieille machine à écrire — je reconnais bien là le côté coincé de sainte Esther — et signée « Avec tout mon amour », suivi d'un E et d'un V. *Avec tout mon amour, EV.* Esther Vaughan.

Et c'est à ce moment-là que l'idée me traverse : peut-être que sainte Esther n'est pas si sainte que ça, après tout.

Alex

Que ce soit bien clair : je ne crois pas aux fantômes.

Il y a des explications logiques à tout, des explications simples et évidentes : une ampoule qui lâche, un interrupteur défectueux, un problème dans l'installation électrique.

Je me trouve dans la cuisine où je bois le fond d'un Mountain Dew, un pied chaussé et l'autre pas, en train d'enfiler ma deuxième basket noire, quand j'aperçois une lumière clignotante de l'autre côté de la rue. Allumé. Eteint. Allumé. Eteint. Comme une contraction musculaire involontaire. Un spasme. Un tressaillement, un tic.

Allumé. Eteint.

Et puis ça s'arrête et je ne suis plus très sûr d'avoir bien vu. Ce doit être mon imagination qui me joue des tours.

P'pa est sur le canapé quand je sors, bras et jambes étalés dans tous les sens. Sur la table basse trône une bouteille de whisky canadien ouverte — un Gibson's Finest —, dont le bouchon a dû se perdre quelque part dans les coussins du canapé, à moins qu'il ne le serre dans sa paume moite. Il ronfle, sa poitrine souffle un râle digne d'un lamantin de l'Est. Il a la bouche ouverte, la tête renversée sur l'accoudoir du canapé, de sorte que, lorsqu'il finira par se réveiller — avec la gueule de bois, sans aucun doute —, il aura en prime attrapé un torticolis. La puanteur de son haleine matinale emplit la pièce, s'exhalant de sa bouche ouverte comme les gaz d'échappement d'une voiture, et répandant dans l'atmosphère du salon une émanation noire de nitrogène, monoxyde de carbone et oxyde de soufre.

Bon, j'exagère un peu, mais c'est comme ça que je me la représente — noire —, tandis que je me bouche le nez pour ne pas la respirer.

P'pa a encore ses chaussures aux pieds, une paire de boots en cuir marron foncé, la gauche dénouée, son lacet effiloché pendant le long du canapé. Il a gardé son manteau, un truc informe en nylon, vert sapin, avec une fermeture Eclair. L'odeur de son eau de toilette ringarde me renseigne sur le but de sa sortie de la veille, encore une soirée pitoyable durant laquelle il aurait peut-être pu conclure, si seulement il avait pensé à enlever son alliance. Il a beaucoup de cheveux pour un homme de son âge, coupés court mais bien fournis sur le dessus et les côtés, d'une couleur brun-roux assortie à sa peau rougeaude. A son âge, certains ont une chevelure clairsemée, voire n'ont pas de cheveux du tout. D'autres prennent de l'embonpoint. Mais p'pa, non. Il est resté beau mec.

Pourtant, même quand il dort, je vois un loser. P'pa est un perdant, et ça, pour un homme de quarante-cinq ans, c'est une calamité pire que les poignées d'amour ou les tempes dégarnies.

P'pa est alcoolique.

La télévision, allumée depuis la veille, diffuse les dessins animés du matin. Je l'éteins avant de sortir. Dehors, j'observe un instant la maison d'en face, une maison en ruine, celle d'où venait la lumière qui m'a intrigué tout à l'heure. *Allumé. Eteint.* C'est une petite maison traditionnelle, du même jaune que les bus scolaires, avec une dalle de béton en guise de porche, un revêtement en aluminium, une toiture déglinguée.

Plus personne n'y habite. En vérité, personne n'en aurait envie, pas plus que de se faire dévitaliser une dent ou d'être opéré de l'appendicite. Il y a de ça plusieurs hivers, l'eau a gelé dans une conduite qui a éclaté — du moins, c'est ce qu'on raconte — et tout l'intérieur a été inondé. Des fenêtres calfeutrées avec du contreplaqué ont été taguées par des bandes de jeunes qui se prennent pour des gangs.

Les mauvaises herbes ont envahi le jardin, asphyxiant la pelouse. Une gouttière s'est détachée de la façade et sa descente gît à terre, tel un cadavre. Elle ne tardera pas à disparaître sous la neige.

Ce n'est pas la seule maison de la rue qui soit à l'abandon. La situation économique et l'effondrement du marché immobilier sont responsables de la désertion en chaîne de maisons maintenant délabrées, fléau qui a fait baisser la valeur de nos propriétés et enlaidi un quartier autrefois idyllique.

Mais c'est de cette maison-là que tout le monde parle. Parce qu'elle a une histoire à raconter.

J'enfonce mes mains dans les poches de ma veste grise et presse le pas.

Ce matin, le lac Michigan est furieux. Les vagues viennent battre la grève, éclaboussant le sable de leurs paquets d'embruns glacés. La température doit être à peine au-dessus de zéro. Assez douce en tout cas pour que l'eau ne se soit pas mise à geler, pas encore — pas comme l'hiver dernier quand le phare était couvert de glace, les vagues du lac figées en plein mouvement, accrochées aux parois de la jetée en bois. Mais ça, c'était l'hiver dernier. Nous ne sommes qu'en automne. Le lac ne gèlera pas avant un bon moment.

Je marche à près de quatre mètres des berges pour éviter de mouiller mes chaussures. Mais je les mouille quand même. Les vagues font plus d'un mètre de haut et l'eau déborde largement sur les rives. Si c'était l'été — la saison touristique —, la plage serait fermée en raison des courants de baïne qui rendent la baignade dangereuse.

Mais nous ne sommes pas en été. Pour le moment, il n'y a pas de touristes.

La ville est paisible et de nombreux commerces seront fermés jusqu'au printemps. Il ne fait pas encore jour. En cette période, le soleil se lève tard et se couche tôt. Je scrute le ciel. Pas une étoile ; pas de lune. Les astres sont cachés par la masse grise des nuages.

Les mouettes se manifestent bruyamment en décrivant au-dessus de moi des cercles que le pinceau lumineux du phare balaye par intermittence. Le vent qui fouette l'air et agite le lac gêne leur vol. Du moins en ligne droite. Elles se laissent dériver en oblique. Ou bien elles battent obstinément des ailes et font du surplace, ce qui ne les mène nulle part — un peu comme moi.

Je rabats ma capuche sur ma tête pour protéger du sable mes yeux et mes cheveux.

Comme je coupe par le parc en tournant le dos au lac, je passe devant le vieux carrousel. Je croise les yeux morts du cheval, de la girafe, du zèbre. Ceux du chariot-serpent de mer dans lequel j'ai échangé mon premier baiser six ans plus tôt. Avec Leigh Forney, qui est maintenant en première année à l'université du Michigan et étudie la biophysique ou la physique moléculaire, un truc dans le genre, d'après ce que j'ai entendu dire. Leigh n'est pas la seule à être partie. Nick Bauer et Adam Gott aussi, Nick pour Caltech et Adam pour Wayne State, où il occupe le poste de meneur de jeu dans l'équipe de basket. Et puis il y a Percival Allard, *alias* Percy, aujourd'hui étudiant dans une école de l'Ivy League, dans le New Hampshire.

Tout le monde s'est tiré. Tout le monde sauf moi.

— Ce n'est pas trop tôt ! me lance Priddy, tandis que le tintement de la porte annonce traîtreusement mon retard.

Elle ne daigne pas lever les yeux et continue à compter devant sa caisse des billets de un dollar qu'elle range dans le tiroir. *Douze, treize, quatorze…* Une cascade de boucles serrées et argentées roule sur les épaules de son chemisier strict et empesé. Elle est la seule ici à s'arroger le droit de lâcher ses cheveux. Les trois serveuses en uniforme blanc et noir qui s'activent en ce moment à remplir les salières, les poivrières et les pots de crème coiffent leurs cheveux en arrière avec une queue-de-cheval, une tresse africaine, des nattes. Mais pas Mme Priddy.

J'ai tenté une fois de l'appeler Bronwyn. Parce que après

tout c'est son nom. C'est écrit sur son badge. *Bronwyn Priddy*. Elle ne l'a pas très bien pris.

— La circulation, dis-je.

Ça la fait ricaner.

Elle porte à l'annulaire l'alliance offerte par son dernier mari, M. Priddy. D'après les ragots, elle aurait provoqué sa mort avec ses récriminations incessantes. Vrai ou pas, je n'ai pas d'opinion. Priddy a un grain de beauté sur le visage, calé dans le pli olivâtre entre sa bouche et son nez, un grain de beauté proéminent, brun foncé et parfaitement rond, qui arbore un unique poil gris. C'est ce grain de beauté qui nous a tous convaincus que Priddy était une sorcière. Ça et sa méchanceté. Le bruit court qu'elle conserve son balai dans un local de rangement fermé à clé, attenant à la cuisine du restaurant. Son balai, ainsi que son chaudron, et tout ce qu'il lui faut pour son culte wiccan : une chauve-souris, un chat, un corbeau. Tout est là, bien caché derrière une porte de métal verrouillée, n'empêche que nous autres, on jurerait avoir entendu de loin en loin : un miaulement de chat, un croassement de corbeau, un battement d'ailes de chauve-souris.

— A cette heure de la journée ? demande Priddy en faisant allusion à la circulation.

Mais sur son visage il y a un sourire, quelque part sous le duvet de sa lèvre supérieure, qui aurait sérieusement besoin d'être épilé. Elle tâche de compenser ça en corrigeant ses sourcils au crayon — un crayon brun foncé sur des poils probablement gris. Comme je suis toujours dans l'entrée en train de me débarrasser de ma veste couverte de sable, elle s'arrête de compter, quitte ses billets des yeux et me lance :

— La vaisselle ne va pas se laver toute seule, Alex. Dépêche-toi de t'y mettre.

Je crois qu'au fond elle m'aime bien.

La matinée se déroule sans surprise, comme toutes les matinées. Ici, chaque jour ressemble au précédent. Mêmes clients, mêmes conversations, il n'y a que les vêtements qui changent. On sait d'avance que M. Parker, qui promène à l'aube ses deux chiens — un border collie et un bouvier bernois —, sera le premier client. Qu'il attachera ses chiens dehors à un réverbère avant d'entrer, que les semelles de ses chaussures laisseront des débris de feuilles et des traces de boue devant la vitrine de vente, et que c'est à moi qu'incombera ensuite la tâche de nettoyer. Il commandera un café noir à emporter et se laissera tenter par Priddy, qui lui proposera une viennoiserie prétendument « faite maison », offre à laquelle il répondra deux fois « non » avant de dire « oui », tout en humant dans l'air alentour une vague odeur de levure et de beurre qui n'existe que dans son imagination.

On sait aussi qu'au moins une des serveuses renversera un plateau chargé de nourriture. Que les trois se plaindront de la maigreur des pourboires. On sait que le week-end les clients du matin s'attarderont à boire café sur café en parlant pour ne rien dire, jusqu'à ce que ce petit déjeuner prolongé les mène à l'heure du déjeuner, où ils partiront enfin. Mais en semaine les seuls clients à s'attarder après 9 heures sont les retraités et les conducteurs des bus scolaires du district, qui garent leur car Blue Bird en double file sur le parking et passent la matinée à déblatérer contre le manque de respect des élèves, c'est-à-dire contre tous les enfants entre neuf et dix-huit ans.

On ne voit pas d'étrangers à cette période de l'année. Pas comme en été, quand les touristes débarquent. Là, on marche sur la corde raide. On se trouve à court de bacon. Un intello veut savoir ce qu'il y a vraiment dans les croissants au chocolat, obligeant Priddy à envoyer l'un d'entre nous sortir l'emballage des poubelles de derrière pour lire l'étiquette. D'autres photographient notre enseigne ; ils se font prendre en photo avec les serveuses, comme si notre établissement était une attraction touristique ou une destination branchée, en débitant tout un baratin à propos d'un guide de voyage du Michigan qui prétend que nous servons le meilleur café de la ville. Ils demandent s'ils peuvent acheter les tasses bon marché qui arborent notre nom en vieux caractères, et Priddy fait grimper jusqu'à neuf dollars quatre-vingt-dix-neuf le prix d'une tasse qui lui revient à un dollar cinquante la pièce. Une arnaque.

Mais rien de tout cela ne se produit hors saison, quand chaque jour n'est que la répétition de la veille, comme on pourrait le dire d'aujourd'hui. Et de demain. Et d'hier. Du moins, c'est ce qui se profile quand M. Parker arrive avec ses deux chiens et commande un café, noir à emporter, que Priddy lui demande s'il aurait envie d'un croissant, et qu'il répond deux fois « non » avant de dire « oui ».

Mais, à la fin de la matinée, il se produit un événement exceptionnel, qui fait de ce jour un jour pas comme les autres.

Cher amour,

Je garderai pour toujours cette image de toi : tes bras autour de son cou, la douce courbe de sa poitrine qui se presse contre toi à travers un fin chemisier blanc de coton. Elle était belle, c'est le moins que l'on puisse dire, et pourtant je ne voyais que toi — ta peau lumineuse et tes yeux brillants, la ligne subtile de tes lèvres qu'elle a suivie avec la pulpe de son index avant d'y poser les siennes. Pour t'embrasser.

J'ai tout vu à travers la fenêtre. J'étais là, au milieu de la rue, sans chercher à me cacher dans l'ombre ou derrière un arbre. Parfaitement ! Au beau milieu de la rue, indifférente au flot des voitures ! Je suis d'ailleurs étonnée qu'elle n'ait rien vu, qu'elle n'ait pas prêté attention au coup de klaxon qui me pressait de circuler. Parce que c'était dangereux. Mais je n'ai pas bougé. Aucun klaxon n'aurait pu me déloger. J'étais bien trop occupée à observer votre douce étreinte. Trop captivée par la scène, trop jalouse.

Peut-être que toi tu m'as vue. C'est possible. Et peut-être as-tu fait semblant de n'avoir rien vu ni entendu.

A la nuit tombée, je suis venue coller mon visage à une vitre pour regarder à l'intérieur. Les rideaux étaient ouverts, toutes les lampes, allumées, comme si tu avais voulu que je voie. Comme si tu jubilais de ta victoire, comme si tu exultais, comme si tu cherchais à remuer le couteau dans la plaie. Mais c'est peut-être elle qui a eu l'idée de tout laisser allumé pour que je puisse voir. Après tout, c'était sa victoire. A la manière d'un projecteur qui suit des danseurs sur scène, elle voulait éclairer ton rire, ton sourire, le fait que je ne manquais à personne, comme si je n'avais jamais été là.

Sauf que vous n'étiez pas sur une scène mais dans le salon de la maison où j'aurais dû vivre avec toi.

J'ai besoin de savoir. Est-ce que tu m'as vue ? Cherchais-tu à me faire souffrir ?

Avec tout mon amour,

EV

Alex

Elle a des cheveux châtain foncé. Si l'on peut dire. D'un châtain foncé qui s'éclaircit insensiblement à partir des racines, jusqu'à virer carrément au blond. Ça s'appelle une couleur ombrée. L'ensemble est animé par un mouvement subtil, à peine esquissé, au point que l'on se demande si les pointes sont vraiment ondulées, ou tout simplement dérangées par le vent. Elle a des yeux marron, assortis à la couleur de ses cheveux, et qui comme eux donnent l'impression de changer de couleur quand on les fixe longuement. Elle arrive seule et tient la porte au couple de vieux fossiles qui entrent derrière elle, marchant dans les pas de ses chaussures Ugg hors de prix. Elle les laisse s'installer avant elle, bien qu'elle soit manifestement arrivée la première. Elle reste dans l'entrée, à attendre son tour. Son maintien dégage une certaine assurance : elle est là, bien droite, sans aucun signe d'agitation ou de nervosité.

Mais elle a le regard absent d'une personne qui n'ose pas affronter le monde.

C'est la première fois que je vois cette femme en ville, et aussitôt je sais que c'est *elle*. Celle que j'attendais. L'étrangère dont je rêve depuis si longtemps, celle qui doit venir un jour bousculer la monotonie de ma vie.

Dès que les vieux sont assis, elle réclame une table près de la vitrine, endroit d'où elle peut surveiller le va-et-vient des clients habituels, sauf que pour elle, bien entendu, ce ne sont pas des clients habituels. Je la regarde s'extirper d'un manteau noir et blanc à carreaux. Elle a sur la tête un bonnet de laine gris chiné qu'elle pose dans le fauteuil marron, près de son sac de toile. Puis elle déroule l'écharpe en tricot qu'elle porte autour du cou, laquelle va rejoindre le sac et le bonnet dans le fauteuil. Elle est menue, mais pas filiforme comme les mannequins des couvertures de magazines exposées au rayon librairie du supermarché. Non, pas comme ça. Elle n'est pas fine comme une allumette, elle a simplement une ossature menue. Plutôt petite que grande, plutôt mince que pas. Mais bon, ni petite ni maigre. Juste *normale et dans la moyenne,* il me semble, même si aucun de ces deux qualificatifs ne peut par ailleurs s'appliquer à elle.

Sous son manteau, elle porte un jean. Et un sweat à capuche. Bleu. Avec des poches.

Dehors, le jour s'est levé. Encore une journée sans soleil. Le trottoir est jonché de feuilles mortes, sèches, qui craquent sous les pieds ; celles qui tiennent encore aux arbres lâcheront prise d'ici à la fin de la journée si le vent d'ouest s'en mêle. Il déboule furieusement à l'angle des bâtiments de briques rouges, s'engouffre sous le kaléidoscope coloré des auvents et reste là, tapi, à attendre le moment où il pourra arracher le chapeau d'un passant ou lui voler le papier qu'il tient dans des mains gantées et maladroites.

Le temps n'est pas à la pluie. Pas encore, en tout cas. Mais le froid et le vent vont inciter la plupart des gens à s'enfermer chez eux, à anticiper l'offensive de l'hiver.

L'étrangère commande un café. Assise près de la vitrine, elle boit dans une de nos tasses en céramique, tout en contemplant la rue : les bâtiments de briques, les auvents colorés, les feuilles mortes. D'ici, on ne peut pas voir le lac Michigan. Mais les clients aiment s'asseoir côté vitrine, pour regarder dans sa direction et l'imaginer. La rive est du lac Michigan est là, quelque part. Notre région, Harbor Country, comme on l'appelle, est une succession de petites villes qui s'étendent en bordure du lac, sur une centaine de kilomètres autour de Chicago, l'équivalent de trois Etats, un autre monde. Bon, mais c'est quand même de là que viennent la plupart de nos clients. De Chicago. Parfois de Detroit, ou de Cleveland, ou d'Indianapolis. Mais le plus souvent de Chicago. Notre petite ville serait, paraît-il, le lieu idéal pour une escapade de week-end, notamment parce qu'on n'y trouve pas de quoi s'occuper plus de deux jours.

C'est surtout l'été que les gens y viennent. En ce moment, on ne voit personne. A part cette étrangère.

Notre café est un peu à l'écart de la zone la plus touristique, à la lisière du centre-ville, là où les commerces et les magasins cèdent peu à peu la place aux habitations. Nous sommes donc dans une zone frontière, avec un magasin de souvenirs au nord et un *bed and breakfast* au sud. Au bout de la rue pavée, un cabinet de psychologue, puis une succession de maisons individuelles, des appartements, une station-service. Un autre magasin de souvenirs, fermé jusqu'au printemps.

Une serveuse passe devant moi et fait claquer ses doigts devant mes yeux.

— Table 2, dit-elle.

C'est Red. Les serveuses ne sont pour moi que des surnoms : Red, Braids, Braces.

— Il faut débarrasser la table 2.

Mais je ne bouge pas. Je continue à observer l'étrangère. Je réfléchis à un surnom pour elle, parce qu'il me semble que ça s'impose. Elle regarde toujours par la vitrine, elle rêve tout éveillée, elle bâtit des châteaux en Espagne. Sa présence ici, où il ne se passe jamais rien, est un événement. Si Nick et Adam étaient encore là, s'ils n'étaient pas partis très loin, à l'université, je les appellerais pour leur parler de l'étrangère qui est entrée aujourd'hui dans le café. Je parlerais de ses yeux et de ses cheveux. Et ils me réclameraient des détails : est-elle ou non différente des filles d'ici, qu'on connaît depuis l'école primaire ? Et je leur répondrais que oui, elle l'est.

Ce n'est pas si facile que ça de lui trouver un surnom.

Mon grand-père appelait ma grand-mère Cappuccetta. C'était une petite brune, bien que je ne l'aie jamais vue qu'avec une masse grise qui ressemblait à une toile d'araignée. Cappuccetta. Ce mot venait, d'après mon grand-père italien, de *cappuccini,* nom donné aux moines capucins pour leur capuchon, dont la couleur évoquait celle du café du même nom. C'est donc au *cappuccino* que pensait mon grand-père quand il regardait ma grand-mère dans les yeux en l'appelant Cappuccetta.

Cappuccetta, ça sonne bien et ça irait bien à l'étrangère à cause des cheveux châtain et blond qui encadrent son visage comme la capuche d'un moine. Mais, n'étant pas un grand amateur de café, je ne suis pas encore décidé. Et soudain mes yeux sont attirés par son bracelet, sur lequel elle ne cesse de tirer machinalement, l'écartant puis le relâchant brusquement. Clac. Clac. Clac. Ce simple geste a quelque chose d'hypnotique. A présent, je ne peux plus détacher mon regard du poignet si fin de l'étrangère et du bracelet, un bracelet de perles qui semble trop petit et qui la serre tant qu'on aperçoit l'élastique entre les perles couleur crème. Et c'est ce qui me décide. Pas Cappuccetta. Non. Pour moi, elle sera Pearl.

Pearl.

Des fidèles qui viennent en groupe tous les dimanches plus ou moins à la même heure font irruption dans le café. Ils réclament leur table habituelle, la grande rectangulaire, où ils peuvent tenir à dix. Sans attendre qu'ils commandent, on leur apporte deux pots de café — l'un à moitié vide, l'autre plein à ras bord. Ils sont censés boire ça. Parce que c'est ce qu'ils boivent tous les dimanches matin, rassemblés autour de la même table, en discutant avec ferveur du sermon du pasteur et des Ecritures.

La serveuse Braids s'éclipse pour enchaîner trois pauses-cigarette, et quand elle revient elle pue l'usine de tabac. Ses dents brillent d'un jaune pâle tandis qu'elle glisse en maugréant un pourboire ridicule dans la poche de son tablier — un de plus. Un dollar cinquante, en pièces de vingt-cinq cents.

Elle file aux toilettes en marmonnant de vagues excuses.

Après la tornade provoquée par l'arrivée du groupe de fidèles, l'atmosphère du café s'est de nouveau apaisée, mais avec Pearl dans la salle — cette femme aux cheveux ombrés qui scrute à travers la vitrine les maisons colorées et les bâtiments de briques rouges de l'autre côté de la rue — elle reste électrique. Pearl est maintenant en train de manger ce qu'on lui a servi : des œufs brouillés accompagnés d'un muffin anglais tartiné de beurre et de confiture de fraises. Elle en est à sa deuxième tasse de café et la porte lentement à ses lèvres, après y avoir jeté deux sachets de crème et un unique substitut de sucre, celui dans l'emballage rose, sans même se donner la peine de touiller. Je la regarde, fasciné.

C'est à cet instant que la voix de crécelle de Priddy interrompt mes pensées en criant mon nom.

— Alex !

Comme je me tourne vers elle, son long doigt crochu à l'ongle peint en orange vif me fait signe d'approcher. Devant Priddy, posés sur le comptoir, attendent une boîte en carton et un gobelet en plastique rempli à la fontaine à soda. Je sais que cette boîte contient un sandwich BLT avec une montagne de frites et un cornichon sur le côté. Comme toujours. Normalement, nous ne livrons pas, mais pour Ingrid Daube nous faisons une exception. Et aujourd'hui c'est mon tour d'aller chez elle. D'habitude, j'accueille avec plaisir le moment de cette livraison qui rompt la routine ennuyeuse du café, mais pas aujourd'hui. Aujourd'hui, j'aimerais mieux rester.

— Moi ? je demande d'un ton niais, en fixant la boîte.

— Oui, toi, Alex. Toi.

Je soupire.

— Porte ça à Ingrid, insiste Priddy.

Pas de *s'il te plaît,* pas de *merci,* c'est un ordre.

— Vas-y.

Je m'attarde une fraction de seconde, les yeux sur la femme aux cheveux ombrés — Pearl — tandis que Red passe devant elle et lui sert un troisième café.

Pearl est là depuis une heure maintenant, peut-être deux, et, bien qu'elle ait fini son repas depuis un moment, elle ne s'en va pas. Sa vaisselle a été lavée. Ça fait bien trente minutes que Red a posé l'addition sur sa table, à côté de la tasse de café. Elle lui a demandé trois fois si elle désirait autre chose, mais Pearl s'est contentée de secouer la tête en répondant que non. Red commence à s'agiter, elle a hâte d'empocher le pourboire minable dont elle pourra se plaindre dès que Pearl sera partie. Mais la jeune femme est toujours là, près de la vitrine, à regarder au-dehors en sirotant son café, et elle ne manifeste pas l'intention de bouger.

Je vais me dépêcher de livrer Ingrid. Je serai de retour avant le départ de l'étrangère. Il le faut.

Pourquoi ? Je ne sais pas. Je veux être là quand elle s'en ira, quand elle remettra le bonnet gris chiné qui cache ses cheveux ombrés. Quand elle enroulera l'écharpe autour de son cou et attrapera le sac de toile. Quand elle se glissera dans le manteau à carreaux noirs et blancs. Quand elle se lèvera de sa chaise. Je veux savoir de quel côté elle part. Où elle va.

Je me dis que je vais me dépêcher ; que je serai de retour avant son départ. Je me le répète. Avec un peu de chance, peut-être qu'elle partira juste quand je reviendrai de chez Ingrid. Peut-être.

Et alors on se croisera sur le seuil.

Je lui tiendrai la porte. Je lui dirai : « Bonne journée. »

Je lui demanderai son nom. « Vous venez de vous installer en ville ? » lui demanderai-je.

Peut-être. Si j'ai de la chance.

Et si la timidité ne me rend pas muet, ce qui est peu probable.

Je ne me donne pas la peine d'enfiler ma veste pour un rapide aller-retour de l'autre côté de la rue. J'attrape la boîte et le gobelet, puis me faufile par la porte vitrée de derrière, en me servant de mon dos pour l'ouvrir. Le vent m'arrache presque la boîte des mains quand je sors. C'est dans des moments comme celui-ci que je regrette de ne pas avoir plus de cheveux. J'ai une coupe très courte, à la tondeuse, et rien ne protège du froid mon cuir chevelu et mes oreilles. Il me faudrait un bonnet. Et j'aurais dû mettre ma veste. Je porte ma tenue de garçon de café : pantalon plissé mal coupé, chemise blanche, nœud papillon noir. C'est totalement kitch et j'aimerais mieux ne pas avoir à m'exhiber dans cet accoutrement. Mais Priddy ne me laisse pas le choix. Le vent qui s'engouffre dans les manches de ma chemise en polyester y reste prisonnier et les gonfle comme des parachutes ou des ballons de baudruche. Dehors, il fait froid, la température ne dépasse pas les 5 °C, situation aggravée par l'indice de refroidissement éolien. Cet indice, c'est ce qui va alimenter les conversations durant les quatre mois à venir. On n'est qu'en novembre et déjà les météorologues annoncent un hiver froid, un des plus froids officiellement enregistrés, disent-ils, avec des températures inférieures à 0 °C, un indice de refroidissement éolien qui promet de battre des records, des chutes de neige abondantes.

C'est comme ça, l'hiver dans le Michigan, bon sang ! De quoi s'étonne-t-on ?

Ingrid Daube habite une maison de style Cape Cod juste en face du café, une petite maison qui date des années 1940 ou 1950, aux murs bleu clair avec des volets bleu plus foncé, un toit presque aussi haut que large. C'est une habitation convenable, charmante et pittoresque, sans le moindre défaut, si ce n'est qu'elle donne sur l'agitation de la rue principale — laquelle est encore très calme à cette période de l'année. Depuis la lucarne de l'étage, Ingrid a une vue plongeante sur le café. D'ailleurs, je la vois, debout derrière ses carreaux, telle une apparition, ses yeux cherchant les miens, pendant que j'attends pour laisser passer une voiture, puis traverse en courant. Elle me fait signe à travers la vitre. Je lui rends son salut et la regarde disparaître.

Je m'apprête à monter les marches du large porche blanc d'Ingrid quand j'entends grincer une charnière, puis claquer la porte-moustiquaire de la maison voisine — un pavillon bleu dans lequel le Dr Giles, le psy de la ville, a installé son cabinet. Il vient de raccompagner une patiente et se tient sur le seuil, les mains dans les poches, balayant la rue du regard, des deux côtés, comme s'il attendait quelqu'un. Puis il passe un bras autour de sa patiente et la serre contre lui, un geste de réconfort maladroit qui me met mal à l'aise. Il consulte sa montre. Il regarde de nouveau à gauche. Il regarde à droite. Quelqu'un est en retard et le Dr Giles n'aime pas qu'on le fasse attendre. Il semble contrarié. Je le vois à ses yeux plissés, à sa posture trop raide, à la manière dont il croise maintenant les bras.

Je déteste ce type. Il me hérisse.

La patiente qui vient de partir rabat sur sa tête la capuche bordée de fourrure d'une épaisse parka noire, mais je ne saurais pas dire si c'est parce qu'elle a froid ou parce qu'elle cherche à préserver son anonymat. Aucune idée. Elle me tourne le dos et s'éloigne à pas pressés sans que j'aie eu l'occasion d'apercevoir son visage. Mais ses pleurs, je les entends. Et je ne suis pas le seul. La moitié de la ville doit entendre ses gémissements éperdus. Le Dr Giles a fait pleurer cette fille. Et ça me donne une raison de plus pour ne pas le porter dans mon cœur.

Quand le Dr Giles a installé son cabinet dans le pavillon bleu, ça a fait du bruit dans notre communauté. Certains sont même venus s'installer au café et flâner dans la rue pour surveiller les allées et venues de sa clientèle. Qui parmi nos concitoyens consultait le psy et pourquoi ? Voilà ce qui les intéressait. Dans une petite ville, il est impossible de préserver sa vie privée.

Et la nôtre est vraiment une caricature de petite ville. Nous avons un unique feu rouge, ainsi qu'un ivrogne, et tout le monde sait que cet ivrogne est mon père. Tout le monde se mêle de tout. C'est la ville des commérages. Nous n'avons rien d'intéressant à faire, alors nous passons notre temps à dégoiser les uns sur les autres.

Ingrid m'ouvre avant même que je ne frappe. J'entre en essuyant soigneusement mes chaussures sur le paillasson. Ingrid me sourit pour me remercier de ma délicatesse. Elle a à peu près l'âge qu'aurait ma mère si elle était encore là. Ne vous méprenez pas, ma mère n'est pas morte (quand bien même parfois je préférerais qu'elle le soit), elle n'est tout simplement plus là. Ingrid a la coiffure typique des femmes entre quarante et cinquante ans, une coiffure courte, de la couleur du sable humide. Elle a un regard bienveillant et un beau sourire triste. Personne ici ne s'aviserait de dire du mal d'Ingrid. On la plaint, plutôt, à cause de tout le malheur qui lui est tombé dessus. La vie d'Ingrid est une illustration du mot *tragique*. Elle a tiré la courte paille. C'est notre cas social. Voilà ce que disent les gens. Ingrid a cinquante ans et depuis plus d'un an elle n'ose plus mettre un pied hors de sa maison. Parce que, dehors, elle a des crises de panique. Elle étouffe et ne peut plus respirer. Je l'ai vu de mes propres yeux. Je n'ai pas l'habitude de me mêler des affaires des autres, mais ça s'est trouvé comme ça, j'ai vu Ingrid partir en ambulance pour les urgences. Ce jour-là, elle a cru mourir, mais finalement elle n'avait rien. Rien. Les médecins ont diagnostiqué un banal cas d'agoraphobie. Comme si c'était banal pour une femme de cinquante ans de rester chez elle parce que le monde extérieur la terrorise. Elle ne quitte sa maison sous aucun prétexte, pas même pour prendre son courrier, arroser une fleur, ou arracher une mauvaise herbe. A l'intérieur de ses murs de plâtre, elle va très bien, mais en dehors c'est une autre histoire.

Pourtant, Ingrid n'est pas folle. Elle est à peu près aussi normale qu'on peut l'être ici.

— Bonjour, Alex, me dit-elle.

Ingrid s'habille comme une femme de cinquante ans : avec un sweat d'un orange lumineux et un pantalon noir en tricot. Autour du cou, elle porte un médaillon et une chaîne. Aux oreilles, des clous d'oreilles. Aux pieds, des ballerines.

Avant qu'Ingrid ne ferme sa porte, je me retourne pour jeter un rapide coup d'œil du côté du café. Pearl est encore là, ou du moins sa silhouette superposée aux reflets mouvants de la rue. C'est toujours comme ça quand on regarde dans une vitrine : on ne distingue plus trop ce qui est dedans de ce qui est dehors. Pas étonnant que les oiseaux foncent parfois la tête la première dans les vitres et tombent sur le béton, tués sur le coup.

Mais moi je distingue nettement Pearl à travers la rangée d'arbres qui se reflète dans le panneau de verre.

Pearl.

Dont les yeux scrutent toujours la rue. En suivant son regard, je tombe sur l'enseigne de la maison voisine, accrochée à des équerres en fer forgé : la plaque du Dr Giles, docteur en psychologie. Il attend toujours, le Dr Giles, avec ses cheveux noirs coupés court et son allure soignée. Il attend avec impatience l'arrivée de son prochain patient.

Sans blague… C'est donc lui que l'étrangère observe.

Aurait-elle rendez-vous avec lui ? Peut-être. Je me détourne de Pearl, mais elle occupe toujours mon esprit. Chaque fois que je bats des paupières, je vois ses yeux et ses cheveux.

Ingrid ferme la porte derrière moi et me demande :

— Tu peux mettre le verrou ?

La maison d'Ingrid n'est pas grande, mais suffisante pour une personne seule. Je file directement dans la cuisine pour déposer sur la table ma livraison — le déjeuner d'Ingrid. Sur le comptoir de marbre, il y a une boîte en carton ouverte et à côté une petite réserve de romans. De quoi tuer le temps. Il y a aussi un couteau, un vrai couteau de cuisinier, dont Ingrid s'est servie pour couper le scotch du carton.

La télévision — petite, à écran plat — est en marche. Ingrid ne la regarde pas vraiment, elle se contente de l'écouter. Les voix des acteurs et des actrices lui tiennent lieu de compagnie. Elle se fait croire qu'il y a des gens avec elle dans sa maison. C'est une parodie de compagnie, mise en scène pour elle-même. On doit se sentir bien seul, quand on ne sort jamais de chez soi.

À part la télé, la maison est silencieuse. Autrefois, elle résonnait de joyeux cris d'enfants et du bruit de leurs cavalcades, mais plus maintenant. Maintenant, tout cela s'est tu.

— J'ai un service à te demander, dit Ingrid.

Je me détourne de l'actrice que je regardais sur l'écran de la télé.

La maison d'Ingrid est d'une blancheur éclatante : murs blancs, placards blancs. Le seul contraste est le parquet, tellement maculé de taches qu'on le croirait noir. Le mobilier et la décoration sont austères, tout en tons neutres et gris, dénués de bibelots. Chez moi, c'est tout le contraire. P'pa a la manie d'accumuler des souvenirs. Rien à voir avec les malades qui entassent dans leur salon des cochonneries glanées au fil des ans et vivent avec des chats qui mettent bas dans tous les coins — ce qui donne une maison sale, encombrée, envahie par une ribambelle de chatons plus ou moins sauvages. Non, p'pa n'est pas collectionneur dans ce sens-là. C'est juste un grand sentimental, le genre de père qui garde mes bulletins de seconde et mes dents de lait. J'imagine que ça devrait me rassurer sur le fait qu'il m'aime. C'est d'ailleurs le cas, je crois.

Mais surtout ça me rappelle cruellement qu'il n'a que moi au monde. Si je devais partir, que deviendrait-il ?

— J'ai préparé une liste de courses, dit Ingrid.

Je n'attends pas qu'elle enchaîne avec « tu pourrais t'en charger ? », et réponds aussitôt :

— Bien sûr. Pour demain, ça ira ?

Elle acquiesce.

L'une des fenêtres de sa cuisine donne sur le cabinet du Dr Giles. La maison d'Ingrid surplombe légèrement le pavillon bleu, et cette fenêtre permet de voir pile à l'intérieur du cabinet. Ce n'est pas une vue de carte postale, mais c'est quand même une vue sur quelque chose. Au moment où Ingrid fouille dans son sac pour en sortir deux billets de vingt dollars qu'elle me tend, j'aperçois une silhouette floue, habillée de sombre, qui se déplace chez le psy. Il y a quelqu'un avec lui. J'essaye de voir qui c'est, mais je n'ose pas trop m'attarder devant la fenêtre, car je ne voudrais pas qu'Ingrid me prenne pour un voyeur. Je me retourne donc vers elle et fourre les deux billets de vingt dollars dans une de mes poches, tout en lui promettant de faire ses courses le lendemain. Je passerai demain matin au supermarché avant d'aller travailler. Je l'ai déjà fait plusieurs fois.

Je prends la liste et dis au revoir à Ingrid.

Dès que je mets le pied dehors, je jette un regard inquiet du côté de la vitrine du café.

Trop tard. Il n'y a plus personne.

L'étrangère est partie.

Quinn

J'ai toujours pensé qu'Esther était aussi transparente qu'une vitre. Avec elle, pas de surprise. Mais à présent, assise par terre dans sa chambre de la taille d'un carton d'emballage, à genoux depuis si longtemps que j'en ai les jambes engourdies, la main crispée sur la lettre adressée à « cher amour », je me demande si je ne me suis pas trompée. Sur toute la ligne.

Esther n'est peut-être pas transparente, après tout. Peut-être qu'elle n'est pas une vitre claire et lisse, mais plutôt un kaléidoscope, un de ces jouets aux mosaïques complexes, dont le motif change, à peine le fait-on pivoter sur son axe.

C'est une annonce dans le *Reader* qui m'a menée jusqu'à elle.

Jeune femme cherche colocataire pour partager deux-pièces à Andersonville. Idéalement situé, proche gare et bus.

— Mais tu plaisantes ? s'était exclamée ma sœur, Madison, quand je lui avais montré cette annonce. Tu as pourtant vu le film *JF partagerait appartement,* non ? avait-elle ajouté d'un ton inquisiteur.

Elle était assise sur son lit, avec des fiches de révision étalées autour d'elle, qui semblaient proliférer comme des lapins sur son couvre-lit.

J'en avais pris une en main.

— Toutes ces bêtises ne te seront jamais d'aucune

utilité, tu en as conscience ? avais-je demandé tout en survolant une définition incompréhensible inscrite au dos de la fiche. Dans la vie, en tout cas.

Elle m'avait lancé son regard condescendant, celui auquel j'avais toujours droit.

— J'ai une interro demain, m'avait-elle répondu, comme si je n'avais pas déjà compris.

— Sans blague, Sherlock, avais-je sèchement rétorqué en reposant la fiche sur sa pile. Mais après le lycée, je veux dire, tu n'auras plus besoin de savoir tout ça.

J'étais la dernière personne à pouvoir lui donner des leçons, en particulier concernant les études. J'avais obtenu mon diplôme cinq mois plus tôt, dans une université médiocre, très en dessous des grandes universités du pays. Maigre consolation, les frais de scolarité y étaient raisonnables, en tout cas, moins élevés qu'ailleurs. Et surtout on m'y avait acceptée, alors que tous les autres établissements m'avaient refusée, parce que je souffrais d'un léger handicap, classé dans la catégorie « troubles de l'apprentissage ». A en croire les nombreuses lettres revenues avec mon formulaire de candidature estampillé du grand tampon rouge « refusée ». Entre le TDAH et la dyslexie, j'étais un cas désespéré.

Mais ce qui ne tue pas rend plus fort.

Ou pas.

J'avais passé deux de mes huit premiers semestres en période probatoire, et il avait fallu que le doyen menace de me renvoyer pour de bon pour que je me secoue et me décide enfin à entrouvrir un livre. Et aussi pour que j'accepte de prendre mon Ritalin de temps à autre, ce qui revenait à admettre mes troubles de l'apprentissage, chose qui m'avait demandé un gros effort.

J'avais donc réussi tant bien que mal à décrocher mon diplôme universitaire avec une moyenne correcte, mais ça n'était pas suffisant pour être en mesure de donner des conseils à Madison, ce gros cerveau qui visait la mention très bien pour son diplôme de fin d'études secondaires. Et donc, ce jour-là, je n'avais pas insisté.

Par ailleurs, j'avais vu le film *JF partagerait appartement*. Evidemment, que je l'avais vu. Mais aux grands maux les grands remèdes. J'étais désespérée. A vingt-deux ans, ayant fini mes études depuis cinq mois, j'avais besoin de fuir la maison de banlieue où vivaient mes parents, mon petit génie de sœur et son malodorant cochon d'Inde. Madison était encore au lycée, mais c'était une surdouée en sciences et elle avait devant elle une belle carrière de médecin. Ou d'embaumeuse, pourquoi pas, avec sa fascination morbide pour les cadavres. Elle possédait un écureuil empaillé qu'elle s'était acheté sur Internet avec son argent de poche et prévoyait de faire subir le même traitement au cochon d'Inde quand il aurait rendu l'âme — elle voulait tanner la peau de cette pauvre chose et la rembourrer pour l'exhiber ensuite sur une étagère.

Madison était heureuse comme un poisson dans l'eau chez nos parents et elle ne comprenait pas que je sois si pressée de partir. Il ne s'agissait pas seulement pour moi de quitter une ville où l'on mourait d'ennui ; je ne supportais plus que ma mère vienne m'attendre tous les jours à la sortie de la gare de Barrington, au volant de son minivan, toujours sur mon dos à me demander comment s'était passée ma journée de travail.

Ça me hérissait autant qu'un raclement d'ongle sur un tableau noir.

— Tu t'es fait des amis aujourd'hui ? m'avait-elle demandé le premier jour.

Je venais de décrocher un poste d'agent de bureau dans un célèbre cabinet d'avocats, et elle en parlait comme de ma première journée d'école maternelle. Ce boulot, je l'avais par ailleurs obtenu grâce à un pieux mensonge, en prétendant que je projetais de m'inscrire en fac de droit, alors que la fac de droit ne m'intéressait pas le moins du monde.

— Tu as appris des choses intéressantes ? avait poursuivi ma mère, agrippée à son volant.

— Non, maman. Rien du tout.

En vérité, j'avais appris l'essentiel : à quel point ce travail était barbant.

Ce jour-là, nous avions roulé en silence jusqu'à la maison, et j'avais dû ensuite écouter mes dignes géniteurs s'extasier sans fin à propos de Madison qui était « oh ! tellement intelligente », et de Madison qui avait « brillamment réussi » à un examen. Ma sœur était admise dans une université réservée à l'élite, alors que moi j'avais dû me contenter de celle qui avait bien voulu de moi malgré mes faibles résultats à l'examen pour l'admission aux universités.

Il fallait que je sorte de là. J'étouffais, je m'asphyxiais. Je ne pouvais plus respirer.

Et c'est à ce moment-là que le miracle s'est produit. Je rentrais du travail et lisais le *Reader* dans le train quand je suis tombée sur l'annonce d'Esther — un phare dans le ciel de ma nuit. J'avais déjà cherché des appartements, mais ma paye de débutante atteignait tout juste le salaire minimum. Même en me rabattant sur les studios, les rez-de-chaussée ou les quartiers sud, j'avais dû me rendre à l'évidence : je ne pouvais pas assumer seule un appartement dans Chicago. Habiter en banlieue, je ne l'envisageais même pas, car il m'aurait fallu une voiture, un moyen de transport autre que le minivan de ma très chère mère pour aller de chez moi à la gare.

Jeune femme cherche colocataire pour partager deux-pièces à Andersonville. Idéalement situé, proche gare et bus.

Je n'ai pas hésité une seconde ! J'ai immédiatement appelé Esther et nous sommes convenues d'un rendez-vous.

Ce jour-là, je m'étais mentalement préparée comme pour rencontrer Jennifer Jason Leigh. A vrai dire, Madison m'avait conditionnée, avec ses allusions à *JF partagerait appartement*. Circonstance aggravante, j'avais regardé le film avant le rendez-vous, et je venais de voir Jennifer, *alias* Hedy, se transformer peu à peu en dangereuse psychopathe. Mon angoisse était quand même un peu tempérée par le fait que c'était moi qui emménageais dans l'appartement d'Esther, et que ce serait donc moi la Jennifer Jason Leigh de notre histoire, et Esther la charmante Bridget Fonda.

Et, en effet, Esther était charmante.

Elle était en retard au rendez-vous, retenue au travail à cause d'un collègue absent. Elle m'a téléphoné quand j'étais déjà en chemin, et nous avons décidé de nous retrouver plutôt dans une librairie sur Clark Street, où j'ai découvert en arrivant sur place qu'elle travaillait. Seulement à temps partiel, afin de boucler son master en ergothérapie, m'a-t-elle précisé. Elle était aussi chanteuse et se produisait parfois dans des bars de Chicago.

— C'est juste pour payer les factures, a-t-elle dit.

J'apprendrais plus tard que c'était beaucoup plus que ça. Esther caressait en secret le rêve de devenir la nouvelle Joni Mitchell.

— Qu'est-ce que c'est, exactement, une ergothérapeute ? ai-je demandé, tandis qu'Esther m'entraînait à travers les rayonnages de livres.

Nous nous sommes installées au calme, sur les poufs rouge orangé du coin contes réservé aux enfants. Elle a commencé par s'excuser d'avoir modifié au dernier moment notre lieu de rendez-vous et de m'avoir fait venir jusqu'à la librairie. C'était un samedi : la boutique était pleine d'une clientèle cosmopolite errant dans les rayons pour s'approvisionner en livres. Rien que des intellos, comme Esther, mais dans un style moderne et branché. Esther avait un côté enfantin, elle était d'une politesse extrême, mais on devinait qu'elle cachait un démon intérieur, peut-être à cause de son piercing au nez ou de ses cheveux ombrés. C'est ce qui m'a tout de suite plu chez elle, cette ambiguïté. Elle portait un gilet et un pantalon cargo. Elle était naturelle et décontractée.

— On apprend aux gens à prendre soin d'eux-mêmes.

On s'occupe des personnes handicapées, de ceux qui souffrent d'un retard de développement, des blessés en rééducation. Des personnes âgées. Notre approche se trouve au carrefour de la rééducation, de la psychiatrie et du développement personnel.

Elle m'a souri. Elle avait des dents parfaitement alignées et d'un blanc éclatant. Elle avait un œil marron et un œil bleu. C'était la première fois que je voyais des yeux vairons et j'ai trouvé que ça lui donnait vraiment de la personnalité. Elle portait des lunettes ce jour-là, mais elle m'a avoué ensuite que c'était un accessoire qui allait avec son rôle de vendeuse intello. En gros, c'était pour avoir l'air intelligente. Sauf qu'Esther n'avait pas besoin de fausses lunettes. Intelligente, elle l'était.

Le jour de notre rencontre, elle m'a posé des questions sur mon travail et m'a demandé si j'avais vraiment les moyens de payer ma part du loyer. C'était son seul critère, que je puisse payer ma moitié. « Je peux », ai-je assuré en lui montrant pour preuve le chèque de mon dernier salaire. Cinq cent cinquante dollars par mois, c'était dans mes cordes, pour une chambre à moi, dans un immeuble sans ascenseur au nord de Chicago. Elle m'a proposé d'y aller à pied depuis la librairie, dès qu'elle aurait fini de lire pour les enfants qui commençaient à prendre place sur les poufs rouge orangé, pour l'heure du conte. J'ai assisté à la lecture. J'ai vu à quel point Esther prenait la chose au sérieux, installant les petits de manière à ce qu'ils soient attentifs et calmes, tournant vers eux les pages du grand livre pour que tout le monde puisse voir les illustrations. Elle avait une voix douce, rassurante, et ce jour-là elle a imité à la perfection un ours, une vache et un canard. Je me suis surprise à écouter l'histoire, assise par terre au milieu des enfants. J'étais captivée. Esther était captivante.

Une fois dans l'appartement, elle m'a montré la pièce qui serait ma chambre, si j'en décidais ainsi.

Elle ne m'a pas dit pourquoi celle qui m'avait précédée était partie. Mais quelques semaines plus tard, le jour de mon installation, j'ai trouvé des traces de son passage : un prénom illisible gravé à l'intérieur du placard mural et un bout de photo déchiré, abandonné à terre dans la pièce vide.

Je n'ai rien pu faire pour le nom sur le mur du placard, mais le bout de photo déchiré, je l'ai ramassé. J'y ai reconnu tout de suite une mèche de la chevelure d'Esther. J'étais certaine qu'il s'agissait bien de ses cheveux car ils avaient une couleur particulière — tout comme ses yeux —, une décoloration progressive qui allait du brun au blond, brun aux racines et blond au niveau des pointes. La photo avait été déchirée avec soin, de façon à enlever de l'image la personne photographiée, et le bord blanc et déchiqueté suivait le pourtour des cheveux d'Esther.

Ce morceau de photo, j'aurais pu le jeter, mais, je ne sais pas pourquoi, je l'ai ramassé et je l'ai apporté à Esther en lui disant : « Je crois que c'est à toi. » Elle me l'a pris des mains et l'a froissé pour le mettre à la poubelle, geste que je n'ai pas jugé significatif sur le moment.

Mais maintenant je ne peux pas m'empêcher de penser qu'il cachait peut-être quelque chose. Quoi ? Je me le demande.

Alex

Durant les heures qui suivent, j'attends fébrilement que l'étrangère se montre de nouveau. Je suis persuadé qu'elle est entrée chez le Dr Giles et je surveille ses stores baissés du coin de l'œil. A un certain moment, je suis tellement à bout que j'envisage de me faufiler entre la maison d'Ingrid et le pavillon bleu pour coller mon nez aux carreaux. J'envisage aussi de retourner chez Ingrid sous un prétexte quelconque pour espionner ce qui se passe dans le cabinet depuis la fenêtre de la cuisine. Pearl est là-bas, en train de faire ce que les gens font dans le bureau d'un psy : assise sur un divan, elle déballe ses tripes à un type qui prend son pied à écouter les problèmes des autres. Mais le temps passe — trente minutes, une heure, deux heures — et à la fin je me dis qu'elle ne peut pas être encore dans le cabinet de Giles. Aucune séance chez un psy ne dure deux heures. Ou bien si ? Je ne suis pas très au courant de ce genre de choses.

Finalement, j'abandonne. *Elle n'est pas chez lui,* me dis-je. Mais je n'en suis pas certain. Ce n'est qu'une supposition.

Au milieu de l'après-midi, je rentre chez moi. Je vais devoir refaire en sens inverse le chemin de ce matin, à travers les rues de la ville. La plupart des commerces du quartier ont fermé pour la nuit, verrouillé leurs portes, retourné leur pancarte « ouvert », du côté « fermé ». Je suis fatigué ; j'ai mal aux pieds. Quand je pense à Pearl derrière la vitrine, à sa brusque disparition, ça me donne le vertige.

La rue est dallée de blocs de granit rectangulaires qui ressemblent à des pavés. Les deux restaurants servent encore. Deux boutiques s'apprêtent à fermer, une qui vend des articles mièvres pour bébés et l'autre des gadgets et des cartes de vœux kitch et trop chères. La rue s'endort sous un ciel gris annonciateur de pluie. Sur le bas-côté, un gros corbeau noir se régale d'une carcasse de lapin : encore un animal écrasé. A cette période de l'année, c'est dur pour tout le monde. Un écureuil détale sur un fil de téléphone en priant pour que le corbeau ne le voie pas. En bas de la rue, un groupe de préadolescents rentrent chez eux à pied, en short et T-shirt, comme si le froid ne les affectait pas. Le son de leurs rires coupe l'air automnal. L'un d'eux tire sur un mégot de cigarette ; il ne doit pas avoir plus de douze ou treize ans.

Je rabats ma capuche. Je fourre mes mains dans les poches de mon pantalon et accélère le pas, tête baissée.

Cette ville est un désert et moi j'ai le cafard.

Je pense à mes potes, Nick, Adam et Percy, partis pour l'université, qui doivent s'éclater comme des dingues. Pendant que moi je fantasme sur une fille que je ne connais même pas, que je ne reverrai peut-être jamais, et qui est probablement une timbrée.

J'arrive au niveau du carrousel, direction la plage.

Le lac vient battre la rive, exactement comme ce matin. Mais à la lumière du jour je peux voir les vagues, le flux constant de leurs crêtes bordées d'écume qui se lancent à l'assaut du sable, rapides et furieuses, comme une armée de chevaliers blancs — une cavalerie donnant la charge. Le sable est d'un brun délavé. Le lac dégage une forte odeur, pas désagréable, une odeur de détrempé, d'humide et de froid. Le sable colle à mes chaussures de sport noires quand je traverse l'étendue herbeuse qui longe la plage. L'herbe est brune et cassante, à présent. Bientôt, elle aura disparu, vaincue par le froid, le vent et la neige. Machinalement, par habitude, je cherche du regard des crinoïdes fossilisés — ces petits disques que je trouve dans le gravier et le sable. C'est mon obsession, ma petite manie, ma marotte. Je collectionne les tiges et les perles de crinoïdes, ainsi que les lys de mer, ces fossiles des créatures préhistoriques qui peuplaient autrefois le lac Michigan. Je trouve une tige dans le sable et l'admire dans la paume de ma main. Les tiges de crinoïdes sont plus belles que le schiste ou le basalte ; elles m'émeuvent plus que le granit ou les scories, même si elles ne payent pas de mine, à voir comme ça. Certains en font des bijoux, moi, je me contente de les conserver dans un sac en plastique. En attendant, je glisse celle que je viens de trouver dans la poche de mon pantalon.

Il y a un couple sur la jetée, là-bas, un homme et une femme. Pas tout au bout, mais suffisamment loin pour sentir la tempête sans être poussés à l'eau par le vent furieux. Ils se donnent la main — unis dans leur lutte contre les violentes rafales — et contemplent la vue sur l'étendue du lac et le ciel apocalyptique. Puis ils se détournent et reviennent à petites foulées vers leur voiture garée sur le parking. Ils piétinent quelques instants sur place pour se débarrasser du sable qui colle à leurs chaussures, puis ils s'engouffrent dans l'habitacle.

Moi, je ne bouge pas. Je reste pour profiter de la vue.

Ce n'est qu'après leur départ, après que la voiture noire a quitté le parking au ralenti vers la sortie de la ville, que j'aperçois l'étrangère, seule, assise sur le siège en caoutchouc d'une des balançoires de l'aire de jeux, les pieds traînant dans le sable. Elle est agrippée à la chaîne, mais ne donne pas d'élan, laissant le vent s'en charger. Elle oscille lentement, paresseusement, comme l'on fait quand on est installé sur une balançoire en pensant à autre chose qu'à se balancer.

Pearl.

Elle porte son manteau ; et aussi son bonnet. Elle n'a pas de gants et ses mains me semblent glacées. Son écharpe est enroulée autour de son cou, mais le vent en agite les extrémités au gré de ses caprices. Il s'est mis à tomber une bruine fine et persistante qu'elle accueille avec indifférence, comme si elle y était imperméable. Moi, cette pluie me martèle les yeux, je la sens qui me pénètre jusqu'aux os. Je ne supporte pas la pluie. Je pourrais me réfugier chez moi en courant ; je devrais me réfugier chez moi. En courant. Mais je ne le fais pas. Au lieu de ça, je vais me mettre à couvert dans l'aire de pique-nique, où je trouve des tables en bois et surtout un toit. Je m'assieds sur le plateau d'une des tables, à une bonne quinzaine de mètres de l'aire de jeux.

De là, je peux voir Pearl sans être vu.

Quinn

Après avoir lu cette lettre, je n'ai plus qu'une idée en tête, une seule idée, toute simple, obsédante : qui peut bien être « cher amour » ? Il va falloir que je pose la question à Esther. C'est sûr, je ne vais pas pouvoir m'en empêcher. La dernière phrase ne cesse de hurler à mes oreilles. *Est-ce que tu m'as vue ? Cherchais-tu à me faire souffrir ?*

Je veux demander à Esther : « Qui est-ce ? »

Je vais dans le salon, pour voir si Esther ne serait pas rentrée pendant que j'étais dans sa chambre. J'aimerais la trouver sur le canapé rose, assise en tailleur « à la manière des Indiens », comme les enfants de sa librairie à l'heure du conte. Je me vois déjà l'interrogeant à propos de la lettre, agitant le papier dactylographié devant son visage rouge de honte, exigeant une réponse. « C'est qui, "cher amour" ? Qui est cet homme ? »

Une phrase de la lettre me revient à l'esprit : *Mais c'est peut-être elle qui a eu l'idée de tout laisser allumé pour que je puisse voir. Après tout, c'était sa victoire.*

Dans ma rêverie, je saisis Esther par les épaules et la secoue, en demandant encore et encore : « Qui est-elle, qui est-elle, Esther ? » Et elle prend un air repentant et se met à pleurer.

Mais, évidemment, tout ça se passe dans ma tête. Jamais je ne lui ferais ça. Je ne voudrais pas la voir pleurer.

Mais quand même je veux savoir. *Qui est-elle ?*

Je me tracasse pour rien car, lorsque je fais irruption dans le salon, Esther n'y est pas. Bien sûr, qu'elle n'y est pas. Il n'y a que moi dans la pièce vide. La télé n'est pas allumée et, à part la soufflerie du radiateur, le silence règne. Pourtant, même si Esther n'est pas là, tout dans cette pièce me parle d'elle. A commencer par les meubles dépareillés qu'elle possédait avant que j'emménage : le canapé rose, la table basse industrielle, le fauteuil à carreaux noirs et blancs des années soixante, les coussins vert mousse, jaunes et bleus. Il y a aussi le tapis à poils longs, mon unique contribution à l'occupation de cette maison — à part moi. Ce tapis, nous l'avons acheté ensemble dans un vide-greniers sur Summerdale Avenue. Nous avons dû remonter trois rues pour le porter jusqu'ici, Esther en tête, moi derrière, en riant comme des folles tout le long du chemin parce qu'il était lourd, et aussi à cause de sa couleur vert dégueulis. Je balaye du regard les murs du salon, d'un blanc aveuglant, qu'il nous est interdit de peindre, ordre de Mme Budny. C'est notre propriétaire, une Polonaise de quatre-vingt-neuf ans qui vit dans l'appartement au-dessous du nôtre. Ne pouvant peindre les murs, nous y accrochons des patères et des appliques à bougie, ainsi qu'un tableau blanc sur lequel nous nous laissons des messages télégraphiques et des petits mots. Il nous sert à communiquer.

Pense à acheter du lait.

C'est toi qui as mangé mon fromage ?

Faire de la limonade avec les citrons.

Suis sortie. Rentre bientôt.

L'appartement me semble bien vide sans Esther. J'en prends conscience une fois de plus.

J'attrape mon téléphone pour appeler Ben, un collègue qui est aussi un ami. Ben est à peu près la seule personne à laquelle j'adresse la parole au boulot. Bien sûr, je parle aux avocats qui me chargent d'aller leur chercher des dossiers et de leur faire des photocopies. Je suis payée pour leur parler. Je n'ai pas le choix. C'est obligatoire. C'est même l'essentiel de mon travail.

Mais avec Ben je parle parce que j'en ai envie. Parce que je l'aime bien. Parce qu'il est gentil.

Et puis il est beau, il a vingt-trois ans et il est agent de bureau, comme moi, à la différence près que lui a vraiment l'intention d'étudier le droit. Pas de chance, il a une petite amie, une étudiante, une fille de son niveau, qui projette comme lui de suivre un cursus de droit. Dès qu'elle aura obtenu son diplôme de préparation au droit à l'UIC, ils postuleront ensemble pour faire leurs études à Washington DC. Comme c'est romantique ! Le nom de cette petite amie est Priya, un joli nom qui lui va bien parce qu'elle est jolie.

Je n'ai jamais rencontré Priya, mais je l'ai vue sur les photos que Ben accumule entre les cloisons de son minuscule box : des photos de Priya seule, des photos de Ben et Priya, des photos de Priya avec le chien de Ben, un chihuahua borgne qu'il appelle Chance (et si ça n'en dit pas très long sur la taille du cœur de Ben, je ne sais pas ce que ça dit).

Je trouve son numéro dans mon historique d'appels, clique sur son prénom et écoute avec résignation cinq sonneries avant d'être basculée sur son répondeur. Vient ensuite son message, sa voix froide et mécanique, pourtant totalement envoûtante, qui récite : « Vous êtes bien sur le répondeur de Ben. Laissez un message après le bip. » Je pourrais me repasser ce message en boucle toute la nuit. Mais je ne le fais pas. Au lieu de ça, après le bip, j'enchaîne, en imitant le ton froid et détaché de Ben :

— Salut, c'est Quinn. Il faut que je te parle. Rappelle-moi, d'accord ?

Je ne dis pas un mot au sujet d'Esther. On ne dit pas des trucs comme ça sur un répondeur. Ce serait déplacé. La messagerie vocale ne convient pas aux communications importantes. J'ai été larguée par messagerie, alors j'en sais quelque chose. Je mettrai Ben au courant quand il rappellera, puis je me dis qu'il est avec Priya, qu'il ne va sans doute pas rappeler tout de suite, et que je n'aurai peut-être plus rien à lui dire quand il le fera. Esther va sûrement rentrer bientôt, du moins je l'espère, je n'en suis plus aussi certaine.

Je m'installe donc seule sur le canapé et regarde l'obscurité envahir peu à peu la pièce. Il ne tarde pas à faire nuit et les réverbères de la rue allègent à peine la pénombre. Notre joli quartier résidentiel n'est pas illuminé comme le Loop, qui profite des éclairages de la tour Willis ou de l'hôtel chic Donald Trump. Plus l'obscurité s'accentue et plus le malaise me gagne. Où est Esther ? Elle ne me tient pas forcément au courant de tout ce qu'elle fait, bien entendu, mais jamais auparavant elle ne m'a quittée une journée entière sans me dire où elle allait, ni quand elle rentrerait. Jamais elle n'est sortie par l'escalier de secours pour disparaître dans la nuit. En consultant l'horloge murale, je prends conscience que ça fait déjà douze longues heures que le réveil d'Esther m'a tirée de mon sommeil — douze heures qu'elle n'a pas donné signe de vie.

Je commence à m'inquiéter vraiment. Et s'il lui était arrivé quelque chose ? Quelque chose de grave ?

Je suis tentée de passer un deuxième appel téléphonique. Pas à Ben, cette fois, mais à la police. Dois-je l'appeler ? J'hésite longuement entre « appeler la police » et « ne pas appeler la police » — comme si je jouais à *Am stram gram* —, et m'arrête finalement sur « appeler la police ». Je compose le 311, le numéro de téléphone pour une demande d'assistance, par opposition au 911, qui concerne les urgences. Car il ne s'agit pas d'une urgence, du moins, je ne pense pas. Je prie pour que ça n'en soit pas une. C'est une femme qui me répond et je me la représente comme toutes les opératrices téléphoniques, assise devant son ordinateur, avec un casque sur la tête, en train de se lisser les cheveux.

Je commence par énoncer la nature de ma demande d'assistance.

— Ma colocataire, dis-je, a disparu.

Puis je lui décris les indices qui me font pencher pour un départ précipité — la fenêtre ouverte malgré le froid, l'écran-moustiquaire déposé à terre, l'escalier de secours.

Elle m'écoute avec une grande attention, mais, une fois que j'ai terminé, c'est d'un ton circonspect qu'elle me répond :

— Avez-vous tenté du côté des hôpitaux ?

J'avoue piteusement que non, je n'ai pas tenté du côté des hôpitaux. Je me sens nulle. Je n'ai pas pensé une seule seconde qu'Esther avait pu avoir un accident.

— Vous devriez commencer par là, dit-elle.

Je le prends comme un reproche. Elle me fait savoir que j'ai eu tort de commencer par la police.

— Avez-vous tenté de joindre la famille de votre colocataire ? Ou ses amis ? demande-t-elle encore.

Ce à quoi je réponds que non, en secouant la tête dans un aveu silencieux. Je ne l'ai pas fait. Bon, j'ai appelé Ben, ce qui constituait un pas dans la bonne direction, mais je n'ai pas pensé à appeler la famille d'Esther. D'ailleurs, je n'ai pas les numéros des membres de sa famille et pas la moindre idée de la manière dont je pourrais me les procurer. Je ne connais pas le nom de sa mère, ni celui de son père. Je présume qu'ils s'appellent M. et Mme Vaughan, mais ils sont sûrement des milliers à porter ce nom.

Je tente de me justifier intérieurement : Esther ne m'a rien dit de sa famille, avec qui elle a pris ses distances. J'ai cru comprendre que son père n'était plus dans le circuit ; quant à sa mère, elle n'a plus de contacts avec elle. Comment je le sais ? Parce que ma mère m'envoie régulièrement des colis pleins de gâteries et débarque de temps en temps sans crier gare. Comme toutes les mères. Mais pas la mère d'Esther, qui n'appelle même pas pour prendre des nouvelles. J'ai interrogé une fois mon amie à propos de sa famille ; elle m'a répondu qu'elle préférait ne pas en parler. Je n'ai plus demandé. Une fois, une lettre est arrivée, mais Esther l'a laissée traîner sur la table de la cuisine pendant quatre jours, sans l'ouvrir, avant de la jeter à la poubelle.

— Avez-vous des raisons de soupçonner un acte criminel ? demande l'opératrice.

Je réponds que non.

— La personne disparue a-t-elle des problèmes de santé qui pourraient mettre sa vie en danger si elle restait sans soins appropriés ? demande-t-elle ensuite.

Et je réponds encore non.

Je n'aime pas sa voix détachée, presque hostile, comme si le sort d'Esther lui importait peu. C'est probablement le cas, mais on s'attendrait quand même à un minimum de sympathie de la part d'une opératrice des urgences et des non-urgences. J'ai presque envie d'inventer une fable, de raconter à cette femme qu'Esther est diabétique et qu'elle a laissé son insuline à la maison, ou qu'elle a des crises d'asthme et qu'elle n'a pas emporté son inhalateur avec elle. Là, elle manifesterait un peu plus d'intérêt pour mon histoire. Je devrais lui dire que l'écran de la fenêtre était lacéré, le panneau de verre, brisé. Qu'il y avait du sang dans la chambre, une mare de sang, et qu'Esther a dû se vider entièrement. Alors peut-être que je serais redirigée vers le 911 et que la disparition d'Esther serait considérée comme une affaire importante.

Mais il est possible que le calme de l'opératrice vise avant tout à me faire comprendre que je n'ai pas de raisons de m'inquiéter et qu'il n'est rien arrivé à Esther.

Ça doit être ça, parce qu'elle poursuit en ces termes :

— Près de soixante-dix pour-cent des personnes disparues quittent leur domicile de leur plein gré et réapparaissent d'elles-mêmes dans les quarante-huit à soixante-douze heures. Rien ne vous empêche de venir au commissariat pour remplir un signalement, mais il s'agit d'un adulte et la police ne pourra pas faire grand-chose. D'après les éléments que vous rapportez, nous n'avons aucune raison de soupçonner un acte criminel. Si votre amie a décidé de disparaître, c'est son droit, ça n'est pas un délit. Mais, si vous pensez qu'elle a des ennuis et que vous tenez à signaler sa disparition, elle sera inscrite dans un fichier que nos enquêteurs consultent régulièrement.

Puis elle demande, de but en blanc :

— Est-ce que cette personne a tendance à boire ? Est-ce qu'elle se drogue ?

Je secoue la tête et m'empresse de répondre que non. Bon, Esther boit un peu d'alcool, une margarita ou un daïquiri à l'occasion, mais elle n'est pas alcoolique, loin de là.

Et, là, la femme enchaîne en m'interrogeant sur la santé mentale d'Esther — « Souffre-t-elle d'un état dépressif ? » Je prends quand même le temps de réfléchir, mais en revoyant le sourire radieux et bienveillant d'Esther je me dis que non, elle n'est pas dépressive, c'est impossible.

— Non, dis-je aussitôt. Bien sûr que non.

— Vous êtes-vous disputées récemment ? demande alors l'opératrice.

Cette fois, je comprends qu'elle insinue que *moi*, j'ai pu faire fuir Esther.

Si nous nous sommes disputées ? Évidemment que non. Mais Esther était peut-être contrariée que je ne sois pas restée avec elle hier soir. C'est pourtant elle qui a insisté pour que je sorte… Mais on ne sait jamais… Je me répète une fois de plus que c'est elle qui m'a dit d'y aller. « Je serais une véritable rabat-joie, Quinn. Si tu veux t'amuser, vas-y sans moi. » C'est exactement ce qu'elle a dit. Donc pourquoi m'en aurait-elle voulu ?

— Nous ne nous sommes pas disputées, dis-je.

L'opératrice met fin à notre échange en me laissant le choix : signaler au commissariat la disparition d'Esther, ou l'attendre.

Je me sens ridicule d'avoir appelé, aussi j'opte pour l'attente. Je n'ai aucune envie de me retrouver face à un agent de police avec l'impression d'être une idiote. Je sais ce que ça fait, de se sentir idiote. J'ai même une grande expérience de la chose. Je vais plutôt appeler les hôpitaux ; tenter de dénicher les coordonnées de la famille d'Esther espérer que Ben se manifeste. Et avec un peu de chance Esther rentrera d'elle-même à la maison, comme l'a dit l'opératrice, dans quarante-huit à soixante-douze heures. Deux ou trois jours. *Deux ou trois jours !* Je ne suis pas sûre d'être capable d'attendre aussi longtemps son retour.

Je raccroche, tout en appelant de mes vœux le coup de fil de Ben. *Je t'en prie, Ben, je t'en prie. Appelle.* Mais, comme Ben n'appelle pas, je me décide à chercher sur Internet les numéros des hôpitaux les plus proches, et je commence à appeler, d'abord l'hôpital Methodist, puis les autres, un par un, pour demander aux réceptionnistes si une Esther Vaughan a été récemment admise. Pour la décrire, je parle de ses cheveux ombrés, de ses yeux vairons, de son sourire généreux. Esther a un visage qui ne s'oublie pas. Mais elle n'est pas à l'hôpital Methodist, ni au Weiss, ni dans aucun des centres de soins d'urgence auxquels je m'adresse. Je perds un peu plus espoir à chaque réponse négative proférée d'un ton morne. « Non, nous n'avons pas ici d'Esther Vaughan. »

Je me sens seule et perdue. Je n'ai plus d'hôpital à appeler. Je ne sais plus que faire.

Mais soudain une sonnerie de téléphone résonne dans l'appartement. Pas la sonnerie de *mon* téléphone. *Une* sonnerie de téléphone. Celle du téléphone d'Esther, que je reconnais parfaitement, car il s'agit d'un vieux tube que plus personne n'écoute, un tube des années 1980 récompensé aux Billboard.

C'est la sonnerie d'Esther. Son téléphone.

Si Esther n'est pas là, pourquoi son téléphone sonne-t-il dans la maison ?

Je me lève d'un bond et commence à le chercher.

Alex

Je me demande si l'étrangère se sait observée.

Elle semble préoccupée. Elle agite les mains, se gratte la tête. Elle croise les jambes d'un côté et de l'autre, toujours sur sa balançoire, pour tenter de trouver une position confortable. Puis elle décroise les jambes et donne un coup de pied dans le sable. Elle jette des regards furtifs à droite et à gauche, scrute le ciel au-dessus d'elle, ouvre la bouche pour recueillir des gouttelettes d'eau de pluie.

Je ne sais pas combien de temps je reste là, à l'épier. Suffisamment longtemps en tout cas pour avoir les mains engourdies par le froid et la pluie.

Au bout d'un long moment, elle pose enfin les pieds à terre et se lève. Ses bottines fourrées s'enfoncent dans le sable quand elle se rapproche de l'eau. Elle a du mal à progresser, parce que le sable est mou, pour commencer, et à cause du vent qui ballotte son corps menu d'un côté et de l'autre. Pour ne pas perdre l'équilibre, elle ouvre les bras comme un funambule et avance lentement, un pied devant l'autre. Pas après pas.

Et puis, à un mètre de la ligne de marée, elle s'arrête.

Et là j'assiste, médusé, à une scène pas ordinaire.

Ça commence par les bottines, que l'étrangère retire avec un certain sens de l'équilibre, d'abord un pied, puis l'autre. Elle les dépose côte à côte dans le sable. Les chaussettes suivent, et là je me demande : *Est-ce qu'elle est folle ?* Je n'arrive pas à croire qu'elle envisage de se tremper les pieds dans le lac Michigan en plein mois de novembre. L'eau ne doit pas être à plus de 4 °C. Une eau glaciale. Une eau à provoquer une hypothermie.

Elle coince les chaussettes dans les tiges des bottines pour éviter qu'elles ne s'envolent. Maintenant qu'elle est pieds nus, je m'attends à ce qu'elle trottine vers le lac, mais pas du tout. Un moment s'écoule sans qu'elle bouge — court ou long, je l'ignore, j'ai perdu la notion du temps —, puis elle entreprend de défaire lentement les boutons de son manteau, de haut en bas. Ensuite, elle enlève le manteau et le dépose sur le sable près des bottines et des chaussettes. Quand elle commence à faire glisser la fermeture Eclair de son jean, je me dis : *Je dois rêver, c'est impossible.* Je scrute le parc et la plage, en quête d'un autre témoin, n'importe qui, quelqu'un qui pourrait me confirmer que ce que je vois est bien réel, et pas le fruit de mon imagination. Est-ce que tout ça est en train de se produire ? Non. Je n'y crois pas.

Je me suis levé de ma table pour me rapprocher d'environ un mètre, caché derrière des rondins de bois de l'abri de pique-nique. Je colle mon œil entre deux rondins et plisse les yeux pour mieux voir. Pearl s'est assise sur le sable et fait maintenant glisser son jean le long de ses jambes, puis le dépose à son tour près du manteau et des chaussures. La pluie tombe plus dru, à présent, et martèle plus fort, latéralement, à cause du vent. Les gouttes passent entre les rondins, je suis trempé. Pearl se relève, les mains dans les poches de son sweat bleu à capuche. Elle ne porte plus que ça. Le sweat et une culotte. Et aussi son bonnet et l'écharpe.

Mais ensuite elle enlève aussi le sweat.

Et c'est à ce moment-là qu'elle entre dans l'eau. En sous-vêtements, écharpe et bonnet. Elle y va tout droit, indifférente au froid, tel un pingouin plongeant dans les eaux de l'Arctique. Elle ne s'arrête pas quand ses pieds touchent l'eau glacée. Et pas plus quand l'eau atteint ses chevilles, puis ses genoux. Elle continue à avancer. Je crois bien qu'elle irait jusqu'à Chicago si elle le pouvait, avec ses mains qui caressent la surface du lac, indifférente aux vagues qui l'éclaboussent d'embruns.

Sans même m'en rendre compte, j'ai quitté l'abri de pique-nique pour me diriger en bordure de plage. Comment suis-je arrivé jusque-là ? Aucune idée. Le bon sens me dit que je devrais appeler quelqu'un à l'aide. La police ? Le Dr Giles ? Combien de temps tiendra-t-elle dans cette eau froide avant de tomber en hypothermie ? Quinze minutes ? Trente minutes ? Je n'en sais rien. Mais je ne peux appeler personne parce que je suis complètement décontenancé, sans voix, les pieds rivés au sable, incapable de sortir mon téléphone de la poche de mon pantalon. Parce que je ne peux pas détacher mes yeux de Pearl, là, dans l'eau, nageant la brasse indienne. Je suis fasciné par le lent mouvement de ses bras qui glissent à la surface. Par le rythme paisible de ses pieds qui battent l'eau sans faire une seule éclaboussure. Par la manière dont elle progresse, régulièrement, sans même tourner la tête pour reprendre son souffle, comme si elle était munie de branchies et de nageoires.

Si j'avais quelque chose d'intéressant à faire, je ne resterais probablement pas à regarder nager une étrangère. Mais je n'ai rien à faire de mieux, aussi je reste là et je l'observe.

Puis, soudain, elle se redresse et revient vers le bord en marchant. Et une fois de plus j'en reste bouche bée. Tout être humain normal sortirait au pas de course en claquant des dents et s'empresserait d'enfiler des vêtements chauds et secs. Pas elle. Ses pas sont lents et mesurés. Elle n'est pas pressée. Elle prend son temps. Elle émerge, dégoulinante, quasiment nue. Le sable colle à ses pieds et à ses chevilles, qui se couvrent peu à peu d'une pellicule brune et granuleuse.

Je devrais détourner le regard. Il le faudrait.

Mais je n'y arrive pas.

Ce n'est pas ma faute. Quel garçon de dix-huit ans se détournerait d'un tel spectacle ? Pas moi, c'est sûr. Ni aucun de ceux que je connais.

J'ai l'impression qu'elle cherche à être vue.

Elle ne bouge plus, elle est plantée sur le sable mouillé, debout, exposée au vent glacial de novembre. L'eau doit geler sur sa peau nue, mais elle ne fait pas un mouvement pour se sécher ou se rhabiller. Elle tourne maintenant le dos au lac et observe le paysage qui lui fait face : l'aire de jeux et le manège, l'herbe qui borde la plage, une rangée d'arbres dénudés.

Et, comme je fais partie du paysage, elle m'adresse un signe de la main.

Sauf que moi, je suis un froussard. Et je le prouve une fois de plus en faisant volte-face et en m'éloignant, comme si je ne l'avais pas vue.

Quinn

Je me lève d'un bond pour suivre la sonnerie du téléphone jusqu'à la cuisine, en m'attendant à trouver l'appareil sur le comptoir, quelque part entre les boîtes de farine, de sucre et de cookies. Mais je n'ai pas cette chance. Je n'ai pas pour habitude de répondre quand le téléphone d'Esther sonne, mais là c'est particulier. Pourquoi Esther est-elle partie sans son téléphone ? Ça m'inquiète. Il me vient à l'esprit que c'est peut-être elle qui m'appelle à l'aide. Esther a des ennuis ; elle a besoin de moi. Elle ne peut pas rentrer, elle n'a pas assez d'argent pour prendre un taxi. Quelque chose dans ce goût-là.

Mais dans ce cas elle pourrait appeler tout simplement sur *mon* téléphone. Bien sûr, qu'elle pourrait. Ce serait plus logique. Mais puisque c'est *son* téléphone qui sonne. On ne sait jamais…

J'allume la lumière de la hotte et commence à chercher partout, méthodiquement, comme Hansel et Gretel cherchant des miettes de pain à travers une forêt profonde et obscure. La sonnerie me parvient étouffée, lointaine, comme si j'avais du coton dans les oreilles. J'ouvre et referme le four, le réfrigérateur, les placards. C'est totalement absurde de chercher un téléphone dans un réfrigérateur. Mais je le fais.

Et ça continue de sonner. Une fois, deux fois, trois. Le répondeur va bientôt se déclencher, et alors adieu, le téléphone ! Je suis au bord de la panique quand je mets enfin la main sur l'appareil. Il était fourré dans la poche d'un sweat à capuche rouge, pendu sur un cintre, dans la minuscule penderie de l'entrée.

En le sortant trop précipitamment de la poche, je fais glisser le sweat du cintre, mais je ne fais pas un geste pour le retenir, trop occupée que je suis à fixer l'écran, lequel affiche : *Inconnu*.

— Allô ? fais-je en collant le téléphone à mon oreille.

— Esther Vaughan ? demande une voix hésitante.

Et là je prononce une petite phrase que je vais amèrement regretter dans moins de treize secondes.

— Non, ce n'est pas Esther.

J'aurais pu dire : « Oui, c'est bien moi. »

Mais je n'ai aucune raison pour l'instant de me faire passer pour Esther. Certes, il s'agit d'un appel masqué, mais il en faut plus pour éveiller ma méfiance. Des appels masqués, j'en reçois régulièrement et ils émanent le plus souvent d'agents de recouvrement qui me rappellent des factures impayées. J'ai encore sur d'anciennes cartes de crédit des découverts à faire grincer des dents. Des reliquats de mes prêts d'étudiante.

— Elle est là ? demande la voix.

C'est une voix bourrue, celle d'un homme sérieux qui a quelque chose d'important à communiquer.

— Non, dis-je.

Et j'ajoute : « Puis-je prendre un message ? » tout en me dirigeant vers le tableau blanc accroché de guingois dans la cuisine. J'ai déjà un marqueur en main, je suis prête à noter un nom et un numéro de téléphone, quand le dernier message me saute aux yeux : *Suis sOrtiE, rEntrE biEntÔt*. Je l'ai déjà lu, en y prêtant à peine attention, mais il m'apparaît à présent lourd de sens.

Suis sOrtiE, rEntrE biEntÔt.

C'est Esther qui l'a écrit. Je sais que c'est elle. Ce n'est pas mon écriture mais la sienne. Ce mélange de lettres cursives et d'imprimerie, de majuscules et de minuscules. Cette écriture à la fois féminine et masculine. C'est la sienne.

Quand a-t-elle écrit ce message et pourquoi ?

Etait-ce la semaine dernière, quand elle est repartie en courant à la librairie pour aller chercher ses fausses lunettes, qu'elle avait oubliées ? Ou il y a deux ou trois jours, quand elle a filé à la bibliothèque Edgewater, sur Broadway Street, pour rendre *in extremis* un livre dont le prêt était arrivé à terme ? Esther est très à cheval sur les délais de retour des livres de bibliothèque.

Tout en attendant que le type à l'autre bout du fil décide si oui ou non il va me confier un message, je continue à supputer : Esther n'aurait-elle pas plutôt noté ça hier soir, avant d'ouvrir la fenêtre de sa chambre pour l'enjamber ? *Oui, c'est ça,* me dis-je. C'est sûrement ça. Esther m'a laissé un message ; elle va bientôt rentrer. C'est écrit là, sur le tableau.

Suis sOrtiE, rEntrE biEntÔt.

Puis, brusquement, l'homme à l'autre bout de la ligne se décide.

— C'est confidentiel, répond-il sèchement d'un ton agacé. Nous avions rendez-vous cet après-midi et elle n'est pas venue.

Ça le dérange de me dire son nom et le motif de son appel, mais il ne se gêne pas pour me laisser entendre qu'Esther s'est montrée au mieux nonchalante et au pire grossière en lui posant un lapin. Il y a derrière lui un fond sonore que je tente d'analyser : des voix, des voitures, un clapotis de vagues. Il me semble. C'est assez confus et tout se mélange pour donner du bruit et rien que du bruit. Du boucan. Du raffut. Tout un charivari.

Désarçonnée, je tente une dernière fois d'obtenir au moins son nom.

— Voulez-vous que je lui dise que vous avez appelé ?

— Je rappellerai, répond-il seulement.

Et il raccroche.

Je reste là, dans la cuisine, les pieds plantés sur le carrelage en damier noir et blanc, à fixer le téléphone dont l'écran vient de s'éteindre. J'appuie sur le bouton qui l'éclaire, mais là le téléphone me réclame un mot de passe. Un mot de passe ? Mon cœur s'emballe. Zut !

Je tape des chiffres au hasard, jusqu'à ce que l'appareil se désactive. J'attends une minute entière, les soixante secondes réglementaires avant de pouvoir recommencer la manœuvre — secondes qui me semblent aussi longues qu'éprouvantes. Puis je répète l'opération. Encore et encore.

Je ne suis pas une futée, je n'ai pas inventé le fil à couper le beurre. On me l'a déjà dit. Je le sais. Tout le monde le sait. Je ne devrais donc pas m'étonner de ne pas être capable d'entrer dans le téléphone d'Esther sans son mot de passe, ou l'empreinte de son pouce. Et pourtant je m'étonne.

Je parviens à me consoler en me répétant que l'homme a promis de rappeler. La voix bourrue à l'autre bout du fil a bien dit : « Je rappellerai. »

La prochaine fois, je ne me laisserai pas surprendre.

Alex

Soirée à la maison. Je fais la cuisine. P'pa regarde la télévision, les pieds sur la vieille table basse, une bouteille de bière à la main. Il est soûl, mais pas complètement dévasté. Il sait encore distinguer sa main gauche de sa droite, ce qui certains jours relève de l'exploit. Il était debout quand je suis rentré du travail. Ça aussi, c'est un exploit. On dirait même qu'il a réussi à prendre une douche. Il ne porte plus sa chemise rayée et n'empeste plus l'eau de toilette. Son haleine n'est pas aussi pestilentielle que ce matin quand je suis parti travailler. Maintenant, il pue juste l'alcool.

La télé diffuse un match de foot avec les Lions de Detroit. Bien sûr, p'pa le regarde, en s'excitant comme un dingue.

J'ai mis des nuggets de poulet au four et je fais réchauffer une boîte de haricots verts dans une casserole. P'pa vient errer dans la cuisine pour se resservir une bière et me demande si j'en veux une. Je le fixe, droit dans ses yeux explosés, et lui réponds : « P'pa, j'ai que dix-huit ans », bien que je ne sois pas certain que ça signifie grand-chose pour lui. Sur la porte du réfrigérateur trône un dessin que j'ai fait avec mes Crayola quand j'avais huit ans. J'ai représenté l'espace : le soleil, la lune, les étoiles, Neptune et Jupiter. Il est déchiré sur les bords, il manque un coin de la feuille, il a glissé de son aimant un million de fois.

Les couleurs me semblent délavées. Décidément, en ce moment, tout prend pour moi une teinte délavée.

Sous ce même aimant, il y a une carte postale de ma mère. Le jour où elle est arrivée, je l'ai jetée à la poubelle, mais p'pa l'a repérée au milieu des restes de viande du déjeuner et des grains de maïs. Et bien sûr il l'a récupérée. Elle vient de San Francisco. Parc Alamo, il y a écrit dessus.

« Tu ne devrais pas être aussi dur avec elle », m'avait reproché p'pa en découvrant la carte dans la poubelle. Et bien sûr il avait enchaîné avec sa réplique culte, celle à laquelle j'ai droit chaque fois qu'il parle de ma mère. « Elle a fait de son mieux. »

« Si tu le dis », avais-je répondu avant de quitter la cuisine.

Je me demande si c'est possible de haïr une personne et d'avoir en même temps pitié d'elle. Parce que maman me fait pitié, c'est sûr. Elle n'était pas taillée pour être mère.

Mais je la déteste, pas de doute.

P'pa n'est qu'un pauvre ivrogne, et plus il boit, plus il pense à ma mère. Il pense à la manière dont elle nous a quittés il y a tant d'années, sans un au revoir. Il pense à leur photo de mariage, qui se trouve encore dans un cadre, accroché au mur de sa chambre. Il pense à l'alliance qu'il porte toujours, bien que maman soit partie depuis treize ans. Quand j'avais cinq ans. Un petit garçon avec des Lego et des jouets Star Wars. Voilà ce qu'elle a abandonné.

Si ça ne tenait qu'à moi, j'aurais jeté cette bague depuis longtemps. Ou bien je l'aurais mise en gage, comme p'pa l'a fait avec ma chevalière de lycéen un jour qu'il n'avait plus d'argent pour s'acheter de l'alcool. Mais p'pa tient à son alliance et il ne la quitte pas. Pire, il la montre aux femmes qu'il tente de séduire, en leur racontant ses malheurs, raison pour laquelle ses rendez-vous finissent toujours en catastrophe. La région n'est pas très fournie en célibataires et la réserve sera bientôt à sec. C'est même possible que p'pa les ait déjà toutes rencontrées.

Sauf Ingrid, bien sûr, l'agoraphobe, pour des raisons sur lesquelles je n'ai pas besoin de m'étendre. P'pa donne ses rendez-vous dans la taverne de la ville, où il se soûle en expliquant que ma mère nous a abandonnés quand j'avais cinq ans. C'est supposé lui attirer la sympathie de ses conquêtes, mais je crois que ça le fait plutôt passer pour un naze. Il finit par se mettre à pleurer, ce qui achève de faire fuir ces dames, qu'il élimine donc une par une, comme de vieilles boîtes alignées dans un stand de tir de foire.

Et il ne comprend pas pourquoi il est toujours seul.

Il est vraiment minable. Mais n'empêche, c'est mon père et il me fait pitié, autant que ma mère.

Je mets les nuggets et les haricots verts dans un plat ébréché et l'appelle pour qu'il vienne manger. Il arrive d'un pas lourd, sa bière à la main, et prend sa place en bout de table, d'où il peut continuer à regarder la télé.

— Chope cette putain de balle ! hurle-t-il.

Il frappe si violemment la table du plat de la main que sa fourchette valdingue en spirale dans les airs et s'écrase par terre. En se penchant pour la ramasser, il se cogne la tête au coin de la table et jure. Puis il se marre, tandis que son front se met à enfler et devient rouge vif.

Une soirée normale à la maison.

Ce soir, vu qu'il y a match, nous mangeons en silence. Je tâche au moins de montrer à p'pa les bonnes manières — comment utiliser un couteau pour étaler le beurre, comment manger les haricots avec une fourchette et pas avec les mains —, mais ma démonstration tombe à plat. Je le regarde racler le pot de margarine avec la moitié d'un petit pain et je me dis : *Pas étonnant que ce type soit toujours célibataire.* C'est sûr que quand il était jeune, quand il a séduit ma mère, il avait un travail et il ne buvait pas. Ce n'est donc pas à cause de l'alcool qu'elle l'a quitté. Ce qui l'a fait fuir ? La maternité. Moi.

J'essaye de ne pas me laisser bouffer la tête par cette idée.

— Ce ne sont pas des frites, dis-je, en voyant mon père prendre les haricots verts entre le pouce et l'index. Sers-toi de ta fourchette.

Il m'ignore, continue un instant à mâcher bouche ouverte, et se met à hurler en direction de la télévision — en crachotant des trucs verts qui ressemblent à des débris de haricots.

Puis il se lève d'un bond et gueule :

— Faux départ !

Il montre du doigt les arbitres, qu'il apostrophe comme s'ils pouvaient l'entendre.

— Bandes de crétins, vous êtes aveugles. Y avait faux départ.

Et il se rassoit pour se remettre à manger.

Je ne sais pas s'il s'en rend compte, mais ses mains tremblotent dès qu'il essaye de s'en servir : pour prendre les nuggets, pour ouvrir une autre bouteille de bière. Ça me rappelle les mains de mon grand-père, sauf que lui, il tremblait parce qu'il était âgé. Certaines fois, les mains de p'pa tremblent tellement que je dois lui ouvrir sa bière. Et le truc le plus bizarre, dans l'histoire, c'est que plus il boit et moins ses mains tremblent, réaction totalement paradoxale. Il est plus adroit quand il est complètement bourré. Il me semble que ça devrait être l'inverse, mais c'est comme ça. Au moins, le tremblement de ses mains me donne une indication sur la quantité d'alcool qu'il a ingurgitée. Ça m'évite de lui poser la question. Soit il serait trop ivre pour s'en souvenir, soit il me mentirait. Ce soir, en tout cas, il n'a pas assez bu.

Il se lève à nouveau pour pester contre l'entraîneur qui demande au joueur de viser le centre du terrain, plutôt que de confier la balle au porteur de ballon. Puis il se rassied. Puis il se lève une fois de plus quand la balle échappe au porteur et qu'elle est interceptée par les joueurs du camp adverse — et cette fois il fait un tel bond qu'il en renverse sa chaise. Il regarde d'un air consterné les Giants qui traversent tout le terrain avec le ballon. Je n'ai même pas besoin de me tourner vers la télévision pour suivre le match, la tête de p'pa m'en dit suffisamment long. A la fin, excédé, il agite son assiette vide en direction de l'écran, et la repose pour aller se chercher une autre bière en accablant les Lions d'insultes.

C'est pour ça que, quand il parle de squatteurs, je n'y prête pas attention. Je crois d'abord que c'est le nom d'un joueur, ou bien un des noms d'oiseaux dont il a coutume d'affubler les entraîneurs. « Ces putains de squatteurs. »

— Tu m'as entendu ? beugle-t-il.

Je me tourne vers lui. Il s'est débrouillé pour renverser une partie de sa bière sur sa chemise, qui est maintenant trempée. Un petit bout de haricot vert lui colle au menton. La classe.

Il s'adresse à moi, mais il regarde par la fenêtre de la cuisine, de l'autre côté de la rue.

Et là je vois la même lumière que ce matin dans la maison jaune : allumé, éteint.

Comme une contraction musculaire involontaire. Un spasme. Un tressaillement, un tic.

Allumé, éteint.

— Y a encore des putains de squatteurs en face, répète p'pa.

C'est bien de la maison jaune qu'il parle. Celle qui est de la couleur des bus scolaires, en face de la nôtre. Celle qui a une histoire à raconter, le genre d'histoire dont personne ne parle, mais que tout le monde connaît. Ce ne serait pas la première fois que des squatteurs vivraient en face. Toutes sortes de parasites sociaux y sont venus à un moment ou à un autre. De temps en temps, un vagabond s'y installe pour y séjourner, sans être inquiété. En général, il n'est pas gênant, et on n'a jamais eu besoin d'appeler les flics ou quoi que ce soit, mais c'est quand même stressant de savoir qu'un clochard habite dans la maison vide en face de la vôtre.

Dans l'arrière-cour, une balançoire abandonnée oscille, accrochée à un chêne misérable, oublié lui aussi, tout comme la maison. Des rideaux pendent derrière les fenêtres de l'étage, de vieux rideaux vaporeux et désuets, autrefois blancs. Ils sont maintenant jaunis et tailladés bizarrement, comme si quelqu'un avait pris des ciseaux pour les raccourcir. Mais ce sont plus probablement les souris qui grignotent peu à peu la dentelle. Autour de la maison, le béton se désagrège comme un biscuit qui s'émiette, en petits morceaux qui jonchent la pelouse. Des pancartes sont plantées çà et là, auxquelles personne ne prête attention : *Défense d'entrer, logement insalubre*. Ce sont des pancartes noires, avec une inscription en orange vif. On ne peut pas les louper, mais les gens les ignorent. Ils entrent quand même.

Un clochard a dû élire domicile en face. A moins que… Non. Je secoue la tête. Je ne crois pas aux fantômes, je l'ai déjà dit.

Mais je suis bien le seul. Dans cette ville, tout le monde y croit.

Toute ville des Etats-Unis a sa maison hantée.

Et, dans notre petite ville, la maison hantée, c'est celle d'en face.

Je ne connais même pas le nom de la famille qui habitait là. On n'en parle plus qu'en disant « la maison ». J'imagine que ceux qui y vivaient sont partis depuis longtemps, en laissant derrière eux le vague souvenir d'une famille heureuse. La seule personne que les gens mentionnent à propos de « la maison », c'est la petite Geneviève qui est morte. Et ils disent « elle », ou parfois, encore plus vague, « l'autre ». On prétend que certains voient son fantôme se promener dans la maison — son âme emprisonnée à l'intérieur pour l'éternité.

Mais je ne suis pas du genre à croire à ces trucs-là. Ces histoires, c'est bidon. Les fantômes, ça n'existe pas.

— Putains de squatteurs, répète p'pa une dernière fois en se levant de table et en titubant jusqu'au réfrigérateur pour y prendre une autre bière.

Il laisse la capsule sur le comptoir et va dans le salon pour continuer à suivre son match de foot. Il laisse aussi son assiette sale sur la table et sa serviette en papier par terre.

Quinn

Je n'ai pas à attendre longtemps pour être mise de nouveau à l'épreuve.

Le téléphone sonne dans ma main, alors que je suis encore dans la cuisine. Je sursaute. Cette fois, ce n'est pas un numéro caché, mais un numéro local commençant par 773. La personne à l'autre bout du fil a une voix sympathique et enjouée, jeune — je dirais qu'elle a mon âge, bien que ce soit difficile à déterminer par téléphone, quand on ne voit pas les gens. Elle me demande si elle parle bien à Esther et cette fois je réponds fièrement :

— Oui, c'est elle-même.

Ça me fait un drôle d'effet de me faire passer pour Esther. J'ai beaucoup d'estime pour elle. Je l'admire. Je la trouve belle, intelligente, gentille. Elle est également calme, posée, réfléchie. Elle peut aussi se montrer intrépide et courageuse à ses heures. Et en plus c'est une colocataire de rêve.

Mais je change brusquement d'avis au sujet d'Esther quand la fille à l'autre bout du fil déclare :

— J'appelais pour me renseigner au sujet de votre annonce dans le *Reader*.

Je devrais savoir de quelle annonce elle parle, puisque je suis censée être Esther, mais je lâche malgré moi :

— Quelle annonce ?

Sans doute Esther a-t-elle décidé de vendre quelques affaires, de se débarrasser des vieilleries qu'elle entasse dans le box du garde-meubles. Je pense notamment à son affreuse lampe à la lave, ce truc complètement démodé dont aucune de nous ne veut.

Mais quand la fille à l'autre bout de la ligne poursuit :

— L'annonce pour la colocation…

J'en ai la mâchoire qui se décroche. J'en reste sans voix. Totalement stupéfaite.

— Vous avez déjà trouvé quelqu'un ? insiste-t-elle.

Une foule de questions se bousculent dans mon esprit, qui commencent toutes par le même mot : Pourquoi ? *Pourquoi* Esther a-t-elle publié une annonce dans le *Reader, pourquoi* cherche-t-elle une nouvelle colocataire, *pourquoi* veut-elle se débarrasser de moi ? Je suis blessée. Je souffre autant que si l'on m'avait poignardée dans le dos avec la dague de Roméo. Je sais bien que je suis désordonnée, que je paye seulement quarante-cinq pour-cent du loyer, au lieu des cinquante convenus au départ, que je n'ai pas toujours de quoi participer aux charges, que je laisse souvent les lumières allumées et que j'oublie de fermer le robinet de l'évier. *Mais quand même, Esther…* Je me révolte intérieurement : je ne suis pas une coloc de rêve, mais je ne me conduis pas comme une pourrie, *moi*. Tandis qu'Esther… Esther est une pourrie. *Comment as-tu pu me faire ça ?* Comment a-t-elle pu croire que je partirais sans me rebiffer ? Il faudrait que je retourne dans l'Amérique des banlieues, avec mes parents et cette tarée de Madison ? Hors de question. Esther aurait pu me faire remarquer mes manquements, nous aurions pu en discuter. Elle aurait pu tirer la sonnette d'alarme avant de décider de me virer. Me laisser le temps de chercher un autre appartement, et quelqu'un avec qui le partager. Mon cœur se serre. Je croyais qu'elle était mon amie, mais je vois que je me trompais. Je n'ai jamais été pour elle qu'une colocataire.

— Tant pis si vous avez déjà trouvé, dit la fille. Je veux dire ce n'est pas très grave.

Je m'éclaircis la voix et tente de surmonter l'affreux sentiment de trahison qui me noue la gorge.

— Pas du tout. Je n'ai pas encore trouvé. Je suis contente que vous appeliez.

Et je donne rendez-vous à la jeune femme qui s'apprête à devenir ma remplaçante, qui va prendre ma chaise à la table de la cuisine, ma place sur le canapé couleur de rose, celle qui occupera bientôt ma chambre, et qui deviendra la meilleure amie de ma meilleure amie, tandis que moi j'irai à la poubelle, comme un vieux reste.

Je me vois déjà esseulée dans cette grande ville, sans Esther. Je n'aurai pas les moyens de louer un appartement dans Chicago toute seule, même si ma vie en dépendait. Mille cent dollars par mois, il coûte, celui-là, et encore c'est une bonne affaire. C'est parce que Esther l'habite depuis des années qu'il est si peu cher. Si j'entrais aujourd'hui chez Mme Budny pour lui annoncer que je veux louer un appartement équivalent au nôtre, elle m'annoncerait mille six cents dollars par mois, et je ne vois pas comment je pourrais sortir une somme pareille.

J'accepte de rencontrer cette candidate à la colocation le lendemain après le travail, dans un petit café sur Clark Street. Après avoir raccroché, je m'empresse d'aller consulter la version en ligne du *Reader*. En effet, l'annonce y est :

Jeune femme cherche colocataire pour partager deux-pièces à Andersonville. Idéalement situé, proche gare et bus. Appeler Esther.

Suivent son numéro de portable et une photo de l'immeuble, récente, sur laquelle on voit une portion de trottoir jonchée de feuilles d'automne. Elle pourrait dater d'hier, ou d'avant-hier.

Pourquoi, Esther ? Pourquoi ?

LUNDI

Alex

Je me lève tôt, quand il fait encore nuit. Comme promis, j'ai l'intention de m'occuper des courses d'Ingrid avant d'aller travailler. Ce matin, il fait atrocement froid. Le temps de verrouiller la porte de la maison, en enfermant à l'intérieur p'pa qui dort, j'ai déjà les mains, les oreilles et les poumons gelés. Je commence par me diriger vers la boîte aux lettres la plus proche pour poster des factures. C'est mon dernier salaire qui a servi à les régler, notamment celle du gaz, qui était accompagnée d'un avis de coupure pour impayé. Pour un peu, on se retrouvait sans chauffage. En recevant cette facture, la semaine dernière, p'pa a piqué une crise. Il a même fait son mea-culpa, jurant d'arrêter de boire et de chercher du travail.

Ça me touche, qu'il ait pris la chose tellement à cœur.

Tout en marchant, je lorgne du côté de la maison abandonnée pour tenter de repérer des signes de vie, des indices de la présence de squatteurs. Une fois de plus, je suis choqué du spectacle désolant qu'elle offre aux passants. Cette maison défigure notre rue comme une vilaine cicatrice. Elle n'est pas la seule, c'est vrai. Propriétés fermées, constructions inachevées, plaques de contreplaqué et autres matériaux de chantier entreposés sur des pelouses envahies par les mauvaises herbes… Ce paysage est un signe des temps, un stigmate de la crise du logement que les générations futures étudieront en détail dans les livres d'histoire. Ça me fait un drôle d'effet de penser que ces maisons délabrées sont en train d'écrire l'histoire. Sous mes yeux.

Le quartier est surtout habité par des ouvriers, dont certains vont jusqu'à Portage, Indiana ou Hobart pour gagner le maigre salaire qui leur permettra tout juste d'honorer leurs factures. Ils travaillent principalement dans l'industrie manufacturière, quand ils ne sont pas vendeurs dans une des boutiques de la ville. L'argent n'est pas facile à gagner, pour les gens du quartier, mais nous sommes quand même mieux lotis que ceux des appartements sordides du secteur d'Emery Road — là où se trouvent les logements sociaux réservés aux plus bas salaires.

En tout cas, même si la maison jaune n'est pas le seul témoin de la crise, les gens ne parlent que d'elle : de cette petite maison traditionnelle, avec son revêtement en aluminium et sa toiture déglinguée, juste en face de la mienne.

Personnellement, je n'ai jamais vu cette maison qu'à l'état de ruine, mais je sais par les voisins qu'elle n'a pas toujours été une verrue dans le paysage. Quand ils sortent sur leur pelouse pour l'examiner, bras croisés, sourcils froncés, ils se désolent tout haut de la voir se délabrer un peu plus chaque année. « C'est vraiment une honte, disent-ils. Il fut un temps où cette maison était habitée et bien entretenue. » Certains ont réclamé sa démolition, mais la banque à laquelle elle appartient refuse de financer l'opération. Une démolition, ça coûte de l'argent. La maison est donc abandonnée à son sort. Un triste sort, vraiment. J'aimerais que quelqu'un se décide à la raser pour abréger son agonie.

Cette maison dérange tout le monde.

Sans compter toutes ces histoires autour du fantôme de Geneviève.

Des enfants ayant réussi à se hisser à hauteur des fenêtres de la maison jaune pour regarder à l'intérieur (on peut les juger courageux ou stupides, comme on voudra) auraient vu le fantôme de Geneviève. Et pas seulement des enfants. Non. Nombreux sont ceux qui prétendent avoir aperçu une petite apparition blanche flottant de pièce en pièce, seule et perdue, appelant sa mère.

Pour les collégiens, dormir une nuit dans la maison hantée correspond à un rite de passage. J'y ai moi-même sacrifié quand j'avais douze ans. Enfin, presque, car mes potes et moi, on n'a tenu que deux ou trois heures, grand maximum. La moitié de l'épreuve consistait à sortir de chez soi sans que votre mère ou votre père s'en aperçoive, ce qui dans mon cas ne posait aucun problème, puisque p'pa était toujours tellement déchiré qu'il ne savait jamais si j'étais ici, ou là, ou ailleurs. Mais les autres garçons ont dû mentir à leurs parents, dire qu'ils dormaient chez un copain, ou faire le mur longtemps après l'heure du coucher.

Ce rite devait nous faire passer de la catégorie des gamins à celle des initiés, nous faire entrer dans la caste de ceux qui avaient osé défier le fantôme.

Et donc nous l'avons fait. Ou du moins nous avons essayé. Mes copains et moi, nous avons préparé nos sacs, emportant nos lampes et nos couteaux de poche, des jumelles, de quoi manger ; pour relever un défi, celui de tenir toute la nuit dans la maison jaune du fantôme. Pourquoi ? Ne me le demandez pas. Nous l'avons fait, voilà tout.

Nous avions également un appareil photo jetable, pour prendre des photos à montrer le lendemain à l'école. Comme preuve de notre exploit. Histoire de pouvoir dire : oui, nous avons passé la nuit avec le fantôme et nous avons survécu. L'un de nous avait des lunettes à vision nocturne, un autre, un caméscope. Un troisième a exhibé une caméra, prétendument thermique (il se vantait). Nous avons escaladé une fenêtre — je me suis égratigné le tibia sur un tesson de verre — et nous avons établi notre campement dans ce qui avait été autrefois le salon d'une famille heureuse, avec sacs de couchage, oreillers et tout. Nous nous sommes photographiés devant la cheminée couverte de toiles d'araignée, assis sur le vieux canapé défoncé qui grouillait d'insectes, et nous avons même osé franchir le seuil de *la* chambre. Oui, de *sa* chambre.

Celle de Geneviève.

En ce qui concerne Geneviève, toutes les histoires que j'ai entendues concordent : c'était une méchante petite fille qui prenait un plaisir sadique à détruire les nids d'oiseaux et à torturer les insectes en leur arrachant les pattes une par une. C'est le souvenir qu'elle a laissé dans l'esprit des gens, celui d'un petit monstre qui grimpait aux arbres pour faire tomber des bébés rouges-gorges, puis sautait à terre pour les piétiner, pendant que la mère assistait à la scène, impuissante à sauver ses petits.

Les enfants du quartier, à présent adultes, sont partis depuis longtemps, mais leurs parents sont encore là pour raconter ce que Geneviève leur faisait subir. Geneviève était cruelle. Geneviève était méchante. Elle tirait les cheveux de ses camarades, elle les insultait. Elle les faisait pleurer et les terrorisait au point qu'ils s'inventaient des maux de ventre et refusaient d'aller à l'école, parce que là-bas, à la récréation, Geneviève allait leur donner des coups de poing dans le ventre et des coups de pied dans les tibias. Elle avait vraiment un très sale caractère, du moins, c'est ce qu'on raconte, et pas simplement le caractère d'une gamine de cinq ans qui boude, pleure et tempête, mais plutôt celui d'une enfant de cinq ans extrêmement perturbée, à qui on aurait dû passer la camisole de force, ou au moins donner quelques tranquillisants.

Pas étonnant que la moitié de la ville soit persuadée que son fantôme est revenu nous hanter.

Mes copains et moi, nous n'avons pas tenu longtemps dans la maison jaune. Au bout de deux ou trois heures, dès que nous avons entendu des bruits au-dessus de nous, nous avons détalé sans demander notre reste. Nous n'étions pas seuls, mais rien à voir avec un fantôme. Ce sont les rats qui nous ont vaincus. Les fichus rats du grenier. Ils nous ont fait fuir à 23 heures, quand ils sont sortis de leur trou pour se mettre en quête de nourriture.

Encore de nos jours, après toutes ces années, certains

assurent entendre la nuit des bruits étranges venus de cette maison. Des pleurs. Une enfant fredonnant des berceuses.

Moi, je suis persuadé que ce n'est que le vent.

Mais ce n'est pas l'avis de tout le monde. Les plus superstitieux refusent de circuler à pied sur le trottoir du fantôme et traversent la rue pour marcher plutôt de notre côté. Il y en a qui retiennent leur souffle, comme lorsqu'on passe devant un cimetière et qu'on évite de respirer pour ne pas inhaler l'esprit des morts. Ils rentrent leurs pouces dans leurs poings, aussi, mais, ça, je ne sais pas pourquoi. Je sais juste qu'ils le font. Il y a ici tout un tas de superstitions autour de la mort.

Quand on voit son ombre sans tête, ça signifie qu'on va mourir.

Apercevoir un hibou en plein jour signifie que la mort rôde.

Un oiseau qui s'écrase contre une fenêtre, c'est pareil.

La mort va par trois.

Et aussi : on doit sortir un cadavre d'une maison les pieds devant.

Moi, je ne crois pas à tout ça. Je suis un sceptique.

Le plus comique, c'est que Geneviève n'est même pas morte dans la maison jaune. Elle y vivait, c'est vrai, mais elle n'y est pas morte. Alors pourquoi son esprit serait-il venu s'installer ici, hein ?

Mais je suis sûrement trop terre à terre pour comprendre ce genre de subtilités.

Quinn

Le jour se lève, Esther n'est toujours pas rentrée. C'est l'heure de partir travailler et je dois me faire violence pour franchir le seuil de l'appartement. Si je m'écoutais, je resterais ici à attendre Esther. Il faut patienter quarante-huit à soixante-douze heures, m'a assuré l'opératrice du 311. Et ça ne fait que vingt-quatre heures qu'Esther n'est plus là. Près de soixante-dix pour-cent des personnes disparues quittent leur domicile de leur plein gré ; ça aussi, l'opératrice me l'a assuré. De plus, Esther cherche une colocataire pour me remplacer, et, quand je fais le lien entre les deux événements, je ne peux en déduire qu'une chose : la disparition d'Esther a un rapport avec *moi* et mon comportement trop nonchalant. Je ne suis pas une bonne colocataire ; ça, je l'ai compris. Mais quand même, que ce soit ou non ma faute, ça me fait l'effet d'une gifle, qu'Esther veuille me mettre dehors.

Mais je ne peux pas m'enfermer à la maison pendant deux jours et attendre qu'Esther réapparaisse comme par magie. Il faut que j'aille travailler. J'espère au moins que quand elle reviendra on pourra parler posément de nos problèmes de cohabitation.

Ce lundi, j'ai eu l'idée saugrenue de mettre une minijupe. Je suis dans le bus 22, celui qui va vers le quartier du Loop, et à chaque arrêt — c'est-à-dire à chaque carrefour —, quand les portes s'ouvrent, l'air frais de novembre assaille mes jambes nues. Je porte des collants, bien entendu, mais une fine couche de nylon ne peut rien contre les bourrasques impitoyables de « la Ville du Vent ». Pour le trajet, j'ai des chaussures de sport aux pieds, mais je transporte dans mon sac de jolies petites chaussures de rechange : je soigne mon image de femme active.

Si seulement ma mère pouvait me voir en ce moment ! Elle serait vraiment fière de moi !

J'ai mes écouteurs aux oreilles, ma tablette sur les genoux. La musique m'aide à m'isoler des quintes de toux, des éternuements et autres bruits indélicats émis par les gens qui m'entourent. Comme ça, je m'imagine qu'ils ne sont pas là et je peux me laisser emporter par la voix de crooner de Sam Smith qui me supplie de ne pas le quitter. Une bien meilleure manière de débuter la journée.

Un demeuré a laissé une vitre entrouverte et la température dans le bus doit avoisiner les 16 °C. Je referme sur moi les pans de mon manteau, tout en demandant sèchement au voyageur assis derrière moi d'arrêter de me tripoter les cheveux, « s'il vous plaît ». Ce n'est pas la première fois que je remarque ce type dans le bus. C'est un clochard, il ne va nulle part, il ne monte que pour être au chaud. Il restera aussi longtemps que le chauffeur le lui permettra. Quand il descendra, il fera la manche le temps d'amasser deux dollars pour acheter le ticket qui lui permettra de remonter dans un bus. J'ai un peu pitié de lui. Quand même.

Mais, s'il touche encore mes cheveux, je change de siège.

Nous quittons Andersonville et déjà les hauts immeubles du Loop sont visibles au loin. Il nous reste encore à traverser Uptown, Wrigleyville, Lake View, Lincoln Park.

Et c'est là que ça me reprend, dans le bus 22 qui descend Clark Street en brinquebalant, avec ce taré derrière moi qui caresse mes longues boucles dorées et me donne la chair de poule. Je repense brusquement à Esther. A Esther qui a l'intention de me remplacer. Et ça me met en rage.

C'est aussi douloureux que de se cogner un orteil, d'éliminer un calcul rénal ou, pire, de se coincer les doigts dans une portière de voiture. J'ai envie de pleurer et de hurler. Il y a ce grand vide dans mon cœur, ce truc que je n'arrive pas à comprendre. J'entends la voix de la fille hier soir au téléphone — dans le téléphone d'Esther —, sa voix joyeuse et pleine de naïveté qui m'annonce avec entrain : « J'appelais pour me renseigner au sujet de votre annonce dans le *Reader*. L'annonce pour la colocation. »

Cette pauvre fille est loin de se douter que dans moins d'un an Esther la mettra peut-être dehors, elle aussi.

Je descends du bus et file vers l'immeuble qui abrite mon bureau, un gratte-ciel sur Wabash Avenue. C'est un bâtiment noir, cinquante étages de bureaux empilés les uns sur les autres, rigoureusement identiques. Il donnait autrefois sur le lac Michigan, mais cette vue magnifique est maintenant obstruée par la dernière monstruosité du quartier, la plus gigantesque : quatre-vingt-huit étages de squelette en acier et de façades-rideaux qui sont sortis de terre en à peine plus d'une nuit. Les directeurs de mon cabinet, c'est-à-dire mes patrons, ceux qui occupent au dernier étage des bureaux panoramiques aussi vastes que la maison de mes parents, sont furieux d'être privés par plus riches qu'eux de la super vue qui va avec leur standing.

Les petites rivalités du monde développé.

Je prends l'ascenseur jusqu'au quarante-troisième étage et souris à la réceptionniste, qui me sourit en retour. Je suis à peu près certaine qu'elle ne connaît pas mon nom, mais au moins elle ne demande plus à voir mes papiers d'identité. Ça fait maintenant trois cent soixante jours que j'ai décroché cet emploi — donc un paquet de lundis. Mon travail ne me plaît pas du tout : agent de bureau, c'est encore plus bas qu'agent d'entretien dans la pyramide de la hiérarchie — oui, je suis moins considérée que les hommes et les femmes qui font les sols et nettoient l'urine dans les toilettes.

J'ai accepté cet emploi pour avoir un salaire. Un petit salaire, mais un salaire quand même. De toute façon, je ne pouvais pas espérer beaucoup mieux avec une licence en littérature générale, obtenue de surcroît dans une université médiocre. Agent de bureau, c'était à ma portée.

En arrivant, je commence par me mettre en quête de Ben. Ben qui n'a pas daigné me rappeler, parce qu'il était trop occupé à faire des *choses* avec sa petite amie. Avec Priya. Mais pas question de laisser mon esprit s'égarer dans cette direction ; je ne peux pas me le permettre. Le moment est mal choisi pour penser au couple Ben-Priya, qui excite ma jalousie. Je préfère me concentrer sur mon but. Trouver Ben. Il faut que je lui parle de la disparition d'Esther.

Et donc je me glisse dans la cage d'escalier et entame mon ascension vers l'étage de Ben. Notre cabinet, un cabinet d'envergure nationale qui emploie plus de quatre cents avocats, occupe onze étages de bureaux dans le bâtiment noir. L'aménagement des étages est à peu près le même : juristes et agents de bureau s'y entassent dans des box et partagent l'espace avec des étagères, des dossiers, des photocopieuses. Nous n'avons pas droit à la lumière naturelle et les lampes au néon des plafonniers encastrés n'avantagent ni mon teint ni la couleur de mes cheveux. Sous cet éclairage, je suis blafarde et maladive : on dirait que je souffre d'une jaunisse aiguë, d'une maladie du foie ou des voies biliaires. C'est dur d'être sexy dans ces conditions.

Je travaille au quarante-troisième, Ben au quarante-septième, ce qui fait quatre étages à monter. Je gravis lentement les marches une à une, en essayant d'oublier à quel point cette cage d'escalier est lugubre. J'aurais pu prendre l'ascenseur, mais je n'avais aucune envie de me retrouver coincée dans une cage métallique avec des prétentieux — je parle des avocats.

Quand j'arrive devant le poste de Ben, je le trouve vide. Son ordinateur est allumé, son sac de cuir et ses chaussures de course noires sont posés près de son fauteuil pivotant. Il est donc là, quelque part dans les locaux, mais il n'est pas à son bureau. Je demande dans les box voisins si quelqu'un l'a vu, en essayant de dissimuler mon angoisse derrière un faible sourire.

— Il était là tout à l'heure, me répond une blonde, une technicienne juridique, qui passe, dossier en main, en faisant claquer ses talons sur le plancher. Mais maintenant il n'y est plus.

Merci du renseignement.

Je trouve un bout de papier sur lequel griffonner un bref message, de ma plus belle écriture, bien que mes mains aient mille raisons de trembler — ou plutôt mille et une. *Il faut qu'on parle. D'urgence.* Et je laisse le message bien en vue sur le clavier de l'ordinateur, puis je m'en retourne dans mon box, désappointée.

Ce matin, je dois m'occuper d'un gros dossier et le classer selon l'étiquetage Bates. L'étiquetage Bates… c'est un nom ronflant, le genre de nom qui convient à une tâche importante. Tout ce qui est important est désigné par un nom qui sonne bien. Par exemple, quand on a le deuxième orteil plus long que le premier, ça s'appelle le pied grec — j'ai appris ça en surfant sur Internet, sur du temps de travail facturé à un client qui a les moyens.

En ce qui concerne l'étiquetage Bates, la tâche consiste à coller des centaines de milliers d'autocollants numérotés sur un ensemble de documents que je vais devoir ensuite photocopier en deux, cinq ou dix exemplaires. Le pire, c'est que ces documents ne sont même pas remplis d'anecdotes croustillantes comme les dossiers des avocats spécialisés dans les divorces. Ils ne contiennent que des informations financières. Parce que je travaille pour un cabinet d'avocats d'affaires, c'est-à-dire pour des hommes mortellement ennuyeux qui prennent leur pied à éplucher des documents rébarbatifs et à parler d'argent toute la sainte journée — ce qui ne les empêche pas de me payer un salaire de misère, à peine quelques centimes de plus que le salaire minimum.

L'étiquetage Bates, je l'ai déjà expliqué, est un travail inintéressant et répétitif. Aussi, au bout d'une heure à noter encore et encore le nom d'un client sur un post-it marque-page rouge, les mots commencent à se brouiller devant mes yeux et mon esprit s'évade. Tout en continuant de classer les documents, je pense à Esther. Où est-elle ? Je repense à la dernière fois que je l'ai vue. N'y avait-il rien dans le ton de sa voix ou dans son sourire las qui aurait pu m'alerter ? Elle était malade ; elle ne se sentait pas bien. « Je serais une véritable rabat-joie, Quinn. Si tu veux t'amuser, vas-y sans moi. »

Mais maintenant je ne peux pas m'empêcher de me poser des questions. Etait-ce un test ? Esther a-t-elle voulu me mettre à l'épreuve ? Voir quel genre de colocataire j'étais vraiment, et si oui ou non je ferais passer mes besoins avant les siens ?

Si c'était le cas, j'ai lamentablement échoué. Je suis sortie sans elle. Je me suis amusée. En rentrant, je n'ai même pas pensé à aller voir dans sa chambre comment elle se sentait et si elle allait bien. Ça ne m'est tout simplement pas venu à l'esprit. Je n'ai pas proposé de lui apporter une couverture supplémentaire ou de lui réchauffer un bol de soupe. Une autre colocataire, plus sympa que moi, l'aurait fait. Elle aurait dit : « Pas question », quand Esther aurait insisté pour qu'elle sorte. « Pas question, Esther. Je n'ai aucune envie de sortir sans toi. »

Mais ce n'est pas ce que j'ai dit. J'ai dit : « D'accord » et je me suis empressée de filer. Je n'ai pas eu besoin d'y réfléchir à deux fois.

— Merde !

Je viens de m'entailler la pulpe de l'index avec le tranchant d'une feuille de papier. Un sang bien rouge affleure à la surface. J'ai même laissé une trace sur un « état des flux de trésorerie ».

— Merde, merde et merde.

Je contemple mon doigt d'un air désolé, mais c'est à Esther que je pense, et le *merde,* c'est pour elle. Mon doigt m'élance, mais mon cœur bien plus encore.

Esther cherche à me remplacer.

Quand j'essaye d'imaginer ma future vie sans Esther, je suis effondrée.

— Sale journée, on dirait ? demande une voix.

C'est Ben ! Planté à l'entrée de mon box, mains sur les hanches, dans la posture *akimbo* (terme que j'ai également découvert par hasard en surfant sur Internet), il contemple avec insistance les gouttes de sang sur ma main.

— Laisse-moi t'aider, dit-il.

Ben porte un pantalon chino en coton couleur taupe et un polo en piqué de coton d'un bleu vif, de la couleur des plumes de paon. Il est d'une élégance irréprochable, absolument superbe, bien qu'il y ait des chances pour qu'il ait enfourché son vélo pour venir — un Schwinn hybride qu'il attache devant l'immeuble à des arceaux en acier galvanisé. Il a une silhouette de coureur, maigre et musclée, toujours moulée dans des vêtements près du corps — des hauts ajustés et des pantalons serrés —, de sorte qu'on peut voir ses fessiers et ses abdominaux. Ou plutôt de sorte que je n'ai aucun mal à les imaginer.

Ce n'est un secret pour personne que j'en pince pour Ben. La terre entière le sait, sauf lui.

Il sort un mouchoir en papier d'une boîte et l'applique fermement sur ma microblessure. Il a les mains chaudes, des mouvements assurés.

— Il faut mettre ton bras en l'air pour stopper l'hémorragie, dit-il tout en me faisant lever le bras.

Pour la première fois depuis la mystérieuse disparition d'Esther, je souris. Ce n'est pas cette ridicule petite entaille qui va me vider de mon sang. J'ai taché un document financier ? Aucune importance, il est sans intérêt et j'arrangerai ça avec du blanc.

— Désolé d'avoir manqué ton appel hier soir, enchaîne Ben. Quoi de neuf ?

Dans sa main, il tient mon message : *Il faut qu'on parle. D'urgence.*

Je suis tentée de me décharger de mon fardeau sur lui, ici même, tout de suite, en lui racontant tout : Esther, sa disparition par l'escalier de secours, l'étrange message à « cher amour », et tout le reste. J'aurais beaucoup à dire, mais je ne dis rien. Pas encore. Pas ici. Dans ces locaux, les ragots se répandent comme une traînée de poudre. Je ne voudrais pas que le petit curieux qui travaille au bout du couloir se charge de répéter à tous mes collègues que j'ai été répudiée par Esther parce que je suis une mauvaise colocataire.

Ben, Esther et moi, nous sommes très complices, un peu comme les trois mousquetaires. C'est grâce à moi qu'Esther et Ben se sont connus. J'ai d'abord rencontré Ben, le jour où nous avons subi ensemble la journée de formation après notre embauche — huit pénibles heures à remplir des tonnes de formulaires et à regarder des vidéos sans intérêt, installés autour d'une grande table de conférence, dans une salle luxueuse. Je m'ennuyais à mourir quand Ben a fait pivoter son fauteuil vers moi en imitant le sourire figé de la femme qui animait la journée, une DRH défigurée par un excès de Botox.

J'ai tellement ri que je crois bien en avoir recraché du café par le nez.

C'est depuis ce jour-là que nous sommes amis. Nous déjeunons ensemble presque tous les jours, nous partageons une quantité extravagante de pauses-café, nous échangeons des ragots sur les avocats.

Quand j'ai emménagé avec Esther, mon tandem avec Ben s'est transformé en trio.

Esther avait tenu à organiser une fête pour célébrer mon arrivée. Elle avait décoré la maison ; elle avait préparé tout un tas d'amuse-gueules. Evidemment. Elle est comme ça, Esther. C'est le genre de choses qu'elle est capable de faire. Elle avait invité plein d'amis à elle : des gens de la librairie, de son école, des voisins, des gens du quartier ; Cole, le kiné du rez-de-chaussée ; Noah et Patty, qui habitent l'immeuble d'en face.

Moi, j'avais invité Ben.

Tout le monde est venu, puis reparti. A la fin de la

soirée, il n'est plus resté qu'Esther, Ben et moi. Nous avons discuté de tout et de rien jusqu'au petit matin. Là, Priya a appelé Ben en lui demandant de rentrer, mettant ainsi fin au merveilleux moment que nous passions ensemble. Ben s'en est allé à contrecœur, mais le week-end suivant, comme Priya était occupée à réviser des partiels et ne pouvait pas sortir avec lui, il est revenu.

— Il te plaît, pas vrai ? m'avait demandé tranquillement Esther après son départ.

— Ça se voit tant que ça ? lui avais-je répondu.

Et ensuite j'avais ajouté, énonçant ainsi une évidence :

— De toute façon, je n'ai aucune chance. Il a une petite amie.

Esther et moi nous étions installées côte à côte sur le canapé, face à l'écran noir de la télévision.

— Eh bien, avait poursuivi Esther, avec ce ton détaché qui la caractérisait, il ne sait pas ce qu'il rate. Tu le sais bien, Quinn, pas vrai ?

Et j'avais répondu oui, mais en réalité j'en doutais.

— Tant pis pour lui, avait conclu Esther.

Elle m'avait fait répéter plusieurs fois que oui, c'était tant pis pour lui, comme si elle voulait m'en convaincre. Et elle avait presque réussi.

Le week-end suivant, Ben était de retour pour passer un moment avec Esther et moi.

S'il y a quelqu'un au monde qui peut m'aider à retrouver Esther, c'est Ben. Aussi, quand il me demande : « Quoi de neuf ? » tout en pressant un mouchoir en papier contre ma main pour arrêter ma fausse hémorragie, je réponds sans hésiter : « Si on allait déjeuner ? »

Il n'est pas encore 11 heures, beaucoup trop tôt pour déjeuner, mais Ben comprend aussitôt que je veux être seule avec lui pour parler.

— Allons-y, dit-il.

Je me lève de mon fauteuil et nous partons.

Nous allons chez Subway, comme tous les jours, et je commande la même chose que d'habitude : un sandwich au rôti de bœuf, avec du blé. Pour Ben, ce sera un sandwich salade-poulet. Et c'est là, pendant que nous prenons place à une table près de la vitrine, face à la rue bondée, que j'avoue tout à Ben :

— Esther n'est pas rentrée hier soir.

Puis j'ajoute, d'une voix basse et contrite :

— Et elle a découché samedi soir aussi.

Il y a un immeuble en construction sur Wabash Avenue et ça fait un boucan d'enfer : nous avons droit aux marteaux-piqueurs, aux scies, aux ponceuses, etc. J'essaie de faire abstraction des bruits, extérieurs et intérieurs. A l'extérieur, celui du chantier. A l'intérieur, la dizaine de clients qui font la queue, impatients et affamés, tuant le temps en téléphonant, tandis que celui qui se fait appeler « artiste du sandwich » pose à tous la même question, inlassablement, comme un disque rayé : « Pain blanc ou pain complet ? Pain blanc ou pain complet ? » Je m'imagine l'espace d'un instant qu'il n'y a que Ben et moi dans la salle, que nous ne sommes pas noyés dans les odeurs de légumes, de fromage et de pain frais, que nous nous trouvons dans un endroit romantique, par exemple Trattoria N° 10 sur Dearborn Street, ou Everest, au dernier étage de la Bourse de Chicago (un établissement où je ne mettrai probablement jamais les pieds). Nous dégustons un carré d'agneau ou de la longe de chevreuil, tout en admirant la vue sur le Loop depuis le quarantième étage. Le personnel nous appelle respectueusement monsieur et madame, on nous sert du champagne, suivi d'un sorbet pour deux, avec deux cuillères. Ça, ce serait vraiment romantique. Je sens presque le genou de Ben qui se presse avec force contre le mien sous la table, sa main qui s'avance lentement vers la mienne sur une nappe blanche amidonnée, tandis que je lui avoue d'un ton morne : « Et elle a découché samedi soir aussi. »

— Comment ça, elle a découché ? demande Ben en reposant son sandwich.

Le front plissé d'inquiétude, il fouille dans sa poche

pour en sortir son téléphone, ouvre la page de ses contacts et fait défiler la liste, cherchant sans doute le numéro d'Esther.

— Peut-être qu'elle m'en veut ? dis-je.

— Et pourquoi t'en voudrait-elle ?

Je lui réponds que je n'en sais rien, mais la vérité, c'est que je le sais. Elle n'a pas *une* raison de m'en vouloir, mais toute une série de petites raisons qui, mises bout à bout, font de moi une colocataire indésirable.

— Je n'en sais rien. Peut-être parce que je l'ai abandonnée samedi soir.

Mais elle aussi, elle se prépare à m'abandonner. Et chaque fois que j'y pense, c'est plus fort que moi, je suis triste et furieuse à la fois. Comme je vois que Ben s'apprête à appeler Esther sur son portable, je pose une main sur son bras pour l'arrêter.

— Pas la peine, dis-je d'un ton piteux. Le portable d'Esther est à l'appartement.

Ben est intelligent, logique et méthodique (tout le contraire de moi, ce qui fait de nous deux êtres complémentaires comme le yin et le yang) : il se met aussitôt à raisonner.

— Appelle la librairie, dit-il. Et demande si elle est allée travailler aujourd'hui. Tu as pensé à ses parents ?

— Elle n'a plus que sa mère.

Du moins, il me semble, puisque Esther n'a jamais mentionné devant moi ni père, ni frère, ni sœur, ni chien, ni cochon d'Inde. Bien sûr, je n'oublie pas la photo de famille aperçue en décembre dernier dans le box du garde-meubles — *une* photo de famille, mais pas forcément de *sa* famille. « Qui est-ce ? » avais-je demandé. Et ma question avait entraîné une réponse lapidaire : « Personne. » Puis Esther m'avait repris la photo, tout en refermant brusquement le couvercle de la boîte sur ma main, au risque de m'amputer d'un doigt.

— Tu as essayé de téléphoner à sa mère ? insiste Ben.

Je secoue la tête.

— Je ne connais pas son nom. Et je n'ai pas son numéro.

Je lui explique que j'ai appelé la police, croyant faire un pas en avant, qui a malheureusement été suivi de deux pas en arrière. Je n'ai donc pas avancé.

— Esther a dû enregistrer le numéro de sa mère dans son téléphone, fait-il remarquer.

Je hausse les épaules.

— Je n'ai pas le mot de passe pour ouvrir son téléphone.

Lequel téléphone ne nous servira donc à rien, sauf si quelqu'un appelle.

— Je vais voir ce que je peux faire, dit-il en m'adressant un clin d'œil. Je m'y connais un peu en bidouillage de téléphones.

Première nouvelle. Je sais qu'il se débrouille pas mal sur Internet et il a un accès à LexisNexis. C'est un des rares avantages à travailler pour un cabinet d'avocats : nous pouvons consulter une base de données inaccessible au commun des mortels, qui nous permet de vérifier les antécédents d'une personne et d'obtenir sur elle certaines informations confidentielles.

Je me sens frustrée, et c'est peu dire. J'ai l'impression de faire tout de travers. Je n'ai pas la larme facile, mais là j'ai envie d'enfouir mon visage dans une serviette en papier Subway pour pleurer toutes les larmes de mon corps. Heureusement, c'est le moment que Ben choisit pour allonger son bras par-dessus la table et caresser ma main. Ce n'est qu'un geste amical et je m'efforce de ne rien y voir d'autre.

— En tout cas, ça m'étonnerait qu'Esther soit fâchée contre toi. Tu es sa meilleure amie.

De nouveau, je dois lutter contre les larmes. C'était ce que je croyais, qu'Esther et moi étions les meilleures amies du monde. Mais à présent je n'en suis plus si sûre.

— Tu te charges d'appeler la librairie et moi je m'occupe de la mère d'Esther. On va la retrouver, promet-il. On va la retrouver.

Le son de sa voix m'apaise. Il prend les choses en main

avec tant de gentillesse et de simplicité que je me sens soulagée. Je lui souris avec reconnaissance. Je ne vais plus traquer Esther en solitaire. A partir de maintenant, j'ai Ben pour m'aider.

Alex

Tout en grimpant le perron de la maison d'Ingrid Daube, je remarque la couche de feuilles mortes accumulée dans son jardin. Je note mentalement : apporter un râteau pour ratisser. Je peux bien lui rendre ce petit service, vu qu'il lui est impossible de sortir.

Il va bientôt neiger. Je ne voudrais pas que sa pelouse meure étouffée sous les feuilles gelées.

J'ai à la main deux gros sacs en papier — ses courses. Dans ma poche, j'ai sa monnaie, un dollar et soixante-treize cents. Comme je n'ai pas les mains libres, je lève la jambe et me sers de mon genou pour appuyer sur la sonnette. Puis j'attends qu'Ingrid vienne m'ouvrir.

Dehors, il y a du soleil. Il ne fait pas chaud — loin de là —, mais au moins il y a du soleil. L'air est piquant, c'est une fraîche journée. Les mouettes sont particulièrement bruyantes et agitées. Des colonies entières planent dans le ciel, puis vont se percher sur les toits des bâtiments et sur les auvents. Elles font un sacré tapage.

Ingrid m'ouvre la porte avec l'allure de quelqu'un qui sort du lit, les cheveux en bataille, en chemise de nuit et robe de chambre. Elle n'est pas maquillée et ça se voit. Sa peau est toute ridée, striée de plis d'amertume que l'absence de camouflage rend cruellement visibles. Aujourd'hui, elle a l'air vieille et ça me choque.

— Bonjour, murmure-t-elle d'un ton crispé.

— Bonjour, je réponds d'un ton gêné.

Elle semble particulièrement stressée ce matin. Elle

s'empresse de me faire entrer en me tirant par le bras, tout en balayant la rue du regard pour s'assurer que je n'ai pas été suivi, que le vent n'attend pas, tapi derrière moi, prêt à l'attaque. Puis elle referme précipitamment le battant en luttant contre une rafale, et tourne la clé dans la serrure tout en poussant le verrou.

Elle veut empêcher l'air du dehors d'entrer chez elle. Certains jours, sa phobie va jusque-là. Elle n'a plus simplement peur de sortir, elle craint l'air et toutes les saletés qu'il transporte : germes, pollen, particules de pollution, fumée, haleines. C'est apparemment le cas aujourd'hui. Une fois la porte bien fermée, elle se détend un peu et me sourit.

« Ouf, dit ce sourire. On l'a échappé belle. »

Comme je suis un garçon délicat et discret, je fais celui qui n'a pas remarqué qu'elle était dans un mauvais jour, ou en tout cas qui ne s'en formalise pas. Je ne suis pas un spécialiste de l'agoraphobie, mais en observant le cas Ingrid j'ai vu jusqu'où pouvait aller la peur de sortir. La boîte aux lettres d'Ingrid, c'est le facteur qui la vide régulièrement, quand elle est trop pleine, et il lui apporte le courrier jusqu'à la maison. Ses poubelles, c'est un petit voisin qui les sort. Pour les courses, nous sommes deux ou trois gamins à nous relayer. Ingrid n'a pas toujours été malade. Ça a commencé il y a un peu plus d'un an, par une crise d'angoisse en plein marché. C'était l'été, il y avait un monde fou et notamment des touristes. Il faisait une chaleur atroce, étouffante, l'une de ces chaleurs qui vous empêchent de respirer. Les queues devant les stands étaient interminables. Ingrid attendait devant l'un d'eux, son panier au bras, quand elle a brusquement porté une main à son cou, bouche ouverte, comme si elle ne pouvait plus respirer. Certains l'ont entendue crier « va-t'en » et « laisse-moi tranquille ». Elle s'étouffait et il a fallu appeler le 911. Il paraît qu'elle aurait aussi hurlé : « Ne me touche pas ! »

Depuis, elle ne sort plus, elle a trop peur d'une crise, peur de perdre le contrôle, peur de mourir en plein marché

106

devant tout le monde. Ce n'est pas elle qui me l'a raconté, bien sûr, mais ça me paraît évident. Parce que le marché, c'est le dernier endroit au monde où je voudrais mourir, au milieu des touristes et des odeurs de poisson.

Ingrid me prend des mains un des deux sacs et me fait signe de la suivre dans la cuisine, où un jeu de cartes est étalé sur la table de ferme. Elle fait un solitaire. Ça me serre le cœur de penser qu'elle en est là. Un bloc-notes posé près des cartes lui permet de tenir le compte des parties gagnées. Apparemment trois contre une pour aujourd'hui.

Sur la table, il y a aussi son matériel pour fabriquer des bijoux. Des rubans, des fils, des cordelettes. Des perles et des fermoirs. De petites boîtes à bijoux vides en carton. Un arc-en-ciel de papier de soie. Une liste manuscrite des commandes qu'elle doit honorer. Ingrid ne manque pas de ressources, elle crée des bijoux et gère une boutique en ligne. Elle se fait livrer le matériel dont elle a besoin, et un coursier vient chercher ses œuvres, qu'elle livre dans les jolies petites boîtes que je vois sur sa table. Ingrid a trouvé le moyen de gagner sa vie sans jamais avoir à mettre un pied hors de chez elle. Elle a essayé une fois de m'apprendre à faire un collier — juste comme ça, parce que je n'ai personne à qui offrir un collier. Mais je n'ai pas réussi, je suis trop maladroit de mes mains, impossible de tordre correctement le fil de fer, et encore plus d'enfiler les perles. Ingrid a reconnu que je n'étais pas très doué. Après ça, je m'en suis tenu à lui apporter ses courses et à lui livrer ses repas. Mais elle a quand même fait un collier pour moi. Pas un collier de minette, évidemment. Une dent de requin, au bout d'un cordon réglable, avec quelques perles noires et blanches. « Il te donnera de la force et te protégera », m'a-t-elle murmuré. Elle a dit ça d'un drôle de ton, comme si elle considérait que je manquais de force intérieure et que j'avais besoin de protection. C'est ce que symbolise une dent de requin : la force intérieure et la protection. Ce collier est devenu mon talisman, mon porte-bonheur.

Je ne le quitte plus, bien qu'il n'ait pas pour l'instant prouvé son efficacité.

Aujourd'hui, nous discutons un peu, tous les deux. Nous parlons de la défaite des Lions contre les Giants hier soir, des gâteaux qu'elle va cuisiner cet après-midi. Nous parlons du temps, nous parlons des mouettes.

— Je ne les ai jamais entendues hurler comme ça, assure Ingrid.

— Moi non plus, je réponds.

Mais c'est faux. Les mouettes sont toujours bruyantes. Je me demande si je dois parler à Ingrid des squatteurs dans la maison jaune en face de la mienne, puis je décide que non, que ce n'est pas un sujet qui lui fera du bien. Je l'aide à vider les sacs. Elle me propose un billet de vingt pour me dédommager de mon temps. Je tente de refuser. Elle me le fourre d'autorité dans la main et cette fois je le prends.

C'est un rituel. Ça se passe comme ça toutes les semaines.

Tout en rangeant, Ingrid fredonne une chanson. Une chanson triste et mélancolique, carrément déprimante, qui me donne le cafard. La pauvre Ingrid est particulièrement morose aujourd'hui. Elle a des gestes lents, pleins de lassitude, elle est tassée sur elle-même.

Ayant fini de vider les sacs, je les plie soigneusement en deux, tout en proposant à Ingrid de l'aider à mettre ses articles à leur place dans les placards.

— Non, ça va, dit-elle. J'ai presque fini.

Effectivement, elle est en train de caser le dernier, une boîte de pop-corn à faire au micro-ondes.

— Tu as déjeuné, Alex ? me demande-t-elle.

Elle me propose un sandwich, je la remercie et lui réponds que j'ai mangé. C'est faux, mais j'ai encore un peu d'amour-propre. Même si tout le monde a pitié de moi, je n'accepte pas la charité. Surtout venant d'Ingrid, qui a une vie encore plus misérable que la mienne. Enfin… peut-être…

Ingrid n'a plus besoin de moi et je pourrais partir, mais

au lieu de ça, je ne sais pas pourquoi, j'attrape le paquet de cartes et me mets à le brasser.

— Vous savez jouer au gin-rami ?

Ingrid se détend et me sourit. Elle sait jouer au gin-rami, bien sûr, et je sais qu'elle sait. J'y ai déjà joué avec elle, un jour semblable à aujourd'hui.

Nous nous installons à la table ; je distribue.

La première fois, je la laisse gagner. Evidemment.

La seconde fois, je me bats avec un peu plus de conviction, mais elle gagne quand même. Ingrid manipule les cartes avec la dextérité d'une joueuse professionnelle. Elle me dévisage par-dessus l'éventail de son jeu, tentant de deviner ce que j'ai en main. Reine de trèfle, valet de carreau. As.

Elle est aussi très douée pour tricher, mais elle le fait avec une telle adresse qu'on ne peut pas lui en vouloir.

— Tu travailles toujours à plein temps chez Priddy ? me demande-t-elle tout en battant les cartes pour la troisième fois.

Et je réponds :

— Oui, madame.

Elle se lisse les cheveux du plat de la main, tire sur sa robe de chambre, s'assure que le lien est bien serré. Elle semble un peu plus détendue, mais les signes de stress sont toujours là, dans les rides de son visage, dans ses yeux fuyants. Elle se lève et me propose du café. Je décline son offre, et elle se sert une tasse en y ajoutant de la crème et du sucre — comme Pearl. Pearl. Je la revois émergeant des eaux du lac Michigan en sous-vêtements. Depuis hier, je n'ai pas réussi à effacer cette image de mon esprit.

— Ceux de ton âge sont tous partis à l'université, dit soudain Ingrid.

Comme si elle m'apprenait quelque chose.

— Pourquoi pas toi ? demande-t-elle.

Je distribue de nouveau les cartes. Dix pour elle et dix pour moi.

— Je n'avais pas les moyens, dis-je pour couper court.

C'est ce que je réponds, mais ce n'est qu'à moitié vrai.

P'pa et moi, on n'a pas les moyens, mais j'avais obtenu une bourse complète qui couvrait mes frais de scolarité et mon logement. Je l'ai refusée. J'ai répondu : merci, c'est gentil, mais non, merci. J'aurais pu faire des études, tout le monde le dit, je suis intelligent, en tout cas pas plus bête qu'un autre, juste plus discret. Des mots savants, j'en connais, moi aussi, mais je ne m'en gargarise pas en permanence. Seulement de temps en temps. Quand c'est utile.

— Comment va ton père ? demande Ingrid du ton de quelqu'un qui connaît la réponse.

Et je dis sans détour :

— Toujours alcoolique.

Ça va faire des années que p'pa n'est plus capable de conserver un boulot. Il boit trop pour ça. Apparemment, on ne peut pas se présenter au travail soûl comme un cochon, les pupilles dilatées, et prétendre toucher un chèque à la fin du mois. Bref, ça fait longtemps qu'il ne rapporte plus d'argent à la maison, ou si peu... Aussi, le jour où la banque a menacé de saisir notre maison, j'ai dû travailler à temps partiel. Chez Priddy, parce qu'elle a accepté de fermer les yeux sur le fait que je n'avais que douze ans. J'étais à la plonge, dans la cuisine, pour que ça reste discret, et Priddy me payait sans me déclarer, comme ça, les impôts n'étaient pas au courant. Encore un truc que toute la ville savait, mais que tout le monde faisait mine d'ignorer.

Je décide de changer de conversation, parce que je n'ai plus envie de parler de mon père. Ni de l'université. Ni de tous ceux qui vont de l'avant, alors que moi je suis coincé dans une vie sans la moindre perspective d'évolution.

— Il va faire froid, cet hiver, dis-je entre mes dents.

Le vent tourne autour de la maison comme une voiture de course qui prendrait un virage en faisant crisser ses pneus.

— Il fait toujours froid l'hiver, non ? fait remarquer Ingrid.

— Ouais, dis-je.

— Tu as eu des nouvelles de ta mère ? demande-t-elle ensuite.

Décidément, elle tient à parler de ma famille aujourd'hui. D'abord mon père. Puis ma mère.

Et je réponds :

— Non.

C'est encore un demi-mensonge. J'ai parfois des « nouvelles » de ma mère, sous la forme d'une carte postale envoyée d'un endroit que je ne verrai jamais : le mont Rushmore, les chutes du Niagara. Fort Alamo. Je sais que ça vient de ma mère, bien qu'elle n'écrive rien et ne signe même pas de son nom. Qui d'autre pourrait nous envoyer des cartes postales ?

— Ce n'est pas facile, d'être mère, murmure Ingrid dans un souffle, sans lever les yeux vers moi.

Aujourd'hui, Ingrid vit seule, mais elle a été une maman. Son mari est mort il y a quelques années, emporté par une épidémie de grippe particulièrement virulente. Ses enfants ne viennent jamais lui rendre visite, sans doute parce qu'ils vivent trop loin. Mais je suis sûr qu'elle était une bonne mère, bien meilleure que la mienne. Je n'ai pas le moindre doute à ce sujet. Je le vois à son regard attentionné et à son sourire avenant. A ses bras ronds. Des bras faits pour câliner les enfants — du moins, je crois, car je n'ai pas eu l'occasion de les tester.

Je réfléchis à sa dernière phrase : « Ce n'est pas facile, d'être mère. » Mais ne réponds pas. Pas tout de suite, en tout cas, puis je finis par lâcher, du bout des lèvres :

— Possible.

Je ne peux pas faire mieux. Je ne veux pas accabler ma mère devant Ingrid, mais je refuse de laisser entendre que je lui trouve des excuses. Car ce n'est pas le cas. Elle m'a abandonné. Elle a filé en plein milieu de la nuit pour sauter dans un train, sans même un au revoir, sans un sourire. Je pense à une photo d'elle que papa garde précieusement et qui date de la période de leur rencontre. Elle doit avoir vingt et un ans et sur cette photo, déjà, elle ne sourit pas.

Son visage est étroit, très effilé, avec un menton pointu. Elle a les pommettes hautes, le nez fin, des yeux graves, presque sévères, voire méchants. Des cheveux bruns, coupés en dégradé autour du visage, au ras des épaules, comme beaucoup de femmes de sa génération. On est à la fin des années 1980, début des années 1990. Elle porte une robe, ce qui est étrange parce que je ne me souviens pas avoir jamais vu ma mère en robe. Mais sur cette photo elle en porte une. Elle est délavée, gris clair et bleu lavande, évasée avec des volants. Une robe à frous-frous qui se cache derrière un petit côté sage. Une robe qui tente de se faire passer pour ce qu'elle n'est pas. Comme ma mère.

Cette photo, pour moi, résume tout ce qu'était ma mère.

— Tout le monde commet des erreurs, commente Ingrid.

Je ne réponds pas. Et ensuite, sans même que je sache comment, la conversation revient sur l'hiver. Le froid, le vent, la neige.

A la fin de la quatrième partie, Ingrid me congédie.

— Tu n'es pas obligé de rester ici pour me tenir compagnie, dit-elle, tout en rassemblant les cartes. Je suis sûre que tu as mieux à faire.

J'en doute. Mais je pars quand même.

Parce que je parie qu'Ingrid a mieux à faire que de perdre son temps avec moi.

Je lui dis au revoir et sors en laissant la porte claquer derrière moi. Depuis le porche, j'entends le bruit du verrou et de la serrure. Je dévale les marches et traverse la rue en courant. Une berline se gare lentement le long du trottoir, juste devant moi. Une jeune femme en sort, une cigarette entre ses lèvres fines. Je contourne la berline pour rejoindre le trottoir, et c'est à ce moment-là que j'aperçois au loin une silhouette solitaire qui marche lentement. Une femme. Dans un manteau à carreaux noirs et blancs, avec un bonnet gris sur la tête et un sac de toile en bandoulière. Les mains dans les poches de son pantalon. Les cheveux au vent.

Pearl.

Elle disparaît de l'autre côté de la colline, au bout de

la rue principale, dans le quartier des belles maisons et des grands arbres de la colline, comme avalée, engloutie, digérée par le paysage dans lequel elle se dissout peu à peu.

Et moi je la regarde disparaître, subjugué. Paralysé.

Une porte-moustiquaire grince. Le Dr Giles sort sur le pas de sa porte.

Lui aussi regarde du côté de Pearl qui disparaît de l'autre côté de la colline, dans le brouillard matinal.

Quinn

J'appelle la librairie d'Esther le jour même, sur mon trajet de retour, en commençant par m'excuser de la mauvaise qualité de la communication.

L'employée qui me répond est une certaine Anne, une femme sèche et coincée, à cheval sur le règlement. Je ne l'ai croisée qu'une fois, un jour où j'étais venue rejoindre Esther pendant sa pause-déjeuner, mais ça m'a suffi pour la juger. En me voyant arriver, Anne s'était empressée de me faire remarquer que la pause d'Esther débutait à 12 h 30 et qu'il n'était que 24. Le magasin était désert et totalement mort, mais, durant les six minutes qui nous séparaient de l'heure réglementaire, elle a gardé un œil d'aigle sur mon amie qui installait des livres sur un présentoir. Enfin, à 30, nous avons eu l'autorisation de partir. Ce jour-là, j'ai définitivement classé Anne parmi les personnes antipathiques.

Ce n'est donc vraiment pas de chance, vu le nombre d'employés qui travaillent dans la boutique, que ce soit justement Anne qui décroche. Je me présente poliment. J'essaie de paraître décontractée. Je prends ma voix la plus naturelle, la plus douce, avec un ton sincère et vaguement teinté d'inquiétude — un mélange aussi écœurant qu'un pot-pourri parfumé. Et, bien entendu, je passe sous silence le fait que je suis sans nouvelles d'Esther depuis plus de trente-six heures.

Je demande simplement à lui parler.

A l'autre bout du fil : silence. J'en déduis que cette

vieille sorcière d'Anne est partie chercher Esther dans la librairie. Et, si elle est partie la chercher, c'est qu'elle est là. Mais, le silence se prolongeant, je commence à douter. Peut-être la communication a-t-elle été coupée ? J'écarte le téléphone de mon oreille et vérifie l'écran : les secondes indiquant le temps de communication défilent toujours. Trente-trois, trente-quatre…

Non, la communication n'est pas coupée.

— Allô ? Anne ?

Je crois bien que je le répète plusieurs fois, mais elle doit avoir du mal à m'entendre avec tout le bruit qu'il y a autour de moi : le moteur Diesel du bus CTA, les voyageurs qui discutent, les klaxons de voiture. C'est l'heure de pointe et il y a du trafic. Quelle surprise…

— Esther était censée venir à 15 heures, lâche enfin Anne. Et elle n'est pas là. Mais peut-être que *vous,* vous savez où elle est ? me demande-t-elle avec une certaine brusquerie.

J'ai la nette impression qu'elle me croit de mèche avec Esther. Ça prouve au moins que je lui ai bien dissimulé mon inquiétude.

D'après ce que dit Anne, Esther devait travailler à 15 heures… Je n'ai pas besoin de vérifier ma montre pour savoir qu'il est bientôt 18 heures, l'heure de pointe. Comme tous les soirs, le bus est bondé. Des corps se pressent contre le mien. Je suis debout, agrippée à une barre comme si ma vie en dépendait. Ça pue. Après leur longue journée de travail, les gens sentent la transpiration, ils ont mauvaise haleine. Un bras appuie sur ma joue, laissant sur ma peau une trace de transpiration.

Et, pour en revenir à Esther, ce n'est pas normal qu'elle ne se soit pas présentée à la librairie — et surtout sans prévenir. Esther ne s'absente jamais. Comme tout le monde, il lui arrive de se réveiller en pestant contre le travail qui est un esclavage, mais une fois sur place elle donne le meilleur d'elle-même — y compris avec Anne, bien que je me tue à lui répéter qu'elle ne trouvera jamais grâce à ses yeux. Bref, ce n'est pas le genre d'Esther de s'absenter sans prévenir et, même si je lui en veux de chercher une nouvelle colocataire, je ne voudrais pas qu'elle ait des ennuis à la librairie ou, pire, qu'elle soit renvoyée. Mon premier réflexe est de la couvrir.

— Elle est malade, dis-je à Anne.

C'est l'excuse imparable. Si elle est malade, elle ne peut pas travailler. Esther aurait fait la même chose pour moi, j'en suis certaine.

— Elle a une bronchite. Peut-être une pneumonie.

Et j'enchaîne en décrivant en détail une toux sévère. Je mentionne des mucosités verdâtres, j'explique que ça fait plus de vingt-quatre heures qu'Esther est clouée au lit. Elle a de la fièvre. Des frissons. Puis j'ajoute :

— Ce matin, elle est restée au lit parce qu'elle avait de la fièvre, mais elle avait l'intention de se lever cet après-midi.

Histoire de souligner à quel point Esther est sérieuse et consciencieuse — puisqu'elle était prête à aller travailler avec de la fièvre.

— Si elle n'est pas venue, c'est que son état a empiré dans la journée.

Mais Anne me rétorque qu'elle aurait dû appeler pour prévenir, et ajoute, perfide :

— Elle avait l'air en pleine forme samedi.

Laissant entendre qu'Esther n'est peut-être pas malade. Je juge donc utile de préciser :

— Ça s'est déclaré brusquement. Elle a pris un coup de froid qui l'a terrassée.

— Oh ! je comprends, réponds Anne.

Mais ce qu'elle pense, c'est : *Tu te fiches de moi, je ne suis pas dupe.*

Je ne connais pas le nom du café dans lequel j'ai donné rendez-vous à la candidate colocataire. Pour moi, c'est « le café à l'angle de Clark et Berwyn ». C'est comme ça que je l'appelle. Nous y allons souvent, Esther et moi. Il nous suffit de dire : « On se retrouve au café », pour savoir que c'est de ce celui-là qu'il s'agit. C'est ça, pour moi, une amie. C'est quelqu'un qui vous comprend à demi-mot, qui sait ce que vous avez en tête.

Mais en ce moment je n'ai pas la moindre idée de ce qu'Esther peut bien avoir en tête.

Je repère la candidate à travers la vitrine avant même d'entrer. Dehors, il fait déjà nuit, et le café est éclairé, je distingue donc nettement l'intérieur à la décoration industrielle et minimaliste, les tables en acier, les accessoires recyclés qui pendent du plafond et des murs. La candidate — une fille à la peau d'albâtre et aux cheveux couleur gingembre coupés en dégradé — est affalée sur un tabouret devant un des comptoirs, côté vitrine. Elle émiette nerveusement le bord de son gobelet de carton, tout en scrutant la rue, probablement pour me guetter. Elle a vraiment tout faux. Ce n'est pas là que nous nous installons, Esther et moi, mais plutôt à l'une des petites tables de bistrot en acier, plus intimes, tout au fond, devant le mur de pierres, près de la cheminée en brique. La première arrivée attend l'autre pour consommer et nous faisons la queue ensemble pour choisir une boisson à base de caféine, généralement la même. Mais cette fille est allée tout droit au comptoir pour commander, et en plus elle s'est assise au mauvais endroit.

Elle ne s'entendrait pas avec Esther. Pas du tout. Ça me paraît tout de suite évident.

Je me décide à entrer et traverse la salle tête baissée, les yeux rivés sur le sol en béton ciré, ou plutôt sur le bout rond de mes bottines de cuir. Je ne regarde pas la candidate. Pas encore. C'est dur de soutenir le regard d'une fille qui s'apprête à vous voler votre vie — même si elle n'en est pas consciente. Elle n'est responsable de rien, je le sais bien, mais elle m'est quand même antipathique. Je crois que je pourrais aller jusqu'à la haïr.

Quand je m'arrête devant elle, elle m'adresse un sourire charmant, mais réservé.

— Vous êtes Esther ? me demande-t-elle en me tendant sa petite main.

Et je lui réponds que oui, je suis Esther, bien qu'évidemment cela soit faux. Je suis Quinn, mais pour elle pas de Quinn. Je suis Esther.

Son nom, me dit-elle, est Megan. Puis elle se ravise :

— Meg, pour les amis.

Cette fille-là ne sait même pas comment elle s'appelle. C'est une indécise, comme me le confirme sa poignée de main, tellement molle que je ne suis pas sûre qu'on se soit vraiment touchées.

Je ne prends pas la peine d'aller me chercher un café, parce que je sais déjà que notre entretien ne va pas durer longtemps. Je n'aurais pas dû venir, mais c'était plus fort que moi, je voulais voir ma rivale. Elle me semble jeune et naïve, le genre de fille qui ne sait même pas comment l'on s'y prend pour héler un taxi. Le genre de fille que j'étais avant de côtoyer Esther. Je me glisse sur un tabouret de bar à côté d'elle et je dis :

— Vous êtes intéressée par l'appartement ?

Et elle m'assure que oui. Elle a terminé ses études, enfin, c'est tout comme, puisqu'elle aura son diplôme en décembre, et elle cherche à déménager. En ce moment, elle vit avec sa mère près de Portage Park, mais elle voudrait se rapprocher du Loop, quartier plus branché, à la population plus jeune. Elle a déjà un travail qui l'attend à l'ouest du Loop. Elle a besoin d'un appartement bien desservi par les transports en commun. Elle ajoute d'un ton dramatique, en repoussant ses cheveux couleur gingembre :

— Le trajet depuis Portage Park me prendrait des années.

Ce qui m'exaspère le plus, c'est qu'elle me ressemble, ou du moins qu'elle ressemble à celle que j'étais il y a un peu plus d'un an, quand j'ai vu *l'autre* annonce d'Esther dans le *Reader,* la dernière fois qu'elle a cherché une colocataire. À l'époque, je croyais avoir définitivement échappé à ma médiocre vie de banlieusarde, mais à présent je n'en suis plus si sûre. Depuis que je sais que je vais quitter Esther, j'ai l'impression de régresser. Elle m'avait choisie, et voilà qu'elle me rejette. Je ne suis pas pour elle quelqu'un de « spécial », mais une simple colocataire, un produit de consommation de masse qui se remplace aisément. Et cette Meg possède toutes les qualités requises pour le faire. Plus elle en dit, plus mon cœur se serre. Il se serre quand elle m'explique qu'elle est douée pour la conception graphique. Et encore plus quand elle m'annonce qu'elle est résolument écolo, au point d'aller au travail à vélo dès qu'il fait suffisamment beau. Quand elle m'avoue que le plus dur pour elle dans le fait de déménager sera de se séparer de son chat. Quand elle m'explique qu'elle adore cuisiner, et qu'elle se définit elle-même comme une maniaque de la propreté. Tout ça me brise le cœur, parce que je pense qu'Esther apprécierait Meg. Oui. Je pense qu'Esther serait vraiment séduite par la personnalité de cette candidate.

Mais la vraie question est la suivante : apprécierait-elle Meg plus qu'elle m'apprécie, moi ?

— Vous cherchez une nouvelle colocataire ? demande Meg.

Tout en suivant du regard un groupe de piétons qui vient de descendre du bus 22 et passe devant nous, je marmonne distraitement :

— L'actuelle va bientôt déménager.

Et là-dessus j'explique que nous nous séparons d'un commun accord. Ma coloc a parfois du mal à payer sa part du loyer et elle préfère retourner vivre chez ses parents. De mon côté, j'en ai marre qu'elle participe si peu aux factures, et marre aussi qu'elle se serve dans mes provisions sans rien me demander. C'est moi que je décris, oui. Mais je ne suis pas pour autant une mauvaise colocataire. Ou si ?

Qu'est-ce que je vais devenir si Esther me demande de partir ?

Où est Esther ? Pourquoi ne rentre-t-elle pas ? Il serait temps qu'on mette les choses à plat entre nous.

Pourquoi ne m'a-t-elle pas dit qu'elle en avait assez de moi ?

Meg me pose ensuite les questions de routine, concernant la caution, ou le paiement du premier et du dernier mois de loyer. Elle veut savoir s'il y a ou non une laverie dans l'immeuble. Des questions que je n'avais pas pensé à poser quand j'étais à sa place. Mais, quand elle me demande si elle peut visiter, je réponds non. « Pas encore », c'est ce que je réponds.

— Je vous tiendrai au courant, je… Je dois voir d'autres candidates.

Car après tout, c'est vrai, il y aura sûrement d'autres candidates colocataires. Combien ? Une, dix, vingt ? Vingt jeunes filles qui voudront me chasser de chez moi et me piquer mon lit, ma chambre, ma meilleure amie ?

Je ne me sens pas de taille à lutter.

— Je vous recontacte bientôt, lui dis-je.

Mais une fois dans la rue je marmonne : *Je ne pense pas que ta candidature sera retenue, Meg.*

De toute façon, même si Meg avait été Jane Addams, mère Teresa, ou Oprah Winfrey, je ne l'aurais pas trouvée assez bien pour Esther. Et pourtant, si Meg était là ce soir, c'est parce que *moi*, je ne suis pas assez bien pour Esther.

Quelle ironie…

Alex

Je déambule dans les rues à la recherche de Pearl.

Je commence par écumer le quartier des belles demeures, là où ça pue le fric. Puis je vais du côté des petites maisons à peine mieux que des taudis, comme la mienne. Mais toujours pas de Pearl. Je décide donc de me rendre du côté du lac, dont je longe la rive intérieure. Pas de Pearl. Je me dirige ensuite vers le quartier du complexe scolaire, trois bâtiments de brique clairs et ternes — une école primaire, un collège et un lycée. Ça peut paraître beaucoup pour notre petite ville, mais les classes sont remplies par les bus scolaires qui amènent des élèves des villes voisines. Sur chacune des façades flotte un drapeau américain — et ça fait trois drapeaux qui claquent sous l'effet des brusques rafales de vent et font autant de bruit qu'une colonie de chauves-souris. Dehors, dans la cour, des élèves bavardent par petits groupes, comme s'ils voulaient se réchauffer en s'agglutinant. D'autres, en tenue de sport, courent sur la vieille piste du lycée. Un camion de pompiers — les pompiers bénévoles de la ville — passe en faisant hurler sa sirène, gyrophare allumé. Je m'écarte sur le bord de la route et le regarde s'éloigner avec ses quatre gros pneus qui projettent du gravier sur le bas-côté, tout en cherchant à repérer de la fumée au loin. J'espère que p'pa n'a pas mis le feu chez nous. C'est peu probable, car, heureusement, le camion prend la direction opposée à notre maison.

Mes pas m'entraînent ensuite du côté de la vieille église protestante, puis vers l'ancien cimetière, le nouveau cimetière, le café. Je m'attarde sous des lignes à haute tension, pour écouter le grésillement de l'électricité ; je passe devant des champs de maïs aux tiges desséchées et dépouillées de leurs épis, que l'on coupera bientôt ; devant des fermes d'élevage et des troupeaux de vaches, grasses et maigres. C'est là le paysage typique du Michigan, du Midwest. Notre ville se trouve en bordure de la ceinture de maïs et elle est entourée d'exploitations agricoles. Je n'ai rien à faire de ce côté-là, mais il faut bien tuer le temps. C'est mon jour de congé, et pour une fois j'aurais préféré travailler. Ça m'aurait évité de trop penser à Pearl.

Je finis par revenir vers le lac. Toujours pas de Pearl. Totalement désœuvré, je grimpe sur le plateau du carrousel et m'installe sur le char en forme de serpent de mer, une sorte de créature mythologique de couleur bleue, moitié dragon, moitié serpent, à la décoration chargée. Le siège est glacé, mais je reste là, à rêvasser. J'entends résonner dans mon crâne les airs les plus célèbres de Rodgers et Hammerstein, ceux qu'on jouait autrefois. Une canette arrachée par le vent fou de novembre roule d'un côté et de l'autre du parking, comme un vaisseau dans la tempête, faisant un raffut incroyable.

Chaque fois que je viens ici, je pense à la fille de mes rêves, celle qui emprunte des traits à la Leigh Forney qui m'a brisé le cœur quand j'avais douze ans, et à d'autres dont j'ai sans doute été un peu amoureux — tout un lot de filles allant des starlettes hollywoodiennes comme Selena Gomez à la femme qui présente la météo sur la chaîne locale de Kalamazoo. La créature de mes rêves a un visage ovale, la peau claire, des yeux noisette trop rapprochés, tout près de son nez en trompette. Elle a aussi des cheveux lisses, châtain clair, couleur caramel, qui flottent au vent. Elle a un grand sourire désinvolte et insouciant. C'est une créature de douceur, qui ne se montre jamais dans mes cauchemars. Mes cauchemars, c'est surtout p'pa qui les inspire. Notamment celui où il se soûle à mort et où la maison est dévorée par les flammes, avec nous deux à l'intérieur. Mais la fille de mes rêves, elle, demeure dans les contrées du sommeil léger, quand la différence entre rêve et réalité est encore floue. Elle se montre quand je vais m'endormir, ou quand j'émerge lentement du sommeil, silhouette éthérée qui me caresse la joue, m'effleure le bras et me tire par la main en me chuchotant : « Viens, partons. » Et pourtant, dès que je me réveille, elle m'abandonne et se dématérialise devant mes yeux. Ensuite, c'est fini, elle a disparu, je ne vois plus ses cheveux, ni ses yeux, ni son doux sourire, mais je sais qu'elle sera de nouveau là quand je fermerai les paupières, pour m'appeler et m'encourager à partir. « Viens, partons... »

C'est ici, sur ce manège, que j'ai embrassé Leigh Forney. C'était l'été, il faisait nuit, le manège était désert et silencieux, comme en ce moment. Le parc aussi était désert. J'avais emmené mon télescope et je l'avais installé en bordure de plage. L'œil collé à l'oculaire, j'avais montré à Leigh le double amas de Persée, la nébuleuse d'Orion, les Pléiades. Elle avait fait semblant de s'intéresser à ce que je racontais, ou peut-être s'y était-elle vraiment intéressée. Je ne sais pas. Leigh était une amie de toujours, j'avais joué au ballon avec elle quand j'avais cinq ans. Elle vivait en bas de ma rue dans un petit pavillon des années 1950 identique au mien. J'avais porté ce lourd et volumineux télescope depuis la maison — je me souviens avoir eu les muscles des bras en feu à l'arrivée — en promettant à Leigh de lui montrer quelque chose de super cool. Quelque chose qui allait lui plaire. Pourquoi nous n'étions pas restés à la maison pour observer les astres, je ne m'en souviens pas. J'avais sans doute pensé que ce serait plus romantique sur une plage. Et ça lui a plu, vraiment, pendant quelques instants, puis, brusquement, elle a lancé : « Je parie que je te bats à la course jusqu'au manège. »

Nous sommes partis en courant. Nos pieds s'enfonçaient dans le sable. Nous avons traversé le parking, puis grimpé sur le plateau orange du manège. Nous ne pensions plus du tout au télescope et au ciel nocturne. Nous nous sommes effondrés sur le char en riant aux éclats. Je l'avais laissée gagner, comme quand nous faisions la course de sa maison à la mienne, ou l'inverse.

Et c'est là, à ce moment-là, qu'elle m'a donné un baiser maladroit d'enfant de douze ans. Aujourd'hui, j'ai beaucoup plus que douze ans, mais mes baisers sont toujours aussi maladroits. Sans entraînement, on ne peut pas faire de progrès. Leigh, de son côté, a dû en faire, j'en suis sûr.

Ensuite, nous sommes restés assis, silencieux et rêveurs, un peu inquiets sans doute, car nous savions que nous ne serions plus jamais de simples amis. Ce baiser avait changé quelque chose entre nous. Si on peut appeler « baiser » le léger contact qui a uni nos lèvres pendant tout au plus quelques secondes.

Quand nous sommes repartis vers la plage, des joueurs de l'équipe de basket-ball du collège s'étaient emparés de mon télescope et s'en servaient pour espionner un couple qui faisait l'amour un peu plus loin. J'ai regardé par-dessus mon épaule, du côté du manège, en me demandant s'ils nous avaient espionnés aussi. Quand j'ai essayé de leur reprendre le télescope, j'ai eu droit à des insultes : « paumé » et « boulet ». « Tapette ». Ils m'ont obligé à me prosterner devant eux pour regagner ce qui m'appartenait. Ils ont dit à Leigh qu'elle pouvait trouver mieux que moi, et il faut croire qu'elle leur a donné raison, parce que je me souviens être rentré seul à la maison ce soir-là, tristement, avec mon télescope, pendant que Leigh s'éloignait avec le groupe de joueurs.

Déjà, à cette époque, je savais où me situer dans la hiérarchie sociale.

Six ans plus tard, rien n'a changé.

Leigh est partie, les garçons de la plage aussi. Mais moi je suis toujours là, assis tout seul sur ce manège, à courir après une fille inaccessible ; hors de portée, tout autant que mes rêves.

Quinn

Esther est une colocataire facile à vivre. Du moins la plupart du temps. Je n'ai jamais eu de conflit avec elle, sauf le jour où j'ai, selon elle, « réorganisé » son placard de cuisine. Ce jour-là, elle s'est mise en colère. Vraiment en colère. Elle est même carrément sortie de ses gonds.

Je n'avais pas intentionnellement « réorganisé » ce placard. Je cherchais un ingrédient, plus précisément de l'aneth, pour assaisonner des pop-corn à cuire au micro-ondes. Un peu de sel, un peu de sucre, un peu d'ail, un peu d'aneth, et le tour était joué ! A l'époque, j'en faisais des folies. J'adorais ça — entre autres. Esther assistait à un cours du soir pour son diplôme d'ergothératruc. J'étais déjà rentrée et avais prévu de passer la soirée devant une série télé.

Esther et moi, nous partageons la vaisselle, mais pas la nourriture. Nous avons donc chacune notre placard. Le mien est rempli à craquer de cochonneries, celui d'Esther est plein de trucs compliqués qui lui servent à mitonner les petits plats qu'elle improvise plus ou moins : nouilles de varech, graines de basilic, aneth, farine d'arachide, *garam masala* — je me demande bien ce que ça peut être. Et des Frosted Flakes.

J'ai mis mes pop-corn au micro-ondes. J'aurais pu me contenter de les saler, c'est vrai, mais je savais qu'Esther avait de l'aneth et je ne me suis pas gênée pour me servir.

Je ne pensais pas avoir dérangé le placard d'Esther, mais elle en a jugé autrement. Quand elle est rentrée, j'étais sur le canapé, en train de me régaler avec mes pop-corn. J'avais mis le volume de la télé au minimum, pour ne pas déranger Mme Budny, la voisine du dessous, qui passait une partie de ses soirées à taper au plafond pour protester contre le bruit. Je l'imaginais, soulevant son balai-éponge avec des mains tremblantes, sa tête couleur de pâte à sel enveloppée dans un foulard, une expression furieuse sur son visage anémique, en train de cogner pour réclamer le silence. Et j'avoue que ça me faisait plutôt rire.

Mais ce soir-là Mme Budny n'avait pas eu à se plaindre de moi. J'avais mis le volume de la télévision si bas que je l'entendais à peine. Esther était d'excellente humeur en arrivant, mais cette humeur s'est gâtée dès qu'elle a ouvert son placard pour se servir un bol de Frosted Flakes.

— Quinn ! a-t-elle appelé d'une voix qui m'a rappelé celle de Hannibal Lecter.

Elle a fait irruption dans le salon et s'est emparée de la télécommande pour éteindre la télévision, sur le mode « Hello, Clarice ».

— Hé ! Je regarde, ai-je protesté tandis qu'elle lançait la télécommande d'un geste rageur dans le fauteuil à carreaux.

— Tu pourrais venir une minute ? a-t-elle demandé en quittant la pièce sans attendre ma réponse.

J'ai donc reposé mon bol de pop-corn pour la suivre dans la cuisine, où son placard était grand ouvert. Il ne me semblait pas du tout en désordre. Pour moi, rien n'avait bougé. L'aneth était là, à sa place, juste avant le cumin et les graines de fenouil. Par ordre alphabétique.

— Tu as touché à mes provisions ? a-t-elle questionné avec un drôle de tremblement dans la voix.

— Je t'ai juste pris un peu d'aneth.

Puis, voyant à quel point elle était furieuse, je me suis empressée d'ajouter :

— Je suis désolée, Esther.

Je ne l'avais jamais vue dans cet état, aussi j'étais totalement désarçonnée.

— Je t'en rachèterai, ai-je promis.

Mais ça ne l'a pas calmée. Elle était de plus en plus écarlate, aussi rouge qu'un champ de coquelicots, au point que j'ai cru un instant qu'elle allait se mettre à fumer par les oreilles, comme un train à vapeur.

Elle était vraiment folle de rage et s'est avancée vers le placard en lâchant :

— La place de l'aneth, c'est là !

Tout en soulevant la boîte contenant l'aneth, pour la reposer exactement là où je l'avais laissée.

— Et celle de la farine d'arachide, c'est là, a-t-elle ajouté en répétant la manœuvre avec le paquet, qu'elle a lâché si brutalement que de la poudre a été projetée dans le placard et sur le comptoir.

Je n'avais pas touché la farine. J'ai songé à protester, à lui dire : *Esther, je n'ai même pas posé la main sur la farine,* mais j'ai compris qu'elle n'était pas en état d'avoir une discussion rationnelle à ce sujet.

Puis elle a craché d'un ton hargneux, tout en désignant d'un large geste la farine répandue sur le comptoir :

— Regarde ce que tu as fait, Quinn. Regarde un peu cette pagaille.

Et là-dessus elle est sortie à grands pas furieux de la cuisine, en me laissant le soin de tout nettoyer.

Je n'ai pas cherché à discuter. Dans la vie, on en apprend tous les jours… Et le lendemain je suis allée m'acheter de l'aneth.

Après mon rendez-vous au café avec la candidate à la colocation, je rentre à la maison. Le couloir qui mène à notre appartement est plutôt minable. La moquette effilochée est d'une vilaine couleur orangée, sans doute pour masquer la boue et toutes les saletés que l'on transporte sous les semelles de chaussures. Les murs sont écaillés. Une ampoule a grillé. Ce couloir est triste. Pas sale, ni glauque, comme dans certains immeubles. Pas dangereux non plus. Juste triste et miteux. Comme un mouchoir qui n'aurait plus de coin propre. Ce couloir aurait besoin d'un coup de peinture, d'une moquette neuve, d'un peu de soin et de tendresse.

Mais au moins l'aspect désolé du couloir me permet d'apprécier d'autant plus l'intérieur chaleureux de l'appartement que je partage avec Esther. Notre petit chez-nous est douillet, confortable, agréable, accueillant.

Au moment où je glisse ma clé dans la serrure, j'ai de nouveau le fol espoir de trouver Esther de l'autre côté du battant. Elle est peut-être là, en train de préparer à dîner, vêtue de son jean et de son gilet préféré. Une odeur divine et alléchante m'accueille. Si Esther a mis la télé, c'est pour suivre une recette sur une chaîne de cuisine. Mais peut-être qu'elle écoute plutôt de la musique, tout en chantant à tue-tête, avec sa voix de professionnelle.

Elle va venir m'accueillir à l'entrée en m'apportant ma vieille polaire et une paire de pantoufles. Parce que c'est Esther. Sainte Esther. Le genre de fille qui a des attentions délicates pour sa colocataire, qui lui prépare des petits plats, qui lui apporterait du café et des petits pains tous les jours si elle le lui demandait.

Mais Esther n'est pas là, bien sûr. Et cette constatation m'abat.

Je vais chercher ma polaire et prendre mes pantoufles. Puis je mets de la musique.

Je sors tout ce qu'il y a dans le congélateur pour trouver quelque chose de correct à manger et me décide pour une pizza surgelée pleine de graisse de porc et de poulet haché. C'est bien connu, la diététique et moi, ça fait deux. J'ai un faible pour la nourriture riche en glucides et matières grasses — notamment pour la crème glacée. C'est un acte de rébellion, en fait, une revanche que je prends sur ma mère, qui m'a infligé pendant tant d'années du poulet cuit au four, le Hamburger Helper maison et l'incontournable assortiment de légumes surgelés (tièdes), petits pois, maïs, haricots verts. Elle m'obligeait de surcroît à rester à table tant que je n'avais pas fini mon assiette. Et cela de huit à dix-huit ans.

Le jour où j'ai emménagé avec Esther, j'ai fait une razzia au supermarché sur tout ce que ma mère m'avait toujours interdit de manger. Une manière d'affirmer mon indépendance ; de prendre les rênes de ma vie. J'ai réclamé un placard de cuisine pour moi toute seule et une étagère dans le congélateur de notre cuisine rétro, remplissant le premier de chips et de biscuits Oreo, et la seconde de pizzas surgelées — assez pour nourrir toute une équipe de football.

Jusqu'à ce qu'Esther me fasse prendre conscience de mon erreur et me mitonne des petits plats.

Esther est une excellente cuisinière, la meilleure que je connaisse. La preuve : elle est capable de donner du goût au chou-fleur et aux asperges. Elle cherche des recettes en ligne ; elle suit des blogs de cuisine. Moi, non. Je ne sais pas du tout faire la cuisine.

Donc, ce soir, ce sera pizza surgelée. Je sors une plaque de cuisson et la lubrifie avec de l'huile en spray.

Après avoir enfourné ma pizza, je m'en vais errer du côté de la chambre d'Esther. Il fait noir, je commence par allumer sa petite lampe de bureau. La pièce s'anime, et me voilà de nouveau face au poisson — un molly dalmatien —, qui me supplie de lui donner à manger. « J'ai faim », me crient ses petits yeux noirs. Je saupoudre une poignée de flocons dans son eau, puis je me mets à ouvrir au hasard les tiroirs du bureau et de la commode. Ma fouille d'hier n'était qu'une simple mission de reconnaissance, mais aujourd'hui c'est du sérieux. L'équivalent d'une fouille corporelle ; où tous les coups sont permis. Une opération de renseignement, pas une simple partie de pêche (sans jeu de mots avec le poisson).

Tout en vidant le contenu des tiroirs, je pense au poisson : lui et moi, nous avons un point commun. Esther nous a abandonnés. Elle nous a oubliés. Elle nous laisse crever.

Au début, je ne trouve rien d'intéressant et passe

distraitement en revue ce qui me tombe sous la main. Des menus de restaurant. Un devoir sur la réponse adaptative, un autre sur la dyspraxie. Des notes sur la kinesthésie avec des mots comme *coordination oculo-manuelle* et *conscience du corps,* inscrits sur les lignes d'un cahier, de l'écriture d'Esther. Une carte de vœux de sa grand-tante Lucille. Les paroles d'un chant d'église. Des post-it qui ont servi de pense-bête : *Passer chercher le linge au pressing. Acheter du lait.* Un numéro de téléphone, sans nom associé. Puis je mets la main sur une boîte de lentilles de contact, des lentilles *de couleur,* découverte qui m'arrête net dans mon élan.

J'inspecte l'emballage avec attention. Les lentilles sont bleues, bleu vif, comme indiqué sur la boîte. Et je revois le visage de chérubin d'Esther, avec son œil marron et son œil bleu, signe particulier qui la distingue. Qui fait d'elle une personne spéciale.

Est-ce que ça veut dire que… ?

Je m'interroge…

Serait-ce possible que… ?

Que l'œil bleu d'Esther soit un faux ?

Non. C'est impossible.

Mais le doute persiste.

Et je ne trouve pas que ça. Je ne tarde pas à tomber sur de nouveaux indices, tout aussi perturbants.

Divers prospectus sur le deuil, détaillant le processus du deuil et ses sept étapes. J'essaye de me convaincre que c'est en rapport avec la formation d'ergothérapeute d'Esther — si elle était en deuil, je m'en serais aperçue, non ? —, et que ça n'a rien à voir avec sa vie privée. Qu'elle s'est renseignée pour quelqu'un d'autre. Mais cette hypothèse ne tient pas longtemps. De la pile de papiers, une carte tombe sur mes genoux, une carte monochrome avec un monogramme sur le devant et au dos un nom, une adresse et un numéro de téléphone. La carte de visite d'un thérapeute. Un *psychologue diplômé.* Je contemple fixement cette carte pendant trois bonnes minutes, pour être certaine que j'ai bien lu, qu'il n'y a pas plutôt écrit *podologue,* ou *pneumologue,* ou *pédiatre.* Ou toute autre spécialité médicale commençant par la lettre *p.* Mais non. C'est bien écrit *psychologue.* Esther était malheureuse. Elle est malheureuse. Elle est en deuil et je n'en savais rien.

Mais pourquoi, pourquoi Esther est-elle malheureuse ?

Et que me cache-t-elle d'autre ?

Et ce n'est pas tout. Je trouve, dans la même pile, un autre document qui m'interpelle au plus haut point. Un formulaire. Un formulaire officiel avec « Etat de l'Illinois » figurant en en-tête. Un formulaire qui provient du tribunal du comté de Cook et qui concerne une demande de changement de nom.

Il est rempli. Signé, daté et estampillé. Esther n'est plus Esther, et elle s'appelle maintenant Jane ? J'ai du mal à l'imaginer en Jane. Jane, c'est un prénom beaucoup trop ordinaire pour Esther, qui est tout sauf ordinaire. Si elle tenait à changer de nom, elle aurait dû choisir un prénom original, genre Portia, Cordelia, ou Astrid. Ça lui aurait beaucoup mieux convenu que Jane.

Mais non. Esther est maintenant Jane. Jane Girard.

Soudain, un souvenir me revient, comme un flash : Esther et moi, nous sommes assises sur le canapé de l'appartement, devant la télévision. C'était il y a trois mois, peut-être quatre. Elle avait eu un rendez-vous important dans la journée, mais elle préférait visiblement ne pas en parler. Son silence ayant excité ma curiosité, j'avais inventé de quoi le justifier : Esther était amoureuse d'un homme marié avec enfants et elle le retrouvait dans un hôtel, probablement cet hôtel louche sur Ridge Avenue, celui qui annonce fièrement des chambres avec salle de bains et télévision, comme si c'était le *must* pour une chambre d'hôtel. Ça ne ressemblait pas à Esther de retrouver un homme marié dans un hôtel et je n'y avais cru qu'à moitié, mais je m'étais amusée à l'imaginer. Mais quand même Esther refusait obstinément de dire ce qu'elle avait fait et où elle était allée, répondant à mes questions par mono-syllabes : oui, non, très bien.

Ce soir-là, elle avait eu deux phrases étranges, que je n'avais pas à l'époque mises en rapport avec son mystérieux rendez-vous. D'abord, elle avait dit : « Ça t'est déjà arrivé d'aggraver une situation en essayant de l'arranger ? » Je lui avais demandé à quoi elle faisait allusion, mais elle n'avait pas voulu le dire. Je lui avais alors répondu que oui, ça m'était arrivé. « C'est même toute l'histoire de ma vie », avais-je soupiré.

Puis elle m'avait demandé, de but en blanc, assise à côté de moi sur le canapé, avec un air triste et songeur : « Si tu pouvais changer de prénom, qu'est-ce que tu choisirais ? »

J'avais choisi Belle. Et ensuite je m'étais lancée dans un long discours sur ce prénom que j'aimais tant, et sur le mien, Quinn, que je détestais. Quinn, c'était un prénom de mec, voilà ce que c'était. Ou alors un nom de famille. En tout cas, pas un prénom pour une fille. C'était ce que j'avais expliqué.

Ce soir-là, Esther ne m'a pas dit quel prénom elle aurait choisi si elle devait en changer. Mais maintenant je sais. Esther a choisi de s'appeler Jane.

Elle a changé de nom. Légalement. Elle s'est présentée devant un tribunal et a demandé à un juge l'autorisation de changer de nom. Et moi je n'étais pas au courant. Comment se fait-il que je ne l'aie pas été ?

Je trouve aussi une déchiqueteuse branchée à une prise de la chambre. Je soulève le couvercle et contemple à l'intérieur les millions de rubans de papier. Cette machine est pleine à ras bord ; on n'aurait pas pu y mettre une feuille de plus. Combien de temps me faudrait-il pour trier ces rubans et reconstituer les papiers détruits ? Serait-ce même possible ?

Je reviens au bureau et trouve un marque-page, un coupon, un chèque-cadeau et ce qui ressemble à des photos de passeport — trois photos de passeport rangées dans une pochette, il en manque donc une, qui a été découpée soigneusement avec une paire de ciseaux. Pas de passeport, juste les trois photos, et forcément je me demande si ce sont celles d'Esther ou de Jane.

Je me demande aussi où est le passeport.

Je cherche partout, mais il n'y a pas de passeport dans cette chambre.

Si Esther s'appelle maintenant Jane et qu'elle a obtenu un passeport au nom de Jane, elle a dû changer aussi son permis de conduire et sa carte de Sécurité sociale. Est-ce qu'Esther se promène quelque part avec un permis de conduire au nom de Jane Girard ?

Je suis sur le point d'arrêter ma fouille, ne pensant plus rien trouver d'intéressant dans le tiroir, quand je tombe sur une deuxième lettre dactylographiée, signée « Avec tout mon amour », avec le même E et le même V. *Avec tout mon amour, EV.* Esther Vaughan. Pliée en trois, comme la première, et fourrée tout au fond du tiroir du bureau.

Cher amour...

Je n'ai pas le temps d'aller plus loin. La minuterie du four sonne et je prends soudain conscience d'une odeur de fromage brûlé. Ça sent tellement fort que j'ai l'impression que tout le bâtiment est en feu.

Je lâche aussitôt la lettre pour foncer dans la cuisine.

Alex

De nos jours, on trouve absolument tout ce qu'on veut sur Internet, surtout quand on s'intéresse à un personnage public comme le Dr Giles. Grâce à des sites comme Healthgrades et ZocDoc.com, je peux accéder aux avis de ses patients. La première chose que je découvre, c'est qu'il a comme tout le monde un prénom à mettre devant son nom de famille, autre que son titre de médecin. Il s'appelle Joshua. Dr Joshua Giles.

Et ça change tout. Du coup, je l'imagine comme un bébé sans défense, dans les bras d'une mère qui le baptise Joshua.

Je découvre aussi qu'il a trente-quatre ans.

Marié.

Père de deux enfants.

Diplômé de l'université Northwestern de Chicago.

Ses patients lui attribuent des notes supérieures à la moyenne en ce qui concerne le temps d'attente, la propreté de son cabinet, la facilité à obtenir un rendez-vous. Si l'on se fie à Healthgrades et à ZocDoc.com, il est très apprécié.

P'pa et moi, nous n'avons pas d'ordinateur — contrairement au reste du monde. C'est donc à la bibliothèque publique que je suis allé faire mon enquête, sur un vieux HP qui rame. La bibliothèque de la ville est une vieille dame, tout aussi dépassée que son équipement informatique. Elle a été inaugurée en 1925 et elle est de taille modeste, même si ses locaux ont été agrandis deux fois — elle faisait au départ deux cents mètres carrés. Les collections sont pauvres et vieillottes, totalement *has been*, d'une autre génération. Il n'y a pas beaucoup de livres. Côté média-thèque, ce n'est pas beaucoup mieux, la plupart des films étant disponibles uniquement sur VHS, et pas sur DVD.

A la borne informatique où je suis installé (c'est déjà un miracle que nous ayons une borne avec des ordina-teurs, plutôt que des machines à écrire, des machines de traitement de texte, ou des abaques romains), il n'y a ni cloisons ni portes et je n'arrête pas de regarder par-dessus mon épaule pour m'assurer que personne ne m'espionne. Non, je ne suis pas parano, je connais bien les gens de cette ville et je sais qu'ils n'ont rien de mieux à faire que de se surveiller les uns les autres. Je note mentalement de ne pas oublier d'effacer mon historique avant de partir, des fois qu'une des bibliothécaires serait tentée de venir vérifier ce que je fabriquais sur Internet. Je n'ai pas envie qu'on se demande pourquoi j'ai épluché les commentaires concernant un certain Dr Joshua Giles, docteur en psycho-logie. En tout cas, les commentaires en question sont élogieux. *Bienveillant,* dit l'un. *Sait écouter. Chaleureux. Les pieds sur terre. Facile d'accès.*

C'est le meilleur ! ! ! ! s'exclame un autre, avec une débauche de points d'exclamation qui me laisse perplexe quant à sa santé mentale.

En ce qui concerne la vie privée du Dr Giles, il est marié à une Molly Giles et il a deux enfants, un fils de quatre ans et une fille de deux ans, selon le journal local. Le nom des enfants n'apparaît pas. Il y a des photos de lui — des photos professionnelles, sur lesquelles il pose, en manteau bleu marine, sur un fond gris béton —, mais aucune des membres de sa famille. Il a acheté sa maison il y a environ un an et demi pour six cent cinquante mille billets. Tout est là : son nom, la date de l'achat, l'adresse, le montant de ses impôts fonciers. La vie privée, ça n'existe plus.

— Vous trouvez ce que vous cherchez ? me demande une bibliothécaire en passant.

Je sursaute et m'empresse de réduire l'écran. Cette bibliothécaire est une relique des années 1920, une femme aux cheveux gris qui n'est plus depuis longtemps dans la fleur de l'âge. Je lui dis que je trouve ; que je trouve tout. Sauf que ce n'est pas le cas. Je ne sais pas ce que je cherche, mais en tout cas je ne le trouve pas ici. Je suppose qu'au fond j'espérais quelque chose de négatif, voire d'infamant. Des patients décrivant le Dr Giles comme un sale type, un monstre, un pervers, quelque chose comme ça. Un signalement de la Société américaine de psychologie pour violation du code éthique, ou au moins de mauvaises appréciations de ses patients. *Il a raté des séances, il fait attendre trop longtemps, il s'endort dans son fauteuil pendant qu'on lui raconte sa vie.*

Mais, d'après ce que je vois, il est au contraire très apprécié. Et il a un passé sans tache.

Je décide d'abandonner là mes recherches.

Je me lève en repoussant ma chaise, raclant l'affreuse moquette marron avec les pieds en acier qui se prennent dans un fil. Je pose mon manteau sur mes épaules, comme une cape, par-dessus mon sweat à capuche. Je vérifie deux fois que j'ai bien fermé le moteur de recherche, et ensuite je passe en revue l'historique pour être sûr que je n'ai pas laissé de traces de mon passage. Bon. Rien du tout. L'historique est vierge.

Je suis sur le point de partir quand une voix m'interpelle :

— Alex ? Alex Gallo ?

En me retournant, je découvre Mme Hackett, ma professeure de sciences de l'année dernière. C'est bien elle, un livre de poche à la main, un manteau d'hiver sur le bras. On ne peut pas dire qu'elle ait changé depuis que j'ai quitté le lycée — six mois seulement —, et la voir déclenche en moi une bouffée de nostalgie. Les cours me manquent, ainsi que mes amis, les couloirs du vieux bâtiment de brique, avec leurs interminables rangées de casiers rouges et leur revêtement de sol en vinyle. Mme Hackett a toujours les mêmes longs cheveux noirs, avec la raie au milieu, rassemblés en queue-de-cheval basse sur le côté ; le même sourire doux. Mais, à la place de son ventre plat et de sa taille fine, il y a maintenant un renflement de la taille d'une boule de bowling, qu'elle protège de ses mains. Elle porte une longue tunique avec un pli au centre, qui camoufle le renflement. *Un bébé*. Mme Hackett va avoir un bébé. Et dans pas longtemps. Je ne sais pas pourquoi, mais je ne peux pas m'empêcher de sourire. De son côté, elle me fixe d'un air déçu, les bras croisés, une moue sur son joli visage.

— Je leur avais dit que non, que ce n'était pas possible, murmure-t-elle. J'avais dit que je ne le croirais que lorsque je l'aurais vu de mes propres yeux. Mais c'est pourtant vrai, vous êtes là, ajoute-t-elle, en agitant les mains dans ma direction.

Je me force à sourire.

— En chair et en os.

Elle prend maintenant un air chagriné pour me demander :

— Pourquoi, Alex ? Pourquoi ? Pourquoi avez-vous refusé cette bourse ?

Je hausse les épaules.

— Il faut croire que je suis casanier. Je n'avais pas envie de vivre loin de chez moi.

C'est à la fois vrai et pas vrai. Tout le monde sait pourquoi j'ai refusé la bourse, bien que personne n'ose le dire à haute voix.

— Et comment va votre père ? demande-t-elle.

— Très bien, je réponds.

Elle soupire.

— Vous veniez souvent ici, dit-elle en parlant de la bibliothèque.

C'est vrai, je venais très souvent. Je me planquais derrière une pile de livres d'astronomie et j'étudiais jusqu'à ce que la bibliothécaire me chasse. Depuis ma toute petite enfance, le ciel me fascine. Il me fascinait déjà quand je ne savais pas encore lire. P'pa m'a acheté un télescope à l'époque où on pouvait encore se permettre une telle dépense. C'est si loin, cette époque, que je m'en souviens à peine. Quant à mon télescope, je ne m'en suis plus servi depuis la fameuse nuit avec Leigh Forney sur la plage. J'avais trop peur d'apercevoir des lambeaux de mes rêves flottant dans l'espace, au milieu des nébuleuses et des nuages de poussière interstellaire.

J'ai longtemps cru que je deviendrais astronome, ou, pourquoi pas, ingénieur astronome. Pour concevoir des vaisseaux spatiaux et des avions. Etudier l'univers, découvrir de la vie ailleurs, quelque part, montrer que nous ne sommes pas seuls. Evidemment, je n'avais pas rêvé de travailler à plein temps chez Priddy, à débarrasser les tables. Non, ça, non, jamais je n'ai pensé que ce serait ce que je ferais. Il y a une lettre à la maison pour le prouver, une lettre qui parle d'une bourse pour l'université du Minnesota. Mais cette bourse, j'ai décidé de la refuser le jour où p'pa avait tellement bu qu'il a fallu l'hospitaliser pour coma éthylique. Je crois bien qu'on n'a pas encore fini de payer ce séjour, pour lequel j'avais dû négocier avec l'administration de l'hôpital un paiement échelonné sans intérêts.

Mon regard se perd au loin, vers les étagères de livres, tandis que Mme Hackett poursuit :

— Ça fait un moment que je ne t'ai pas croisé à la bibliothèque.

— Je suis occupé, dis-je.

— Tu travailles ? demande-t-elle.

— C'est ça, oui. Je travaille.

Puis je montre son gros ventre rond.

— Fille ou garçon ?

Je me fiche de savoir si elle attend une fille ou un garçon, mais je dirais n'importe quoi pour qu'on change de conversation. Mme Hackett me confirme que cette boule de bowling sous sa tunique est une fille. Qui s'appellera Elodie. Elodie Marie Hackett.

Je dis que c'est un beau prénom. Elle me propose de toucher son ventre, mais je refuse.

Et puis je m'en vais, parce que je ne supporte plus le reproche muet que je lis dans son regard.

Je décide de rentrer en prenant mon chemin habituel,

par le lac. Il est presque 17 heures et il fera bientôt nuit. P'pa doit commencer à avoir faim. Il se demande où je suis, et pourquoi je ne suis pas là pour préparer le dîner. Ce soir, on mange des SpaghettiOs avec du maïs en boîte. C'est moi, le cuisinier de la maison. Je pourrais aussi faire réchauffer des saucisses *kiełbasa* pour agrémenter le tout.

Ça, ce sont mes projets à la base. Avant que je ne fasse une rencontre qui m'en détourne.

En remontant la rue principale, je passe devant le café et la maison d'Ingrid. Tout en marchant d'un bon pas, je pense à la plage, vers laquelle je me dirige, et à Pearl. Je me demande si oui ou non elle sera au lac ce soir pour son bain nocturne — j'espère que oui et que cette fois j'aurai le courage de lui rendre son salut. Mais soudain j'entends claquer une porte-moustiquaire. Debout sur le perron du pavillon bleu, j'aperçois le Dr Joshua Giles.

Il ferme son cabinet.

Il a mis un manteau et des gants, il tient à la main une sacoche de cuir.

Il a fini sa journée et s'apprête à rentrer chez lui. La rue est silencieuse. La plupart des commerces sont déjà fermés, quelques voitures circulent dans les deux sens, lentement, s'arrêtant au carrefour avant de bifurquer, bien qu'il n'y ait pas de feu, juste un panneau jaune. Un pâté de maisons plus loin, une femme promène son chien, un petit chien qui ressemble à un terrier et qu'elle prend dans ses bras pour traverser devant un gros van. Le ciel se remplit peu à peu d'étoiles ; on voit briller Sirius, la première à apparaître, la plus brillante. Au loin, un train entre en gare. Le Dr Giles s'éloigne du pavillon bleu, à pied.

Chose tout à fait normale.

Aussi, je me demande ce qui peut bien me pousser à le suivre.

Cher amour,

J'ai oublié tant de choses. Mais il y en a bien davantage dont je me souviendrai toujours. Je me souviens de ta voix, de ton sourire et de tes yeux. Je me souviens de ton odeur, de ce que j'ai ressenti quand tes mains ont pris les miennes pour la première fois.

Je ne t'avais rien demandé. C'est toi qui as fait irruption dans ma vie. Et ensuite tu as voulu que je sorte de la tienne.

Parfois je me demande si tu te souviens de moi.

Te souviens-tu de moi ?

Avec tout mon amour,

EV

Quinn

Des leçons de ma mère, il n'y a pas grand-chose qui vaille la peine d'être retenu. « Ne perce pas tes points noirs, ça va te laisser des cicatrices. Brosse-toi bien les dents si tu ne veux pas les perdre avant trente-cinq ans. » Voilà exactement ce qu'elle disait, citant les caries et la gingivite comme causes principales de la perte des dents. Et puis il y avait la mauvaise haleine, qui faisait fuir les garçons, et je n'avais pas envie de rester vieille fille, n'est-ce pas ? Elle me posait la question, depuis le seuil de la salle de bains de notre maison de banlieue, quand elle venait surveiller ma toilette du soir. Je n'avais que douze ans et déjà elle m'imaginait vieille fille, vivant seule avec une ribambelle de chats.

Mais il y a eu une leçon, une vraie, qui se détache nettement des autres. J'avais quinze ans. Je m'étais brouillée avec Carrie, ma meilleure amie de toujours, pour une mauvaise raison, à savoir un garçon. J'avais jeté mon dévolu sur un joueur de l'équipe de foot pour qu'il m'accompagne au bal du lycée, mais elle m'avait prise de vitesse. « L'avenir appartient à ceux qui se lèvent tôt », m'avait-elle répondu quand je m'étais plainte de cette trahison. J'avais aussitôt décidé qu'elle n'était plus mon amie et je ruminais une vengeance. Je voulais lui jeter à la figure, devant témoins, tout le bien que je pensais d'elle. Et aussi lui crêper le chignon. Je voyais déjà la scène, coups de griffe et coups de dent, sous les encouragements et les huées de nos camarades. Je voulais lui arracher les yeux.

Ma mère, à qui je m'étais confiée, m'avait judicieusement fait remarquer que ce n'était pas une bonne idée. Pour commencer, Carrie était plus grande que moi. C'était une sportive accomplie, qui jouait au basket et au volley. En cas d'affrontement physique, elle aurait sans aucun doute le dessus, aussi valait-il mieux renoncer au crêpage de chignon.

Ma mère m'avait ensuite conseillé d'écrire à cette ancienne amie, nouvellement ennemie jurée.

« Ecris-lui une lettre. Jette sur un papier tout ce que tu penses d'elle. Tout ce que tu ressens. »

Puis elle avait ajouté : « Mais surtout ne lui envoie pas cette lettre. Et ne la lui donne pas non plus. Garde-la pour toi. Tu verras, une fois que tu auras vidé ton sac, tu pourras passer à autre chose. Tu seras apaisée. Tu oublieras Carrie et ce qu'elle t'a fait. »

Et pour ça aussi elle avait raison. J'ai écrit. Non pas une lettre, mais plusieurs lettres. Plusieurs longues lettres de reproche, sur mon cahier mauve, avec mon stylo gel préféré. Et dans ces lettres je racontais à Carrie tout ce que j'avais rêvé de lui faire. Je la déchiquetais, je l'emmenais au bûcher, je lui refaisais le portrait, je l'insultais, je lui hurlais ma haine et mes envies de meurtre.

Mais ces lettres, elle ne les a jamais lues. Je les ai écrites, puis jetées. Et ensuite, c'est vrai, je me suis sentie mieux et j'ai pu passer à autre chose. J'ai aussi trouvé de nouvelles amies, mais aucune ne m'a jamais été aussi chère que Carrie.

Jusqu'au jour où j'ai rencontré Esther.

Assise sur le plancher de la chambre d'Esther, tout en mangeant ma pizza à la mozzarella, dont le fromage me dégouline sur le menton, je prends soudain conscience que les lettres d'Esther à « cher amour » ont exactement la même fonction que mes lettres à Carrie. Elles lui ont servi à coucher ses sentiments sur le papier, à se détacher de cet homme qu'elle aime, mais qui a une autre femme. A oublier celui qui lui a brisé le cœur.

Ces lettres n'étaient pas destinées à être lues.

Après avoir fouillé encore quelques tiroirs, quelques boîtes à chaussures du placard, puis sous le lit, je renonce.

Je ne trouverai pas d'autres indices dans cette chambre. Rien de plus que les lentilles de contact, les prospectus sur le deuil, les photos de passeport, le formulaire pour le changement de nom — tout ce qui soulève de nouvelles questions et n'apporte aucune réponse, et qui m'amène une fois de plus à me demander qui est vraiment Esther.

Le moins que l'on puisse dire, c'est que je me sens frustrée. Quelques hypothèses me viennent à l'esprit : Esther, *alias* Jane, s'est servie de son passeport pour fuir le pays ; ou bien Esther, *alias* Jane, se terre quelque part, totalement abattue. Comment savoir ? Je suis là, à me torturer, à me désoler parce que Esther est peut-être seule quelque part, quand je pense soudain à son psy. Peut-être que lui saura…

Je prends sa carte de visite et compose le numéro de téléphone qui y est inscrit en relief. Mais ça ne répond pas et, au bout de cinq sonneries, je suis renvoyée sur une messagerie vocale. Je laisse donc un message en détaillant du mieux que je peux l'objet de mon appel : ma colocataire, Esther Vaughan, a disparu. Et là-dessus, j'explique au psy qu'ayant trouvé sa carte de visite dans les affaires d'Esther j'ai pensé qu'il aurait peut-être une idée de l'endroit où elle pourrait s'être réfugiée. Aurait-elle évoqué avec lui son intention de quitter le pays ? Que pense-t-il du fait qu'elle soit partie en laissant son téléphone à la maison ? Sait-il pourquoi elle a décidé de publier une annonce dans le *Reader* pour chercher une nouvelle colocataire ? Pourquoi veut-elle me remplacer par Meg de Portage Park ? Esther s'est-elle plainte de moi auprès de lui ? Lui a-t-elle dit que je ne payais pas toute ma part du loyer, que je ne faisais jamais la cuisine ? Que je lui avais piqué de l'aneth ? Est-ce lui qui lui a conseillé de couper les ponts avec moi si j'allais un peu trop loin dans le n'importe quoi ?

Puis, soudain, une autre question me vient à l'esprit :

sait-il seulement qui est Esther ? Pour lui, elle s'appelle peut-être Jane. Et donc je parle aussi de ça. J'explique que ma colocataire se fait également appeler Jane Girard, tout en contemplant d'un œil rêveur le formulaire de demande de changement de nom. Et brusquement toute la bizarrerie de la situation m'apparaît : je suis en train d'avouer à un étranger que ma colocataire a une deuxième vie dont je ne sais rien. Et tout ça sur son répondeur, rien que ça. Je me pince. *Réveille-toi !*

Je ne me réveille pas. Normal, puisque je ne dors pas.

Je raccroche brusquement. Quand je pense à toutes les questions que je viens de poser à ce psy, j'ai honte. Honte de ma naïveté. Honte parce que je suis incapable d'apporter le moindre élément de réponse au mystère de la disparition d'Esther.

Il me faut des réponses. Au moins des bribes. Quelque chose. J'appelle Ben pour savoir s'il a avancé de son côté, s'il en sait un peu plus sur la famille d'Esther, mais cette fois encore il ne répond pas. Maudite soit Priya, qui le détourne de son devoir. Comme je laisse un message à Ben, mes yeux tombent sur la photo punaisée au mur — le *selfie* devant l'arbre de Noël artificiel. Et ça me fait penser au garde-meubles où nous avons récupéré l'arbre, ce fameux jour de tempête hivernale. Que peut bien cacher Esther dans ce box, à part cet arbre ? Je n'ai pas la clé, mais je pourrais essayer de convaincre un employé de me l'ouvrir. Non. Je n'en serais pas capable. Esther pourrait le faire, mais pas moi. Je ne suis pas du genre à embobiner quelqu'un avec une œillade et un sourire enjôleur. Tandis qu'Esther, oui.

Ce soir-là, avant d'aller au lit, je rassemble devant la fenêtre voûtée du salon les indices glanés dans la chambre d'Esther pour les examiner un par un. Je relis les lettres adressées à « cher amour », je me familiarise avec les différentes étapes du deuil, je caresse du bout des doigts le nom inscrit en relief sur la carte de visite du psychologue. Dehors, il fait nuit, les lumières de la ville scintillent comme un million d'étoiles. La plupart des voisins n'ont pas tiré leurs rideaux. Ils sont assis comme moi dans une pièce tout éclairée et on peut aisément les voir de l'extérieur.

C'est très courant en ville, de ne pas occulter ses fenêtres et de s'offrir au regard indiscret des voisins. Tout le contraire de la banlieue, où l'on se calfeutre dans sa maison au crépuscule. Chez nous, ma mère fermait rideaux et volets dès que le soleil déclinait, dès que les premières étoiles étaient visibles. Mais ici je peux admirer la vue de nuit : les bâtiments éclairés, les étoiles, les planètes, les lumières clignotantes d'un avion qui survole la ville, silencieux, à dix mille mètres d'altitude. J'essaye d'imaginer ce que les passagers voient de là-haut. Peuvent-ils m'apercevoir ?

Soudain, comme mes yeux reviennent vers la rue, je repère une silhouette esseulée, debout dans l'ombre de Farragut Avenue. Elle regarde du côté de ma fenêtre et j'ai même l'impression que c'est moi qu'elle observe. Il me semble que c'est une femme — à en juger par ses longs cheveux agités par le vent qui virevoltent autour de son visage comme des papillons affolés. Du moins, il me semble voir des cheveux, mais il fait sombre et je ne distingue pas très bien. Cette silhouette ne m'inquiète pas. Elle ne m'effraie pas non plus. Au contraire, j'ai une bouffée d'espoir. D'ici, je ne peux pas voir s'il s'agit ou non d'Esther, mais en tout cas c'est une femme, elle se tient dans l'ombre à l'écart des lampadaires de la rue, et elle me regarde.

Je vous en prie, faites que ce soit Esther. J'ai envie de croire qu'elle est revenue ; elle voudrait rentrer chez nous, mais elle n'ose pas, ou du moins quelque chose la fait hésiter. Je dois la convaincre. Je lui adresse un signe de la main.

Je la fixe, cherchant à voir si elle a bougé, espérant et priant pour qu'elle me rende mon salut, guettant un mouvement du côté de la rue, mais non. Rien. Pas au début, en tout cas. Et ensuite, ça vient. Un geste de la main. Infime, mais quand même. Je suis sûre qu'elle a agité la main dans ma direction. Presque sûre.

Esther ?

Je lâche tout, je sors en courant dans le couloir, je dévale quatre à quatre les marches inégales de l'escalier. Je veux rejoindre cette femme avant qu'elle ne parte. Si c'est Esther, je dois la convaincre de rester. Je cours. *Reste, Esther. Ne pars pas.*

Je glisse à plusieurs reprises, mes chaussures dérapant sur le sol, tant je cours vite, plus vite que jamais je n'ai couru de toute ma vie. Je manque de tomber, mais me rattrape de justesse d'une main à la balustrade et parviens à me relever avant que mes fesses ne touchent le sol. Je sors en courant par la porte principale, dans la rue silencieuse, descends l'escalier du porche, traverse sans même regarder s'il y a des voitures.

— Esther.

Je l'appelle deux fois, la première dans un murmure étouffé — de peur de réveiller les voisins —, ensuite sans retenue. Mais je n'obtiens pas de réponse. Je descends la rue comme une flèche, vers la zone sombre où j'ai aperçu la silhouette tout à l'heure — mais peut-être ai-je seulement cru la voir, à présent, je ne suis plus sûre de rien. Malheureusement, il n'y a personne. Rien que des voitures garées, un immeuble bas, une rue déserte. Rien. Cette rue n'a rien à m'offrir. Ce que j'ai pu ou cru voir n'est plus là.

Esther n'est pas là.

Je m'en retourne tristement. Mais je reste dehors, dans l'espoir de croiser Esther dans les rues d'Andersonville. Je vais dans les endroits où nous aimions flâner, elle et moi. Nos restaurants préférés, notre café préféré, les petites boutiques chics de cadeaux, les boutiques qui bordent Clark Street et Berwyn Avenue. Je colle mon nez aux vitrines, les mains de chaque côté du visage, pour mieux regarder à l'intérieur, au cas où Esther y serait. Mais elle n'est nulle part.

Devant le théâtre de Clark Street, je ralentis. On y

donne une pièce satirique qu'Esther avait envie de voir — mais j'avais refusé d'y aller. « Quand je vais au spectacle, je veux de l'ambiance et des pop-corn », lui avais-je répondu il y a des semaines, quand elle m'avait demandé de l'accompagner. « Beaucoup de pop-corn », avais-je ajouté en pérorant sur le théâtre, que je trouvais ennuyeux.

A présent, je le regrette amèrement. J'aurais dû me taire et la suivre.

Un groupe de citadins branchés, style artistes chics, descendent d'un pas alerte les marches du théâtre. Je m'empresse de chercher une photo d'Esther sur mon téléphone et je fourre l'appareil dans la paume de l'un d'eux, d'une main tremblante.

— Avez-vous vu cette femme ? je demande. Elle était au spectacle ?

Il secoue la tête et me rend mon téléphone. Non, il n'a pas vu Esther et je le suis tristement du regard, tandis qu'il s'éloigne avec les snobs qui l'accompagnent, en commentant la pièce, qui était selon lui un grand moment. Ils rient. Ils semblent heureux.

Je continue à arpenter les rues de la ville, qui se vident peu à peu à mesure que la nuit tombe. Arrivée devant l'imposant bâtiment néogothique de l'église catholique où Esther chante le dimanche, j'hésite. Les portes sont ouvertes jour et nuit. Comment n'y ai-je pas pensé plus tôt ? C'est là qu'elle s'est réfugiée ! Forcément. Je tire sur la poignée noircie de la porte principale et me faufile à l'intérieur en l'appelant doucement.

— Esther, je murmure, en faisant timidement deux pas en avant.

Mais les murs lambrissés ne renvoient en écho que mon appel désespéré. Esther n'est pas dans cette église.

Il ne me reste plus qu'à retourner sur mes pas et à rentrer à l'appartement. Elle ne m'y attend probablement pas. Pas ce soir, en tout cas, mais peut-être demain… Je tente de puiser un peu de réconfort dans cette idée. Demain, ça fera quarante-huit heures qu'elle aura disparu. Je repense à ce que m'a dit l'opératrice. « Les personnes disparues rentrent généralement chez elles au bout de quarante-huit à soixante-douze heures. » Demain. Demain, Esther va revenir à la maison.

Peut-être.

Ce soir-là, je n'arrive pas à trouver le sommeil. Aussi, je finis par me lever. Je me glisse silencieusement dans la chambre d'Esther, où j'allume une lampe. Je ne sais pas trop pourquoi, mes pas me mènent vers la déchiqueteuse posée à terre. Je soulève le couvercle et renverse son contenu sur le parquet, puis je me redresse pour examiner les rubans de papier. Il y a du papier tout blanc, tout simple. Du papier vert, du bleu, du jaune. Plus ou moins épais. Mais ce qui attire mon attention, ce sont des rubans de papier brillant. Une photo… Esther a mis une photo dans sa déchiqueteuse. Qu'est-ce qu'il pouvait bien y avoir dessus ? Ou qui ?

J'entreprends de trier les rubans de papier brillant et les sors un à un du tas pour les mettre de côté.

Combien de temps me faudrait-il pour reconstituer la photo ? Je ne sais pas si c'est possible, mais ce dont je suis sûre, c'est que je vais m'y employer.

Alex

Le Dr Giles a une drôle de démarche. Il avance à petits pas, le poids du corps placé davantage sur les talons que sur le reste du pied et les orteils. C'est discret, mais comme je le suis à la trace, à une vingtaine de pas derrière lui, je m'en rends compte. Je dois avoir moi aussi une démarche bizarre, parce que je progresse lentement, visiblement sur le qui-vive, me cachant derrière les troncs des grands chênes dès que Giles ralentit pour souffler. J'ai mis mon téléphone sur vibreur, pour que la sonnerie n'attire pas son attention, si par hasard on m'appelait. Et je le garde à la main, en tapant à l'aveugle sur les touches quand je m'arrête, comme ça si Giles se retourne, il croira que je téléphone ou que j'envoie des textos.

Le Dr Giles n'avait pas prévu de rentrer à pied. Il n'est pas comme la plupart des gens de cette ville, qui ont l'habitude de marcher ou de se déplacer à vélo pour les petits trajets, même quand la température descend au-dessous de 10 °C. Il était venu en voiture et il était censé repartir avec. Mais il l'a laissée dans l'allée du pavillon bleu. Pourquoi ? A cause d'un pneu à plat. Je l'ai vu depuis le trottoir inspecter son pneu d'un air consterné, en le tâtant doucement. Peut-être a-t-il roulé sur un clou ou un gros caillou, mais peut-être aussi que quelqu'un a délibérément crevé son pneu. Comment savoir ?

Le Dr Joshua Giles est un bel homme. Ça m'ennuie de l'admettre, mais il est séduisant. Et il le sait, c'est bien ça le pire. Ça m'exaspère. Il est grand — entre un mètre quatre-vingt-cinq et un mètre quatre-vingt-dix. C'est un brun aux yeux noirs, le genre ténébreux qui plaît aux femmes. Il porte des lunettes noires à large monture, qui cachent ses yeux bienveillants. Je me demande si c'est naturel, ce regard bienveillant, ou si c'est un truc qu'on leur apprend quand ils étudient la psychologie. Avoir des yeux qui respirent la bonté. Un sourire sympathique. Un hochement de tête mesuré. Une poignée de main solide. Tout ça, je parie que ça fait partie du personnage, que c'est une ruse.

Il s'habille bien. Surtout comparé à moi, avec mon jean déchiré et mon sweat-shirt à capuche bronze, dont l'ourlet est défait et qui n'a plus de cordon de serrage. Lui, il se pavane dans un élégant pantalon vert olive, un pantalon de monsieur, de ceux que portent les pères. Pas mon père, bien sûr, ceux des autres. Les pères qui ont un travail. Sous son manteau noir, il cache sûrement des vêtements chics. Et puis il y a sa belle sacoche en cuir qui se balance au bout de son bras, tandis qu'il se dirige d'un pas allègre vers son quartier de belles maisons rénovées, des maisons Tudor et de solides maisons américaines, que p'pa et moi on ne pourrait pas se permettre. Tout le monde sait que c'est là que vivent les riches, derrière leurs belles grilles en fer forgé, au bout de leurs grandes pelouses, tout près du centre-ville, à deux cents mètres de la rue principale, sur la colline, avec un petit promontoire qui surplombe le lac Michigan. Car bien entendu ces belles maisons, bâties sur un point culminant, dominent la ville et le lac.

Il fait nuit quand nous entrons dans la rue du Dr Giles. Quelques voitures passent lentement, phares allumés — sans doute des gens qui rentrent chez eux après leur journée de travail. Soudain, une sonnerie retentit. C'est le téléphone de Giles. Il s'arrête pour le sortir de sa poche. Je me fige. Le vent souffle fort et me transperce. Il déferle sur mon cœur et me glace les entrailles.

— Bonjour, dit-il en s'arrêtant de marcher pour répondre.

Il explique qu'il a été retenu au cabinet et que c'est pour

ça qu'il est en retard, passant sous silence le pneu crevé. Sa voix résonne dans la rue déserte. La conversation est brève et tendre, émaillée de mots doux, comme *ma chérie* et *mon amour*. C'est sa femme. Et puis il dit : « A tout de suite », et il raccroche.

Il accélère, à présent. Ses pas sonnent sur le trottoir. Moi, j'avance vite, mais en silence. Il enjambe un nid-de-poule. Moi aussi. Soudain, il s'arrête et se retourne, comme s'il se sentait suivi, et je m'accroupis aussitôt derrière une voiture à l'arrêt en me sentant ridicule, ce qui ne m'empêche pas de le faire, et d'attendre en retenant mon souffle, jusqu'à ce qu'il abandonne et reprenne sa marche.

Il est enfin arrivé chez lui. Il pousse une porte de clôture qui grince, remonte une longue allée. Je l'observe à distance, depuis le trottoir d'en face, accroupi derrière une Nissan noire toute cabossée qui détonne dans cette rue. A présent que nous sommes au bout du voyage, je me demande pourquoi j'ai suivi le Dr Giles, ce que je suis venu faire ici. Au moins, je sais maintenant qu'il habite un charmant pavillon de style Cotswold, du genre de ceux qu'on s'attendrait plutôt à voir dans un hameau anglais. Il franchit la porte d'entrée. A l'intérieur, la maîtresse de maison a dû l'entendre, car elle se précipite à sa rencontre et je la vois, de l'autre côté de la baie vitrée. Elle court vers lui à petits pas mesurés et il l'accueille dans ses bras, puis ils s'embrassent, avec l'aisance des époux qui se connaissent bien, qui savent où et comment placer leurs mains et leurs lèvres, de quel côté incliner la tête. Puis c'est au tour de leurs rejetons d'apparaître, deux moutards qui sautillent aux pieds de leur papa, bras levés, pour quémander un câlin. Il les soulève, un par un, d'abord le plus grand, puis le plus petit. Cette joyeuse scène familiale de retrouvailles m'est aussi étrangère qu'une langue inconnue. Je ne sais pas ce qu'est une famille — avec une mère, un père, deux enfants, et probablement un chien. Cette famille est aussi opposée à la mienne que le noir l'est au blanc. Elle est aux antipodes de ce que j'ai connu.

Mon père et ma mère ne s'embrassaient jamais. Ils ne se disputaient pas non plus ; c'est le silence qui les a séparés. Ils pouvaient passer des jours à occuper le même espace, à respirer le même oxygène et à rejeter leur dioxyde de carbone dans la même pièce, sans échanger un mot. Et avec moi c'était pareil. Nous étions tous enfermés dans notre bulle de silence.

Mes parents ne s'aimaient pas. L'un des deux, au moins, n'était pas amoureux. L'autre était malheureux.

Tandis qu'on voit bien que le Dr Giles et sa femme forment un couple uni et heureux.

Elle est jolie, sa femme, mais beaucoup trop apprêtée. Même de loin, je vois qu'elle est trop maquillée, qu'elle a trop laqué ses cheveux blonds. Pas le genre femme fatale, tout de même. Plutôt le genre ménagère qui se donne du mal pour être belle quand son mari rentre du travail. Ce n'est pas une mauvaise chose en soi, sans doute. Elle se colle à lui, il la prend par la taille, elle s'agrippe à ses épaules, si bien que j'ai l'impression, l'espace d'un instant, qu'ils vont se mettre à danser, là, devant la grande baie vitrée de la maison, devant la terre entière.

Ça fait rire les enfants, de voir leurs parents dans les bras l'un de l'autre. Ils ont tous l'air si joyeux. Ça me met en colère, cette joie indécente. Je suis jaloux de leur bonheur.

Ils ne se doutent pas qu'on les observe. Je me demande si ça les dérangerait, de savoir que je les regarde. Je n'ai pas l'impression. Mais de toute façon, j'en ai assez vu. Il vaut mieux que je m'en aille.

Au moment où je me détourne de la maison, j'entends un drôle de bruit, difficilement identifiable. Un bruit entre le miaulement, le bêlement et le gémissement. Un bruit qui pourrait être un cri. Il résonne dans toute la rue, à travers les arbres.

— Hello ! je crie.

Mais seul le bruissement des feuilles dans les arbres me répond.

— Il y a quelqu'un ?

Brusquement, je prends peur. Une fois de plus, je me comporte comme un froussard et ça me fait honte. Mais je n'y peux rien si mon cœur s'emballe, si j'ai la tête qui tourne. Il fait très sombre ici, presque noir, les lumières des porches éclairent à peine la rue. Une rafale de vent me transperce et je suis pris d'un frisson — comme un tremblement de terre qui me secoue de la tête aux pieds.

Est-ce qu'il y a quelqu'un ? Ou quelque chose ? Non, rien de visible, en tout cas. Tout ce que je vois, ce sont des maisons et des arbres, des maisons et des arbres. Une voiture passe. Je profite de ses phares pour scruter la rue, mais non, rien.

Et pourtant j'entends de nouveau le drôle de cri.

— Ohé ?

Rien.

C'est sûrement un écureuil, me dis-je. Ou bien un tamia, ou un raton laveur. Une poubelle agitée par le vent. Un faucon, un hibou. Quelques grillons qui ont survécu au froid et entonnent leur chant funèbre.

Mais j'ai beau chercher des explications rationnelles, j'ai toujours l'étrange sensation de ne pas être seul.

Et tandis que je m'éloigne j'en ai soudain la certitude : il y a quelqu'un derrière moi et ce quelqu'un marche dans mes pas.

MARDI

Quinn

Le lendemain matin, je me réveille plus tôt que de coutume et consacre quelques minutes à avancer mon puzzle dans la chambre d'Esther. J'arrive à reconstituer un coin de ciel bleu. C'est un début encourageant, mais je dois malheureusement en rester là car il est temps de me préparer pour aller travailler. Je me douche. Je m'habille. Ben m'appelle pour savoir si j'ai eu des nouvelles d'Esther et je lui réponds tristement que non. De son côté, il n'a rien non plus.

Avant de partir, je prends de l'argent dans l'enveloppe du loyer, vingt et un dollars, c'est tout ce qui reste, vu que je m'étais déjà servie pour commander un sandwich chez Jimmy John's. Je pose donc le pied sur la pédale de la poubelle, pour jeter l'enveloppe vide.

Et là j'aperçois des reçus de carte bancaire.

En temps normal, ces reçus n'auraient pas attiré mon attention — je ne suis pas de celles qui fouillent dans les ordures —, mais, comme je vois le logo de la banque d'Esther, je plonge la main dans la poubelle pour les ramasser. Ils se trouvent plus ou moins enfouis sous une serviette en papier imbibée de ketchup que je m'efforce d'éviter. Je les sors. Il y en a trois. Datant de jeudi, vendredi et samedi après-midi. Trois retraits de cinq cents dollars. Ce qui fait mille cinq cents en tout. Esther a dû gagner à un jeu sur Internet. Ou dévaliser son compte en Suisse.

Pourquoi avait-elle besoin de quinze cents dollars en trois jours ? Je ne suis sûre de rien, mais je pense à des daïquiris framboise à Punta Cana. Oui, Punta Cana. Je vois bien Jane Girard partir en vacances là-bas. Moi aussi, j'y partirais bien, mais ça m'étonnerait que j'arrive un jour à me payer un voyage jusqu'à Punta Cana. Cinq cents dollars, c'est le maximum autorisé pour les retraits bancaires par carte, du moins je crois, parce que je n'ai jamais eu à tester. Je n'ai même pas cette somme sur mon compte. Tout ce que je gagne, je le remets aussitôt à Esther, pour le loyer et les diverses factures. Je ne garde qu'un peu de liquide, pour mes rares sorties ou pour m'acheter une paire de chaussures neuves.

Pourquoi Esther se balade-t-elle en ville avec quinze cents dollars dans son sac ? C'est la question qui me tracasse, mais je n'ai pas le temps de m'y attarder, car une autre surprise m'attend.

En ouvrant ma porte d'entrée, je tombe nez à nez avec l'homme d'entretien de l'immeuble, John, quatre-vingts ans. Il est comme toujours en bleu de travail, bien qu'il ne soit pas absolument nécessaire d'enfiler une salopette pour changer de temps à autre une ampoule, ou exterminer une colonie de fourmis charpentières. Je surprends John le bras en l'air, prêt à frapper au battant. Une boîte à outils est posée à ses pieds et il tient dans sa main tout un assortiment d'outils, plus une poignée de porte toute neuve et une serrure.

— Qu'est-ce que c'est que ça ? je demande, les yeux rivés à la serrure, qu'il sort maintenant de son emballage plastique.

Autant je déteste Mme Budny, autant John m'est sympathique. Avec sa tignasse blanche, ses lunettes cerclées de métal, le dentier qu'il découvre quand il sourit, il me rappelle mon grand-père — qui est mort quand j'avais six ans.

— Vous avez réclamé une nouvelle serrure, me répond John.

Je rétorque aussitôt, plutôt sèchement :

— Pas du tout.

Puis je m'en veux de ma brusquerie.

164

— Eh bien, ça doit être votre copine, dit-il sans se démonter, en se frottant le visage de sa main libre. Celle avec les drôles de cheveux.

Il fait allusion aux cheveux d'Esther et plus précisément à leur couleur qui est à elle seule un sujet de conversation. Cette couleur, elle choque pas mal de gens, à commencer par ma mère. La première fois qu'elle a vu Esther — le jour où mes parents ont loué un camion U-Haul pour m'aider à déménager mes vingt-neuf cartons dans mon appartement en ville —, ma mère a été fortement impressionnée par les cheveux d'Esther. Ou plutôt consternée. Atterrée. Dans sa banlieue bourgeoise, les gens ont les cheveux blonds, ou bruns, ou roux. Aussi, le dégradé d'Esther, du brun café au jaune sable — un véritable nuancier de peinture —, ne pouvait que la choquer. Elle m'a prise par le bras pour m'entraîner à part. « Tu es sûre que tu veux habiter avec cette fille ? m'a-t-elle demandé en surveillant Esther du coin de l'œil. Tu peux encore changer d'avis. »

J'en étais sûre, oui. Je voulais habiter avec *cette fille*.

Mais, avec le recul, je crois que j'aurais mieux fait d'y réfléchir à deux fois.

Je demande de nouveau à John s'il est certain qu'Esther lui a demandé de changer la serrure, et il me répond par l'affirmative. Il me montre même un papier qui l'atteste, signé par Mme Budny, concernant le changement de la serrure de l'appartement 304. Ce papier date de samedi. Pas de doute, il y a trois jours, Esther a pris son téléphone et a appelé Mme Budny pour lui demander de changer la serrure.

Pourquoi, Esther, pourquoi ?

Je n'ai pas besoin de réfléchir trop longtemps à la question pour trouver une réponse. Elle s'impose à moi comme une évidence, avant que John ne sorte son tournevis électrique pour enlever l'ancienne serrure de la porte blindée. Esther veut la changer pour que je ne puisse plus entrer. J'ai été une mauvaise colocataire et elle ne veut plus de moi. Elle veut me remplacer par Megan ou Meg de Portage Park, ou par quelqu'un qui ressemble à Meg. Quelqu'un qui paie le loyer à temps, qui aide à régler les factures, qui ne laisse pas les lumières allumées quand elle sort d'une pièce, qui ne parle pas dans son sommeil.

John me tend une nouvelle clé et je la lui arrache des mains avec un sentiment de victoire : je parie qu'Esther n'avait pas prévu ça ! Ensuite, je file et saute dans un taxi en demandant à être déposée à Lincoln Square, devant le commissariat.

Le commissariat est un bâtiment de brique qui s'étend sur tout un pâté de maisons, entouré de drapeaux et de voitures de police — des Ford Crown Victoria blanches avec une bande bleue sur le côté et une inscription en lettres rouges qui proclame : *Servir et protéger.*

Je ne sais pas si j'ai bien fait de venir ici, mais en tout cas j'y suis.

Je reste à l'extérieur une bonne dizaine de minutes, à me demander si j'ai vraiment envie d'entrer dans ce commissariat. Esther a disparu, oui, c'est probable. Mais ce n'est pas certain. Je pourrais attendre encore un peu, patienter quelques jours de plus pour voir si elle ne revient pas d'elle-même. De plus, d'après l'opératrice du 311, déclaration ou pas, la police ne fera pas grand-chose. Esther n'a rien fait d'illégal. Les gens ont le droit de disparaître, m'a-t-elle dit. Ils vont entrer son nom dans une banque de données, rien de plus.

Mais on ne sait jamais, ça pourrait être utile. Alors, dans le doute, je préfère tenter.

Cependant, Esther a peut-être simplement envie qu'on lui fiche la paix. Et surtout que *je* lui fiche la paix.

Je n'arrive pas à me décider et reste encore un moment à hésiter, adossée au mur de brique, sans oser entrer. Dois-je ou non signaler la disparition d'Esther ?

Finalement, j'y vais. Je vais signaler cette disparition qui n'en est peut-être pas une.

Je suis reçue par un officier qui me pose des questions de routine et me demande de lui décrire Esther, en insistant bien sur les signes particuliers. Donc je m'exécute docilement. Pour le reste, je ne livre pas tout ce que je sais, soucieuse de préserver un peu de l'intimité de mon amie. Par exemple, je passe sous silence le fait qu'elle a consulté un psy, parce que je me dis qu'elle ne voudrait sans doute pas en parler. A la demande de l'inspecteur, je fournis une photo que je trouve dans mon téléphone. Un cliché où on nous voit toutes les deux, Esther et moi. Il date de l'été dernier, du jour où nous assistions au festival de rue Midsommarfest, dans notre quartier. Nous sommes en train d'écouter un groupe de musiciens tout en mangeant des épis de maïs, et le soleil couchant donne une teinte dorée au paysage. Nous avions demandé à un passant de nous photographier. Esther avait du maïs entre les dents, du beurre sur le menton et les mains, mais ça n'avait pas empêché notre photographe de baver en la reluquant. Il avait craqué pour elle et c'est normal, parce qu'elle est craquante. Elle est belle. Elle a un charisme dingue. Elle attire le regard avec sa couleur de cheveux, sa magnifique peau, ses yeux vairons — que ce soient ou non des vrais. Et il y a aussi sa douceur, sa gentillesse, sa manière de faire sentir aux gens qu'ils sont uniques, même quand ils sont aussi quelconques que moi, par exemple.

Je tends la photo à l'officier et il la regarde attentivement avant de lâcher :

— Jolie fille.

J'acquiesce, et je crois bien que nous rougissons tous les deux.

Il m'assure que mon signalement sera dûment enregistré et que quelqu'un me tiendra au courant s'il y a du nouveau. Evidemment, le dossier d'Esther ne suscite pas le même intérêt que, disons, celui d'une fillette de quatre ans, mais il va voir s'il peut faire quelque chose. C'est tout. Je suis déçue, mais c'est stupide de ma part. Je m'attendais quand même à un peu mieux, à quoi ? je ne sais pas : à une équipe de sauveteurs en gilet orange avec des chiens policiers ; à une escouade de voitures de patrouille ; à des hélicoptères ; à des volontaires à cheval, quadrillant par deux les rues de Chicago en appelant Esther. C'est plus ou moins ce que j'espérais, mais bien sûr j'étais loin du compte. L'officier de police me conseille de coller des affiches, d'interroger les gens du quartier, d'engager un détective privé. Il me dit aussi, avec un visage de marbre, qu'une équipe viendra peut-être fouiller notre appartement. Je lui assure que j'ai déjà bien cherché et qu'Esther n'y est pas. Il me jette un regard qui me rappelle celui de ma petite sœur — comme s'il était Einstein, et moi, une demeurée —, puis il me répète que quelqu'un va me contacter. Je réponds : « D'accord » et je m'en vais. Je me suis probablement déplacée pour rien. Contrairement à ce que prétend cet inspecteur, personne ne va me contacter.

Alex

Cette matinée débute comme toutes les autres : je me lève aux premières lueurs de l'aube ; je bois d'un trait un Mountain Dew ; en sortant, je passe devant p'pa qui cuve sur le canapé du salon. Je ne cesse de penser à la personne qui m'a suivi hier soir. Ai-je déliré ou bien y avait-il vraiment quelqu'un derrière moi — et, si oui, qui ? Impossible à dire. Je suis morose, j'appréhende ma journée de travail et sa monotonie. Priddy va me tomber dessus parce que je serai en retard, je vais me débarrasser de ma veste pleine de sable et j'irai en cuisine pour laver la montagne de plats laissés par les cuisiniers, en m'ébouillantant les mains avec l'eau trop chaude. Red et Braids vont pester contre la maigreur de leur pourboire. Il y aura de la vaisselle cassée et de la nourriture renversée. Et c'est moi qui nettoierai. Huit heures à avoir la sensation d'être un loser.

Tout en marchant d'un pas lourd de condamné, le moral à zéro, je pense à Pearl. J'espère qu'elle se montrera, parce que c'est la seule à pouvoir mettre un peu de piquant dans ma journée. J'espère qu'elle viendra s'asseoir près de la vitrine, les yeux rivés au cabinet du Dr Giles. Sans la perspective de la voir, je ne sais pas si j'aurais le courage d'aller passer huit heures dans le café de Priddy, à ramasser et à laver les couverts sales utilisés par d'autres, à nettoyer la nourriture renversée sur les tables et le sol. Comme tous les jours. Jour après jour. En sachant que ça n'aura pas de fin.

Je viens de contourner le lac et de dépasser le manège, je suis maintenant en vue de la gare. Oui, nous avons une petite gare en ville, en face du parking couvert de sable qui se trouve près de la plage. Il y a une salle d'attente, une billetterie, quelques arceaux pour garer les vélos — encore vides à cette heure matinale. Il n'y a même pas de toilettes. Il y passe quatre trains par jour — les Superliner —, deux le soir et deux le matin : vers l'est, direction Grand Rapids, ou vers l'ouest, direction Chicago. En général, les voyageurs se déplacent avec de gros sacs et des attachés-cases, mais parfois ils n'ont qu'un petit sac en bandoulière ou un portefeuille dans la poche de leur jean. C'est un court trajet, de Chicago à ici, on peut boucler un aller-retour dans la journée. Partir le matin et revenir le soir.

J'entends justement un train qui entre en gare, celui du matin en provenance de Chicago, le Pere Marquette, qui va à Grand Rapids, Michigan — je ne suis jamais allé aussi loin.

La gare est très calme. Deux voyageurs grimpent dans le train, un autre en descend… Et cet autre, c'est Pearl… Elle a dû faire un voyage éclair pour Chicago. Elle était partie, et la voilà de retour en ville.

Ça ne me regarde pas, mais je me demande ce qu'elle est allée faire là-bas.

Une fois au café, j'attends que Pearl se montre.

C'est une matinée plutôt calme. Il y a comme d'habitude les clients du matin, essentiellement des retraités, qui ont tout leur temps devant eux. Puis ils sont remplacés par les chauffeurs de bus scolaires, qui finissent par partir à leur tour.

Et c'est là que Pearl fait son apparition.

Exactement comme la première fois, elle reste un instant debout dans l'entrée, attendant une table. Elle réclame une place près de la vitrine, d'où elle peut voir et surveiller le bureau du Dr Giles de l'autre côté de la rue, et aussi observer les rares piétons.

Je la regarde lentement défaire l'écharpe qu'elle porte autour du cou et ôter son bonnet, qu'elle pose sur la chaise vide à sa gauche. Elle se débarrasse ensuite de son manteau, qu'elle plie soigneusement et dépose sur le dossier de sa chaise. Ça me rappelle le jour où elle s'est déshabillée au bord du lac pour se baigner en sous-vêtements. Elle s'assied et croise sagement les chevilles. Je remarque que ses bottes Ugg sont humides et couvertes de sable, comme si elle avait traîné au bord du lac toute la matinée. Red se présente devant sa table, elle lui commande un café.

Red est une grande fille costaude, avec des bras dodus et moelleux dont la texture et la couleur me font penser à de la pâte à pain qui aurait gonflé sous une serviette blanche. Tout en elle est lascif et grossier : sa voix, son allure, ses manières. Et puis il y a son odeur, une odeur fétide de pieds. Ses cuisses se chevauchent et frottent l'une contre l'autre quand elle marche.

Bref, la distinction et elle, ça fait deux.

Tout le contraire de Pearl, qui respire la délicatesse. Pearl est sans doute aussi un peu cinglée, mais ça ne m'empêche pas d'être sensible à son charme. Elle est plus âgée que moi, cinq à dix ans de plus, mais cette maturité lui donne une aisance qui fait défaut aux filles de dix-huit ans. Elle me plaît et je trouve que nous formerions un couple assez bien assorti. De nos jours, la différence d'âge importe moins qu'autrefois.

Je me sens donc autorisé à la mater avec insistance, sans la moindre gêne.

Comme Red passe de nouveau près d'elle, Pearl commande à déjeuner. A voix basse, dans un murmure. Red se penche vers elle pour lui demander de répéter. Entre le tintement de la caisse enregistreuse, la porte qui s'ouvre et se ferme, la musique qui sort du lecteur de CD, il y a beaucoup de bruit dans la salle. Mais Pearl parle tout bas. Pas parce qu'elle est timide, mais parce qu'elle est polie et réservée. Elle ne veut pas hurler, pas même pour couvrir le volume sonore.

Red s'éloigne d'elle en beuglant sa commande en direction des cuisines — avec la voix graveleuse de quelqu'un qui fume trop, ce qui est son cas, comme Braids, puisqu'elles passent leur temps à se relayer pour leurs pauses-cigarette. Priddy me lance un regard assassin, qui m'intime de me remettre au travail. Elle exagère. C'est toujours après moi qu'elle en a. C'est du sexisme, voilà ce que c'est. Je suis harcelé. Je devrais la poursuivre en justice. Et pourtant je me remets à essuyer mes tables et à collecter la vaisselle sale, que je mets à tremper dans une bassine, le verre avec le verre, l'argent avec l'argent.

Comme souvent vers midi, quand il est au plus haut dans le ciel, le soleil de novembre flamboie à travers la vitrine, et plonge directement dans le café. Certains clients sont tellement aveuglés par la lumière qu'ils mettent leurs mains en visière et grimacent, les yeux plissés.

C'est le moment de baisser les stores.

Et c'est tant mieux : ça me donne une excuse pour me rapprocher de la vitrine — et de Pearl. Je baisse donc les stores, moins que d'habitude, pour ne pas priver Pearl de sa vue sur la rue. Pour lui permettre de surveiller le cabinet du Dr Giles. C'est l'odeur de son shampoing que je sens en premier — ou bien celle de sa lotion, ou de sa laque, comment diable pourrais-je savoir ? —, un mélange de pamplemousse et de menthe qui excite mes récepteurs olfactifs. A vrai dire, ça me met aussi les genoux en coton. Je ne suis pas du genre à tomber dans les pommes. Mais pour une fois j'ai l'impression que ça pourrait m'arriver. Mes mains tremblent, les verres s'entrechoquent bruyamment dans ma bassine et je la pose pour éviter la casse. Pearl est peut-être la femme que j'attends, celle qui vit à la périphérie de mes rêves, celle qui m'apparaît tous les soirs pour me dire : « Viens, partons… »

— On s'est déjà vus, non ? me demande-t-elle d'un ton hésitant, comme je m'approche.

Elle évite de me regarder, aussi je ne suis pas très sûr qu'elle s'adresse bien à moi.

— Je t'ai vu l'autre jour, insiste-t-elle.

— Je sais, dis-je d'une voix aussi tremblotante qu'une ampoule sur le point de claquer.

Une autre voix, dans mon crâne, me rappelle que je ne suis qu'une poule mouillée. Un loser. Une tapette. Les seules femmes nues que j'approche, ce sont celles des magazines que je planque dans mon placard pour que p'pa ne les voie pas. Je suis sorti avec trois filles dans ma vie et ça n'a même pas duré deux semaines.

— Près du lac, ajoute-t-elle.

— Je sais. Je vous ai vue aussi.

Derrière moi, j'entends une mère dire à son petit garçon de s'asseoir et de manger. Je me retourne pour les regarder. Il se penche sur la table pour toucher la main de sa mère, mais elle la retire précipitamment et lui lance :

— Ne me touche pas.

Ça me rappelle ma mère. « Ne me touche pas, Alex. »

— Tu as les mains pleines de sirop, ajoute-t-elle en tendant une serviette à son fils.

Rien à voir avec ma mère, laquelle n'a jamais éprouvé le besoin de justifier son « ne me touche pas ».

— Tu aurais pu me faire un signe de la main, reprend Pearl.

J'en oublie aussitôt ma mère, la mère du petit, toutes les mères.

D'autant plus que Pearl me regarde bien en face, cette fois, en me détaillant de la tête aux pieds, passant en revue mes chaussures de sport noires, mon pantalon de travail à pli, ma chemise de serveur et mon nœud papillon. Pendant ce temps, je cherche quelque chose à répondre. Je pourrais lui demander pourquoi elle s'est baignée dans un lac glacial en plein mois de novembre. Pourquoi elle n'avait pas de maillot et pas de serviette de plage. Ne sait-elle pas qu'on peut mourir d'hypothermie dans une eau pareille ? Ou au minimum attraper des engelures.

Mais ce serait nul.

— Vous avez un prénom ?

Voilà ce que je lui demande, au lieu de lui parler du lac, en faisant tout mon possible pour la jouer cool, et elle répond, sans même me regarder :

— Oui.

Puis j'attends, j'attends en silence qu'elle me dise son prénom. J'attends tellement longtemps que j'ai le temps de faire défiler tous les prénoms qui pourraient lui convenir : Mallory, Jennifer, Amanda.

A cet instant, Red revient avec la commande de Pearl et me pousse du coude pour m'écarter. Pearl se désintéresse de moi et se met à manger, tout en suivant des yeux les passants à travers la vitrine sale. Je n'existe plus pour elle.

Elle a sûrement un prénom.

Mais elle ne va pas me le dire.

Quinn

Au travail, je n'arrive à penser à rien d'autre qu'à Esther. Elle ne s'en doute sûrement pas, mais elle occupe chaque seconde de mon temps libre. Quand mon téléphone sonne, la première pensée qui me vient à l'esprit, c'est Esther. Est-ce elle qui m'appelle ? Mais ce n'est pas le cas. J'entends mon nom sortir des haut-parleurs, on me demande à la réception, je me précipite, je cours sur le parquet lustré du cabinet, persuadée qu'Esther m'y attend. Malheureusement, ce n'est qu'un avocat guindé qui m'envoie sur-le-champ apporter des documents dans le bureau d'un expert judiciaire. Je m'empresse donc de m'acquitter de ma tâche tout en continuant à penser à mon amie. Je suis tiraillée entre l'inquiétude et la rancœur. J'ai le sentiment confus et dérangeant qu'il lui est arrivé quelque chose. Pourtant, brusquement, l'idée qu'elle essaye de se débarrasser de moi me revient de plein fouet, et je lui en veux. Je lui en veux de cette trahison.

Après avoir accompli ma mission, je vais faire un tour dans le box de Ben. Je le trouve dans son fauteuil pivotant, devant son écran d'ordinateur qui affiche une phrase terrible : *Aucun élément ne correspond à votre recherche*. Lui aussi pense à Esther, on dirait. Il m'avoue d'un ton piteux que ses investigations ont abouti à une impasse. Impossible de retrouver les parents d'Esther. Il semble aussi découragé que moi et fourrage dans ses cheveux en soupirant.

— Toujours pas de nouvelles ? me demande-t-il.

Je secoue la tête.

— Toujours rien. Pas un mot.

Je ne suis pas la seule à être incapable de me concentrer sur un travail inintéressant et fastidieux. Ben est dans le même état que moi, on se fiche tous les deux des étiquettes Bates et des dossiers à éditer. Tout cela nous semble frivole et mesquin comparé à la disparition d'Esther. Un avocat complètement timbré m'a confié des milliers de documents à photocopier dans un délai impossible à tenir.

C'en est trop.

Ben et moi, nous concluons un pacte pour nous échapper. A 14 h 15 exactement, nous simulons une intoxication alimentaire, chacun de notre côté. Les mains sur le ventre, nous prétendons avoir mangé quelque chose d'avarié. J'accuse le rôti de bœuf, et Ben, sa salade de poulet. Et, quand nous parlons d'une envie de vomir, la réaction est immédiate : on nous conseille de rentrer chez nous. Tout de suite.

Et on ne se fait pas prier.

Nous décidons de prendre un taxi. Ben propose de partager la course — évidemment, qu'il le propose, puisqu'il est mon chevalier en armure (même s'il ne le sait pas encore) —, mais je refuse. J'insiste pour payer, car après tout il fait l'effort de venir chez moi pour m'aider à élucider le mystère de la disparition d'Esther. Le chauffeur de taxi fonce à travers les rues de Chicago, sans s'inquiéter du fait qu'à l'arrière, sur la banquette de cuir déchirée, nous, ses clients, sommes drôlement secoués. Il quitte le Loop et prend la voie rapide qui longe le lac, puis sort à Foster. Je contemple le lac Michigan à travers ma vitre. L'eau est bleue comme le ciel, et probablement tout aussi glacée. Dehors, il fait froid et il souffle un vent impitoyable. Aujourd'hui, Chicago est bien la Ville du Vent — bien que je ne sois pas certaine que ce surnom fasse allusion aux vents violents qui la balayent régulièrement. Mais au moins il fait beau. Quand le temps est dégagé comme aujourd'hui, il paraît qu'en montant tout en haut de la tour

Willis on peut voir jusqu'au Michigan — probablement l'autre rive du lac et une quelconque petite ville.

Le chauffeur de taxi roule à près de cent kilomètres à l'heure sur la voie rapide et, bien que nous soyons morts de peur sur notre banquette arrière, nous sommes pris d'un fou rire irrépressible. Même si c'est plus un rire nerveux qu'un rire joyeux, ça me paraît déplacé de rire aux éclats alors qu'Esther est peut-être en danger.

Je me fais beaucoup de souci pour elle, mais je lui en veux d'avoir comploté pour me remplacer. Je ne cesse de ressasser les indices qui me prouvent qu'elle n'est pas celle que je croyais : les étranges lettres adressées à « cher amour » ; l'annonce dans le *Reader* ; le changement de nom ; les photos pour un nouveau passeport ; le changement de serrure. Tout cela, c'est aussi Esther.

Alors, franchement, j'ai bien le droit de rire un peu.

Pour ne pas devenir folle.

Quand nous quittons le taxi, une rafale plus violente que les autres me fait chanceler et je m'accroche d'instinct au bras de Ben. Il me rattrape par la taille pour me soutenir.

— Ça va ? demande-t-il, avant de me lâcher.

— Oui, ça va. Il y a beaucoup de vent.

Mais je sens encore la chaleur et la force de son corps. Qu'est-ce qu'il peut bien trouver d'intéressant à Priya, après tout ? Pourquoi pas moi, plutôt qu'elle ?

Bon. Ce n'est pas le moment de penser à ça.

Ben passe devant moi et je le suis de près. Nous grimpons les marches de béton du perron de l'immeuble et poussons les portes blanches qui donnent dans le couloir d'entrée.

Bienvenue, dit le paillasson.

Sauf qu'il est posé à l'envers et que son message d'accueil n'est lisible que par ceux qui sortent.

Je n'ai pas la moindre idée de ce que nous venons faire ici, Ben et moi, ni de ce que nous pouvons tenter pour retrouver la trace d'Esther. Mais ça ne fait rien, je suis heureuse d'avoir quelqu'un à mes côtés, quelqu'un comme Ben, doté d'un grand sens pratique, capable de m'aider à trier les idées saugrenues qui m'encombrent l'esprit. J'ai besoin d'une présence, d'une voix pour couvrir celles qui murmurent dans mon crâne. Et c'est une bonne chose que cette voix soit celle de Ben.

Au passage, je m'arrête devant la rangée de boîtes aux lettres — seize en tout —, pour prendre le courrier. Puis nous grimpons l'escalier, Ben toujours en tête, moi derrière lui. Et je mentirais en disant que je n'en profite pas pour reluquer ses fesses.

Devant la porte, je cafouille avec ma clé. J'avais oublié que celle que j'utilise depuis que je vis ici n'ouvre plus notre porte depuis ce matin. Je mets quelques instants à retrouver au fond d'une poche la nouvelle, celle que j'ai arrachée ce matin aux vieilles mains de John, l'homme d'entretien. Une fois à l'intérieur, je me débarrasse de la pile de courrier sans même le regarder. Mais Ben s'en charge et s'arrête sur un catalogue.

— Je serais curieux de savoir laquelle de vous deux commande dans ce catalogue, demande-t-il en l'agitant. Toi ou Esther ?

Il sourit, visiblement amusé.

Nous le trouvons régulièrement dans la boîte et il part directement dans la poubelle de recyclage — tout comme le menu du traiteur qui nous a une fois rendues malades, Esther et moi. Pour répondre à la question de Ben, ce catalogue n'intéresse aucune de nous deux. Sur la couverture, il y a une jeune femme, pas plus de vingt ans, vêtue d'un ensemble imprimé de crânes et d'ossements. Elle porte un collier ras de cou en cuir noir, tellement serré que c'est à se demander comment elle ne s'étouffe pas, et des talons compensés hérissés de piques.

Je prends le catalogue des mains de Ben et le retourne machinalement pour regarder au dos le nom du destinataire. Est-il adressé à Esther ? Etait-elle un vampire dans une vie antérieure ? Une gothique ? S'habillait-elle tout en noir pour fréquenter les boîtes gothiques en se faisant appeler Raven, Tempest ou Drusilla ? Etait-elle fascinée par la mort, par les phénomènes surnaturels ? Avec elle, tout est possible. J'ai de plus en plus la déplaisante sensation de ne pas la connaître.

Mais ce n'est pas le nom d'Esther que je lis sur l'étiquette, c'est celui de Kelsey Bellamy. L'adresse est bien la nôtre, 1621 W. Farragut Avenue…

Qui est Kelsey Bellamy ?

Soudain, je pense au nom gravé sur le mur du placard de ma chambre et aussi au bout de photographie déchiré qui traînait par terre le jour de mon installation.

Je n'ai jamais questionné Esther à propos de son ancienne colocataire, et de son côté elle n'a jamais éprouvé le besoin de m'en parler. Je savais qu'il y avait eu quelqu'un avant moi, mais elle ne m'a jamais rien dit à son sujet. A présent, je trouve ça bizarre.

Je me précipite dans ma chambre. Ben me suit, tout en me demandant :

— Où tu vas ?

Une fois dans la chambre, j'ouvre les portes coulissantes du placard et sors mes affaires en vrac, jetant par terre les robes sur leurs cintres, écartant une valise à roulettes dont je ne me suis jamais servie — offerte par mes parents quand j'ai obtenu mon diplôme, au cas où j'aurais eu brusquement envie de *me tirer*. Justement, en ce moment, j'en ai bien envie. Mais pour aller où ?

— Qu'est-ce que c'est ? me demande Ben, quand je pointe un doigt tremblotant vers les six lettres gravées dans le plâtre, sur le mur granuleux, probablement au couteau.

Une heure plus tôt, elles ne signifiaient rien pour moi, mais à présent, si.

Kelsey.

Si ça continue, va y avoir des morts.

C'est bien ce qu'on dit, non ?

Ça ne pourrait pas être plus à propos.

Ben s'est installé sur le canapé couleur de rose du salon,

moi, dans le fauteuil à carreaux noirs et blancs. J'aurais pu m'asseoir à côté de lui, mais j'ai trouvé plus correct et plus prudent de conserver une certaine distance. Je crois aussi que j'ai eu peur qu'il ne change de place si je venais près de lui. De quoi aurais-je eu l'air ?

Depuis mon fauteuil à carreaux, j'ai l'impression de dominer la situation, de mener le jeu, un peu comme si j'étais au volant d'une voiture. De plus, étant face à Ben, avec la table industrielle entre nous, je suis idéalement placée pour l'observer.

Et je ne me gêne pas. J'observe ses cheveux châtain clair et leur coupe impeccable, le genre de coupe qu'il faut entretenir toutes les deux semaines chez le coiffeur. Son visage affiche la même expression sérieuse que quand il est absorbé par l'importante tâche de l'étiquetage Bates. Mais au lieu de manipuler des étiquettes Bates, ses doigts pianotent fébrilement sur le clavier de sa tablette. Puis il s'arrête et regarde l'écran. Il tape, il regarde, il tape, il regarde. Il enlève ses chaussures pour poser ses pieds sur la table basse. Il porte de courtes chaussettes noires qui lui arrivent à mi-mollets. Il a défait sa cravate et les premiers boutons de sa chemise oxford vintage. Il ne porte rien en dessous, sa peau est lisse et bronzée.

J'ai envie de la caresser.

Puis, soudain, il déclare d'un ton sinistre, presque morbide :

— C'est bizarre.

Tout en levant les yeux vers les miens, qui l'interrogent.

Il est déjà presque 17 heures et nos collègues de bureau ne vont pas tarder à rentrer chez eux, fuyant le grand immeuble noir comme des rats fuiraient un navire qui sombre. Dehors, le crépuscule tombe rapidement. Je me lève du fauteuil pour allumer le lampadaire arceau, qui déverse aussitôt dans la pièce une lumière jaune.

— Qu'est-ce qui est bizarre, Ben ?

— Ecoute ça, répond-il.

Il s'éclaircit la gorge et se met à lire.

Nicholas Keller, son fiancé,
John et Shannon Bellamy, ses parents,
Morgan et Emily, son frère et sa sœur,
ainsi que ses grands-parents, tantes, oncles et cousins,
ont la douleur de vous faire part du décès de Kelsey Bellamy, vingt-cinq ans, survenu le mardi 23 septembre à l'hôpital Methodist de Chicago, Illinois.

Née le 16 février 1989, elle avait quitté en 2012 la ville de Winchester, Massachusetts, pour enseigner à Chicago, où elle a été professeure suppléante pendant deux ans, avant de nous quitter.

Une veillée funèbre aura lieu de 15 heures à 20 heures le vendredi 26 septembre au funérarium Palmer de Winchester, Massachusetts.

Ni fleurs ni couronnes. Vos dons à la Fondation pour la recherche sur les allergies alimentaires seront les bienvenus.

Ben cherche ensuite la date de parution de cette nécrologie. Elle date de l'année dernière… Donc de septembre de l'année dernière. Kelsey est morte quelques semaines avant que je vienne m'installer avec Esther. Seulement quelques semaines !

— Merde, Ben, c'est complètement fou !

Et, en moi-même, je pense : *Comme c'est triste.* Mais aussi : *La vache !*

— Tu es bien certain que c'est la bonne ? La Kelsey qui habitait ici ?

Et ensuite je pense : *Seigneur ! J'espère qu'elle n'est pas morte dans l'appartement…* Et j'ai aussitôt devant les yeux l'image du cadavre de Kelsey Bellamy, gisant par terre dans ma chambre. Image que je m'empresse de repousser.

— Ça, je ne peux pas l'affirmer, répond Ben. Mais c'est la seule Kelsey Bellamy dans tout Chicago. L'âge pourrait correspondre. Je vois mal Esther partageant son appartement avec une femme de soixante ans.

— Je n'arrive pas à croire qu'Esther ne m'en ait jamais parlé.

Mais en fait si, je le crois aisément. Il y a quelques jours, j'aurais dit : impossible, mais aujourd'hui mon jugement est plus nuancé. Car je découvre peu à peu que j'ignore beaucoup de choses concernant Esther.

Esther, Jane, ou qui qu'elle soit.

— Comment est-elle morte ?

— La nécrologie ne le dit pas, répond Ben. Mais je suppose que…

Il s'interrompt, puis reprend :

— Regarde ça…

Il se pousse pour m'inviter à le rejoindre sur le canapé. Je ne me fais pas prier, même si je suis un peu vexée de l'espace qu'il juge nécessaire pour caser mon auguste postérieur. Il me montre sa tablette, tandis que je jette un coussin par terre et me glisse près de lui. Et là, sur l'écran, il y a une photo de Kelsey Bellamy.

Elle est jolie. Voilà la première pensée qui me vient à l'esprit. Ce n'est pas la beauté classique de la blonde aux yeux bleus. Plutôt le genre gothique : cheveux d'un noir de jais et regard charbonneux. Je comprends mieux maintenant pourquoi nous recevons régulièrement ce catalogue. Sa peau est d'une blancheur de cendre. Plus blanche que blanche, comme badigeonnée avec du talc pour bébé — une peau de fantôme ou de mort-vivant. Je n'aime pas son style vestimentaire, mais je dois reconnaître que sa tenue est soignée et très féminine, pour une gothique, du moins il me semble — petite jupe noire, blouse à volants, rouge à lèvres noir.

J'ai du mal à imaginer cette Kelsey Bellamy dans le rôle d'une enseignante suppléante.

— C'est bizarre, dis-je. Vraiment bizarre.

— Sans blague, murmure Ben tout en continuant à naviguer sur Internet.

Il a demandé la page Facebook de Kelsey et nous nous penchons tous les deux sur sa tablette, les yeux rivés au logo qui mouline sur l'écran. Nos genoux se frôlent, je respire les effluves de son eau de toilette piquante et citronnée. Ça y est, la page Facebook s'affiche. Les amis et la famille de Kelsey ont publié des mises à jour après son décès, des photos et des textes larmoyants parlant de leur bien-aimée fille, petite-fille, nièce, etc. La plupart déplorent le terrible accident qui les a privés d'elle pour toujours, mais… quelques-uns mettent en cause sa colocataire et l'accusent de négligence, allant parfois jusqu'à écrire qu'*elle* devrait être poursuivie pour homicide involontaire. Et ce « elle » désigne Esther. « La colocataire », disent-ils. Ils disent que c'est Esther, mon Esther, qui a fait ça. Ils disent qu'elle a tué Kelsey.

— Non, tu ne crois quand même pas que…, commence Ben.

Puis il se tait. Il n'ose pas aller jusqu'au bout de sa pensée.

Mais oui, justement, je le crois. Je crois précisément ce que Ben pense, bien qu'aucun de nous n'ose le dire tout haut.

Je ne peux même pas exprimer le centième de ce qui me passe par la tête.

Et soudain mon estomac se soulève.

Je crois que je vais vomir.

Alex

Au bout du compte, c'est la curiosité qui finit par me pousser à entrer dans la maison abandonnée en face de la mienne. Ce soir-là, il fait déjà nuit noire quand je commence à remonter ma rue. Je reviens d'une longue journée de travail — une de plus —, mes pieds sont en compote, et mes jambes, fourbues. En m'approchant de la maison jaune, je vois briller par intermittence la lumière que nous avons déjà remarquée, p'pa et moi. *Allumé, éteint.*

Et cette fois je n'y tiens plus. Je décide d'aller voir ce qui se passe là-dedans.

Un oiseau, un quiscale bronzé perché sur les bardeaux déformés de la toiture, entonne un chant rude et grinçant. Sa tête d'un bleu lumineux brille sous le clair de lune. Depuis le vieux toit pentu, ses grands yeux noirs d'insecte me regardent, son bec pointé dans ma direction. J'embrasse tout cela d'un seul regard : le corps brillant de l'oiseau ; sa tête bleue lustrée ; sa queue longue et effilée ; ses griffes brunes et noueuses comme les mains d'une vieille femme.

La lune, une sphère bien ronde, absolument parfaite, s'élève haut dans le ciel. De gros nuages paresseux passent lentement devant elle.

Je cours d'abord chez moi me munir de quelques outils, puis je prends le temps d'évaluer la maison de loin, pour choisir la fenêtre par laquelle je vais entrer. Je veux savoir qui s'est installé là-bas, et si oui ou non il s'agit d'un squatteur, comme le pense p'pa. J'ai dans ma poche un croissant au chocolat rapporté du café ; je l'offrirai au squatteur, s'il a faim.

C'est l'heure bleue, cette heure du jour où tout le paysage prend une teinte bleu marine, y compris la maison jaune. Les fenêtres du rez-de-chaussée sont colmatées par des planches de contreplaqué que je vais devoir enlever. Mais pas question de le faire à mains nues. Ces plaques sont clouées à l'embrasure des fenêtres par de vieux clous rouillés et je risquerais de mourir du tétanos si je me blessais. Mourir du tétanos, c'est atroce — les spasmes et la raideur musculaire, ça ne me tente pas. Aussi, je vais enfiler des gants de protection industriels et me servir de l'arrache-clou de p'pa.

Je me décide pour une des fenêtres à l'arrière de la maison, là où je ne risque pas d'être vu depuis la rue. Une fois la plaque détachée, je la jette par terre et approche l'escabeau que j'ai pris la précaution d'emporter. Avant d'enjamber la fenêtre, je retire soigneusement les tessons de verre coincés dans le cadre, pour éviter de me couper. La nuit est tombée, je n'y vois pas grand-chose, mais, au moment où j'enjambe la fenêtre, un rayon de lune éclaire la façade et je me rends compte que je me suis donné beaucoup de mal pour rien : il y avait à quelques mètres une autre fenêtre dégagée — sans planche ni bouts de verre. L'œuvre des squatteurs, sans doute.

A l'intérieur, une partie du plafond s'est effondrée et des plaques de plâtre s'en détachent, laissant à nu le squelette de la maison et créant un puits de lumière. Mais il fait quand même sombre. Heureusement, j'ai pensé à prendre une lampe de poche. Je tâtonne le long d'un mur pour chercher un interrupteur et découvre, déçu — mais pas étonné —, que l'électricité est coupée, probablement depuis des années. Ça veut dire que ceux qui campent illégalement dans la maison ont eux aussi une source de lumière qui produit l'éclairage que nous avons aperçu depuis chez nous, p'pa et moi. *Allumé, éteint.* Une lampe de poche ou une lanterne. Peut-être une bougie.

On devine que les anciens propriétaires sont partis précipitamment, en laissant derrière eux la majeure partie du mobilier et de leurs affaires. Depuis, d'autres se sont chargés de dépouiller la maison de tout ce qui avait une valeur marchande — gros appareils ménagers et sûrement quelques meubles. En revanche, ils ont laissé les bibelots et autres gadgets sans valeur. Un vase, un échiquier, une défunte horloge dont les aiguilles resteront pour toujours figées sur 8 h 14. L'électricité et le gaz ont sans doute été coupés rapidement après leur départ. L'eau plus tard, lorsque les canalisations ont éclaté. La banque a essayé de vendre la maison aux enchères, mais personne n'a fait la moindre proposition. La détruire aurait coûté trop cher, aussi elle est restée. Les voisins ont vaguement pensé y mettre le feu et la regarder brûler ; à mon avis, ça n'aurait pas été une mauvaise idée. Mais personne n'a osé contrarier le fantôme de Geneviève, qui n'existe même pas.

A l'intérieur, les murs sont couverts d'inscriptions ; des graffitis. Une sorte de vigne grimpante a réussi à pénétrer. Les buissons poussent sans retenue sur la pelouse dévastée et prennent d'assaut la façade. Dans l'arrière-cour, des arbres abattus jonchent le sol et leurs souches noircissent de pourriture. Jamais on ne pourrait croire que ce jardin a été un jour entretenu. Mais à l'intérieur demeurent encore, étrangement, les traces d'une vie normale : une pile de bols à céréales dans un placard, couverts de toiles d'araignée et d'excréments de rongeurs. Par endroits, des matériaux d'isolation se détachent des murs, comme le rembourrage d'un ours en peluche déchiré.

Ce que je m'attends à trouver en parcourant la maison sur la pointe des pieds, ce sont des squatteurs, qui dorment à même le sol, enroulés dans des couvertures. Ou un groupe d'ados venus ici pour fumer tranquillement leur herbe. Ou encore un vagabond de passage, à la recherche d'un endroit sec, protégé du vent, d'un toit pour dormir à l'abri quelque temps.

Mais pas une seule fois il ne me vient à l'idée que je

pourrais y trouver Pearl — ce qui prouve que je ne suis pas aussi futé qu'on le dit, parce que c'est bien elle que je découvre, installée dans le salon abandonné. Je reconnais du premier coup d'œil ses cheveux ombrés qui tombent en cascades ondulées dans son dos. Elle palpe du bout des doigts ses joues rougies par le froid. La maison n'est pas chauffée et les fenêtres sans carreaux laissent entrer la nuit d'automne. Pearl a froid. Elle a les joues et les doigts engourdis, les yeux brillants et humides, le nez qui coule. De petits nuages d'un gris blanchâtre s'exhalent de ses lèvres roses.

L'oiseau de tout à l'heure, le quiscale bronzé, vient se percher sur le rebord de la fenêtre qui n'est plus bouchée par du contreplaqué. Il entonne de nouveau son chant triste et sa silhouette se détache contre la pleine lune bien ronde qui brille à travers ce qui reste du carreau brisé. Pearl se tourne vers moi et me sourit.

— Salut, toi, me dit-elle. Je me demandais si tu finirais par venir.

— Qu'est-ce que vous faites là ?

Elle répond, d'une voix calme comme l'eau d'un étang :

— La même chose que toi.

Elle prononce cette phrase comme si elle déclamait un vers, en rythme, en tournant lentement ses petits pieds vers moi.

— Je suis venue fouiner, dit-elle.

Elle trace du bout de l'index une ligne sur le manteau de cheminée, puis contemple la poussière amassée sur son doigt et s'essuie à la jambe de son pantalon.

Il fait sombre, pas complètement noir, mais très sombre. La pleine lune brille derrière des nuages obèses, sa lumière va et vient comme celle de la lampe de poche que Pearl tient dans sa main en jouant avec l'interrupteur. *Allumé, éteint.*

Je pense à p'pa, tout seul dans la maison d'en face, qui voit cette lumière depuis notre fenêtre. « Merde, encore ces putains de squatteurs, je l'entends dire. Ces putains de squatteurs se sont encore installés là-bas. »

188

Mais ce ne sont pas des squatteurs. C'est Pearl.

Et pour moi ce n'est pas la même chose. Pearl est probablement en difficulté en ce moment, mais elle mérite mieux que ça, mieux que cette saleté, ces toiles d'araignée, cette poussière. Je suis sûr qu'elle n'a pas pour habitude de squatter.

J'avance lentement dans la pièce, ne sachant pas trop ce que je dois dire ou faire. Nous sommes dans le salon, je le sais parce que le canapé est encore là et qu'il reste ce qui était autrefois une cheminée, un foyer en fonte entouré d'un manteau de marbre tout poussiéreux, où le doigt de Pearl a laissé ce qui ressemble à un tracé sur une carte routière.

Sur le sol, aux pieds de Pearl, il y a un plaid déchiré et mité, ainsi qu'un coussin plat, tous deux assortis à l'horrible tissu bleu à carreaux du canapé. Mon cœur se brise quand je pense que Pearl va poser sa jolie tête sur cet oreiller crasseux et passer la nuit sur ce plancher dur et sale. A présent, elle enroule ses bras autour d'elle et frissonne. Je serais prêt à parier qu'il ne fait pas plus de 10 °C dans cette fichue pièce. Je jette un coup d'œil du côté de la cheminée, dont le foyer est vide et froid.

— Vous dormez ici ?

Je n'ai pas pu m'empêcher de poser la question, bien que la réponse soit évidente. Je me retiens de parler des rats, des insectes, des pancartes qui interdisent l'entrée et signalent l'endroit comme insalubre. Pearl sait déjà tout ça. Elle ne répond d'ailleurs pas à ma question, mais me dévisage avec insistance, ses yeux étranges sondant les miens, comme moi les siens. Puis je reprends :

— Vous savez que cette maison est hantée ?

Je me demande si je dois continuer en racontant l'histoire de Geneviève, la petite fille morte noyée dans une baignoire et dont l'esprit vient hanter quiconque franchit le seuil de cette maison. Mais Pearl m'adresse un sourire, un sourire confiant et déclare d'un ton assuré, en haussant les épaules :

— Je ne crois pas aux fantômes.

Je lui rends timidement son sourire.

— Ouais, moi non plus, je réponds, tandis que mes mains cherchent le chemin de mes poches.

Je suis si ému que ma voix est pâteuse et essoufflée, comme si j'étais en train d'avaler du coton. Je sors de ma poche le croissant que j'avais emporté. Il est tout aplati et minable, mais je l'offre quand même à Pearl, d'un air gêné. Elle secoue la tête.

— Non, merci, dit-elle.

Elle est là, devant moi, une jeune fille innocente, naïve. Enfin, c'est comme ça qu'elle me paraît — mais peut-être que je prends mes désirs pour des réalités. Ce soir, elle semble épuisée, frigorifiée et même effrayée. Tandis que je me rapproche, je remarque que ses vêtements sont sales et froissés — pas dans le style chic décontracté à la mode, mais plutôt dans le style « je dors par terre depuis plusieurs jours ». Mais n'empêche, même mal sapée, elle m'impressionne. Et parce qu'elle est une fille — ou plutôt une femme, jolie, en plus — je redeviens le timide, l'introverti, l'asocial solitaire dont les mains tremblent et qui ne trouve plus ses mots. Je baisse les yeux et contemple mes pieds.

— Comment tu t'appelles ? me demande-t-elle.

Je lui jette un bref regard à la dérobée pour lui répondre que je me prénomme Alex.

Quand je lui demande son nom, elle rétorque d'un ton poli :

— Ma mère m'a dit que je ne devais pas parler aux étrangers.

C'est ça… Elle joue les timides, mais je crois plutôt qu'elle me taquine. Ou bien qu'elle se moque carrément de moi. Mais je ne peux pas dire que ça me dérange. Au contraire, ça me plairait plutôt.

— Vous êtes déjà en train de me parler, dis-je.

Mais n'empêche, elle ne va pas me dire son nom. Je n'insiste pas. Si elle est venue se cacher ici, c'est qu'elle a ses raisons. Elle doit avoir des ennuis avec la police, ou même simplement avec un mec. Ça ne me regarde pas, mais je ne peux pas m'empêcher de faire des suppositions. Et j'ai mon idée sur la question. Je crois que sa présence ici a un rapport avec le Dr Giles. Ne l'ayant jamais vue entrer dans le pavillon, je ne pourrais pas jurer qu'elle est une de ses patientes, mais ce dont je suis sûr, c'est qu'elle le surveille depuis le café, avec un mélange de fascination et de curiosité, et même un brin de nostalgie. De son côté, Giles l'a suivie des yeux hier soir, quand elle a disparu de l'autre côté de la colline. Il y a quelque chose entre eux — quoi ? je ne sais pas, mais en tout cas quelque chose qui va au-delà d'une relation médecin-patient. Mais bon, c'est juste une intuition, je n'en mettrais pas ma main à couper.

— Vous êtes ici depuis longtemps ?

Elle hausse les épaules.

— Depuis quelques jours, dit-elle. Enfin, je crois.

Elle aurait pu trouver en ville un motel pas cher. Nous avons aussi un *bed and breakfast* et une pension pour les séjours prolongés. Il y a les locations de vacances d'été, les maisons de plage, un terrain de camping ou deux. Mais je suppose qu'elle n'a pas les moyens de payer, alors je ne lui en parle pas. Je lui donnerais de l'argent si je pouvais, mais de l'argent, je n'en ai pas. Bien qu'on ne distingue pas grand-chose dans cette pièce sombre, je cherche sur elle des signes de maltraitance ou d'abus, des contusions en voie de guérison, un os fracturé. Un indice pour me confirmer qu'elle fuit quelqu'un ou quelque chose. Mais je ne vois rien.

Comme elle enroule de nouveau ses bras grêles autour d'elle en frissonnant de froid, je montre du doigt la cheminée qui n'est plus qu'un trou crasseux dans le mur.

— Dommage qu'on ne puisse pas faire de feu.

En voulant m'approcher de la cheminée, je sens le sol se dérober sous mes pieds. Je me dépêche d'avancer, de peur d'être avalé par le plancher — de m'y enfoncer comme dans des sables mouvants, de disparaître comme dans un trou noir. Je fais un bond de côté... Bon sang, j'aurais pu passer à travers, voilà ce que je me dis en contemplant le tapis qui forme un creux de quelques centimètres, là où j'avais mes pieds à l'instant. J'ai de la chance d'être encore entier. *Logement insalubre,* dit la pancarte. Maintenant, je sais pourquoi. Une fois près de la cheminée, je jette un œil à l'intérieur, en étant à peu près certain de la trouver pleine de nids d'oiseaux, d'écureuils, de suie et de débris. Je ne suis pas ramoneur, mais je suis prêt à parier sur ma vie qu'il manque des briques et que le ciment a besoin d'être refait. Et je ne parle que du manteau. Le foyer, l'intérieur en fonte, est tellement couvert de crasse et de charbon qu'il s'enflammerait si nous tentions d'allumer un feu. Et, même s'il ne s'enflammait pas complètement, la graisse qui brûlerait dégagerait tellement de monoxyde de carbone que nous nous endormirions sans même nous en rendre compte, pour aller rejoindre Geneviève dans l'au-delà.

— Tu es sûr ? me demande-t-elle en scrutant elle aussi la cheminée.

Je réfléchis. Je repense au monoxyde de carbone. Et je réponds tout simplement :

— Je pense qu'il vaut mieux éviter.

Mais j'ai une autre idée pour la réchauffer.

J'enlève mon sweat et le lui tends.

— Tenez, dis-je, mettez ça.

Elle ne le prend pas tout de suite et le contemple d'abord d'un drôle d'air. J'ai presque envie de retirer ma proposition et de remettre ce sweat comme si de rien n'était.

Puis, brusquement, elle se décide à le prendre.

— C'est très gentil de ta part. Vraiment. Mais toi, tu n'as pas froid ?

Je hausse les épaules, en marmonnant :

— Nan.

C'est évidemment faux. J'ai déjà froid. Mais tout à l'heure je vais rentrer chez moi dans une maison dont le thermostat est réglé sur 20 °C et passer la nuit dans un lit

192

douillet, avec des couvertures. Elle, elle s'apprête à dormir dans une maison glaciale, dépourvue de tout confort.

Je la regarde enfiler mon sweat-shirt sur le sien, ses longs cheveux ondulés retombant sur la capuche. Elle enfonce ses mains dans mes poches. Ça me plaît, de penser qu'elle se réchauffe grâce à ma chaleur. Et encore plus de penser que mon sweat lui tiendra chaud toute la nuit.

Il faut que je songe à partir. Je ne voudrais pas m'imposer.

Mais surtout je n'ai encore fait aucune bourde, je ne me suis pas ridiculisé. C'est tellement rare que je préfère en rester là pour aujourd'hui. Je m'attarde encore quelques minutes pour regarder Pearl qui s'installe en tailleur en fredonnant tout bas. Je croise les bras pour lui cacher que je frissonne, tout en songeant qu'elle aurait moins froid chez nous, dans le garage. Ou même dans notre hangar à bois. Mais on se connaît à peine et je me vois mal lui proposer de passer la nuit dans mon garage.

Pourtant, merde… Avec p'pa qui doit être soûl et ne s'apercevrait de rien, je pourrais la faire entrer dans ma chambre et lui prêter mon lit, où elle dormirait bien au chaud — avec moi par terre, bien sûr. Je laisse cette image prendre forme dans mon cerveau, juste quelques instants.

Mais j'ose encore moins lui proposer de passer la nuit dans la chambre d'un garçon qu'elle vient de rencontrer. Elle me dirait non. Elle me prendrait pour un obsédé. Un de ces types qui ne vous lâchent plus dès que vous leur avez adressé la parole. Ce serait humiliant pour moi.

— Vous êtes du coin ? je demande.

Elle me répond, d'un ton plutôt distant :

— En quelque sorte.

Je lui adresse un petit sourire narquois et lui demande ce que ça signifie.

Elle hausse les épaules.

— Je suppose que tu dirais que je suis d'ici.

Ça ne me renseigne pas beaucoup.

— Vous venez de Battle Creek ? dis-je, tout en ayant conscience de poser une question stupide.

Il doit y avoir un millier de villes dans le Michigan, peut-être deux mille. Pourquoi viendrait-elle justement de Battle Creek ? Mais c'est tout ce qui est sorti de ma bouche quand je l'ai ouverte. A ma grande surprise, elle hoche la tête, d'un air impassible, soit parce que j'ai eu un gros coup de chance, soit parce qu'elle est prête à dire oui à tout, pourvu que je me taise.

— Vous aimez nager ? je demande, pour changer de conversation, en pensant au soir où je l'ai vue se baigner dans le lac.

— Et toi ?

Au lieu de répondre, elle me renvoie mes questions. C'est une technique pour éviter de parler d'elle. Elle ne veut vraiment pas se livrer.

— Plutôt, je réponds. Mais pas en ce moment. L'eau est trop froide.

— Tu trouves ?

Je revois son dos glissant sur la surface glacée du lac Michigan, tandis que des gouttes de pluie tombent du ciel noirci. Pour elle, l'eau n'était pas trop froide, et je ne sais pas si ce « tu trouves » est une question, une affirmation, ou quelque chose entre les deux, mais j'acquiesce :

— Oui, je trouve. Elle est froide.

— Tu es d'ici ? demande-t-elle.

— Oui, je suis né ici et j'y ai toujours vécu, je réponds, tandis qu'elle tire sur ce bracelet de perles qui serre trop son poignet.

Clac clac clac.

Le bracelet qui lui a valu le surnom de Pearl.

Je la regarde longuement, je ne sais pas combien de temps.

J'attends pour m'en aller qu'elle pose sa tête sur l'oreiller bleu à carreaux. Quand je lui dis au revoir, elle a déjà les yeux mi-clos et, si elle me répond, je ne l'entends pas.

194

Avant de quitter la pièce, je jette un dernier regard à sa silhouette.

Je traverse la vieille maison dans l'autre sens pour rejoindre la fenêtre par laquelle je suis entré et descends l'escabeau qui m'attend dehors, de l'autre côté. Je sais déjà que Pearl occupera mes rêves cette nuit. Avec moi, ce n'est pas : « Loin des yeux, loin du cœur. »

Quinn

Ben me tient les cheveux en arrière pendant que je vomis.

La bonne nouvelle, c'est que j'ai à peine touché au sandwich de rôti de bœuf de mon déjeuner et que mon estomac rejette surtout de l'acide gastrique et de la bile. De plus, j'ai pu arriver à temps aux toilettes, je n'aurai pas à nettoyer.

Ben et moi sommes tous deux assis sur le carrelage en damier noir et blanc de la minuscule salle de bains. Il y a des moutons de poussière et des traces de savon par terre. C'est bizarre, parce qu'on ne se lave tout de même pas sur le sol de la salle de bains. Je suis à peu près certaine qu'il y a aussi de l'urine sur le siège des toilettes et je maudis silencieusement Landon, ou Brandon, ou bien Aaron ou Darren — bref, l'homme que j'ai emmené ici samedi soir —, parce que ça ne peut venir que de lui. Esther et moi, nous n'urinons pas sur le siège. Quand j'ai passé la nuit avec lui, j'étais loin de me douter que soixante heures plus tard je contemplerais son pipi de près en me penchant au-dessus des toilettes pour vomir. Comme cadeau d'adieu, on fait mieux.

Lorsque je n'ai plus rien à vomir, Ben me passe une serviette humide sur la nuque et le front, puis m'apporte un 7Up avec une paille en plastique rose.

— Tu devrais y aller, je lui murmure.

Je sais parfaitement qu'il est déjà plus de 18 heures et que Priya doit se demander où il est passé. Ils ne vivent pas ensemble, mais Ben aimerait bien. C'est lui qui me l'a dit, et j'ai fait semblant de m'intéresser à la question quand il m'a expliqué qu'en emménageant dans le même appartement ils économiseraient le montant d'un loyer chaque mois. « Un paquet de fric qui ne partirait pas en loyer », a-t-il dit. Mais Priya n'a pas voulu. Il m'a avoué une fois, et rien qu'une fois, à quel point ça le rendait fou que Priya soit tout le temps sur ses gardes avec lui, comme si elle hésitait à s'engager vraiment. Elle tient à lui et ne songe pas à le quitter, mais elle ne se sent pas prête à vivre en couple. Il se demande si elle le sera un jour. Son désir d'indépendance, c'est ce qui a plu à Ben au tout début de leur relation. Elle se suffit à elle-même, elle est autonome, elle n'est pas du genre crampon. Mais lui, maintenant, il voudrait qu'elle se cramponne un peu plus. Ou au moins qu'elle ait besoin de lui autant qu'il a besoin d'elle.

Mais, quand même, ils mangent souvent ensemble, le soir, et c'est justement le cas aujourd'hui, où c'est le tour de Priya de faire la cuisine. Il était attendu chez elle à 18 heures. Elle prépare un *aloo gobi,* c'est Ben qui me l'a dit, je ne lui avais rien demandé, mais il me l'a dit quand même — c'était bien avant que j'aille vomir aux toilettes en découvrant les accusations sur Esther.

— Je vais rester avec toi, promet-il.

Puis il quitte la pièce en me demandant de l'excuser quelques instants. Depuis la salle de bains, je l'entends expliquer à Priya pourquoi il doit annuler leurs projets de la soirée.

— Salut, ma chérie, commence-t-il.

Il ne dit pas qu'il est chez moi.

Il ne parle pas d'Esther.

Ni du décès prématuré de son ancienne colocataire.

Au lieu de ça, il invente une histoire de présentation de documents, qui doivent être envoyés ce soir *via* FedEx, avant la fermeture des bureaux à 21 heures. Ce n'est pas exactement une pure invention ; c'est déjà arrivé que des dizaines d'agents de bureau soient mobilisés pour étiqueter et photocopier des documents en urgence, afin que la partie adverse les reçoive dans le délai légal.

— Je suis désolé, ajoute-t-il. L'avocat nous a balancé le truc cet après-midi. On en a encore pour un moment.

Et Priya, fidèle à elle-même — enfin, je dis ça comme ça, parce que je n'en sais rien —, lui donne l'absolution.

— Merci d'être si compréhensive, lui dit-il. Tu es vraiment super.

Puis il met fin à la conversation avec un « je t'aime » et un écœurant baiser téléphonique qui me donne envie de vomir mes tripes, ce que je fais sur-le-champ.

Il revient dans la salle de bains et me rejoint par terre.

— Tu te sens en état d'en parler ? me demande-t-il en attrapant sa tablette — laquelle est à portée de sa main, comme toujours. On devrait le faire, tu ne crois pas ?

Puis il ajoute :

— Quand tu seras prête.

Je lui affirme que je le suis. Bien que je ne sois pas tout à fait certaine de l'être.

Après quelques recherches sur Internet, il tombe sur un article expliquant que les secours ont répondu à un appel d'Esther au 911. En arrivant chez nous, ils ont trouvé Kelsey Bellamy inconsciente et l'ont transportée à l'hôpital Methodist, où l'on a constaté officiellement son décès. J'imagine tout un tas de chirurgiens dans une salle des urgences, tentant l'impossible pour la ranimer, devant un électroencéphalogramme plat. Puis un homme en blanc à la mine sombre déclarant : « Heure du décès, 8 h 23 », bien qu'évidemment je ne sache pas à quelle heure elle est morte.

Puis une autre image me vient à l'esprit : les prospectus sur le deuil, les sept étapes du deuil. Esther pleurait-elle la mort de sa colocataire ?

Nous retournons ensuite sur la page Facebook de Kelsey, pour relire les messages de ses amis et de ses parents. Certains dénoncent une imprudence, voire plus, mais leurs propos restent vagues, on ne peut en tirer aucune conclusion.

Les larmes aux yeux, je contemple longuement les photos de Kelsey. Elle n'était pas ma colocataire ni mon amie, mais ça me fait mal de penser qu'elle est morte, je ne sais pas pourquoi. Ben me tend un mouchoir, et je sèche discrètement mes larmes en murmurant :

— Esther n'a pas pu faire ça.

Mais je sais bien que Ben et moi nous pensons la même chose.

Elle l'a fait.

Esther a une volonté de fer, le cœur sur la main. Elle a l'habitude d'endosser les problèmes des autres, de les prendre en charge.

Un exemple typique : la fois où Nancy du deuxième étage a décidé que les locataires de notre immeuble devaient s'impliquer dans le recyclage des ordures. Nancy en avait marre de trouver dans les poubelles des bouteilles de bière et des journaux même pas lus. La vieille Mme Budny, qui a déjà un pied dans la tombe et n'a eu ni enfants ni petits-enfants, ne se sent pas concernée par l'avenir de notre planète. Il ne fallait pas compter sur elle pour lever le petit doigt.

Nancy avait donc affiché dans le couloir, à côté des boîtes aux lettres, un dépliant avec la liste des centres de recyclage de la ville. Dépliant que les locataires s'arrangeaient pour ne pas voir.

Aussi Esther a-t-elle décidé d'aller plus loin. Elle a contacté les services de recyclage pour passer un accord avec eux. Elle a obtenu plusieurs poubelles de tri — en payant de ses deniers, il faut le dire — et les a mises à disposition de tous, près de la benne de la ruelle et dans la laverie de l'immeuble. Elle a affiché la liste des déchets recyclables, la liste de ceux qui ne l'étaient pas, ainsi qu'un commentaire sur les problèmes liés aux ordures :

déchetteries trop pleines, pollution aggravée, etc. Elle a incité à appliquer les trois R : réduire, réutiliser, recycler. Elle a même offert une récompense au locataire le plus rigoureux en matière de tri (ça n'a pas été moi).

La stratégie de Nancy n'avait produit aucun effet, mais celle d'Esther a rencontré un franc succès. Elle nous a tous transformés en fervents adeptes du recyclage.

C'est aussi Esther qui m'a convaincue de manger plus sain.

C'est elle qui m'a poussée à envisager un changement de carrière. Une simple remarque de ma part — « je déteste mon travail » — et elle a pris les choses en main. D'après elle, je devais cesser de faire le larbin pour des avocats et devenir enseignante. Je lui ai presque ri au nez la première fois qu'elle m'en a parlé. Moi, enseignante ? Ça paraissait loufoque et pourtant elle m'a convaincue de passer un diplôme pour enseigner aux tout-petits.

— Tu as un truc avec les gosses. Et de toute façon tu ne vas pas rester toute ta vie dans ce boulot minable, si ? Tu vaux mieux que ça, Quinn.

— Je ne suis pas assez intelligente pour enseigner, lui avais-je répondu.

J'étais assise par terre dans le coin contes de sa librairie et je montrais à une petite aux cheveux bouclés un livre sur les princesses. Je venais régulièrement assister aux lectures d'Esther et j'avais pris l'habitude de l'aider à s'occuper des enfants. J'aimais les enfants, c'est vrai, mais surtout j'aimais le sentiment d'appartenir au monde d'Esther. Je n'avais jamais eu d'amie aussi proche. Elle était comme une sœur pour moi ; une sœur que j'appréciais plus que la mienne.

— Tu es plus intelligente qu'un enfant de quatre ans, non ? avait rétorqué Esther en réponse.

J'avais haussé les épaules. J'aurais bien voulu en être sûre…

— Tu es donc tout à fait apte à faire ce métier, avait conclu Esther.

Moins d'une semaine plus tard, j'étais sur Internet et je

cherchais des informations en ligne sur le programme de certification des enseignants à Chicago. De son côté, Esther s'engageait à m'aider pour la préparation de l'examen qui devait évaluer les connaissances du candidat — et, dans mon cas, plutôt ses lacunes — dans des matières comme l'orthographe, la lecture, l'écriture, les mathématiques. Cet examen, on ne peut le passer que cinq fois ; je l'ai déjà raté une fois. Esther m'aide à réviser ; elle m'assure que nous l'aurons la prochaine fois. *Nous*. Elle et moi. Elle ne cesse de me répéter que je ne dois pas avoir l'impression de me battre seule. Nous formons une équipe, toutes les deux. Voilà ce qu'elle me dit.

Des exemples de la manière dont Esther prend les choses à bras-le-corps, je pourrais en fournir des centaines. Le dernier en date ? J'ai mentionné une fois le fait que j'avais besoin de faire de l'exercice pour me muscler et perdre un peu de poids. Je ne suis ni petite ni menue — pas comme Esther —, mais plutôt forte, sans être grosse. J'assume mes formes et j'essaie de voir le bon côté des choses : mes ancêtres amazones m'ont légué leur solide constitution et, pour le shopping en ligne, comparé aux petites tailles, j'ai plus de tissu pour le même prix.

Mais je ne rajeunis pas et j'ai intérêt à me surveiller. J'ai commis l'erreur — mais peut-être ai-je été au contraire bien inspirée — d'en parler à Esther. Et bien entendu elle a aussitôt concocté un programme de remise en forme pour elle et moi. Elle n'est pas une coureuse endurcie et ne pourrait pas s'inscrire au marathon de Chicago, pourtant, elle court régulièrement et peut tenir trois ou quatre kilomètres. C'est donc la distance qu'elle a choisie pour moi. Elle a commencé par établir un parcours : aller de Clark Street à Foster Avenue en marchant, pour s'échauffer, puis traverser à Lake Shore Drive et rejoindre le chemin du bord de lac, un sentier goudronné de trente kilomètres, allant du nord au sud, le long des rives du lac Michigan. Bien entendu, il n'était pas question de faire le grand tour de trente kilomètres, loin de là, juste les quatre kilomètres de rigueur. La première fois, je ne suis même pas sûre d'avoir vraiment couru. Par définition, courir suppose qu'à un moment les deux pieds quittent le sol, et je ne pourrais pas jurer que ça s'est produit. Mais ce qui est certain, c'est que nous avons parcouru quatre kilomètres en essayant de ne pas être trop ridicules au milieu de tous les marathoniens — et autres coureurs olympiques — qui nous dépassaient.

Les jambes me brûlaient. J'avais des crampes. Du mal à respirer.

« Tu peux le faire », me disait Esther. Elle ralentissait pour se caler sur mon rythme, afin que je ne me sente pas trop nulle, mais je me sentais quand même nulle, avec mes bras qui battaient l'air comme les ailes d'un oiseau tombant du ciel.

Mais Esther n'a pas abandonné. Elle m'a tirée du lit jour après jour, bien que j'aie maintes fois tenté de refuser, en prétextant des ampoules aux pieds, des courbatures, des douleurs articulaires, musculaires, tendineuses. J'avais mal partout. Je pouvais à peine m'asseoir sur les toilettes, enfiler des chaussettes ou des chaussures. Esther n'a cessé de m'encourager. « Debout, debout, debout », me chantonnait-elle chaque matin en m'obligeant à me lever. Elle me faisait couler des bains chauds pour soulager mes courbatures, en y ajoutant du sel d'Epsom — la panacée pour les douleurs musculaires, d'après elle. Elle me faisait faire des étirements. Elle m'aidait à mettre mes chaussettes. Elle nouait mes baskets. Elle ne me laissait pas le choix.

Et j'ai fini par y arriver.

Quand Esther a décidé quelque chose, elle va jusqu'au bout.

Je repense à Kelsey. Esther avait-elle décidé de se débarrasser d'elle ? Son nom gravé dans le placard me fait maintenant l'effet d'un ultime appel au secours.

Plus tard, nous entrons dans la chambre d'Esther, et je montre à Ben mon puzzle en cours, les rubans de papier photo étalés par terre.

— Qu'est-ce que c'est ? demande-t-il.

Je lui explique que j'ai sorti tout ça de la déchiqueteuse à papier.

— Ça ne donnera peut-être rien, dis-je. Mais je tente. On verra bien.

Nous nous installons ensemble à côté du puzzle, sans même nous être concertés.

Nous progressons vite et en silence. Sans avoir besoin de parler, nous savons que nous nous posons la même question. Qui allons-nous découvrir sur cette photo ? Esther ou Kelsey Bellamy ? Nous faisons d'abord apparaître la façade d'un bâtiment de brique, puis une dalle de béton. Quelque part au centre, la silhouette d'une femme commence à s'esquisser : des jambes, dans un jean évasé. Elle n'a pas encore de visage, rien qui nous permette de l'identifier, pas d'accessoires. La photo a été zoomée au tirage, ce qui fait que les détails ne sont pas très nets. Ben et moi, nous travaillons dur, sans regarder l'heure, sans ménager notre peine.

Dehors, la pleine lune est un globe d'or qui brille à travers la fenêtre, éclaboussant le sol de lumière. De temps en temps, un nuage passe devant elle et la pièce s'assombrit.

Puis le nuage circule, la lune réapparaît, et quand sa lumière éclate sur le sol j'ai l'impression qu'elle nous nargue. Et que l'esprit d'Esther est là aussi, quelque part, à se moquer de nous.

MERCREDI

Alex

Je me suis réveillé plus tôt que d'habitude et j'ai enfourché mon vélo pour aller jusqu'à l'unique supermarché de la ville ouvert vingt-quatre heures sur vingt-quatre. Notre réfrigérateur était quasiment vide et le peu qu'il contenait était périmé ou moisi. Ça fait quand même cinq kilomètres aller et cinq retour, d'où la nécessité de prendre un vélo. Je rapporte une douzaine d'œufs, un carton de lait, du fromage râpé et des fruits, dans un plastique accroché au guidon. Il n'y a pas beaucoup de fruits de saison à cette période de l'année, mais j'ai trouvé quelques pommes et une grappe de raisin rouge. Il faudra que ça fasse l'affaire.

Une fois à la maison, j'entreprends de laver les fruits et de faire des œufs brouillés. Je mets du lait et du fromage dans les œufs, c'est comme ça que p'pa les aime, avec un peu de sel et de poivre. Une bonne odeur de cuisine commence à se répandre dans la maison, mais ça ne suffit pas à réveiller p'pa, qui continue apparemment à dormir, dans sa chambre dont il a fermé la porte. Je dois fouiller dans la vaisselle pour dégoter une assiette qui ne soit pas fendue ou écaillée et j'y dispose ce que j'ai préparé, plus une grappe de raisin. Quand j'ai terminé, l'assiette est loin d'être pleine — je la trouve vide, triste, un peu misérable. Je regrette à présent de ne pas avoir pris du pain pour faire des toasts et des saucisses. Mais je n'avais pas les moyens. Je remplis un verre de lait, puis me dis que j'aurais quand même dû acheter du jus de fruits. Et du café. Et des céréales. J'attrape à tout hasard un Mountain Dew dans le réfrigérateur. Après tout, je ne sais pas ce qu'elle aime boire avec ses œufs.

Ensuite, je dispose le tout sur un plateau pour l'emporter — en laissant dans la cuisine une assiette pour p'pa.

Elle est encore endormie quand j'arrive, mais le bruit de mes pas la tire de son sommeil. A moins que ça ne soit l'odeur des œufs. Elle se redresse lentement sur son lit de fortune, comme le ferait une vieille femme, en s'étirant lentement — bras, jambes et le reste —, comme si c'était douloureux et qu'elle avait besoin de remettre en place ses muscles et ses os, de réveiller des membres engourdis et insensibles.

— Bonjour, dis-je, d'un ton sans doute trop enjoué.

Et elle me répond :

— Bonjour.

Le mot est à peine articulé, sa voix est encore ensommeillée, mais je lui souris.

Je suis content qu'elle soit encore là.

J'ai pensé toute la nuit aux fruits et aux œufs que je préparerais ce matin pour Pearl, en me demandant si oui ou non je la trouverais dans la maison au petit matin. J'avais peur qu'elle ne soit déjà dehors, à errer dans les rues, ou, pire, qu'elle ait pris le train pour quitter la ville. Mais elle est là, en chair et en os, avec les cheveux en bataille, comme quelqu'un qui sort du lit, des traces de plis sur sa peau claire. Elle porte encore mon sweat, avec la capuche rabattue sur sa tête. En me voyant, elle fait un geste pour l'enlever, comme si elle pensait que j'étais venu le chercher, mais je lui dis :

— Non, garde-le.

Et elle le garde. Je me suis douché et habillé, j'ai mis un sweat propre, tout aussi usé que le précédent, mais d'un autre ton de gris.

— Je vous ai apporté un petit déjeuner, dis-je en posant le plateau près d'elle sur le sol.

Je craignais que la nourriture n'attire des insectes, mais rien ne bouge. La maison est calme et tranquille.

Elle prend la fourchette et se sert, en soufflant sur les œufs avant de les enfourner. J'entends gargouiller son estomac. A son expression, je vois qu'elle apprécie ; mais peut-être qu'elle est tellement affamée qu'elle avalerait n'importe quoi.

— C'est bon, dit-elle.

Puis elle tourne vers moi un visage éperdu de reconnaissance et ajoute :

— C'est rare que les gens soient gentils avec moi.

Ne trouvant rien à répliquer, je me tais.

— Tu n'étais pas obligé, tu sais, poursuit-elle.

Je lui réponds que je le sais. Mais à l'intérieur mon cœur se réchauffe, bien que la maison abandonnée soit toujours aussi froide.

— Ce n'est pas tout, dis-je. J'ai autre chose pour vous. Je vais le chercher.

Je lui demande de continuer à manger en m'attendant.

— Je reviens tout de suite.

Je ressors par la fenêtre qui donne dans l'arrière-cour. Le jardin, qui a dû être charmant autrefois, est envahi par les broussailles. Je repère un grand buisson qu'il faudrait couper parce qu'il est en train de se lancer à l'assaut de la façade — il est déjà bien accroché aux crevasses du mur et se glisse sous le revêtement en aluminium, qu'il commence à décoller. Sur la pelouse, les souches d'arbres sont rongées par les champignons et les bactéries.

Mais ce qui retient vraiment mon attention, c'est la balançoire, un pneu dégonflé suspendu par une corde à un vieux chêne. Je fais un détour pour m'en approcher et lui donne une légère poussée, puis je le regarde aller et venir dans l'air gris de novembre. Il me semble entendre des enfants hurler de joie. « Ouaiiiis ! Encore, encore », supplient-ils. Autrefois, il y a eu des enfants ici, mais c'est fini.

J'abandonne le jardin.

Il règne dans la rue un silence de mort ; à cette heure-ci, personne d'autre que moi n'est levé.

Cette nuit, je n'ai pas beaucoup dormi. En vérité, c'est à peine si j'ai fermé l'œil. Je n'arrêtais pas de penser à Pearl, couchée sur le sol glacé de cette maison abandonnée. Et c'est là que je me suis souvenu du chauffage au kérosène que nous conservons dans le garage, avec un bidon d'essence de cinq gallons à moitié vide. Il nous sert surtout l'hiver, pendant les nombreuses coupures d'électricité qui se produisent lors des tempêtes de neige qui nous enterrent vivants. P'pa l'a acheté il y a près de quinze ans et il nous a rendu de fiers services. Quand j'étais petit, p'pa ne me laissait pas le manipuler — « Ce fichu appareil est trop dangereux », disait-il. Maintenant, c'est moi qui lui interdis d'y toucher.

Ce chauffage est très lourd et je dois batailler pour le hisser par la fenêtre de la maison jaune. Quand je me présente dans le salon, Pearl est là, toujours assise, avec l'assiette sur les genoux. Elle a fini de manger. Je vois à son air qu'elle est rassasiée et même qu'elle a apprécié son petit déjeuner. Elle pose un regard étonné sur le radiateur et me demande :

— Qu'est-ce que c'est que ça ?

Tout en remplissant le réservoir de kérosène et en allumant la mèche, j'explique que c'est un appareil de chauffage. Quand la flamme jaillit, le visage de Pearl s'illumine de reconnaissance. Elle me sourit.

Je règle la flamme et explique :

— Ce truc-là peut être dangereux. Il faut le surveiller et surtout ne pas oublier de l'éteindre avant de partir.

Je me sens un peu bête de lui rappeler cette évidence, mais c'est devenu chez moi une seconde nature, de donner ce genre de conseils, parce que je passe mon temps à dire à p'pa d'éteindre le four, de fermer la porte d'entrée, de tirer la chasse.

— Je pense que vous vous en doutiez.

Pearl ne fait aucun commentaire à propos du chauffage, mais elle me lance, tout à trac :

— J'aime bien ton collier.

210

Et c'est comme un réflexe, mes mains palpent le pendentif dent de requin qu'Ingrid m'a offert il y a quelques années.

— Merci, je réponds, tout en remarquant que Pearl a des yeux marron clair avec des reflets ambrés.

— C'est une fille qui te l'a offert ? demande-t-elle à brûle-pourpoint.

Je crois bien que mon visage est maintenant aussi rouge que les flammes du chauffage.

Je secoue la tête en m'asseyant par terre.

— Non, une amie.

J'aimerais lui en dire plus, lui parler de Leigh Forney, lui expliquer que je n'ai jamais eu de petite copine. « Il te donnera de la force et il te protégera », m'a dit Ingrid en m'offrant le collier, quand j'ai commencé à travailler chez Priddy pour aider p'pa à joindre les deux bouts. Elle me l'a offert parce que je lui faisais de la peine — à cette époque, toute la ville avait pitié de moi. Ma mère m'avait abandonné et je vivais avec un père alcoolique. Pas terrible, comme bilan.

Je caresse la dent de requin, tout en songeant que finalement ce talisman marche. Puisque je suis en ce moment avec Pearl.

Mais je ne dis rien de tout ce qui me passe par la tête. Je reste sur « une amie », et laisse le silence s'installer dans la pièce.

Il y a tant de choses que j'aimerais demander à Pearl : pour commencer, son nom et ce qu'elle fait ici — dans notre ville, dans cette maison. Mais, quand j'ouvre la bouche pour parler, rien n'en sort.

Et c'est Pearl qui se met à poser des questions.

— Tu habites en face, dit-elle.

J'en déduis qu'elle m'a épié et qu'elle m'a peut-être vu à table avec p'pa, dans la cuisine. Elle en sait sans doute plus sur moi que je ne le pense.

— Oui.

— Avec ta famille ? insiste-t-elle.

Là, je réponds oui, puis non, puis je me décide :

— Avec mon père.

Il fait partie de ma famille, évidemment. Mais la question « famille » est bien plus compliquée.

— Pas de frère ni de sœur ? reprend-elle.

Et je réponds que non.

— Et où est ta mère ?

Des tas de réponses bidon et faciles me viennent à l'esprit. Je pourrais dire qu'elle est morte, qu'elle est dans un état végétatif à l'hôpital suite à une lésion cérébrale, qu'elle est en prison pour usage de stupéfiants, ou pour meurtre — mais aucune ne l'emporte sur les autres. Et donc j'opte pour la vérité :

— Elle est partie.

Puis je pique dans l'assiette de Pearl un grain de raisin oublié et m'empresse de l'enfourner pour ne pas avoir à en dire plus.

Je n'ai pas beaucoup de souvenirs de ma mère et ceux que j'ai ne sont pas particulièrement agréables : je suis devant son lit, je viens de faire un cauchemar. Je pleure. Ou plutôt je hurle. De peur. Il y a des monstres sous mon lit et il faut absolument que ma mère vienne les chasser. Elle fait d'abord mine de dormir, puis elle se redresse brusquement et m'ordonne de retourner dans ma chambre. « On est en plein milieu de la nuit, Alex. » Je n'ai que cinq ans, mais je suis assez grand pour sentir qu'elle est totalement indifférente à ce qui m'arrive. Ça la laisse de marbre. Je tente de lui expliquer que je suis vraiment en danger, que j'ai peur, mais elle tire la couverture sur sa tête et fait comme si elle ne m'entendait plus. P'pa travaille de nuit, il ne peut pas venir à mon secours. Alors j'insiste, parce que je n'ai que ma maman pour me sauver : je la supplie de se lever en tapotant la couverture. « Maman, maman. » Mais ma mère me repousse à deux mains et je comprends qu'elle ne viendra pas. Je ne peux pas retourner dormir avec les monstres, alors je me couche dans le couloir, sur le seuil de la chambre de ma maman. Le matin, en se levant, elle trébuche sur moi. Comme je me mets à pleurer, parce qu'elle m'a fait mal, elle me gronde de nouveau. C'est ma faute.

Elle n'avait pas la fibre maternelle, c'est le moins qu'on puisse dire. Je n'étais pas un enfant désiré, juste un accident. Elle me tolérait, sans plus, et mes manifestations d'affection la terrifiaient. Elle n'avait pour moi que des sourires forcés et des câlins hâtifs, tissés de tension et d'angoisse. Comme si ça lui faisait mal de m'embrasser. Comme si ça lui causait une douleur physique. Je me souviens de la manière dont elle se dégageait quand je passais mes bras maladroits de petit garçon autour de ses genoux ou de sa taille — aussi haut que je pouvais l'atteindre —, en la suivant, en trébuchant, les bras tendus, pour réclamer : « Encore un bisou, maman, un seul », jusqu'à ce qu'elle se mette en colère.

« Va-t'en, Alex. Laisse-moi tranquille. Ne me touche pas. »

Cette phrase, elle me l'a répétée tant de fois que je l'entends encore. Et je revois ses petits pieds nus, trottant sur la moquette défraîchie de notre maison pour échapper à mon étreinte, tandis qu'elle me chassait du revers de la main comme une vulgaire mouche. « Alex ! » s'exclamait-elle d'une voix cassante, sur le point d'exploser, avec des efforts évidents pour se contrôler. « Je t'ai dit de me laisser tranquille. Ne me touche pas. »

— Elle est partie où ? demande Pearl.

Et je réponds simplement :

— Loin.

Parce que c'est la vérité. J'ignore où est partie ma mère et ce qu'elle est devenue. Pour être franc, j'évite de me poser la question. Si elle a une autre famille — un autre mari, un autre enfant —, je préfère ne pas le savoir.

— Ça craint, commente Pearl en repoussant l'assiette. Les gens sont parfois de sacrés égoïstes, tu ne crois pas ?

Je le lui confirme.

Et puis, je ne sais pas comment, je trouve le courage de l'interroger.

— Qu'est-ce que vous êtes venue faire ici ?

Elle a de nouveau son petit sourire malin.

— Je pourrais te le dire, Alex, mais si je le faisais il faudrait ensuite que je te tue.

Nous rions tous les deux. Au début, c'est un rire un peu coincé. Je n'ai pas ri depuis si longtemps... Mon rire résonne dans la maison vide et rebondit contre les murs décatis, mais quand il me revient aux oreilles je le trouve presque joyeux. Et du coup je ris encore plus. C'est si bon. Quand on rit, c'est qu'on est heureux.

J'ai oublié ce que ça faisait d'être heureux.

Je remarque que Pearl a un beau sourire : naturel, spontané et doux, qui découvre à peine ses petites dents blanches. J'ai l'impression qu'elle non plus n'a pas ri depuis longtemps. Du moins pas de tout cœur, comme nous venons de le faire.

— Tu veux savoir la vérité ? me demande-t-elle en allongeant le bras vers moi.

Sa main se pose sur ma dent de requin, qu'elle caresse lentement. Je me fige, le sang se coagule dans mes veines, c'est à peine si je peux respirer.

— Je suis simplement de passage, dit-elle.

Mais je devine à son regard qu'il y a beaucoup plus que ça et mes pensées se portent vers un homme, le Dr Joshua Giles. Une bouffée de jalousie m'envahit. J'ai une raison de plus de détester ce type.

C'est pour lui qu'elle est là. Et moi j'aurais voulu que ce soit pour moi.

Je me demande ce que ça peut bien signifier, « simplement de passage ». Elle semble avoir une vie de vagabonde. Ça doit être étrange, d'aller de ville en ville, en s'arrêtant quelque temps, sans but précis. Je me demande si elle a de la famille, des amis, un petit copain, quelqu'un à qui elle manque, qui la cherche.

Quelqu'un qui pense à elle, comme moi en ce moment.

— Combien de temps vous allez rester ? Avant d'être obligée de partir ?

Elle hausse les épaules.

— Je ne suis pas pressée.

Et je me demande ce qu'elle entend par là, si elle va rester un mois, une semaine, ou un an. J'ai envie de lui poser la question. Je voudrais connaître à l'avance le jour où je ne la trouverai pas en me présentant au petit matin dans la maison abandonnée. Demain ? Vendredi ? La semaine prochaine ? Me dira-t-elle au revoir avant de partir ? Me proposera-t-elle de l'accompagner ? J'en doute, mais on peut toujours rêver.

En tout cas, je ne lui demande rien de tout cela et je tripote le chauffage pour éviter son regard insistant.

Je jette un coup d'œil à ma montre. Il faut que je parte au boulot, si je veux être à l'heure. Encore une journée à nettoyer les tables chez Priddy, pour un salaire ridicule.

— Vous n'oublierez pas d'éteindre le chauffage avant de partir ?

Elle me le promet. J'acquiesce, puis je m'éloigne en lui jetant un dernier coup d'œil par-dessus mon épaule avant de disparaître.

Quinn

Esther cuisine souvent une recette végétarienne, une sorte de sauté de haricots, avec des brocolis et du maïs nain. Et du tofu. Ça devrait être infect, mais pas du tout. C'est au contraire absolument délicieux. Elle l'agrémente avec une sauce de soja et du vinaigre de riz.

Et un quart de tasse de farine d'arachide.

Pour moi, c'est un détail, mais ça n'en était pas un pour Kelsey Bellamy.

Elle avait quatre ans quand on lui a découvert une allergie à l'arachide, comme me l'explique son fiancé, Nicholas Keller. Je me trouve chez lui, dans la cuisine de son appartement rénové près de Hyde Park. Assise en face de lui, je l'écoute, tout en l'observant.

Il a de beaux yeux bruns éplorés qui deviennent humides chaque fois que je prononce un nom. Kelsey.

— Son allergie s'est brusquement déclarée quand elle avait quatre ans, dit-il. Le jour où sa mère lui a fait goûter pour la première fois un sandwich à la confiture et au beurre de cacahuètes. Sa gorge s'est mise à enfler, son corps s'est couvert de boutons. Elle a fait un choc anaphylactique et elle a failli mourir. Depuis, elle avait toujours sur elle un EpiPen contenant du Benadryl et elle faisait très attention aux traces d'arachide dans la nourriture. Nous sortions très rarement au restaurant, elle épluchait la liste des ingrédients sur les étiquettes. Jamais elle n'aurait consommé le moindre produit présentant des risques de contamination croisée. Pas de céréales transformées, pas de barres Granola, pas de biscuits.

— Alors, que s'est-il passé ?

Il secoue la tête, tout en murmurant que c'était un accident. Un épouvantable accident.

Je n'ai pas eu de mal à retrouver le fiancé de Kelsey. Il n'y avait que vingt Nicholas Keller dans tout le pays, et seulement deux dans l'Illinois. Coup de chance : le premier que j'ai appelé était le bon. Il m'a fallu une heure vingt pour aller d'Andersonville à Hyde Park : j'ai dû prendre le L, deux bus et marcher un bon kilomètre.

J'ai attendu la fin de la journée, pour être sûre qu'il serait rentré du travail. J'avais vu sur LinkedIn qu'il était conseiller financier, chose qu'il m'a confirmée plus tard quand je suis arrivée, avant que nous n'entrions dans le vif du sujet. C'est un garçon plutôt guindé, pas du tout le genre de fiancé que j'imaginais pour Kelsey Bellamy. Mais comme dit le dicton : « Les contraires s'attirent. »

— J'étais à l'école primaire avec Kelsey. A Winchester.

Je mens très bien, car il ne tique pas.

— Vous êtes de Winchester ? demande-t-il.

J'acquiesce. Et j'ajoute : « Allez les Red Sox ! » C'est tout ce que je connais de Boston, l'équipe de base-ball. Ça et le fait que là-bas ils boivent beaucoup de thé.

— Vous n'avez pas du tout l'accent de Boston, fait remarquer Nicholas Keller. Celui de Kelsey était très prononcé.

Je lui explique que mon père était dans l'armée et que nous ne sommes pas restés longtemps dans le Massachusetts.

— Fort Devens ? demande-t-il.

J'opine du chef tout en disant « Ouais », sans même savoir à quoi j'acquiesce. Je poursuis en précisant que j'étais à l'école primaire avec Kelsey.

— En CM1…

Je marque un temps de pause, en faisant mine de réfléchir.

— Ou peut-être CM2, je ne suis plus très sûre.

Je balaye l'appartement du regard, un appartement de

mec, la garçonnière typique. Nicholas Keller m'explique que Kelsey et lui avaient prévu de s'y installer ensemble après leur mariage. En attendant qu'il soit rénové, ils vivaient encore séparément — elle en colocation à Andersonville et lui dans un petit immeuble à Bridgeport. Ils voulaient quelque chose dans le style industriel et avaient eu le coup de foudre pour cet ancien entrepôt reconverti en logements. Celui qu'ils avaient choisi avait tout pour les séduire : de beaux volumes, des tuyaux et des conduits visibles, des murs de brique, des revêtements de bois. Il y avait tout à faire à l'intérieur et pour eux c'était un plus. Kelsey était pleine d'idées. Malheureusement, elle n'avait pas eu le temps de mener ses projets à terme.

Elle était morte en abandonnant derrière elle un appartement inachevé et un fiancé inconsolable qui laissait la vaisselle s'accumuler dans l'évier et posait son linge sale à même le sol.

Ils devaient se marier l'année de son décès. Elle avait déjà acheté sa robe. Nicholas la conserve dans un petit placard réservé à elle seule. Il insiste pour me la montrer : c'est une robe bleue, toute simple, en taffetas. « Kelsey était trop anticonformiste pour se marier en blanc », me déclare-t-il d'un ton solennel, où perce l'admiration. On dirait que l'anticonformisme de Kelsey était pour lui une raison supplémentaire de l'aimer. Ils avaient réservé une salle pour trois cents invités. Pour leur lune de miel, ils hésitaient encore entre la Roumanie et le Botswana.

Il me fait vraiment de la peine.

— Kelsey n'était pas du genre à buller sur une plage en bikini, m'explique Nicholas. Ce n'était pas son truc.

Et je lui dis que je m'en doute, ce qui est vrai, car, si je me base sur les photos où elle est tout en noir avec une peau blafarde, je l'imagine mal en train de se faire bronzer sur une plage.

— Nous nous étions un peu perdues de vue depuis quelque temps et je viens d'apprendre son décès, dis-je.

J'ai longuement hésité à venir, mais je tenais vraiment à vous présenter mes condoléances.

Il m'entraîne de nouveau vers la table de la cuisine.

— Comment m'avez-vous trouvé ? demande-t-il.

Il n'y a pas une once de méfiance dans sa question, juste de la curiosité.

— Par l'ami d'un ami, je réponds, tout en ayant conscience que ma réponse est vide d'information.

— Par John, peut-être ? Johnny Acker ?

Il ne me reste plus qu'à confirmer. Avec lui, mentir est d'une facilité déconcertante.

— Je m'en doutais, commente-t-il. C'était le seul ami d'école primaire de Kelsey, il me semble. C'est d'ailleurs complètement dingue, d'avoir gardé contact pendant toutes ces années.

— Oui, c'est vrai, c'est dingue.

L'appartement est rempli de photos de Kelsey, moins provocatrices que celles de sa page Facebook. Elle a toujours des cheveux d'un noir de jais, des yeux charbonneux et une peau blafarde, mais le look gothique est plus discret. Son accoutrement est toujours trop noir et morbide, mais au moins plus de crânes ni d'ossements, plus de corset à lacet ni de talons avec des piques. Les accessoires punk et l'hémoglobine ont disparu. Elle n'a gardé que son penchant pour le noir. On voit Kelsey et Nicholas poser devant la statue de la Liberté, devant le Grand Canyon, au sommet de Pikes Peak. Ils sont vraiment à l'opposé l'un de l'autre. Lui, compassé et convenable. Elle, ni l'un ni l'autre.

Ils semblent en tout cas très amoureux.

— Le soir de sa mort, c'est sa colocataire qui m'a prévenu, reprend soudain Nicholas, les larmes aux yeux.

Je me retiens juste à temps de m'écrier : « Esther ? »

— Elle m'a dit : « Il y a un problème, Kelsey ne respire plus, elle ne respire plus. » J'ai compris tout de suite ce qui se passait. J'ai répondu : « Donne-lui son EpiPen. Elle a besoin de son EpiPen. » Mais elle a crié : « C'est trop tard, Nick, c'est trop tard. » Elle n'arrêtait pas de répéter ça. Kelsey était déjà morte.

A présent, c'est moi qui me mets à pleurer. Je ne suis pourtant pas une pleurnicharde. Pour sangloter, il m'en faut. Mais je suis submergée par tant d'émotions — colère, peur, tristesse — que je ne peux pas m'en empêcher. Je voudrais voir Esther devant moi et lui demander : « Qu'est-ce qui t'a pris, Esther ? Comment as-tu pu faire ça à Kelsey ? »

— Je suis désolé, murmure Nicholas en me tapotant la main.

Il se lève de table pour aller me chercher un mouchoir en papier.

— C'est dur pour vous aussi. J'ai tendance à oublier que je ne suis pas la seule personne qu'elle a laissée derrière elle.

Quand je parviens à me calmer suffisamment pour parler, je pose la question qui me brûle les lèvres :

— Elle avait mangé des cacahuètes ?

— Oui, répond Nicholas.

Puis il rectifie :

— Enfin, pas exactement. De la farine d'arachide.

Il me parle de la recette d'Esther. Celle avec la sauce de soja, le vinaigre de riz, la farine d'arachide. Un plat dont je me suis souvent régalée.

Puis je repense au jour où mon amie a piqué sa crise parce que j'avais dérangé son placard. Je la revois, rentrant de ses cours du soir, complètement lessivée. J'entends sa voix à la Hannibal Lecter : « La place de l'aneth, c'est là. Et celle de la farine d'arachide, c'est là. » Comme si elle était hors d'elle parce que je lui avais pris un peu d'aneth. Du moins, c'est ce que j'avais cru à l'époque, ça ne faisait même aucun doute dans mon esprit. Mais à présent je n'en jurerais pas. Sa colère n'avait peut-être rien à voir avec l'aneth.

— C'était une erreur, dis-je. Un accident.

Il me répond oui, mais je détecte dans le ton un soupçon

de doute. Il n'est pas totalement convaincu que c'était bien un accident. Une erreur.

Et moi non plus, je n'en suis pas convaincue.

— Elles avaient bu plusieurs margaritas, poursuit-il. La colocataire de Kelsey m'a assuré qu'elle remplaçait toujours la farine d'arachide par une farine basique, à cause de son allergie. Elle faisait très attention. Sauf ce soir-là. Ce soir-là, elle a oublié.

Et il répète :

— Elles avaient bu.

Il dit encore qu'il s'agissait d'un accident, mais quand même j'ai la sensation qu'il n'y croit pas. Kelsey avait toujours son EpiPen dans son sac, m'assure-t-il. Toujours. Sauf ce soir-là.

Cela fait deux bizarreries dans la même soirée. La farine d'arachide dans le plat d'Esther et la disparition de l'EpiPen.

— Une erreur, ça peut arriver, commente-t-il. Mais deux…

Sa voix s'enroue. Mais j'en sais assez, je sais ce qu'il pense. Il pense la même chose que moi. Qu'Esther a tué sa fiancée.

— Kelsey n'allait nulle part sans son EpiPen, répète-t-il.

— Et vous ne l'avez pas retrouvé ensuite dans l'appartement ?

— Non.

En me raccompagnant à la porte, il me quitte sur ce commentaire :

— Elle se serait appelée Kelsey Keller, si on s'était mariés.

Il a un sourire triste et rêveur, puis ajoute que Kelsey trouvait ce nom follement drôle. *Kelsey Keller.*

Je souris.

— Ça ne m'étonne pas d'elle, dis-je.

Et j'enchaîne en mentionnant son sens de l'humour décapant, comme si je savais de quoi je parle.

222

Alex

Je passe ma journée au travail, à surveiller par la vitrine le va-et-vient des patients du Dr Giles. Chaque fois que sa porte s'ouvre en grinçant, il apparaît sur le seuil avec son drôle de petit sourire sur le visage, pour serrer la main du nouvel arrivant ou lui tapoter amicalement le dos.

Puis ils rentrent tous les deux à l'intérieur et Giles tire les stores de son cabinet. Je me demande ce qu'ils peuvent bien fabriquer là-dedans.

Je remarque qu'il reçoit surtout des femmes, et de temps en temps une adolescente ou une préado. J'en connais certaines de vue, celles qui sont de chez nous. Les autres, celles des villes voisines, se garent le plus près possible du pavillon et sortent de leur voiture en jetant des coups d'œil rapides de chaque côté. Puis elles s'empressent de rentrer — comme une personnalité qui franchirait les portes d'une boutique porno et craindrait d'être reconnue.

Aujourd'hui, Pearl vient au café, mais elle ne reste pas longtemps. Elle ne s'y montre que quelques minutes, et c'est encore devant la vitrine qu'elle s'installe pour scruter la rue. Elle commande un café, cette fois, rien qu'un café, qu'elle boit d'un air songeur, tout en observant le monde de l'autre côté du panneau de verre. Je la regarde de loin. Je ne vois que l'arrière de son crâne. Je compte ses petites gorgées mesurées, je note la manière dont elle repose précautionneusement sa tasse pour ne pas renverser de café ni faire de bruit. Je remarque la couleur de sa peau, ses métacarpes proéminents qui saillent quand elle porte la tasse à ses lèvres. Je n'arrive pas à détacher mes yeux d'elle. Je veux profiter de cet instant.

Mais bien sûr Priddy intervient pour me demander de me remettre au travail. J'attrape donc une lavette sale et entreprends d'essuyer les tables avec des mouvements circulaires, au hasard, en m'approchant de plus en plus de celle qu'occupe Pearl. Red apporte l'addition, et là, à deux tables de distance, je vois Pearl fourrager sans succès dans son sac de toile pour chercher de quoi payer. Quand elle en ressort sa main vide, je plonge la mienne dans ma poche et en tire un billet de cinq dollars.

— C'est pour moi, dis-je précipitamment.

Je pose l'argent sur la table, puis m'éloigne.

— Non, proteste-t-elle. Je ne peux pas accepter.

Mais elle n'a pas le choix, il faut bien qu'elle accepte si elle n'a pas d'argent. A la pensée que je lui ai rendu service, même pour un truc aussi insignifiant que de lui offrir un café, je sens la chaleur envahir tout mon corps. Son visage devient écarlate, elle a honte d'avouer qu'elle n'a pas un sou, rien de plus que trois pièces de vingt-cinq cents qu'elle parvient enfin à dénicher tout au fond du sac. Trois malheureuses pièces. Soixante-quinze cents.

Je hausse les épaules.

— Ce n'est rien, dis-je.

Mais ce n'est pas rien.

— Tu es un vrai copain, me répond-elle alors en m'effleurant la main.

Je voudrais bien dire quelque chose, mais ce simple geste m'a tétanisé. J'ai complètement perdu l'usage de la parole, je suis comme atteint d'aphasie.

— On est amis, non ? insiste-t-elle.

Cette fois, c'est moi qui rougis.

— Toi et moi, on est amis, répète-t-elle.

Je n'arrive pas à savoir si c'est une question ou pas. Si elle me dit que nous sommes amis, ou si elle attend une réponse.

Dans le doute, je hoche la tête et lui réponds que oui,

nous sommes amis. Mais il est possible que je ne le dise pas tout haut, seulement dans ma tête. Je ne sais pas. Aucune importance, nous sommes amis. Je voudrais l'écrire, prendre une photo, sceller ce pacte avec du sang — me prouver que c'est bien réel. Pearl et moi, nous sommes amis.

Bien sûr, Priddy vient tout gâcher en hurlant mon nom et en pointant du doigt une table ronde à débarrasser. Je détourne le regard, pas plus de dix secondes, et quand je le ramène vers Pearl elle est partie, comme ça, en laissant mon billet de cinq dollars près de l'addition. Et aussi un petit paquet rose d'édulcorant Sweet'n Low, vide, qui me confirme qu'elle était vraiment là. Pearl. Elle n'est pas un rêve, comme je serais porté à le croire. Elle existe bel et bien.

« On est amis, pas vrai ? Toi et moi. On est amis. »

Plus tard dans la journée, quand Priddy me donne enfin le feu vert pour rentrer, je m'installe sur un banc près du café et reste là, indifférent au froid qui me gèle les oreilles et les mains, la goutte au nez. J'attends Pearl. J'espère la voir entrer chez le Dr Giles. Peut-être s'arrêtera-t-elle aussi de nouveau au café pour me voir.

Mais elle ne s'arrête pas au café. Et elle ne vient pas non plus chez le Dr Giles.

Je ne suis pas pour autant disposé à rentrer. Alors je reste sur mon banc et suis des yeux le facteur qui avance dans sa camionnette mal lavée pour distribuer et prendre du courrier. Il est tard, pour une tournée de facteur, il fait presque nuit. Mais à cette période de l'année tout le monde fonctionne au ralenti. Il n'y a aucune raison de se presser. Les gens marchent plus lentement, mangent plus lentement, parlent plus lentement. La vie devient un énorme gaspillage de temps, jusqu'à l'arrivée du printemps où tout le monde accélère brusquement.

Une chatte écaille de tortue passe en courant sur le trottoir et s'arrête pour renifler une poubelle sur le point de déborder. Mme Hayes, la propriétaire de la boutique de gadgets et de cartes de vœux, arrache des chrysanthèmes fanés d'un pot en céramique et les remplace par des plantes à feuillage persistant et des feuilles de houx en plastique. Thanksgiving n'est pas encore passé et elle se prépare déjà pour Noël.

Comme le ciel commence à s'assombrir et que la nuit tombe lentement, je décide d'abandonner. Pearl ne viendra plus ce soir. N'empêche, je ne suis pas encore décidé à rentrer chez moi. Je ne suis pas pressé de me retrouver tout seul avec p'pa.

Histoire de me donner un but, je remonte la rue d'un pas lourd pour aller vider la boîte aux lettres d'Ingrid. Puis je vais frapper à la porte de sa maison. Comme elle ne m'ouvre pas, je crie pour me faire entendre à travers la vitre et le bois épais du battant.

— Ingrid !

Je frappe encore une fois, puis trois coups d'affilée, et appelle de nouveau.

— Ingrid, c'est moi ! Alex Gallo !

A l'intérieur, la télévision marche à plein volume. J'appuie longuement sur la sonnette. Ça fait cinq bonnes minutes que je me gèle les fesses sur le pas de cette porte et je trépigne sur place pour tenter de me réchauffer, mais c'est totalement inefficace. J'ai froid. Je passe en revue la pile de courrier que j'ai en main : le magazine *Clipper,* des factures, un mensuel de décoration intérieure, une enveloppe du département d'Etat déposée par erreur dans sa boîte, adressée à une certaine Nancy. Nancy Riese. Je gémis ; le facteur se relâche, en ce moment. La semaine dernière, p'pa et moi avons eu le courrier des Ibsen, et celle d'avant, celui des Sorenson.

Quand Ingrid ouvre enfin la porte, non sans avoir regardé à travers le panneau de verre pour voir qui était là, elle semble ravie que je lui apporte son courrier.

— C'est toi ! s'exclame-t-elle en prenant la pile de lettres.

Elle porte un tablier bleu azur à rayures et tient une paire de ciseaux de cuisine. Elle est visiblement en train de préparer le dîner. Une délicieuse odeur de cuisson me parvient de l'intérieur, là où la télé hurle. Je reconnais la voix forte et tonitruante d'Emeril Lagasse, avec ce timbre si particulier de La Nouvelle-Orléans, et ses célèbres interjections (« bam ! ») qui ponctuent ses phrases quand il explique une recette.

— Viens, viens donc, me dit Ingrid en me tirant par la manche pour me faire entrer.

Puis elle referme précipitamment derrière moi en verrouillant et en regardant par la vitre pour s'assurer que je ne suis pas suivi, que le vent ne cherche pas à s'engouffrer avec moi.

Elle m'entraîne ensuite dans la cuisine et se poste devant sa cuisinière pour touiller la mixture qu'elle prépare pour ce soir. Ça sent l'ail, l'oignon et l'origan.

Je commets alors l'erreur de lui dire que ça sent bon et elle me dit :

— Reste.

Et ça n'est ni une question ni une invitation, plutôt une injonction. *Tu vas rester.*

Je m'empresse de protester.

— Je ne peux pas.

J'aimerais bien manger ce qu'Ingrid a préparé — un truc qui ne sort pas d'une boîte ou d'une conserve — mais c'est impossible. Je ne peux pas faire ça à p'pa.

— Mon père m'attend à la maison.

Et je m'en tiens là, trop honteux pour développer, pour expliquer qu'il est sûrement totalement bourré, voire dans le coma sur le canapé, parce qu'il a picolé toute la journée et qu'il n'a rien mangé depuis que je suis parti ce matin. De plus, il faut que je me dépêche de rentrer avant qu'il n'ait l'idée de se faire la cuisine et qu'il n'allume le four, qu'il oubliera ensuite d'utiliser. Ce ne serait pas la première fois que ça se produirait.

— Il y en aura assez pour ton père, déclare posément Ingrid en sortant d'un placard de quoi mettre la table pour deux. On lui laissera une part et je te la mettrai dans un tupperware qu'il pourra réchauffer.

Et là-dessus elle m'assure que je *dois* rester. Et, avant que j'aie compris ce qui m'arrive, je me retrouve devant un bol de *linguine,* avec une sauce tomate aux champignons et un verre de lait. Ingrid me sert comme le ferait une mère. Pas *ma* mère, mais *une* mère. Je ne me souviens pas que ma mère ait jamais cuisiné pour moi. Mais elle a forcément dû le faire, non ?

Après le départ de ma mère, j'ai eu une période où je courais après les autres mères — celles des autres —, tout le temps. A présent, je me dis que Freud aurait eu son mot à dire sur la question, mais à l'époque, évidemment, je ne m'en souciais pas.

Une fois, quand j'avais six ans, je suis sorti tout seul de la maison pour aller dans un square du quartier. P'pa était soûl et ne s'était même pas aperçu que j'avais disparu. Au square, j'ai joué avec un petit de mon âge, dont la mère, assise un peu plus loin, nous surveillait depuis un banc. Quand elle l'a appelé pour rentrer, il a couru vers elle pour lui prendre la main. Alors j'ai couru aussi, et j'ai pris son autre main. Elle ne m'a pas repoussé. Elle n'a pas dit : « Ne me touche pas. »

C'est seulement à ce moment-là qu'elle s'est rendu compte que je n'étais pas accompagné d'un adulte. « Tu habites où ? » m'a-t-elle demandé. En guise de réponse, je lui ai demandé si je pouvais venir avec elle. Elle m'a répondu que non, mais son regard était doux et attentif. Sans doute croyait-elle que j'étais simplement un petit chiot imprudent qui s'était éloigné de sa mère et ne retrouvait plus son chemin. Je ne pense pas qu'elle ait compris tout de suite que j'étais un chiot abandonné.

Des épisodes comme celui-ci, il y en a eu un certain nombre.

— Mange, m'ordonne Ingrid. S'il te plaît. Il y en a trop pour moi. Je ne voudrais pas être obligée d'en jeter. Tu vas rester, n'est-ce pas, Alex ? insiste-t-elle d'un ton humble et suppliant.

Je suis toujours devant la table de la cuisine, je contemple le bol plein qu'elle m'a servi et je dois probablement baver comme un chien affamé. En la fixant droit dans les yeux, je suis une fois de plus frappé par leur tristesse. Ingrid a le regard d'une personne qui souffre de solitude. Si elle tient tant à m'inviter à manger, c'est parce qu'elle se sent seule. Elle n'a personne à qui parler, personne d'autre que les présentateurs de la télévision pour partager ce repas avec elle. Une conversation à sens unique avec une télé, c'est plus que triste et solitaire : c'est pathétique.

Alors je me mets à manger. Je commence par mon bol de pâtes, et j'enchaîne avec une tourte aux fruits servie avec de la glace à la vanille. Ensuite, Ingrid me persuade de jouer au gin-rami. C'est difficile de lui dire non, et plus le temps passe, moins j'ai envie de m'en aller. Et je me retrouve à suivre avec elle une rediffusion d'un vieux *Jeopardy !* — toujours assis à la table de la cuisine, nos assiettes poussées sur le côté. Nous répondons ensemble aux questions. « Qui est Burt Reynolds ? » s'exclame-t-elle, et moi : « Qu'est-ce que la Provence ? » Puis elle attrape un jeu de cartes et se met à distribuer. Dix pour moi, dix pour elle.

C'est donc ça, une soirée en famille.

La plupart du temps, le soir, je reste à la maison. Je ne suis pas complètement seul. Pas autant qu'Ingrid, puisque j'ai p'pa. Mais franchement ça revient au même. Parfois, nous restons dans le salon, sans échanger un mot. D'autres fois, je m'enferme dans ma chambre, ou c'est lui qui se calfeutre dans la sienne. Mes copains sont partis. Je n'ai pas de petite amie. Comme Ingrid, je passe mes soirées en compagnie de la télévision. Quand je ne suis pas en train de suivre le psy de la ville jusque chez lui, ou de m'introduire illégalement dans une maison abandonnée.

Après le *Jeopardy !* et le gin-rami, je propose à Ingrid de l'aider à faire la vaisselle. Elle tente bien sûr de protester.

— Tu es mon invité, dit-elle.

Mais j'insiste et me plante devant l'évier en acier inoxydable qui se remplit de bulles opalescentes que je m'amuse à crever l'une après l'autre du bout de l'index. Ensuite, je plonge les assiettes, les bols et les couverts et je commence à laver. Sur l'égouttoir, la vaisselle s'accumule rapidement, et quand ma pile menace de s'effondrer je me tourne vers Ingrid.

— Où sont les torchons ? je demande tout en ouvrant les tiroirs de cuisine pour en chercher un.

Mais Ingrid n'est pas d'accord.

— Laisse, dit-elle. Ça séchera pendant la nuit. Tu en fais assez comme ça, ajoute-t-elle. Tu es un gentil garçon, Alex, tu le sais ?

Je remarque que la peau autour de ses yeux est fine et toute plissée. Elle a le regard éteint, le blanc de l'œil rouge. Une conjonctivite, je pense. Une allergie.

Ou bien c'est la tristesse.

J'acquiesce. Je sais que je suis un gentil garçon, bien qu'il m'arrive parfois d'en douter. Gentil ou pas, j'ai surtout l'impression d'être un bon à rien. C'est cette pensée qui me hante la nuit. Ce que je vis en ce moment est l'alpha et l'oméga de ma destinée. Je ne connaîtrai jamais rien d'autre. Je n'aurai jamais rien d'autre que ça. Cette maison, cette existence morne, le café de Priddy. Une vie entière à faire la vaisselle pour les autres. J'entends la voix de la fille de mes rêves. « Viens, partons… »

Aurai-je jamais la chance de partir ?

— Ta mère, commence Ingrid.

Puis elle se tait, comme si elle n'avait pas le courage d'aller jusqu'au bout de sa pensée.

— Elle n'aurait pas dû te laisser, reprend-elle enfin.

Elle me tapote gentiment le bras puis me tend le tupperware pour p'pa.

Il est tard, 21 heures passées, la ville est déjà endormie. Comme je marche en direction de la maison, un coyote hurle au loin, au moment où un train passe, un train de marchandises, sûrement, car il est trop tard pour celui de banlieue. J'ai soudain une bouffée d'angoisse à l'idée que

Pearl est peut-être repartie par le train. J'espère qu'elle sera toujours là demain, à patrouiller dans les rues.

En arrivant, je trouve p'pa en train de ronfler, le visage écrasé contre le canapé. A côté de sa bière renversée, il y a un commandement de payer, humide et imbibé de l'odeur fermentée de l'alcool. Il s'est collé à la table et se déchire quand je le prends pour le lire.

— Merde, p'pa.

Cette fois, c'est l'électricité. Bientôt, nous n'aurons plus de lumière. Je balaye du regard la télé, l'horrible vieux plafonnier du salon, le réfrigérateur dont la porte est restée ouverte — tout ça est allumé. P'pa a laissé tout allumé, sans s'inquiéter de la consommation d'électricité. Je vais devoir faire des heures supplémentaires pour payer la facture. Des heures de plus à trimer pour Priddy pendant que lui se bourre tranquillement la gueule à la maison. Le peu d'argent qui lui passe entre les mains, il le dépense pour sa bière. Et le pire, c'est que cet argent, il ne le gagne même pas. Une fois, il a cassé mon cochon-tirelire. Une autre fois, il est passé prendre chez Priddy le chèque de ma paye et l'a échangé contre du liquide à la banque. Après, il s'est mis à fouiller dans ma chambre et à me voler mes affaires — mes vieilles coupes de base-ball, ma chevalière de lycée — pour les vendre à la brocante de la ville. Je lui verse maintenant un peu d'argent de poche pour qu'il laisse mes affaires tranquilles. Mais ce n'est pas suffisant. La semaine dernière, j'ai découvert que mon télescope avait disparu. Encore un trésor vendu pour de l'alcool.

Ces objets ne sont pas si importants. Ce qui compte vraiment pour moi ne vaut que quelques dollars, et je l'ai caché sous mon lit pour être certain que p'pa ne le trouverait pas. Ma collection de tiges de crinoïdes. Les perles indiennes ramassées sur la plage. Les petites créatures fossilisées rangées dans un sac Ziploc. P'pa peut me prendre mon télescope s'il en a besoin à ce point-là, mais les tiges de crinoïdes, il n'y touchera pas.

Comme je m'y attendais, un des brûleurs de la cuisinière est allumé et ça sent le kérosène dans toute la maison. Un fromage fondu a été oublié sur le feu. Il est noir, complètement carbonisé. Et pendant ce temps p'pa ronfle tranquillement. Des filets de bave coulent sur son menton et sur sa main molle. Le beurre est dehors, sur le comptoir, à côté du paquet de fromage en tranches. Les deux ont l'air moisis. Je les jette à la poubelle. Comme le réfrigérateur n'était pas fermé, la nourriture qu'il contient a commencé à tiédir. Il y a une bière renversée par terre et le liquide fait loupe sur les carreaux.

Je secoue p'pa pour le réveiller. Merde ! Cette fois, c'est lui qui va nettoyer. Comme il ne réagit pas, je colle mon oreille à son torse ; il respire encore. Il a intérêt.

Parce que je veux avoir le plaisir de le tuer quand il se réveillera.

Il aurait pu faire brûler toute la baraque.

J'ouvre les fenêtres pour aérer. Une fois de plus, c'est moi qui passe derrière p'pa pour faire le ménage. Heureusement pour lui, j'ai l'estomac plein, ce qui me porte à l'indulgence.

Ce soir, j'ai été nourri et soigné par une mère. Ce n'était pas *ma* mère, mais ça m'a fait du bien.

Quinn

Quand je quitte l'appartement de Nicholas Keller, il fait nuit noire. Une nuit de novembre sans étoiles, avec un ciel d'un noir d'encre.

Je suis à près de dix kilomètres au sud du Loop et mon appartement est situé à quinze kilomètres au nord de ce quartier. Autant dire à l'autre bout du monde. Sur une autre planète. Dans une autre galaxie. Dans une autre dimension.

Il va me falloir plus d'une heure pour refaire en sens inverse le chemin que j'ai déjà parcouru tout à l'heure, quand je suis venue pour rencontrer Nicholas Keller, alors que le soleil commençait tout juste à décliner dans la nuit froide. Deux bus, quelques stations de métro et près d'un kilomètre de marche. Le trajet me pèse d'avance.

J'ai hâte de rentrer, mais je ne crois pas que je me sentirai bien dans l'appartement que je partage avec Esther.

Je m'y sentais bien *avant*.

Avant que Nicholas Keller ne me confirme qu'Esther a tué sa fiancée, laquelle gît aujourd'hui sous une pierre tombale de bronze dans un cimetière de la banlieue de Boston.

Ce que je n'arrive pas à saisir, c'est le lien entre tous ces événements étranges : la disparition d'Esther, la recherche d'une nouvelle colocataire, le changement de nom, la mort de Kelsey Bellamy.

Une pensée m'obsède. Esther serait-elle à la recherche d'une nouvelle colocataire parce qu'elle veut ma mort ?

Esther projette-t-elle de me tuer ?

Un frisson me parcourt le dos. Je sens des araignées grimper le long de mes vertèbres, comme si elles gravissaient des marches ; des milliers d'araignées aux longues pattes articulées qui tâtonnent pour se frayer un chemin et qui plantent leurs mandibules dans ma peau. Des araignées qui tissent leur toile sous mon chemisier.

Esther a-t-elle décidé de me tuer ?

Soudain, j'ai peur.

Je ne sais toujours rien sur l'identité de « cher amour ». Qui est-ce ? Qui ? Qui ? J'exige de savoir. Je veux des réponses, et tout de suite.

Je passe en revue les hommes qu'Esther a amenés à la maison durant les mois que nous avons passés ensemble. Il n'y en a pas eu beaucoup ; ça, c'est certain. Il y a eu celui qui aimait cuisiner, un type super mignon avec des pommettes hautes, une mâchoire forte et des yeux doux. Il y a eu l'admirateur secret qui lui avait envoyé des fleurs, une douzaine de roses rouges, sans carte.

L'un de ces hommes était-il « cher amour » ? Je l'ignore.

Et qu'est-ce que tout cela aurait à voir avec moi ?

Une chose est sûre : il se trame un truc louche. Des sirènes hurlent dans mon crâne. Des sirènes de raid aérien m'avertissent d'une attaque nucléaire imminente. Partout où je regarde, je vois un drapeau rouge géant. « Danger, Will Robinson[1] ! »

J'ai peur.

J'attrape de justesse le bus 55 à Hyde Park. L'heure de pointe est passée, il n'est pas bondé. Dommage, pour une fois j'aurais accueilli avec plaisir le brouhaha des conversations, les corps pressés contre le mien, les haleines pestilentielles et les odeurs corporelles agressives. Au milieu d'une foule, on se sent moins exposé.

1. Phrase prononcée par le célèbre robot d'une série télé américaine des années 1960, *Lost in Space,* et qui est devenue une expression pour signifier à quelqu'un qu'il s'apprête à faire quelque chose de stupide ou de dangereux.

Je me glisse sur une banquette inoccupée et contemple la nuit à travers la vitre. Je referme sur moi les pans de mon manteau pour tenter de me réchauffer. Rien à faire. L'éclairage du bus est trop faible, je n'y vois presque rien. Les lumières de la ville brûlent au loin et notre grand lac n'est qu'un abîme de noirceur. Un puits sans fond. Je me demande ce qu'il y a de l'autre côté de ce grand lac noir. Le Wisconsin, le Michigan.

Entre les deux, rien. Rien que les ténèbres.

Ce qui ne m'empêche pas d'imaginer tout ce que je ne vois pas.

J'imagine Esther ici et là, en bordure de la route qui longe le lac, cachée derrière un arbre sans feuilles. Je suis submergée soudain par l'étrange certitude qu'elle est dehors, quelque part, Esther, ma chère Esther, et qu'elle me suit. C'est elle, au volant d'un coupé rouge deux portes, qui me fixe avec des yeux méfiants et hostiles. Je reconnais son manteau à un arrêt de bus devant lequel nous passons sans ralentir. Oui, j'en suis sûre, c'était bien le manteau à carreaux noirs et blancs d'Esther et son bonnet gris chiné. Le temps de me retourner sur mon siège pour tenter de distinguer les traits de la femme qui le porte, elle est partie et, là où j'ai cru la voir, il y a une adolescente avec une coiffure afro. Un sweat-shirt zébré. Un jean.

Je scrute les passagers du bus. Un à un. Ce n'est pas Esther, pas Esther, pas Esther. Je les élimine mentalement. Je les inspecte quand ils montrent leur ticket en montant à bord. Je fais ça à chaque arrêt — je regarde leurs cheveux, leurs yeux, cherchant à reconnaître Esther, car je dois me méfier, elle pourrait être déguisée. Une femme d'âge mûr me rend mon regard en me lançant :

— Tu veux ma photo ?

Je détourne les yeux tandis qu'elle me dépasse d'un pas furieux et prend un siège derrière moi.

Comme je ne vois toujours pas Esther, il me vient soudain à l'esprit qu'elle a pu engager quelqu'un pour me régler mon compte. C'est stupide, mais pas tant que ça, quand on y réfléchit bien. Esther a éliminé Kelsey, dont j'ai pris la suite. Kelsey, avec ses allergies, était une proie facile. Esther pouvait la tuer les yeux fermés et les mains attachées dans le dos. Premièrement : se débarrasser de l'EpiPen. Deuxièmement : utiliser de la farine d'arachide. Un jeu d'enfant.

Avec moi, c'est plus compliqué. Je suis en parfaite santé.

Esther cherche une nouvelle colocataire, Megan de Portage Park. Ça signifie que notre cohabitation touche à sa fin. Et donc une conclusion s'impose. Une conclusion terrible qui me tétanise : Esther a programmé ma disparition.

Et, puisqu'elle a programmé ma disparition et qu'elle ne sait pas comment s'y prendre, elle a chargé quelqu'un de le faire : un tueur à gages. A quoi d'autre aurait pu lui servir tout le liquide qu'elle a retiré ? Trois retraits sur trois jours consécutifs, de cinq cents dollars chacun, pour un total de mille cinq cents dollars.

Est-ce que ma vie vaut mille cinq cents dollars ?

Pour moi, elle les vaut.

A quoi ressemble un tueur à gages ? Je me pose la question tout en quittant le bus pour une station de métro de la Red Line. Une station mal éclairée et lugubre, où j'ai bien du mal à distinguer les traits des usagers que je croise. Ils sont pressés, ils filent vers leur destination, vers ceux qui les attendent. Je suis plantée devant les barrières, dans un état second, et cherche désespérément mon titre de transport. Quelqu'un me heurte et hurle :

— Vous gênez !

Mais rien à faire, je n'arrive pas à bouger. A quoi ressemble un tueur à gages ? Je me pose de nouveau la question, de plus en plus apeurée. Est-il grand, bourru, avec une voix gutturale et râpeuse ? Des images de catcheurs de la WWE me viennent à l'esprit. Mais aussi des maigrichons avec des piercings au visage, couverts de tatouages. Des toxicomanes décharnés. Et puis il y a les chauves, gras, à lunettes. Eux aussi me viennent à l'esprit. Un tueur à gages peut-il être l'un d'eux, ou tout cela à la fois, emprunter des caractéristiques à plusieurs d'entre eux ? Est-ce forcément un homme, ou bien peut-il s'agir d'une femme ? Existe-t-il un code vestimentaire du tueur à gages ? Est-il aisément repérable à son comportement ? Ou bien s'arrange-t-il au contraire pour se fondre dans la foule, comme ce type qui lit son journal debout, en plein milieu du quai ? Est-ce possible qu'Esther ait engagé ce type pour m'ôter la vie ?

Le type en question lève les yeux de son journal au moment où je m'approche. « Je t'attendais », disent ses yeux. J'inspecte du regard ses poches et ses mains, cherchant une arme, un objet destiné à tuer, et puis tout à coup je comprends tout : il n'est pas armé parce que son arme, c'est le métro. Le train.

C'est avec cette idée en tête que j'arrive sur le quai, dardant les yeux de tous côtés comme un caméléon, avec un champ de vision à trois cent soixante degrés, pour m'assurer que personne ne me suit. Mon cœur bat la chamade. Je laisse échapper ma carte de transport, une, deux, trois fois, avant de réussir à la ranger dans une des poches de mon sac à main.

Il arrive de temps à autre qu'un voyageur tombe sur la voie et se fasse écraser par un train qui entre dans la station. Oui, ça arrive. J'ai vu ça aux infos. Ce n'est pas si courant, mais ça arrive. Que des hommes ou des femmes soient électrocutés en tombant, ou qu'un train leur passe dessus. Le plus souvent, il s'agit de suicides. Les lignes de la CTA sont alors fermées, les usagers pestent contre le désagrément. C'est vraiment pénible et fâcheux qu'un crétin décide de se foutre en l'air aux heures de pointe, paralysant ainsi le trafic du principal transport public urbain.

Moi, ce qui m'inquiète, ce n'est pas de paralyser le trafic. Non. Ce qui m'inquiète, c'est de savoir ce que je ressentirais si je tombais sur les rails, pour me faire griller par une décharge de mille volts, ou aplatir par l'un des trains les plus rapides au monde. De savoir ce que ça me ferait de mourir. Voilà à quoi je pense, tout en gardant soigneusement mes distances avec l'homme au journal, avec le type aux tatouages, avec le chauve à lunettes et avec la femme — oui, une femme — qui a la cinquantaine et des reflets d'argent dans les cheveux. On n'est jamais trop prudent.

Ce que ça fait quand on meurt.

C'est ce que je me demande.

Le train entre dans la station et je monte à bord. Je reste debout, prête à m'enfuir en courant si nécessaire.

J'aurais pu prendre un taxi. Mais pourquoi n'ai-je pas pris un taxi ? Je me le demande, mais la vérité, c'est que je me sens plus en sécurité dans une foule.

« On est plus en sécurité dans une foule. » Voilà ce que dirait ma mère.

Elle n'est peut-être pas aussi stupide que je le croyais, après tout.

Dire que je me moquais d'elle quand elle voulait que je m'achète une bombe au gaz lacrymogène. Elle m'en a parlé un million de fois et chaque fois je lui ai répondu qu'elle était ridicule. « L'angoissée de service », je l'appelais, quand elle se disait terrifiée à l'idée que j'allais quitter la sécurité de notre vie de banlieue. Elle avait peur des délinquants que l'on croise dans une grande ville, des gangs, du taux de criminalité élevé. « Du calme, maman, lui disais-je. Tu t'inquiètes pour rien. »

Mais à présent je n'en suis plus si sûre.

Je veux une bombe lacrymogène.

Et surtout je veux ma maman.

De nouveau, je passe mentalement en revue les indices : la disparition d'Esther, les lettres à « cher amour », le mystérieux appel sur le téléphone d'Esther au sujet du rendez-vous manqué de dimanche après-midi, la demande pour changer de nom, les reçus de retraits, la recherche d'une nouvelle colocataire, de quelqu'un pour me remplacer quand je serai partie. Partie ? Partie où ? Je pense à la mort de Kelsey Bellamy, qui bien entendu reste l'indice numéro un, et je me demande si les autres indices sont vraiment pertinents, ou si Esther les a volontairement semés sur mon chemin pour m'induire en erreur et me déstabiliser. Je ne sais pas. Tout est possible.

J'ai fait mes stations de métro, il me reste encore un dernier trajet en bus. Dans la rue, je marche le plus vite possible vers mon arrêt. Je remercie Dieu tout-puissant lorsque le bus arrive pile en même temps que moi, ce qui m'évite d'attendre dehors dans le froid et dans la nuit noire. Je grimpe à l'intérieur et prends un siège tout près du conducteur. Il me protégera, voilà ce que je me dis sottement.

Il redémarre avant que j'aie eu le temps de m'asseoir, si brusquement que je manque de tomber. Une fois assise, je fouille dans mon sac pour y chercher mes clés, et tout ce qui pourrait m'être utile pour me défendre en cas d'agression : une lime à ongles, du baume à lèvres, du désinfectant pour les mains. J'anticipe les étapes suivantes. Quand le bus arrivera à mon arrêt, je me dépêcherai de rentrer à la maison. Je grimperai en courant jusqu'à l'appartement 304. Je fermerai la porte à clé, mais vu qu'Esther a sa clé ça ne sera pas très utile. Ça ne l'empêchera pas d'entrer.

Je décide donc qu'il me faudra bloquer la porte avec des sièges, voilà ce que je ferai, avec tous les sièges que je pourrai trouver. Le fauteuil à carreaux, les chaises de cuisine, celle du bureau d'Esther. Je calerai le tout avec le canapé, la table basse, un bureau. Tout ce qui me tombera sous la main.

Puis je me souviens qu'Esther n'a pas la clé de notre appartement. Plus depuis que John, l'homme d'entretien, a changé la serrure. J'en soupire de soulagement. Pourtant, ça ne m'empêchera pas de bloquer la porte avec tables et chaises. Au cas où.

Je ne mangerai rien de ce qu'il y a dans les placards de la maison, de crainte que la nourriture n'ait été empoisonnée à la ricine ou au cyanure. Je prends aussi cette décision.

Reste un problème : si jamais Esther décidait de revenir par l'escalier extérieur, en enjambant sa fenêtre pour s'introduire dans l'appartement. La fenêtre est fermée, mais elle pourrait taillader l'écran-moustiquaire et briser la vitre d'un coup de poing.

Elle pourrait aussi tout simplement mettre le feu au bâtiment. Et me voici imaginant notre immeuble de quatre étages englouti par des flammes orange.

Je suis en tout cas persuadée que je dois m'attendre au pire et que l'attaque est imminente. Aussi, quand je sens une main se poser sur mes cheveux, je me mets à hurler à pleins poumons.

Alex

Cette nuit-là, je suis réveillé en sursaut à l'instant précis où je vais basculer dans le sommeil. C'est un phénomène connu, cette décharge nerveuse qui secoue le dormeur quand son corps est prêt à abandonner, mais pas son esprit. Ou bien est-ce le contraire ? On appelle ça une secousse hypnagogique et ça se produit en tout début de nuit. Voilà ce qui me réveille, du moins il me semble.

Soudain, j'entends une sorte de cliquetis de verre. En tout cas, c'est comme ça que j'interprète le bruit. Il me faut encore quelques minutes pour reprendre totalement mes esprits et me rendre compte que ça vient de la fenêtre. Je me lève pour voir ce qui se passe, et, au moment où je m'approche de la vitre, un petit caillou vient la heurter, puis retombe en dégringolant le long des bardeaux du toit de la véranda.

J'ouvre ma fenêtre pour scruter la pelouse en contrebas. Et, là, j'aperçois Pearl.

C'est bien elle, enveloppée dans son manteau à carreaux noirs et blancs, son bonnet gris sur la tête.

La nuit est si sombre que la silhouette de Pearl me paraît trouble, comme sur une photo floue. Elle m'adresse un petit signe de la main quand je me penche pour mieux voir. Que fait-elle ici ? Je n'en ai pas la moindre idée, mais je remercie le ciel de me l'avoir envoyée.

Toute ma vie j'ai rêvé d'une fille qui viendrait me chercher en plein milieu de la nuit. Et la voilà.

Je lève la main pour la saluer en retour, d'un geste indolent, mais à l'intérieur je suis surexcité. J'ai déjà oublié que j'étais sur le point de m'endormir, après avoir longuement ruminé à propos de p'pa, de la facture d'électricité à payer, de mon télescope qu'il a volé. Oui, je pestais contre mon sort. Ça m'arrive.

Je dresse l'index et articule les mots *une seconde,* bien que je doute que Pearl puisse lire sur mes lèvres à cette distance. J'attrape un sweat pendu à la poignée de mon placard et me dépêche de la rejoindre. Je ne voudrais pas qu'elle change d'avis et qu'elle s'en aille.

— Qu'est-ce que vous faites là ? je lui demande dans un murmure, quand je la rejoins sur la pelouse.

L'herbe est couverte de rosée, imbibée d'une humidité qui transperce mes chaussures de sport. J'ai froid aux pieds. Pearl a les cheveux mouillés et je meurs d'envie d'effleurer cette masse ombrée du bout des doigts, pour savoir si sa texture change en même temps que sa teinte : si elle est rêche aux racines, douce et soyeuse comme du velours aux pointes. C'est à ça que me font penser ses cheveux, à du velours. Mais pourquoi sont-ils mouillés ? Il n'a pas plu, je n'ai pas entendu la pluie, les trottoirs et la chaussée sont secs. Elle est peut-être allée nager, elle a encore plongé dans l'eau du lac Michigan. C'est probable. Elle est allée nager.

Mais je ne lui pose pas la question.

— Je m'ennuyais, avoue-t-elle.

C'est donc uniquement pour ça qu'elle est venue me voir. Je ne sais pas quoi répondre, ni quoi en penser. Quel degré d'ennui lui faut-il pour se décider à venir me voir ?

Je tente de ne pas me laisser gagner par le doute. Elle est là, et c'est tout ce qui compte. Elle est là.

Elle se détourne et se met à marcher, et moi je la suis, comme un chiot perdu. L'air est piquant, la ville, étrangement silencieuse.

On n'entend dans la nuit que le bruit de nos pas, le claquement du gravier dans lequel nous shootons involontairement, le grincement rythmique d'une seule chaussure. Il n'y a pas de voitures, pas de trains, pas de mouettes ni de hiboux. Le monde entier dort. Sauf nous. Sauf Pearl et moi.

Nous marchons. J'ignore où nous allons et je ne pense pas qu'elle le sache, elle non plus. A mon avis, nous n'allons nulle part, nous tournons simplement en boucle dans le quartier. C'est à peine si nous échangeons quelques mots. Ce n'est pas plus mal, ça m'évite de dire des bêtises et de tout foutre en l'air. De temps en temps, l'un de nous prononce une phrase inutile et sans intérêt, comme « Cette maison est moche », ou encore : « Tiens, encore un lampadaire qui ne marche pas. » Ce genre de trucs. Juste histoire de parler.

Mais ensuite, quand nous avons parcouru la moitié du pâté de maisons pour la seconde fois, Pearl lâche brusquement :

— Mes parents m'ont abandonnée.

Les mots semblent jaillir d'eux-mêmes, sans préméditation de sa part, mais je parierais qu'ils enflaient dans un coin de sa tête depuis un certain temps, essayant de sortir, comme des rats de laboratoire qui tentent de se frayer un chemin à travers un labyrinthe.

— Quand j'étais petite, ajoute-t-elle.

Et je rassemble mentalement le tout en une seule phrase. « *Mes parents m'ont abandonnée quand j'étais petite.* »

Des confessions comme celle-ci semblent plus faciles dans le noir, quand on ne voit pas la pitié sur le visage de son interlocuteur. La pitié, ça vous rabaisse encore un peu plus, bien que ça parte d'une bonne intention.

— Ça veut dire quoi, qu'ils vous ont abandonnée ? Pour vous faire adopter ?

— Oui, répond-elle.

— Désolé, je murmure.

Parce que je ne trouve rien de mieux.

Ne me sentant pas en droit de creuser la question, je garde le silence en espérant que Pearl comprendra que je suis sincère. Elle n'est plus une gamine. On peut légitimement penser qu'à son âge elle s'est remise de son abandon. Pourtant, je me dis qu'on ne se remet jamais de ce genre de choses. Moi, par exemple, je souffre toujours de l'abandon de ma mère. C'est une douleur sourde, pas une douleur violente, mais une vraie souffrance. Et qui ne me lâche pas.

Pearl hausse les épaules et me dit :

— Ça va. Je m'en suis remise.

Mais quelque chose me dit que ce n'est pas le cas. Elle doit avoir vingt-cinq ans, au maximum vingt-huit, et elle est toujours en colère quand elle pense que ses parents l'ont abandonnée. Normal. C'est dur d'aller de l'avant quand vous ne savez pas ce que vous avez laissé derrière vous, ou plutôt ce qui vous a laissé en rade. Ma mère est partie depuis treize ans maintenant et il ne se passe pas un jour sans que j'y pense. La vérité, c'est que je lui en veux. Je pourrais conseiller à Pearl de tirer un trait sur le passé et de se concentrer sur l'avenir, mais comme on dit, ce serait l'hôpital qui se moquerait de la charité. Je ne suis pas un hypocrite. Ces choses-là sont plus faciles à dire qu'à faire.

— Comment ça se fait que vos parents vous ont abandonnée ?

Je ne la regarde pas, mais je parierais qu'elle hausse les épaules.

— Pourquoi les gens abandonnent-ils leurs enfants ? demande-t-elle.

C'est une question de pure forme, qui n'appelle pas vraiment de réponse. Mais intérieurement j'en trouve quand même tout un tas : des problèmes financiers, un divorce, une mère célibataire démunie, une femme qui ne savait pas comment être mère. Mais Pearl n'est pas prête à entendre ça. Il y a une pointe de ressentiment dans sa voix. Je crois que la seule chose qu'elle aurait envie d'entendre, c'est que ses parents étaient des minables et de mauvais parents. Mais elle ne me laisse pas le temps de le dire.

— Méchante fille, crache-t-elle brusquement.

L'intensité de sa voix, la force et la colère qu'elle met

244

dans ces mots me font sursauter. Puis, soudain, elle pointe un doigt raide et accusateur dans le vide, droit devant elle.

— Méchante fille, répète-t-elle. Tu as été une méchante fille.

Cette phrase bizarre, cette déclaration, ou ce souvenir, enfin, ce qui vient de lui passer par la tête. J'ai déjà compris qu'elle était un peu loufoque, et son comportement actuel ne fait que me le confirmer. Pourtant, je ne sais pas pourquoi, je ne pense pas qu'elle soit folle. Peut-être que je suis trop content d'avoir rencontré quelqu'un qui se fiche des codes de la société et de l'avis de monsieur et madame Tout-le-Monde. N'empêche que la manière dont elle prononce ce *méchante fille* me donne la chair de poule. « Tu as été une méchante fille. » Cette formule qui semble lui coller à la peau m'en rappelle une autre : « Va-t'en, Alex. Laisse-moi tranquille. Ne me touche pas. »

La nuit se tait. J'écoute le bruit de nos pas, calant mon rythme sur le sien. Nous marchons lentement, sans but, même pas en ligne droite — dire que nous déambulons serait d'ailleurs plus approprié. Nous déambulons dans la nuit, sous la voûte des arbres et du ciel étoilé. Quelque part dans le lointain, des coyotes traversent une forêt ou un champ en poussant des hurlements aigus, signe qu'ils se rassemblent pour l'attaque. Nous tendons l'oreille. Ils poursuivent un chien de prairie, ou un chat, ou un écureuil. Bientôt, la meute va cerner sa proie.

— C'est ce qu'ils me disaient tout le temps, en tout cas. « Tu as été une méchante fille », répète Pearl, cette fois d'un ton plus calme, presque réservé.

J'ai envie de lui demander si c'était vrai, si elle était une méchante fille. Je pense que c'est peut-être vrai, mais peut-être pas. Peut-être que la phrase, sortie de son contexte, prend une autre dimension. Enfin, quoi, tous les enfants sont méchants à un moment ou à un autre, pas vrai ? Egocentriques et tout ça. C'est dans leur nature. Moi aussi, je devais être méchant, et c'est sans doute pour ça que ma mère est partie. Soudain, maintenant que je sais que les parents de Pearl l'ont abandonnée, je trouve ma mère moins blâmable. Au moins, il me reste p'pa. Elle ne m'a pas séparé de lui.

— Vous venez de l'apprendre ? je demande. Que vous avez été abandonnée ?

Elle me répond qu'elle le sait en fait depuis longtemps.

— Quelqu'un vous l'a dit ?

Mais elle répond qu'elle s'en est rendu compte toute seule. Alertée par ses rêves, m'explique-t-elle. Elle rêvait régulièrement d'une autre mère, d'un autre père. De doigts menaçants pointés sur elle, mécontents, accusateurs, et de cette phrase qu'on lui répétait encore et encore, comme un disque rayé : « Tu as été une méchante fille. » C'était il y a bien longtemps, il y a des années. Elle vivait encore avec ses parents adoptifs. Elle leur a parlé de ses rêves, mais c'était inutile. Ils l'avaient entendue crier dans son sommeil. Ils savaient, pour les cauchemars, ou pour ce qu'elle prenait pour des cauchemars, à l'époque, et qui s'est révélé être des souvenirs. Et puis elle ne ressemblait pas physiquement aux membres de sa famille adoptive, tous grands et costauds, les cheveux blond-roux et les yeux d'un vert clair — rien à voir avec elle, qui était brune et menue. Petit à petit, en rassemblant les morceaux, elle a découvert la vérité. Ça l'a beaucoup perturbée. Elle se sentait triste, abandonnée, très seule, même si la famille qui l'avait accueillie l'aimait. Elle souffrait d'avoir été rejetée par ceux qui l'avaient mise au monde. Et par-dessus tout, on lui avait menti on l'avait prise pour une idiote.

Sa famille adoptive ne savait plus que faire.

— C'étaient de braves gens, me dit-elle tandis que nous continuons à cheminer dans le dédale des rues.

De temps en temps, son bras qui se balance effleure le mien.

— Ils ont essayé de m'aider, poursuit-elle à propos de ses parents adoptifs.

Elle ne me donne pas leur nom et ne me confie rien de précis les concernant, mais elle reconnaît qu'ils étaient pleins d'amour et de tendresse ; ils l'ont envoyée en thérapie. Et quand elle prononce le mot *thérapie,* ça déclenche un signal d'alarme dans mon cerveau.

Le Dr Giles.

— Ils ont fait du mieux qu'ils pouvaient avec ce qu'ils avaient, tu sais ? J'étais vraiment une gosse perturbée. Je le suis toujours, je crois. J'ai beaucoup fait pleurer ma mère. Mon père, ça le mettait en colère. Mais ils m'ont gardée. Eux, ils ne m'auraient pas emmenée dans la ville voisine pour me laisser à une famille inconnue. Qui fait ce genre de choses ? demande-t-elle avec un rire amer.

Je ne dis rien. Elle n'attend pas de moi que je réponde.

— De toute façon, ils étaient coincés. Ils m'avaient adoptée. Ils avaient signé tous les papiers, j'étais leur fille. Je leur ai fait vivre un enfer. C'était plus fort que moi, j'étais comme ça. Seulement… Quand j'ai eu dix-huit ans, j'ai pris mes cliques et mes claques et j'ai foutu le camp. Je n'avais aucune raison de m'incruster dans cette famille qui n'était pas la mienne.

Elle soupire.

— J'ai essayé de retrouver ma famille, avoue-t-elle. Ma vraie famille, je veux dire. Et j'ai réussi, conclut-elle d'une voix sombre et retenue.

Elle marque un long temps de pause et je crois qu'elle va s'arrêter là, sur cette phrase : « J'ai essayé de retrouver ma vraie famille. Et j'ai réussi. » Je voudrais en savoir plus. C'est indiscret, mais ça m'intéresse. Je veux lui demander ce qui s'est passé ensuite. Mais je ne le fais pas. J'attends. Elle m'en dira plus quand elle sera prête.

Au lieu de l'interroger, je défais le collier dent de requin que je porte autour du cou et le lui tends. Pour qu'il lui donne force et protection. Pour l'instant, elle en a plus besoin que moi.

— Je ne peux pas accepter, murmure-t-elle.

Mais elle accepte et prend le cordon de mes mains tremblantes, tandis que nous continuons à marcher dans la nuit noire, à marcher au point que j'ai l'impression que je ne vais plus pouvoir continuer, mais ça ne fait rien, je continue, je n'ai pas envie de rentrer, pas envie de quitter Pearl.

— Je voulais retrouver ma famille, répète-t-elle au bout d'un long moment.

Je croyais qu'elle avait abandonné le sujet, mais je me trompais.

— Et j'ai réussi. Je les ai espionnés.

J'entends sa respiration dans la nuit endormie, son souffle lourd, comme entravé par de la boue. Elle a du mal à respirer. A cause de la marche ou peut-être du stress. Ou du chagrin.

— Mais ils ne voulaient toujours pas de moi, ajoute-t-elle. Après toutes ces années, ils ne voulaient toujours pas de moi.

Et mon cœur saigne pour elle, parce que je sais à quel point ça fait mal. Je l'écoute me raconter qu'elle a repris contact avec les membres de sa famille, mais qu'ils ont refusé de renouer avec elle. Ils ne décrochaient pas quand elle appelait. Ils lui ont même proposé de l'argent pour qu'elle les laisse tranquille. C'est terrible. Ma mère, elle, ne m'a rejeté qu'une fois. Si je la revoyais et qu'elle me rejetait une deuxième fois, je ne sais pas comment je le prendrais. Mais je crois bien que je péterais un câble.

Quinn

— Faut pas crier comme ça, mademoiselle, gronde le chauffeur de bus.

C'est un grand type impressionnant, avec une voix encore plus impressionnante. Il pivote à peine sur son siège, juste assez pour s'assurer qu'on n'est pas en train de me violer sous la menace d'un revolver. Mais il ne ralentit pas, il n'écrase pas sa pédale de frein et ne se sert pas non plus de son espèce de radio pour appeler à l'aide.

— Tout va bien ? me demande-t-il d'une voix détachée, comme s'il me proposait des frites avec mon repas.

Oui, en fait, tout va bien. Ce n'est que le clochard habituel qui m'a fait une peur bleue en me tripotant les cheveux. Il est assis derrière moi et je me sens d'abord soulagée en découvrant que mon « agresseur » n'est pas le tueur envoyé par Esther.

Mais ce soulagement est de courte durée.

A présent que le clochard me sourit, je remarque qu'il lui manque la moitié des dents. Celles qui lui restent sont jaunes et branlantes, il ne va pas tarder à les perdre. C'est la première fois que je le regarde bien en face et je dois admettre qu'il me fait peur.

En plein jour et dans d'autres circonstances, je pourrais peut-être me maîtriser. Mais je suis à cran, il fait nuit et dans ce bus mal éclairé ce type est carrément terrifiant.

Il a une tignasse impressionnante qui lui cache à moitié le visage. Une tignasse en bataille, ondulée, frisottée, tout emmêlée. C'est à peine si je peux voir sa peau grêlée. Il porte un chapeau, ou plutôt une casquette de conducteur bleu marine qui ne lui couvre pas les oreilles. Il traîne avec lui un sac à dos avec un harnais et une ceinture dorsale, ainsi qu'un bâton de randonnée. Il n'a pas vraiment de manteau, rien qu'un sweat à capuche tout mou, couleur champignon — mais très grand, qui doit le protéger du froid. Aux pieds, il a des chaussures de sport dépareillées, sans doute récupérées dans un Goodwill, à l'Armée du Salut, ou dans une poubelle un jour de chance. Il a les mains sales. Il sent mauvais. Il arbore autour du cou un cordon avec une plaque gravée *Sam*. Je parierais qu'il ne s'appelle pas Sam. Ce tour de cou, il a dû le trouver, ou le voler.

Dans le bus, il n'y a plus que lui et moi à l'avant, et tout au fond des adolescents à l'accoutrement bizarre qui ne nous prêtent aucune attention et s'amusent à s'envoyer des textos. Ils portent des lunettes de soleil alors qu'il fait nuit et ils ont leur casque audio sur la tête. Ils utilisent probablement des mots comme *coincé, bon* et *lourd,* mais pas dans le sens usuel du dictionnaire Merriam-Webster. L'un d'eux se lève et dit :

— Faut que je me tire.

Un autre lui répond :

— Vas-y, mon pote.

Pas la peine de compter sur eux pour me venir en aide en cas de problème.

Et tout à coup le vagabond me dit :

— J'aime tes cheveux !

Et il allonge de nouveau le bras pour les toucher.

J'ai un brusque mouvement de recul et lâche mon sac, qui tombe en déversant sur le sol une partie de son contenu : mon portefeuille, ma trousse de maquillage, mon téléphone. Je ramasse le tout, en passant la main sous le siège crasseux pour m'assurer que je n'ai rien oublié. Non. Il n'y a plus rien sous mon siège. A part un chewing-gum fossilisé que quelqu'un a craché là.

— Ils sont beaux, tes cheveux, reprend le clochard.

— Laissez-moi descendre, dis-je au chauffeur tout en refermant précipitamment mon sac. Je dois descendre. Je dois descendre tout de suite de ce bus.

Et que me répond le chauffeur ?

— Le prochain arrêt est tout près. A moins d'une urgence, vous allez devoir attendre.

Voilà ce qu'il me répond.

Puis il menace le clochard de le faire sortir s'il ne me laisse pas tranquille et du coup celui-ci s'adosse à son siège et ne dit plus un mot. J'ai enfin la paix.

J'attrape mes affaires et me lève. L'arrêt suivant s'avère être le mien — ça tombe bien. Dès que le bus ouvre ses portes, je descends en courant.

Mes pieds martèlent le pavé. Il y a encore du monde dans les rues, mais je me sens atrocement seule et exposée. Chaque personne que je croise est une menace potentielle. Impossible de distinguer les bons des méchants.

Impossible de savoir à qui je peux faire confiance.

De qui je dois me méfier.

Le tueur se cache-t-il parmi ces gens qui entrent et sortent des magasins et des restaurants ? Parmi ces femmes qui promènent leur chien ? Parmi ces hommes, des collègues de travail, qui discutent sur le trottoir ? Je dévisage chaque individu avec attention, tout en me demandant : *Est-ce que c'est toi ? Est-ce que c'est toi ?*

Je tourne et retourne sans fin la même question dans ma tête : Esther a-t-elle engagé quelqu'un pour me tuer ?

Avant de traverser, je vérifie plusieurs fois dans les deux sens qu'il n'y a pas de voitures ; j'évite les caniveaux et les collecteurs d'eaux pluviales, dont on a pu desceller les grilles. Peut-on mourir en tombant dans un collecteur d'eaux pluviales ? Je l'ignore. Pas moyen de deviner à quel genre d'accident Esther a pensé pour moi. J'évite aussi de marcher trop près des blocs de climatisation, qui pourraient se détacher et me tomber dessus. Et alors là je n'y couperais pas : traumatisme crânien ; hémorragie cérébrale ; pression intracrânienne ; coma ; mort.

Je quitte à regret les rues animées de Clark et Foster pour prendre Farragut Avenue, qui est presque déserte. J'ai la chair de poule de la tête aux pieds. Les chocottes. La pétoche.

Je crois bien que si ça continue je vais mouiller mon pantalon.

Je veux rentrer chez moi. Je veux être *chez moi*. Chez moi, dans ma maison, pas dans l'appartement que je partage avec Esther. Je veux retourner dans la maison de mon père et de ma mère, avec mes parents et ma sœur Madison. Je voudrais claquer trois fois des talons, les yeux fermés, en récitant : « On n'est jamais aussi bien que chez soi[1] », et être transportée dans la maison de mon enfance.

Mais ça ne marche pas.

Le vent qui souffle entre les arbres agite mes cheveux dans tous les sens. Il les enroule autour de mes yeux comme un bandeau. Je n'y vois rien. Au moment où je sens que je vais paniquer, il les abandonne et s'en prend à mon manteau, dont il soulève les pans, cherchant à mordre ma peau nue. Je frissonne, j'ai envie de lui hurler que c'est assez.

J'entends au loin le bruit de la circulation. Un homme en costume trois pièces s'adresse à moi pour me demander son chemin.

— Pouvez-vous m'indiquer la direction de Catalpa ? demande-t-il.

— Je ne sais pas.

Je le répète trois fois, de plus en plus vite. « Je ne sais pas, je ne sais pas, je ne sais pas » — d'une seule traite. Il me lance un regard méchant et se volatilise.

C'est alors que j'entends appeler mon nom, murmuré par le souffle du vent. « Quinn, Quinn… », dit le vent, du moins c'est ce que j'entends.

Ensuite, un rire. Un rire qui me tord les tripes.

Et voilà qu'une silhouette sort de derrière les arbres. *Lui.*

1. Phrase prononcée par Judy Garland dans *Le Magicien d'Oz.*

L'homme aux dents jaunes et branlantes, aux cheveux hirsutes. Je fais un tel bond de côté pour l'éviter que je m'étale de tout mon long en hurlant :

— Qu'est-ce que vous me voulez ?

Il ne répond pas, mais me tend sa main crasseuse pour m'aider à me relever. Je refuse de la prendre. Je ne veux pas toucher cette main ; je ne veux pas *le* toucher. En m'appuyant au sol pour me mettre debout, je m'entaille la paume.

— Laissez-moi tranquille, je supplie.

Je me détourne pour m'enfuir, mais le clochard me retient par le bras, en me serrant aussi fort qu'un garrot.

— Laissez-moi partir !

J'ai beau hurler, il ne me lâche pas. Et pour cause, il est plus fort que moi. Je ne suis qu'un petit poisson qui se tortille au bout d'un hameçon, pour se décrocher, pour sauver sa peau.

Soudain, je vois briller quelque chose dans sa main. Le lampadaire le plus proche se trouve à près de six mètres et n'éclaire que faiblement l'objet qu'il brandit dans ma direction — en acier ou en métal. Est-ce une arme à feu ou un couteau ? Je ne sais pas. Je tente de me dégager. Je me mets à pleurer.

— Ne me faites pas de mal, je vous en prie, ne me faites pas de mal.

Il me fait déjà mal. Il me broie les ligaments et les muscles du bras. Trois millions de personnes vivent à Chicago et il n'y a personne pour me venir en aide dans cette rue. Je devrais hurler. C'est ce que je devrais faire. *A l'aide ! Au secours !* Mais ma voix n'est plus qu'un murmure. J'ouvre la bouche pour crier, mais rien ne sort.

— Te faire du mal ? s'étonne-t-il. Mais je veux pas te faire de mal !

Je répète quand même :

— Lâchez-moi, lâchez-moi, lâchez-moi.

— Tu as oublié ça dans le bus, dit-il. C'est tout.

L'objet qu'il tient dans sa main émet maintenant un

léger son, à peine audible. Je vois ce que c'est, à présent. Ce n'est pas un revolver, ni un couteau. C'est un téléphone. Le téléphone d'Esther. Il a dû glisser quand mon sac s'est ouvert dans le bus. Je n'avais sans doute pas assez bien regardé sous les sièges. Comme j'arrache le téléphone des mains du clochard, celui-ci lâche brusquement mon bras et je pars en arrière en titubant. Mais cette fois je ne tombe pas.

Un texto vient d'arriver.

Je n'ai pas besoin de mot de passe pour le lire. Il s'affiche tout seul à l'écran.

Et ce texto dit :

La vengeance est sans pitié.

Alex

Assis sur le sol sale et poussiéreux de la vieille maison jaune, Pearl et moi nous reposons de notre longue promenade. Nous restons un moment sans parler, totalement épuisés, et j'en profite pour regarder autour de moi. Cette maison n'a aucune personnalité, elle ressemble à toutes celles qui ont poussé comme des champignons il y a une soixantaine d'années — des quartiers entiers d'habitations strictement identiques, à part peut-être la peinture de façade qui pouvait être marron pour l'une et bleue pour une autre. Mais elles sont toutes laides et sans grâce, désespérément banales. Aussi laides que la mienne.

Pearl finit par engager la conversation.

— Parle-moi de ce fantôme, dit-elle.

Elle est assise face à moi, les jambes ramassées. Comment ai-je atterri ici, je ne sais pas. Ça s'est trouvé comme ça. Elle croise les mains sur ses genoux. Un rai de lumière qui se faufile par la fenêtre se reflète sur la dent triangulaire et pointue de mon collier. Elle brille sur l'encolure du T-shirt de Pearl. A l'intérieur, il fait sombre. Entre les fenêtres colmatées et l'absence d'éclairage, difficile de dire si on est le jour ou la nuit. J'ai perdu toute notion du temps. Pearl est assise tout près de moi et me fixe avec tant d'intensité que je ne sais plus comment je m'appelle ni ce que je fais là.

— Quel fantôme ? je demande, bien que je sache parfaitement de quoi elle parle.

Elle semble un peu renfrognée. Fatiguée. Je suppose

que ce n'est pas drôle de dormir à même le sol et de passer ses journées à errer dans les rues d'une petite ville. « Juste de passage », m'a-t-elle dit, et je me demande combien de temps encore elle va rester. Non pas que j'aie envie qu'elle parte, au contraire, je redoute le jour où j'entrerai dans cette fichue maison et où je ne l'y trouverai pas.

— Tu m'as dit que cette maison était hantée, reprend-elle.

Elle ne croira sûrement rien de ce que je vais lui raconter à propos du fantôme. Moi-même, je n'y crois pas. Mais ça fait un sujet de conversation. De quoi discuter. Et de toute façon, le plus important, ce n'est pas cette croyance ridicule que toute la ville alimente mais c'est la petite fille qu'a été ce soi-disant fantôme. Le reste, c'est une vaste blague. Les gens aiment bien se faire peur et faire peur aux autres. Au fond, ce fantôme, personne n'y croit vraiment.

Geneviève est morte bien avant ma naissance et tout ce que je sais, je l'ai appris par ouï-dire. D'après ce qu'on raconte, elle s'est noyée dans une baignoire d'hôtel pendant que sa mère était dans la chambre en train de s'occuper de sa jeune sœur, sans se douter qu'un drame se déroulait dans l'autre pièce. Geneviève n'a pas crié, elle ne s'est pas débattue, elle a juste glissé doucement sous l'eau, en silence, et elle a cessé de vivre. C'est ce qu'on raconte.

Au fil du temps, le récit de la mort de Geneviève s'est enrichi de détails inventés. La petite fille était dans un bain moussant, quelques mèches de ses cheveux bruns flottaient à la surface, elle avait la peau d'un blanc crème, légèrement rougie par l'eau chaude du bain. Bien entendu, ça se passait dans un hôtel de luxe. Les bulles étaient d'un pourpre sombre et sentaient le sorbet à la framboise, quelques-unes flottaient dans les airs, collant aux carreaux de la baignoire. Et ce serait dans ce décor que Geneviève se serait noyée, pendant que sa mère consolait sa petite sœur qui était tombée du lit, oubliant totalement l'autre, celle qui prenait son bain.

Des voisins se souviennent du jour où la voiture de la famille s'est arrêtée dans l'allée de la maison jaune. Le petit corps, reposant dans un cercueil qui ne mesurait même pas un mètre, était caché dans le coffre pour éviter aux parents de payer la taxe requise pour le faire changer d'Etat. Les voisins disent qu'ils n'oublieront jamais le moment où ils ont aidé à soulever ce cercueil de bois pour le porter dans le trou qui l'attendait au cimetière. La fosse était déjà creusée, la nouvelle de la mort de Geneviève étant déjà parvenue en ville.

Tout le monde était bouleversé. Les petites filles ne sont pas censées mourir.

Mais tout ce qui est resté de la petite Geneviève, c'est son fantôme. Certains prétendent qu'il vient les hanter dans leur sommeil, en leur inspirant des rêves de baignoire qui déborde. Des rêves où un petit corps de séraphin muni d'ailes flotte à la surface de l'eau, avec une peau d'une blancheur de cendre et des cheveux trempés, noirs comme la nuit.

Inutile de préciser que je ne crois pas un mot de tout ça.

— Geneviève, dis-je à Pearl. C'est son nom, le nom de la petite fille qui est morte. Et donc le nom du soi-disant fantôme.

— C'est joli, répond-elle. C'est un joli nom.

— C'est vrai.

— Et elle est morte ?

— Oui.

— Ici ? demande Pearl, en désignant la pièce d'un large geste du bras.

Je secoue la tête et, suivant son bras du regard, je remarque que la pièce est vraiment couverte de poussière et que des toiles d'araignée pendent du plafond, comme des tentures de dentelle. J'ai presque envie de filer en m'excusant, et de revenir avec un aspirateur et un balai à franges pour nettoyer tout ça. Je crois que je pourrais le faire pour Pearl. Rendre ce salon plus vivable et plus accueillant. Il ne serait pas question de tout réparer, non, bien sûr. Mais balayer le plancher et enlever les toiles d'araignée, ce serait dans mes cordes. Pearl mérite mieux que ce trou à rats.

Au moins, grâce à mon radiateur, la pièce est maintenant tiède. Pearl a enlevé son manteau et mon sweat-shirt, qui gisent près d'elle sur le sol. Elle ne porte plus qu'un T-shirt de coton et son jean. Pour la première fois, je peux admirer ses bras, que je trouve particulièrement gracieux. Oui, Pearl est gracieuse comme une ballerine, au point que j'ai envie de lui demander si elle a déjà dansé, ou pris des cours de danse, et aussi quelle est la nature de ses relations avec le Dr Giles. Mais je ne le fais pas. Cela ne me regarde pas. Tout le monde a ses secrets. Elle ne m'a pas interrogé sur les miens, je ne l'interrogerai pas sur les siens. Evidemment, si elle me posait des questions, je lui répondrais ; je lui dirais tout ce qu'elle veut savoir.

« On est amis, non ? Toi et moi, on est amis ? »

— Non, dis-je en revenant à la conversation en cours. Geneviève n'est pas morte ici.

Je poursuis en lui parlant de l'hôtel chic, du bain débordant de mousse et tout le reste. Plus j'avance dans mon récit, plus elle affiche une expression attristée.

— La pauvre petite ne savait pas nager ? demande-t-elle.

Je hausse les épaules.

— Il faut croire que non.

Parce que, évidemment, si elle avait su nager, elle aurait retenu son souffle au lieu de remplir ses poumons d'eau.

On a supposé que Geneviève avait essayé de se lever dans son bain, qu'elle avait glissé, que sa tête avait cogné contre le rebord de la baignoire, qu'elle avait perdu conscience et s'était noyée. Ce n'est qu'une hypothèse. Personne ne peut la confirmer. Personne ne l'a vue mourir. On pense aussi qu'elle s'est peut-être amusée à retenir sa respiration sous l'eau le plus longtemps possible, et à la fin c'est l'eau qui a gagné. Son cerveau a manqué d'oxygène, ce qui a déclenché un réflexe respiratoire. Son estomac et ses poumons se sont alors remplis d'eau savonneuse. Des centaines de milliers de personnes meurent chaque année par noyade. Et parmi eux quantité d'enfants de moins de cinq ans, comme Geneviève à l'époque. On peut se noyer dans une baignoire, dans des toilettes, dans une flaque d'eau. Je pense à p'pa qui boit au point de se soûler à mort ; un de ces quatre, il pourrait bien se noyer dans une flaque de bière.

— Je me demande ce que ça fait quand on se noie, murmure Pearl. Je me demande si on souffre.

Elle me regarde fixement ; ses yeux tristes veulent savoir.

— Aucune idée. Mais je parie que oui. Je parie que ça fiche drôlement les jetons de ne plus pouvoir respirer.

Ce n'est pas ce qu'elle avait envie d'entendre ; je le sais. Elle voudrait que je lui dise que Geneviève a glissé dans une sorte de sommeil dès qu'elle a fermé les yeux. Qu'elle n'a pas eu le temps de se rendre compte de ce qui lui arrivait, qu'elle s'amusait à souffler sur les bulles de son bain, puis qu'elle est morte sans s'apercevoir de rien. Passée de l'autre côté. A travers les portes du paradis et tout ça. Elle n'a pas compris qu'elle était en train de mourir. C'est ce que Pearl a envie d'entendre. Mais je préfère lui dire ce que je pense. On lui a déjà suffisamment menti. Elle a droit à la vérité.

— Ça, oui, ça doit être effrayant, admet-elle. Est-ce que tu l'as vue, après… ? Tu sais… Après…

— Vous voulez dire son corps ? Après sa mort ?

Elle acquiesce.

— Non. Je n'étais même pas né quand Geneviève est morte. J'ai juste entendu raconter l'histoire.

— Oh ! dit-elle.

Elle semble un peu déçue, comme si elle avait voulu en savoir plus. Comme si elle espérait que j'aie vu le corps de Geneviève. Mais je n'ai rien de plus à lui apprendre.

— Sa famille a dû être malheureuse, dit-elle.

Je hoche la tête.

— Ouais. Vraiment.

La vérité, c'est que je l'ignore. Je ne sais rien du tout de la famille de Geneviève. Elle était partie depuis longtemps quand je suis né.

Et puis, brusquement, je me pose une drôle de question.

— Vous pensez que vous reviendrez sous forme de fantôme, après votre mort ?

C'est une question de pure forme, puisque je ne crois pas aux fantômes. Mais je demande quand même, pour entretenir la conversation.

— Non, me répond-elle sans la moindre hésitation. Certainement pas. Les fantômes, ça n'existe pas. Et, même si ça existait, j'imagine assez mal que quelqu'un puisse avoir peur de moi.

Et, sur ce, elle braque sa lampe de poche sous son menton en faisant une affreuse grimace et en poussant des hurlements de fantôme. « Houhou, houhou. »

J'éclate de rire.

Elle ne fait pas peur, c'est vrai. Elle est même tout le contraire d'une créature effrayante. Le ton de sa voix, son sourire chaleureux, ses yeux bienveillants, tout cela est apaisant. Je ne me sens plus du tout nerveux. Enfin, presque. Je suis encore mort de peur à l'idée de dire une sottise qui gâcherait tout. Mais je n'ai pas peur d'elle. Elle dégage un truc qui me met à l'aise.

— Et toi ? me demande-t-elle.

Elle veut savoir si je reviendrai pour terroriser ceux que j'aimais.

Je lui réponds que je le ferai. Pas pour ceux que j'aime, mais pour d'autres, oui.

— Je hanterai tous les mecs qui s'en sont pris à moi à l'école, dis-je. Et toutes les filles qui m'ont ignoré. Et ma patronne, Mme Priddy, pour toutes les fois où elle a été injuste.

Et durant une petite minute je savoure la vision de mon spectre tourmentant Priddy depuis l'au-delà. Franchement, l'idée me ravit.

— Ça t'arrive d'y penser ? demande Pearl.

— De penser à quoi ?

— A la mort. A mourir.

Je secoue la tête.

— Non. Pas vraiment. J'essaye de ne pas penser à ce genre de choses. Et vous ?

— Moi, j'y pense, avoue-t-elle. J'y pense tout le temps, en fait.

— Pourquoi ?

Je sens son corps remuer pour se rapprocher du mien. Est-ce vraiment en train de se produire, ou est-ce seulement mon imagination ? Il me semble soudain qu'il suffirait que j'allonge le bras, si je le voulais, pour atteindre sa main. Je ne bouge pas. Mais j'imagine que je le fais. Qu'avec la pulpe de mon pouce, j'effleure sa peau douce et lisse.

— De toute façon, on va tous mourir un jour. Impossible d'y échapper.

— Oui, je sais, dit-elle. Ça, je le sais. Mais s'il était proche, ce jour ?

— Non, il n'est pas proche, je réponds d'un ton rassurant.

Mais bien sûr je n'en sais rien. Après tout, un morceau de cloison pourrait se détacher du plafond et nous écraser tous les deux, à l'instant même.

— Vous devriez essayer de moins y penser. De vivre dans le moment présent, comme on dit. De profiter de la vie et tout le reste.

— Profiter de la vie, répète-t-elle. Vivre dans le moment présent et profiter de la vie.

Puis elle se tourne vers moi, et dans la pénombre de la pièce il me semble voir un sourire illuminer furtivement son visage.

— Tu sais que tu es un malin, toi ? demande-t-elle.

Je hoche la tête. Je suis malin, je le sais.

Mais être malin ne suffit pas toujours à obtenir ce qu'on veut. Parfois, il faut aussi avoir des tripes. Aussi, je prends une grande inspiration et tends le bras pour toucher la main de Pearl. Je le fais avant que tous les neurones de mon cerveau ne se mettent à me hurler : « Non ! » Avant que mon côté exagérément logique et réfléchi ne me prouve qu'il y a quatre-vingt-dix-neuf pour-cent de chances pour que ça tourne mal : elle va rire de moi, elle va retirer sa main, elle va me gifler, elle va partir. Au lieu de quoi je caresse de mon pouce glacé la surface satinée de sa peau, et, comme elle ne me repousse pas, je souris. Secrètement, discrètement, en douce ; je souris. Avec un sourire timide de mauviette que je ne voudrais pas qu'elle voie, mais qui suinte par tous les pores de ma peau.

Je suis heureux, heureux à un point que je n'aurais jamais imaginé.

Elle ne dit pas un mot ; elle ne rit pas ; elle ne part pas. Nous restons ainsi sur le plancher de la vieille maison, dans la pénombre, nous tenant la main en silence, en pensant à autre chose qu'aux fantômes, à la mort et aux mourants. Du moins, moi, je pense à autre chose. Mais pas elle, parce qu'au bout d'un instant elle murmure :

— Je veux la voir.

— Voir qui ?

— Geneviève, répond-elle.

— Le fantôme ? Le fantôme de Geneviève ?

Tout en posant la question, je me sens totalement idiot. Inutile de dire que je trouve cette requête étrange. Elle voudrait que je convoque le fantôme de Geneviève. J'ai fait ça une fois ici, il y a très longtemps, avec des lettres et un verre, mais ce matériel a sûrement disparu. On pourrait quand même tenter une séance de spiritisme. Allumer des bougies et s'asseoir en se tenant les mains et toutes ces sottises. Pour entrer en contact avec l'esprit de Geneviève. Tout ça, pour moi, c'est vraiment un tissu d'âneries, mais je me mettrais en quatre pour répondre à n'importe quelle demande de Pearl.

N'empêche que je suis soulagé quand elle me répond :

— Non. Je veux voir sa tombe. Je veux qu'on aille là où elle est enterrée.

— Mais on est en pleine nuit, je fais remarquer.

Je ne mentionne pas que je trouve l'idée saugrenue,

même si je n'en pense pas moins. Pourquoi veut-elle voir sa tombe ? Et pourquoi maintenant ?

— Tu n'as pas peur, quand même ? me demande-t-elle en souriant, tout en retirant sa main de la mienne et en se levant.

Elle se plante devant moi, les mains sur les hanches, en attendant une réponse. C'est un défi.

Je secoue la tête. Non, je n'ai pas peur. Je me redresse à mon tour, époussette mon pantalon du plat de la main. Une femme veut m'emmener la nuit dans un cimetière désert. Il faudrait vraiment que je sois débile pour refuser.

— Vivre dans le moment présent, me rappelle-t-elle tandis que nous escaladons la fenêtre. Profiter de la vie.

— Oui, profiter de la vie, je répète comme un perroquet tandis que nous nous retrouvons dans la rue.

La nuit a encore fraîchi durant le bref moment que nous avons passé à l'intérieur. Le vent souffle plus fort et la température a chuté mais, avec Pearl qui marche tout près de moi, c'est à peine si je m'en aperçois. De nouveau, je tends le bras pour lui prendre la main. Cette fois, je n'y réfléchis pas à deux fois, je le fais. Elle ne me repousse pas plus que tout à l'heure et nous cheminons côte à côte, main dans la main, au milieu de la chaussée, en direction du cimetière. Elle doit bien avoir dix ans de plus que moi, mais notre couple ne me paraît pas mal assorti. Je me sens bien. Nous ne parlons pas, pas du tout. C'est moi qui montre le chemin, évidemment, bien que j'aie parfois la sensation étrange qu'elle le connaît. Elle semble de plus en plus impatiente de voir où est enterrée Geneviève.

Lorsque nous arrivons au cimetière, je lui explique que nous en avons deux en ville et que celui-ci est le plus ancien. Je sais que c'est là qu'est la tombe de Geneviève, parce que je venais ici jouer au fantôme avec mes copains quand j'étais enfant. On pourrait trouver que c'est une drôle d'idée, mais au contraire ça mettait du piquant à la chose. Nous traversons la pelouse et je prends la direction de la tombe délabrée de la fillette. Il n'y a plus ici que des tombes délabrées, de toute façon. Ceux qui reposent six pieds sous terre, avec au-dessus d'eux des pierres tombales couvertes de mousse, sont des oubliés. Leurs descendants directs sont enterrés à l'autre bout de la ville et personne ne s'occupe de leur tombe.

La dernière fois que je suis venu ici, je devais avoir huit ans. Je me souviens avoir souhaité que le nom de ma mère soit inscrit sur l'une des pierres tombales. J'aurais préféré qu'elle soit morte, vraiment. Son absence aurait été plus facile à supporter pour moi. Et sans doute aussi pour p'pa. Oui, j'aurais choisi la mort plutôt que l'abandon, sans hésiter.

La pierre tombale de Geneviève est toute petite, pas plus grande que celle d'un animal domestique. C'est une pierre grise mouchetée de noir, taillée en biseau, enfoncée dans la pelouse brune et sèche.

Il y a des fleurs dispersées sur le dessus, des fleurs jaunes. On dirait de la nourriture pour les oiseaux déguisée en fleurs. Mais qui a bien pu poser des fleurs sur cette tombe ? Pour autant que je sache, personne ne vient ici, à part pour Halloween — et pour se faire peur plutôt que pour honorer des morts. Je trouve ça étrange.

Pearl se laisse tomber à genoux sur la pelouse détrempée et rassemble les fleurs. Elle caresse du bout des doigts les lettres gravées sur la pierre, lentement, pensivement, comme si elle voulait se souvenir de chaque détail : l'inclinaison du G, la boucle du E, la chute libre du V. Je reste à l'écart, un peu en arrière, pour regarder. Et je vois de la tristesse dans les yeux de Pearl. Elle a raison, c'est triste de penser qu'une petite fille est morte si jeune. Et c'est déprimant de penser qu'elle n'est plus qu'un tas d'ossements, quelque part sous nos pieds. C'est déprimant et bizarre.

Mais ce qui se passe ensuite est encore plus bizarre.

Pearl, qui était jusque-là à genoux sur la pelouse, décide de s'allonger. Puis elle roule sur le côté et se replie en position fœtale sur la tombe. Comme si elle prenait Geneviève dans ses bras. Comme si elle cherchait à la consoler.

— Alex, viens ici, toi aussi, ordonne-t-elle.

Je m'approche, mais je ne peux pas me résoudre à me coucher sur une tombe. Alors, je m'assieds. Ou plutôt je m'accroupis sur la pelouse, et j'écoute Pearl réciter une prière pour les morts.

— Et maintenant je vais m'endormir sur cette tombe, dit-elle.

Je mets sur le compte de l'empathie et de la compassion les larmes qui coulent de ses yeux. Mais peut-être qu'il y a autre chose.

Peut-être que Pearl est complètement cinglée.

Mais je m'en fiche, si elle est cinglée. Elle me plaît. De plus en plus.

Quinn

— Calme-toi, me dit Ben.

Assise sur une chaise Breuer en tweed de la cuisine, j'attends qu'il finisse de poser un bandage sur ma main.

— Et raconte-moi ce qui s'est passé, ajoute-t-il.

Son visage est tout près du mien, à quelques centimètres à peine, et il souffle sur moi son haleine au soja quand il parle.

Des larmes ont séché sur mes joues. Ma main est couverte de sang.

Je tremble de peur et de froid. Comment peut-il faire aussi froid dans cette pièce ? Mes jambes sont couvertes d'un plaid bleu à larges mailles. Je ne sais pas quand ni comment il est arrivé là. Il me manque une chaussure, j'ignore pourquoi. La manche de mon chemisier est déchirée, là où le clochard m'a retenue par le bras. J'ai encore sur la peau la trace rouge vif de ses doigts. Ben ouvre la porte du congélateur pour prendre des glaçons, qu'il met dans un sac en plastique. Il pose le sac sur mon avant-bras et je blêmis. Parce que c'est froid.

Comme je le lui ai demandé, Ben a calé trois sièges devant la porte d'entrée pour la bloquer. Il n'a pas protesté en disant que c'était idiot, ou ridicule, il ne m'a pas demandé d'explication. Il l'a fait, c'est tout. Il a poussé le fauteuil à carreaux à travers la pièce et il est allé chercher la chaise de bureau Ikea d'Esther dans sa chambre.

Sans le moindre commentaire, juste parce que je le lui demandais.

Le téléphone d'Esther est posé sur la table de la cuisine et, quand nous appuyons sur le bouton pour rallumer l'écran, le texto qui est arrivé tout à l'heure s'affiche de nouveau.

La vengeance est sans pitié.

Envoyé par un numéro inconnu.

— Elle me surveille, dis-je à Ben.

Il me sert un verre de vin rouge, puis vient s'asseoir en face de moi, de l'autre côté de la table.

Son regard chaleureux me réchauffe un peu, moi qui ai tellement froid.

— Bois ça, dit-il. Ça te calmera les nerfs.

Il pousse le verre dans ma direction. Il n'a pas pris un de nos jolis verres à pied, mais un gobelet en plastique rouge. Il a bien fait, vu mon état. Mes mains tremblent en soulevant le gobelet. Sous la table, la main de Ben couvre mon genou. Son contact est chaleureux et rassurant. Apaisant.

Je le dis encore une fois.

— Elle me surveille.

Esther me surveille.

Quand j'ai appelé Ben, il mangeait avec Priya des *dim sum* dans un bouge quelconque de Chinatown. Je lui ai demandé de venir tout de suite. J'étais complètement hystérique, en sanglots.

— Comment ça, tu ne trouves plus le dossier ? m'a-t-il répondu. Je l'ai laissé sur ton bureau cet après-midi.

Puis il a dit à Priya, de manière à ce que je puisse entendre :

— Je suis désolé, chérie. Il y a un gros problème au bureau.

Il a abandonné Priya dans Chinatown et il est venu en m'apportant de quoi manger : du poulet grillé au sésame et un pâté impérial. Avec une bouteille de vin rouge. Il s'est présenté à ma porte avec le sourire — un sourire forcé destiné à me remonter le moral —, mais il était inquiet, je l'ai vu aux rides de son front et à son regard soucieux.

— J'ai fait aussi vite que j'ai pu, a-t-il dit d'un ton chaleureux.

Il ne portait pas sa tenue de bureau, mais une tenue plus décontractée — un jean et un sweat-shirt à capuche gris. Ses cheveux étaient parfaitement lissés et il sentait fort cette eau de toilette fraîche et piquante qui me donne le vertige. Qui me paralyse. Qui me rend euphorique.

— J'espère que Priya n'était pas fâchée, ai-je murmuré.

A vrai dire, je ne me souciais pas vraiment de savoir si Priya l'était ou pas ; j'étais surtout heureuse et soulagée que Ben soit là. Mais il a haussé les épaules en m'expliquant qu'ils avaient presque terminé leur repas et que Priya avait prévu de partir tout de suite après, parce qu'elle avait une tonne de boulot et qu'elle préférait être seule pour réviser.

— Elle avait vraiment trop de travail, a-t-il conclu.

Et j'aime à croire que j'ai lu dans ses yeux une certaine satisfaction à l'idée que *moi,* j'avais besoin de lui. A l'inverse de Priya, j'avais besoin de son aide *et* de sa compagnie.

Il a lavé et bandé ma main. Il a placé des sièges devant la porte d'entrée. Il a mis des glaçons sur mon bras. Il m'a servi du vin.

Mon chevalier, dans son armure étincelante.

Je lui ai raconté ce qui s'était passé : ma visite chez Nicholas Keller, le trajet de retour, le sans-abri qui m'a caressé les cheveux. Le texto sur le téléphone d'Esther.

— Pourquoi tu ne m'as pas dit que tu allais voir Nicholas Keller ? demande-t-il en posant sur moi un regard chargé d'inquiétude et de tendresse.

Il me caresse doucement le bras, puis repose sa main sur son genou.

— Je ne voulais pas te déranger.

Et c'est la vérité. Ben a déjà donné de son temps et

de son énergie pour chercher Esther, pour m'aider à comprendre ce qu'elle pouvait bien tramer. Elle est son amie, certes, mais sa disparition, c'est mon problème, pas celui de Ben. Et, pour la visite chez Nicholas Keller, je suis partie sur un coup de tête. Il ne s'agissait pas d'un projet mûrement réfléchi, mais d'une impulsion, qui me paraît maintenant complètement stupide. J'aurais dû demander à Ben de m'accompagner. Je me serais assise près de lui dans la cuisine de Nicholas Keller et nous aurions été deux à l'entendre raconter comment Esther s'y était prise pour tuer sa fiancée.

Ben se penche un peu plus vers moi et pose cette fois ses deux mains sur mes cuisses. Mon cœur s'arrête.

— Je serais venu avec toi, ça ne m'aurait pas dérangé, insiste-t-il. C'est à ça que sert un ami.

Je hoche la tête lentement, en pensant qu'il a raison. Un ami, ça ne vous surveille pas en attendant une occasion de vous supprimer.

Ensuite, je répète pour la troisième ou la quatrième fois :

— Elle me surveille.

— C'est possible, répond-il.

Puis il prend les choses en main, avec ce sens pratique qui me plaît tant.

— Il faut appeler la police.

Il lâche mes cuisses et se renverse sur le dossier de sa chaise. Il me paraît soudain très loin, trop loin, les vingt centimètres qui nous séparaient sont maintenant cinquante, son corps n'est plus courbé vers moi, mais arqué dans l'autre sens. Je me penche vers lui, sans même l'avoir voulu, dans l'espoir de combler ce gouffre. *Reviens, Ben.*

— J'ai déjà appelé, dis-je. Je suis même allée au commissariat pour déclarer sa disparition.

Je lui raconte mon entretien avec l'agent qui m'a demandé le nom d'Esther, ainsi qu'une photo d'elle. Il m'a dit qu'on me tiendrait au courant, mais pour l'instant personne ne m'a encore contactée.

— Il serait peut-être temps de signaler une tentative d'assassinat, dit-il.

Mais nous savons tous deux que notre accusation ne s'appuierait que sur une intuition sans fondement. Un mauvais pressentiment.

La mort de Kelsey Bellamy est officiellement un accident. Donc, dans l'affaire Bellamy, il n'y a ni crime ni coupable. Et en ce qui concerne mon affaire… Eh bien, pour l'instant, il n'y a pas matière à une affaire. Il n'y a rien.

Rien, à part une peur irrationnelle et la sensation qu'Esther rôde dans les parages, en attendant le bon moment pour frapper. Esther, ma meilleure amie, ma chère colocataire. Je ne cesse de me répéter qu'elle ne me ferait jamais de mal, mais j'ai peine à m'en convaincre.

Ben, le futur avocat de notre tandem, sait tout cela mieux que moi ; il sait que nous n'avons rien à dire à la police. Des prospectus sur la perte et le deuil, une demande de changement de nom, des reçus de retraits d'argent. Rien de tout cela ne justifierait une plainte ou un signalement. Il n'est pas illégal de changer de nom ou d'être triste à cause d'un deuil. De retirer de l'argent de son compte en banque. De demander à faire changer la serrure de son appartement. Esther n'a rien fait de répréhensible. Ou si ?

— De plus…

Je plonge mon regard dans les yeux noisette de Ben, en espérant y trouver des réponses à toutes les questions que je me pose.

— … peut-être qu'on se trompe. Imagine qu'on se trompe et qu'on appelle la police pour dénoncer Esther ? Tu imagines les conséquences pour elle ? Imagine qu'elle aille en prison…

Ma voix est étranglée par l'émotion tandis que j'imagine la pauvre Esther passant le reste de ses jours derrière les barreaux alors que, peut-être, juste peut-être, elle n'a rien fait de mal.

— Esther est trop gentille, elle n'est pas taillée pour survivre en prison.

Tout en disant « trop gentille », je pense à elle ajoutant délibérément de la farine d'arachide dans le plat qui a tué Kelsey, image qui ne colle pas avec l'adjectif *gentille*. Puis je pense à celle que je croyais connaître, celle qui chante des hymnes dans le chœur de l'église. Impossible de faire le lien entre les deux. Mais alors laquelle choisir ?

Esther a-t-elle oui ou non fait quelque chose de mal ? Je n'arrive pas à trancher. Je pose la question à haute voix pour Ben.

— Est-ce qu'elle l'a tuée ? Est-ce qu'Esther a tué Kelsey Bellamy ?

Ben hausse les épaules.

— Je ne pourrais pas en jurer, dit-il. Mais j'en ai bien l'impression.

Il confirme donc mes soupçons. Esther a tué Kelsey et à présent c'est moi qu'elle essaye de supprimer.

— Mais si nous l'accusons à tort, Ben ? Nous allons ruiner sa vie !

Ben prend le temps de réfléchir à la question.

— J'ai connu un type au lycée, dit-il au bout d'un moment. Brian Abbing. D'après la rumeur, il était entré une nuit par effraction dans un magasin d'articles de mariage et il avait piqué plusieurs milliers de dollars dans la caisse. La fenêtre de l'entrée de service était brisée. Le magasin était complètement saccagé, les mannequins, renversés, les robes, déchirées. Il n'y avait aucune preuve que c'était lui, mais tout le monde le croyait coupable.

— Et pourquoi ça ?

— Quelqu'un l'avait vu traîner dans la rue du magasin ce soir-là. Et c'était le genre de type que les gens aiment bien désigner comme bouc émissaire. Il n'avait pas de petite amie, il zézayait, il n'avait que Randy Fukui comme copain, lequel était tout aussi asocial que lui. Ils avaient tout faux, ces deux-là. Leur façon de s'habiller, la musique qu'ils écoutaient, leur coiffure. Ils discutaient jeux vidéo toute la journée et étaient copains avec le prof d'atelier, un vétéran du Vietnam qui ne parlait que de lance-flammes et de lance-roquettes.

— Les gens se moquaient d'eux parce qu'ils n'aimaient pas leur façon de s'habiller ?

Je pose la question machinalement, parce que je n'écoute que d'une oreille distraite.

— On était au lycée, répond Ben.

Et je pense : *N'en dis pas plus.* J'ai haï le lycée. A part les joueurs de cricket et les pom-pom girls qui friment dans les couloirs en prenant des airs supérieurs, tout le monde hait le lycée. Moi, je n'avais qu'une hâte : que ça se termine.

— Et comment ça s'est fini, pour Brian ?

Brusquement, mon cœur se serre pour ce pauvre garçon. Moi aussi, quand j'étais adolescente, j'ai eu droit aux taquineries des autres, notamment à cause de mes difficultés scolaires. Mauvaise élève et blonde… Je cumulais. J'avais pas mal de surnoms : « tête de banane », « bouton-d'or », « fée Clochette ». Quant aux blagues sur les blondes, c'était sans fin.

— La police n'avait pas d'indices, pas d'empreintes, rien pour l'inculper. Mais les lycéens se sont chargés de faire son procès. Même Randy a cessé de lui adresser la parole. Brian ne pouvait pas aller en cours sans se faire traiter de voleur. Quand le coupable a été arrêté, six mois plus tard, Brian avait déjà grimpé au sommet d'une antenne-relais et il avait sauté.

— Il s'était suicidé ?

— Oui.

— Eh bien…

Ça me semble un peu extrême, comme réaction, mais il faut croire que se faire insulter et montrer du doigt, c'est un truc dont on ne se remet pas. Parfois, quand je ferme les yeux la nuit, j'entends encore les élèves de ma classe éclater de rire quand un professeur m'interrogeait et que je devenais muette. « Allô, Quinn, ici la terre ! »

— C'est vrai qu'il pourrait arriver la même chose à Esther, si nous l'accusions à tort, poursuit Ben. Peu importe qu'elle soit innocentée au bout du compte, ou même qu'aucune charge n'ait été retenue contre elle. Certains verraient toujours en elle une meurtrière.

J'acquiesce, un peu gênée. Moi aussi, je vois en Esther une meurtrière, c'est plus fort que moi. Et pourtant je n'ai aucune preuve.

Esther est une meurtrière.

— Meurtrière un jour, meurtrière toujours.

Après avoir murmuré cette sentence, je porte mon gobelet en plastique à mes lèvres. Mes mains tremblent. Je renverse au passage sur la table quelques gouttes de vin rouge. Rouge sang. Puis j'ajoute :

— Mais si on se trompe… Esther serait blessée.

Je ne suis pas sûre que ce soit vraiment le moment de s'inquiéter des sentiments d'Esther. Mais je m'en inquiète. Bien que, si Esther était vraiment une meurtrière, ce serait moi la blessée, au bout du compte — et au sens propre. Mais quand même… Il suffit que je pense à Esther, seule au sommet d'une tour d'antenne, comme Brian Abbing, prête à se jeter en bas, pour comprendre qu'on ne peut pas appeler la police. Pas encore. Pas avant d'en savoir plus.

— Il n'y a aucune preuve, rien de tangible, pas de témoins, déclare Ben en attrapant une serviette pour nettoyer le vin que j'ai renversé sur la table.

Puisque Ben considère qu'appeler la police n'est pas une bonne idée, nous décidons, à tort ou à raison, de ne pas le faire.

Nous demeurons assis autour de la table de la cuisine, dans un silence tendu. Ben sort le poulet grillé au sésame de son sac en papier et me tend une fourchette. Il remplit de nouveau mon gobelet de vin et s'en verse un, puis il installe sa chaise de mon côté, de telle sorte que nos cuisses se touchent sous la table.

Notre premier verre de vin, nous le buvons à petites gorgées, pensivement, sans échanger un mot, en faisant mine de ne pas remarquer à quel point mes mains tremblent quand je porte le gobelet à mes lèvres. J'ai envie de hurler. Suffisamment fort pour que tous les voisins m'entendent, pour que Mme Budny m'entende, et surtout pour qu'Esther m'entende. *Pourquoi ?* ai-je envie de lui crier. *Pourquoi tu me fais ça ?*

L'atmosphère est plutôt glauque.

Au deuxième verre, nous quittons la table de la cuisine pour nous installer plus commodément dans le salon, côte à côte sur le petit canapé. Une plaisanterie fuse, nous nous forçons à un rire guindé, tout en pensant en notre for intérieur que nous ne devrions pas plaisanter dans un moment comme celui-ci. Mais ce premier rire est contagieux, et suivi d'un deuxième, puis d'un troisième. La tension s'allège dans la pièce, la vie paraît soudain un peu moins sombre. Ça fait du bien.

Au moment où nous entamons notre troisième gobelet, c'est à peine si je me souviens pourquoi la manche de mon chemisier est déchirée, et d'où viennent ce bandage et ces points adhésifs sur ma paume. Au quatrième, je crois bien que nos jambes s'entassent sur le canapé, comme dans un jeu de construction, la sienne sur la mienne, qui est sur la sienne, et nous ne cessons de les remuer pour modifier la configuration et chercher une position confortable. Rien de sexuel là-dedans, c'est plutôt ludique, ça m'aide à oublier les événements de cette atroce semaine qui a fait brusquement basculer ma vie. Nous parlons d'autre chose que d'Esther. Nous parlons d'Anita, notre chef au boulot, celle qui est payée pour gérer les agents de bureau ignorants comme Ben et moi. Nous discutons de la peine de mort, du suicide assisté et de la question de savoir si oui ou non les bonbons orange sont vraiment les pires. Ce sont les pires (Ben n'est pas d'accord, mais bien sûr il se trompe). Puis Ben m'interroge sur ma vie amoureuse, ou plutôt sur mon absence de vie amoureuse (la formule est de lui). Je réponds par une grimace, en mettant Priya sur le tapis, car l'alcool me donne enfin le courage de poser la question qui me trotte dans la tête depuis des mois.

— Qu'est-ce que tu lui trouves ?

C'est un peu brutal, mais je ne regrette rien. Je remercie au contraire le vin de m'avoir donné cette audace. Et aussi pour beaucoup d'autres choses : pour la présence de Ben, pour ma main sur la sienne, pour l'oubli et le bien-être que l'ivresse me procure, pour le frémissement de bonheur, et non de peur.

— Tout, me répond-il.

Ma main s'éloigne lentement de celle de Ben, tandis que mon cœur se noie. Mais il remonte à la surface quand Ben ajoute en soupirant :

— Rien du tout, en fait.

Je n'y comprends rien. Tout, ou rien du tout ? Il faut choisir. J'ai besoin de savoir ce qu'il pense vraiment de Priya.

— J'ai passé la moitié de ma vie avec elle, avoue-t-il.

Il me dévisage avec ses incroyables yeux, et poursuit, d'une voix que le vin rend somnolente, avec son visage si près du mien que je sens son souffle sur moi quand il parle.

— Je ne sais même pas ce que c'est, de vivre sans Priya, ajoute-t-il.

Je crois comprendre ce qu'il veut dire. Je *crois* comprendre qu'il fait allusion à ce sentiment de sécurité, à cette camaraderie qui se glisse dans une relation au fil du temps, étouffant toute ivresse, tuant toute passion. Je n'ai jamais vécu ça, car ma plus longue liaison amoureuse a duré à peine soixante-douze heures, mais j'ai observé le phénomène avec le couple formé par mes parents. Ils ne s'embrassent plus ; ils ne se tiennent plus par la main ; mon père dort dans la chambre d'amis pour ne pas être dérangé par l'insomnie chronique de ma mère.

Ben et Priya ne sont pas encore mariés, mais il n'y a plus entre eux ni ivresse ni passion. Du moins, je voudrais le croire.

Mais je ne veux pas penser à Priya, ni au couple qu'elle

forme avec Ben. Je préfère profiter de cet instant, me presser un peu plus contre Ben, poser mes pieds sur la table basse, ma cheville sur la sienne.

Comme si c'était naturel. Comme si nous faisions ça tout le temps.

Je ne sais pas comment ni pourquoi il décide finalement de dormir sur place, mais je suis ravie qu'il le fasse.

JEUDI

Alex

— Hello ?

Tout en appelant à voix basse, j'enjambe la fenêtre et balaye la pièce du faisceau de ma lampe de poche. La maison est silencieuse. Il est encore tôt, le soleil entame à peine son ascension dans le ciel. La faible luminosité du matin ne pénètre pas dans la pièce. Pearl doit dormir encore. Ça me va très bien.

Après notre visite au cimetière, nous sommes rentrés chacun chez nous. Depuis, je n'ai cessé de penser à elle.

La vérité, c'est que je n'arrive pas à me la sortir de la tête.

Je lui apporte une tasse de café instantané, c'est tout ce que nous avions à la maison. Je marche sur la pointe des pieds, pour ne pas la réveiller. J'aimerais la surprendre dans son sommeil. Contempler sa chevelure ombrée déployée sur l'oreiller à carreaux, son visage dépassant du plaid mité, sa peau rosée, ses yeux encore gonflés de sommeil quand elle les ouvrira pour moi. Grâce au chauffage, il fait bien meilleur, mais des relents de kérosène flottent dans l'air. Ça et une odeur chimique désagréable, un mélange de naphtaline et de moisi.

Quand j'arrive dans le salon, le lit de fortune est vide. Pearl n'est pas là. Elle n'est pas couchée par terre, là où je m'attendais à la trouver, avec mon sweat et mon collier autour du cou. Elle ne doit pas être bien loin, puisque le chauffage est en marche. Je lui avais bien dit de ne pas le laisser sans surveillance, elle ne serait quand même pas sortie en le laissant allumé. Mais, en posant ma main sur les draps, je constate qu'ils sont froids et je pense avec un serrement de cœur qu'elle est partie. Je me sens soudain abandonné. Elle est partie pour de bon.

C'est alors que j'entends un bruit venant de l'étage. Une voix de soprano. Qui chantonne doucement. Je reste immobile un instant à l'écouter, en m'efforçant de maîtriser les battements désordonnés de mon cœur qui m'emplissent les oreilles. Ce chant à peine murmuré résonne dans la maison vide, rebondissant sur les murs écaillés et les fragiles marches couvertes d'un tapis effiloché. Je retiens mon souffle.

Elle est là. C'est elle. C'est Pearl, et elle chante.

Abandonnant le café sur le plancher, je grimpe l'escalier, marche après marche, irrésistiblement attiré par la mélodie qui provient de l'étage.

Une fois en haut, je passe les pièces en revue. La première que je visite est une chambre d'enfant. C'est un triste spectacle. J'ai mal pour la famille qui vivait autrefois ici, pour les poupées et les animaux en peluche oubliés, pour ce dessin d'enfant encore accroché à ce mur rose qui s'effrite. C'est poignant. Et ce qui l'est davantage, c'est que celui qui a emporté le réfrigérateur, la clim et les tuyaux en cuivre n'a pas voulu des ours et des poupées.

Il fait froid, l'air du dehors s'engouffre dans cette chambre par les fenêtres sans carreaux. Le chauffage ne monte pas jusque-là.

Je me laisse guider par la voix de Pearl, qui me mène dans la chambre de Geneviève. Je sais que c'est la sienne parce qu'il y a un G en bois cloué sur le mur, qui pend de travers. Je remarque le bois fendu de la commode, le miroir explosé, les murs d'un rose sale. Sur le seuil, je marche sur des tessons de verre. Le miroir a probablement été brisé par un vandale qui a du même coup écopé de sept ans de malheur. Par terre, une poupée laissée en pâture aux rats et aux souris me contemple fixement avec ses yeux acryliques.

Et puis, bien sûr, il y a Pearl.

Elle se tient à l'autre bout de la pièce et me tourne le dos. Elle ne m'a ni entendu ni vu, elle ignore que je suis là. Elle contemple une poupée qu'elle tient dans ses bras, une poupée de chiffon, avec en guise de cheveux du fil de laine bleu. Bleu, oui, bleu. Ne me demandez pas pourquoi. Ce n'est d'ailleurs pas la chose la plus bizarre de la scène.

Ce qui l'est, c'est le regard de Pearl, qui se reflète dans les bris du miroir éparpillés sur le sol — un patchwork d'affection et de tristesse. Elle berce cette poupée dans ses bras en caressant doucement la laine de ses cheveux, puis dépose un baiser sur son vieux front loqueteux. La poupée porte une robe verte en tricot avec des chaussures assorties, un cardigan rose qui couvre presque ses mains sans doigts. Son sourire est un brin de laine rouge. Deux perles marquent l'emplacement de ses yeux. Elle est en lambeaux. Elle a été abandonnée il y a très longtemps. Comme cette maison. Comme Pearl.

Interdit, j'observe la scène, sans un mot ni un son, tel un sourd-muet. Et brusquement Pearl serre convulsivement la poupée contre son cœur, comme le ferait une mère qui cherche à protéger et à consoler son enfant. Elle ferme les yeux, se balance lentement et se remet à chanter — toujours cette mélodie qui m'a poussé à grimper l'escalier et m'a conduit dans cette chambre. Et c'est à ce moment-là que je me rends compte qu'il s'agit d'une berceuse.

Je parviens à identifier quelques paroles du refrain. « Sois sage et fais dodo, ne pleure pas. » Voilà ce que Pearl chante à cette poupée qui gît mollement dans ses bras. Elle la presse contre elle avec une infinie tendresse, presque avec dévotion, et une étrange assurance, comme si c'était la sienne.

C'est bizarre.

Je suis sans voix. Je n'arrive pas à prononcer un seul mot et, l'espace d'un court instant, je ne peux même plus bouger. Je ne peux que regarder Pearl qui tient cette poupée en se balançant d'avant en arrière, d'avant en arrière, lentement. Et elle chante, d'une voix parfaitement juste et placée. Une voix si douce qu'elle pourrait m'endormir. « Dors, mon joli bébé, dors. »

Il se dégage de cette scène quelque chose de profondément malsain. Je le sens confusément, sans pouvoir dire pourquoi. Mon corps me crie : « Va-t'en ! » Mais je ne pars pas. Pas tout de suite. Je ne peux pas, je suis totalement captivé, sous le charme de cette berceuse, hypnotisé par le balancement régulier de Pearl, par le bruit du plancher qui grince sous ses pieds comme s'il accompagnait son chant. Une partie de moi a envie d'intervenir. Je voudrais poser ma main sur l'épaule de Pearl, la prendre tout contre moi, danser avec elle à la place de cette poupée. Je ferme les yeux un court instant et imagine la douce caresse des mains de Pearl autour de ma nuque, son haleine tiède contre mon oreille. J'ai envie de lui dire d'arrêter. De poser cette poupée. De revenir en bas avec moi. Nous ferions comme s'il ne s'était rien passé, comme si je n'avais jamais surpris cette scène. Je veux m'asseoir sur la couverture mitée, parler de fantômes, de la mort, de mourir. Je veux remonter le temps, revenir dix minutes plus tôt, au moment où j'ai enjambé la fenêtre, le cœur joyeux, une tasse de café instantané à la main, en espérant qu'aujourd'hui, peut-être, nous échangerions notre premier baiser.

Mais une autre partie de moi, celle qui se sent en danger, m'interdit de me manifester et me hurle de prendre mes jambes à mon cou. Et tout de suite.

Quinn

Le lendemain matin, Ben et moi, nous nous bousculons dans la cuisine trop petite pour préparer le café et sortir les tasses. Quand nous nous marchons sur les pieds, nous rions en rougissant et en disant « pardon » d'une même voix — ce qui nous fait rire encore plus. Je sers son café à Ben ; il prend le sucre dans la boîte sur le comptoir. On dirait que nous avons fait ça des milliers de fois.

Je devrais penser : *Pauvre Priya,* mais ce qui me vient à l'esprit, c'est : *Vas-y Quinn !*

Je suis folle de joie à l'idée de prendre mon petit déjeuner au saut du lit avec Ben.

Nous n'avons pas couché ensemble. Pas dans le sens que l'on donne habituellement à l'expression. Mais nous avons dormi ensemble. Dans mon lit, tête-bêche. Sagement. Il me semble que nous avons échangé un baiser avant de nous endormir, mais je n'en suis plus très sûre. Mes souvenirs sont flous, à cause du vin.

J'ouvre le réfrigérateur, puis un placard de cuisine, et je demande, d'un ton ému :

— Tu veux des céréales ?

J'espère que oui, parce que je n'ai pas grand-chose à lui offrir à part les Frosted Flakes d'Esther, des flocons d'avoine instantanés, et un gallon de lait qui est peut-être périmé.

— Non, répond Ben. Je fais partie de ces gens qui ne prennent pas de petit déjeuner.

Il se contente donc du café, pendant que je me verse

un bol de Frosted Flakes, sans lait. Au moins, je suis sûre qu'Esther n'a pas empoisonné ses propres céréales.

A moins que...

Je recrache aussitôt la cuillerée que j'avais dans la bouche et décide d'entrer pour aujourd'hui dans la catégorie des gens qui ne prennent pas de petit déjeuner.

— Il faut que j'y aille, déclare Ben.

Puis il enchaîne avec de courtes phrases, réduites à un seul mot.

— Douche. Travail.

J'avoue que ça me fait tout drôle.

La plupart des types qui dorment dans mon lit repartent au petit jour, à ma demande, sans petit déjeuner et sans café. J'ai opté pour cette solution après avoir été échaudée. J'en avais marre des amants qui me quittaient en promettant de me rappeler, mais qui ne le faisaient jamais. Marre de rester assise près du téléphone à attendre qu'il sonne, en me lamentant sur mon sort parce qu'il ne sonnait pas, puis en m'en voulant d'avoir eu la sottise d'espérer qu'il le fasse.

Alors, depuis quelque temps, c'est moi qui dis adieu la première. A l'aube, je demande à mes compagnons d'une nuit de filer au plus vite. Je préfère être celle qui décide que c'est fini, plutôt que celle que l'on abandonne.

« Ma colocataire est réveillée. » C'est la phrase rituelle. « Tu dois y aller. »

Mais avec Ben c'est différent. Lui, je ne veux pas qu'il s'en aille. Je ne veux pas lui dire adieu. Je tiens à le remercier d'être venu à mon secours, de m'avoir protégée, d'avoir soigné ma main. De m'avoir tenu compagnie durant cette nuit qui aurait été terrifiante sans lui. Je tiens à le remercier de m'avoir apporté de quoi manger et du vin, d'avoir ri avec moi, de m'avoir donné un baiser. S'il y a eu un baiser. Je n'en suis pas très sûre. Mais je décide que oui, après tout, et j'ai ainsi l'impression d'avoir déjà franchi l'obstacle du premier baiser. Le prochain, me dis-je, sera plus naturel, plus tendre, plus passionné. C'est à tout cela que je pense en regardant Ben enfiler son manteau et ses chaussures.

286

Mais je ne trouve pour le remercier qu'une formule convenue :

— Tu es vraiment un mec super.

Ce à quoi il répond :

— Tu n'es pas trop mal, toi non plus.

Puis il s'en va, me laissant le soin de m'interroger sur le sens de ces quelques mots — « Tu n'es pas trop mal, toi non plus » — jusqu'à en avoir la tête sur le point d'exploser.

Je me précipite à la fenêtre pour le voir partir, en bavant derrière les carreaux comme un chien qui regarde partir son maître pour la journée. Dès qu'il a tourné au coin de la rue et disparaît de ma vue, je scrute l'horloge du micro-ondes : 07 h 58. Je baisse les yeux vers mon pyjama. Il me reste dix-sept minutes pour me doucher et m'habiller si je ne veux pas être en retard au travail. Merde.

J'attrape la vaisselle sale et la dépose en hâte dans l'évier ; je ne voudrais surtout pas que l'appartement ressemble à une porcherie si Esther décidait de rentrer. Pas question d'apporter de l'eau à son moulin, de lui donner une raison supplémentaire de se débarrasser de moi. J'entrouvre une fenêtre pour aérer et chasser l'odeur du poulet au sésame qui sèche sur la table basse. J'attrape le plat, jette le poulet à la poubelle et pose le plat vide dans l'évier. C'est au moment où je m'apprête à filer sous la douche que j'entends sonner mon téléphone, posé sur le comptoir près de la bouteille de vin vide. Je le prends et réponds, sans prendre le temps de regarder le numéro qui s'affiche sur l'écran.

— Allô ? dis-je en pressant l'appareil contre mon oreille.

Je prie pour que ce soit Esther. *Faites que ce soit Esther.*

Mais ce n'est pas elle.

A l'autre bout de la ligne, une voix dure et sèche me demande :

— Quinn Collins ?

Dans le couloir, j'entends les voisins qui sortent pour aller au travail. Une porte d'appartement claque. Des clés tintent.

— C'est bien moi, dis-je.

Encore un quelconque démarcheur qui veut me convaincre de changer le forfait de mon téléphone portable, ou de faire un don pour la recherche sur le cancer du sein.

— Mademoiselle Collins, ici l'inspecteur Robert Davies, je vous appelle suite à la disparition de votre colocataire, dit la voix.

Rien à voir avec la voix mielleuse d'un vendeur. Le ton est dur, inamical, intimidant. J'ai dû oublier quelque chose d'essentiel quand j'ai signalé la disparition d'Esther. Ce ton, je le connais bien, je l'ai entendu de la bouche de mon père, de mes professeurs, d'un employeur qui m'a virée pour faute, d'un autre qui me trouvait trop lente. C'est un ton qui annonce les ennuis. J'ai encore fait une bêtise.

— Oui, dis-je humblement, tout en m'adossant au mur granuleux, le téléphone à l'oreille.

Puis j'ajoute piteusement :

— J'ai effectivement déclaré une disparition.

J'ai tout à coup très chaud, je suis sûre que je rougis.

J'entends à l'autre bout de la ligne un froissement de papier et j'imagine cet homme, l'inspecteur Robert Davies, feuilletant le rapport, s'arrêtant sur la photo que j'ai confiée à la police de Chicago : Esther et moi au festival Midsommarfest, en train de manger des épis de maïs beurrés. Je revois le soleil couchant, le groupe sur scène qui reprenait des chansons d'Abba, Esther riant face à l'appareil, avec un filament d'épi coincé entre les dents.

Où es-tu, Esther ? je supplie en silence.

— Vous êtes bien la colocataire d'Esther Vaughan ? demande-t-il.

Et, comme je lui réponds que c'est bien le cas, il m'annonce qu'il a des questions à me poser et qu'il aimerait le faire de vive voix. Mes entrailles se nouent. Pourquoi ? Pourquoi veut-il me parler ? De vive voix, rien que ça. Il ne peut pas me les poser par téléphone, ses questions ?

— Est-ce que j'ai des ennuis ? je demande lâchement.

Il laisse échapper un rire grinçant — un rire de train

qui freine —, le genre de rire qui n'exprime aucune joie, mais qui est plutôt censé intimider. Et ça marche : je suis intimidée.

Je consulte l'horloge. Dans quatorze minutes, je vais devoir partir au travail. Je n'ai pas le temps de m'arrêter en chemin au poste de police. De plus, je ne me sens pas capable d'affronter seule cet inspecteur. J'ai besoin de Ben.

— Je peux venir cet après-midi, dis-je, même si c'est bien la dernière chose dont j'aie envie. Après le travail.

Mais il me répond :

— Non, mademoiselle Collins, ça ne peut pas attendre cet après-midi. Je me déplacerai s'il le faut, ajoute-t-il d'un ton décidé.

Et il enchaîne en me demandant où je travaille — bien que je sois prête à parier qu'il le sait déjà. Je n'ai pas du tout envie qu'un inspecteur débarque au boulot pour me poser des tas de questions, dans un lieu où ragots et rumeurs se répandent comme une traînée de poudre. « La police est venue, diront mes collègues. Pour interroger Quinn. » Ils se chargeront d'inventer les détails qui manquent. Ils diront qu'on m'a passé les menottes, qu'on m'a récité mes droits, qu'on réclame une caution de un million de dollars pour ma libération conditionnelle. Avant la fin de la journée, j'aurai tué ma colocataire, ainsi que Kelsey Bellamy.

Je secoue la tête, réponds non, et propose à la place :

— Je peux vous retrouver dans une heure.

Et nous convenons d'un rendez-vous au parc Millennium.

— Plutôt deux heures, répond-il, sans doute parce qu'il fait partie de ces hommes qui veulent toujours avoir le dernier mot.

Nous devons donc nous retrouver dans deux heures au parc Millennium. L'inspecteur Davies et moi. C'est assez cinématographique, mais ça risque d'être désagréable et en attendant c'est terrifiant, un peu comme les soins dentaires. Je soupire en appuyant sur le bouton pour raccrocher, puis je passe les deux appels suivants : l'un au travail, pour dire que je suis malade — encore un problème digestif, suite à mon empoisonnement, c'est ce que j'explique à Anita, ma supérieure hiérarchique, laquelle cache à peine son mécontentement —, et un autre à Ben, qui reste malheureusement sans réponse.

Dommage, j'aurais bien voulu lui annoncer qu'un certain Robert Davies, inspecteur de police, tenait à me voir, et qu'il me semblait bien lui avoir déjà parlé. Sa voix m'a paru familière, à la manière des vieilles chansons dont on n'oublie jamais les paroles.

Encore un truc bizarre dans cette semaine placée sous le signe de la bizarrerie.

A présent, je ne suis plus pressée. J'ai même du temps à tuer, deux heures avant de rencontrer l'inspecteur. Je vais traîner du côté de la chambre d'Esther, où je m'assieds par terre pour regarder la photo que je suis en train de reconstituer, ces petits bouts de papier qui commencent à former une image : la manche d'un pull prune, un bout de chaussure noire. Des mèches de cheveux blonds qui ressemblent étrangement aux miens et tombent sur le pull prune. Avec des doigts tremblants, je mets en place d'autres lamelles de papier, la tâche étant de plus en plus facile à mesure que j'avance. Je suis devenue une experte et distingue aisément le bleu du ciel de celui de la chemise bleue portée par un homme à l'arrière-plan, sous un auvent de magasin. L'image prend forme : il s'agit d'une scène urbaine. Je n'ai pas beaucoup de vêtements prune, mais ce pull, je le reconnais, il est à moi, c'est même l'un de mes préférés, avec son encolure bateau qui glisse tout le temps sur l'épaule en exposant une clavicule : ce que j'ai de plus sexy comme vêtement. Je suis en train de marcher dans la rue. Je ne souris pas ; je ne regarde pas l'appareil, parce que j'ignore qu'on me prend en photo. Esther m'a photographiée dans la rue à mon insu. C'est dingue !

Mais pourquoi ?

C'est en posant les dernières lamelles de papier que j'ai ma réponse, alors que je rassemble les ultimes rubans de peau blanche. Je reconnais mon front plat, mes fins sourcils, mes grands yeux. Je termine le nez, les lèvres, et quand j'en arrive à la clavicule dévoilée par le décolleté du pull prune, je vois apparaître un trait de stylo à bille rouge, bien net, qui me tranche la gorge.

Alex

Je quitte la maison en courant, sans un bruit, mais je ne rentre pas chez moi. Je me cache dans les grands buissons du jardin. Je ne sais pas encore ce que je vais faire, aussi je reste là pour réfléchir. Tout à coup, j'entends un bruit provenant d'une des fenêtres de la maison. Des pas sur la pelouse. Les feuilles mortes qui crissent. Puis Pearl apparaît et je n'ai plus besoin de réfléchir. Je sais que je vais la suivre.

Elle a mis son manteau et son bonnet, et elle tient une bêche à la main. Une bêche ? J'ouvre de grands yeux, doutant de ce que j'ai vu. Oui, c'est bien une bêche.

Elle quitte le jardin d'un pas décidé. Je la suis à bonne distance et elle ne me remarque pas. J'avance sur la pointe des pieds pour étouffer le plus possible le bruit de mes pas. Pearl, quant à elle, semble marcher dans l'air.

Mon intuition me dit qu'elle va au cimetière et la direction qu'elle prend ne tarde pas à me le confirmer.

Le souffle coupé, je la regarde franchir la grille en fer forgé du cimetière qui grince quand elle la pousse, puis traverser un tapis de feuilles mortes. J'entre derrière elle. Il est encore tôt, le soleil n'a pas encore dissipé l'épais brouillard qui pèse sur la terre. Nous marchons dans la brume, Pearl devant et moi derrière, et le paysage se matérialise peu à peu devant nous. C'est à peine si nous y voyons à trois mètres et nous ne savons rien de ce qui nous attend au-delà. Du moins, moi, je n'en sais rien. Tel Christophe Colomb, j'avance en me demandant si je ne vais pas tout à coup me trouver aux confins de la terre et basculer dans le vide. Tout est pâle et blanchi par le brouillard. L'écorce des arbres me paraît grise, les contours des branches et des pierres tombales séculaires sont flous. Tout est perdu dans la brume, tout apparaît et disparaît à mesure que je progresse — y compris la lumière des lampadaires. Je trébuche plusieurs fois sur des cailloux et des racines.

Je sais déjà où nous allons. Nous allons là où repose Geneviève. Et c'est bien devant cette tombe que Pearl s'arrête.

Je m'accroupis à l'écart, derrière un arbuste touffu. Avec ce brouillard, Pearl ne peut pas me voir. Mais moi je la vois planter sa bêche dans la terre et se mettre à creuser.

Quinn

Dehors, c'est une froide journée, il ne fait pas plus de 6 ou 7 °C, en dépit d'un soleil resplendissant. Ses rayons se reflètent sur les bâtiments de verre. Ils m'aveuglent et me ralentissent. Mais je cours quand même. Je cours à travers la foule, en jetant des regards de tous côtés, en vérifiant sans cesse par-dessus mon épaule que je ne suis pas suivie.

Sur Michigan Avenue, des employés municipaux accrochent des lumières aux bâtiments et aux arbres. Nous ne sommes qu'en novembre, mais dans quelques jours Mickey et Minnie mèneront la parade du Magnificent Mile Lights Festival, à laquelle Esther et moi avons assisté ensemble l'année dernière.

Cette année, ça me semble mal parti pour que nous y assistions toutes les deux.

Je repense au trait rouge barrant mon cou sur la photographie déchirée et je me dis : *Cette année, je serai peut-être morte au moment de la parade.*

Les rues sont animées. Même si nous sommes entre l'heure de pointe du matin et le raz-de-marée du déjeuner, il y a un monde fou, des hordes de piétons arrêtés aux carrefours qui attendent que le feu passe au vert. De nombreux taxis circulent dans les deux sens, en roulant beaucoup plus vite que les cinquante kilomètres à l'heure autorisés en ville. L'un d'eux freine brusquement, effrayant une femme qui traversait. Elle lâche son tapis de yoga et lui fait un doigt d'honneur, mais il file, totalement indifférent.

Et moi je cours vers le parc Millennium.

C'est un parc gigantesque au cœur du quartier du Loop, avec des jardins, un kiosque à musique, une patinoire, une fontaine et son miroir d'eau et, bien sûr, la célèbre sculpture « Haricot ». Elle a un autre nom, mais là, au moment où je passe devant au pas de course, je n'arrive pas à m'en souvenir. La plupart des habitants de Chicago la connaissent sous le nom de Haricot. Normal, puisqu'elle ressemble à ce légume sec. *Si elle parle comme un haricot et marche comme un haricot, alors c'est probablement un haricot.*

Le parc Millennium reçoit chaque jour des centaines de visiteurs, autochtones et touristes. C'est un endroit très connu. Les enfants pataugent joyeusement dans le miroir d'eau, tandis que les visages numérisés sur la Crown Fountain[1] leur crachent à la figure. Ils se postent devant le Haricot pour admirer leur reflet déformé dans les plaques d'acier — comme dans un labyrinthe de foire. L'été, on peut dîner dans des cafés en plein air ; écouter de la musique sur la pelouse du kiosque tout en profitant des chauds rayons du soleil ; se promener sur les chemins et les ponts des jardins ; manger des glaces sous les grands arbres.

Mais pas aujourd'hui.

Aujourd'hui, il fait trop froid.

C'est l'inspecteur qui a choisi ce parc pour notre rendez-vous. Moi, ça ne me serait pas venu à l'idée.

Comme je suis en avance, je décide d'aller me cacher dans un bosquet d'arbres pour attendre l'arrivée de l'inspecteur. Mais, les arbres étant nus, ils ne cachent rien. Deux touristes me demandent de les prendre en photo avec leur appareil. Je m'écarte d'eux en répondant que je n'ai pas le temps. Que je suis pressée.

Et je m'en vais un peu plus loin, dans un des cafés, pour tuer le temps. Je commande un *latte* et prends une chaise dans le fond. Il y a un journal sur la table, que quelqu'un a dû oublier ; je l'ouvre devant mon visage. Je pense à la

1. La *Crown Fountain* est une sculpture numérique au milieu du parc Millennium de Chicago.

photo en lambeaux sur le plancher de la chambre d'Esther. C'est une menace. Une menace explicite. Elle veut me tuer. Esther a pris une photo de moi, puis elle a tracé au stylo rouge un trait qui barre mon cou — et ça prouve qu'elle veut me tuer.

Je sirote mon *latte,* mais mes mains tremblent tellement que j'en renverse une partie. J'évite de regarder autour de moi. Je vérifie mon téléphone trois fois. Ben n'a toujours pas essayé de me rappeler. Mais qu'est-ce qu'il attend ?

Quand l'heure est arrivée, je m'en retourne vers la Crown Fountain, l'inspecteur m'ayant donné rendez-vous sur l'un des bancs de bois qui entourent le miroir d'eau. Il est déjà là. Je sais que c'est lui parce que... Eh bien, parce qu'il ressemble à un flic, tout simplement : il est grand, robuste et sombre. Je pense qu'il serait un boulet dans un dîner de fête, mais on n'est pas dans un dîner et il n'y a pas de fête. Il ne porte pas de manteau, comme si l'air frais de l'automne ne l'affectait pas. Il porte une chemise et un jean noir. Il y a encore des gens qui portent des jeans noirs ? C'est la question que je me pose tout en contournant le miroir d'eau pour rejoindre l'inspecteur Robert Davies. Eh bien oui, apparemment, il y a encore des gens qui en portent.

Je suis stressée. Complètement pétrifiée, en fait. Je ne peux pas m'empêcher de me demander ce qu'il me veut. Est-ce normal d'interroger quelqu'un qui a signalé une disparition ? Je n'en sais rien. J'aurais bien voulu que Ben soit avec moi. Il serait passé devant moi pour aller serrer la main à ce macabre inspecteur et faire les présentations.

Mais il n'est pas là et je vais devoir me débrouiller sans lui. Cette fois, je n'aurai pas mon chevalier en armure.

Je m'installe près de l'inspecteur, sur un banc que je trouve glacial. Je me présente, il se présente — bien que je connaisse déjà son nom, et lui, le mien. Nous ne sommes pas seuls ; il y a des gens autour de nous. On est quand même à Chicago. Mais tout le monde est occupé à quelque chose — prendre les bâtiments en photo, jeter des frites aux pigeons, surveiller les enfants — et personne ne nous prête attention.

L'inspecteur Robert Davies perd ses cheveux. Je crois qu'on appelle ça la calvitie masculine. Bref, il a le front dégarni. Mais il n'a pas un cheveu gris — il est brun —, et je parie que ça le console. Ça ne doit pas être facile de vieillir.

Il sort un petit calepin.

— Depuis quand Esther a-t-elle disparu ? demande-t-il.

Et je réponds :

— Dimanche.

Puis je rectifie, dans un aveu qui décuple mon sentiment de culpabilité, car cela fait maintenant cinq jours que je ne l'ai pas vue.

— Ou plutôt samedi soir, en fait…

Et là-dessus je baisse le nez et contemple la calcédoine bleue que je porte à la main droite, une pierre ovale montée sur argent. Je ne peux pas me résoudre à regarder cet inspecteur dans les yeux.

Les mots d'Esther me reviennent à l'esprit : « Je serais une véritable rabat-joie, Quinn. Si tu veux t'amuser, vas-y sans moi. » Je pense à ça, et au bar de Balmoral qui sert des martinis, dont c'était l'inauguration. Je revois Esther, assise sur le canapé du salon, en pyjama, enveloppée dans son plaid vert d'eau. C'est la dernière image que je garde d'elle.

— Nous avons déjà parlé, me dit-il d'un ton entendu en me voyant hésiter une seconde.

Je ne suis plus très sûre d'avoir envie de mentionner qu'Esther est sortie par l'escalier de secours. Il a des yeux perçants, des yeux d'aigle ou de faucon. Il a aussi le front ridé et un gros nez. Je parierais sur ma vie qu'il ne sait pas ce que c'est que sourire.

— Vous et moi, insiste-t-il. Nous avons déjà parlé.

Je lui réponds que je sais. Bien sûr, que je le sais ; nous avons parlé pas plus tard que ce matin et je lui fais remarquer qu'il m'a téléphoné à peine deux heures plus tôt, alors que j'étais chez moi, pour convenir de ce petit tête-à-tête dans le parc. Je crois bien que je soupire d'exaspération, ou qu'au moins je lève les yeux au ciel. Il n'est tout de même pas incompétent au point d'avoir oublié qu'il m'a appelée ce matin. Et là-dessus, incroyable, il sourit !

Je prie pour que ça ne soit pas mauvais signe.

— Je ne faisais pas allusion au coup de fil de ce matin, mademoiselle Quinn, répond-il d'un ton ironique.

Et c'est là que je me souviens avoir pensé tout à l'heure que j'avais déjà entendu sa voix.

Mais quand ?

Je me creuse la tête pour essayer de recoller les morceaux, pour replacer cette voix dans un autre contexte, pour trouver la voix qui ressemble à cette voix, et ça me revient brusquement avec cette phrase : « C'est confidentiel. Nous avions rendez-vous cet après-midi et elle n'est pas venue. »

L'inspecteur Davies est l'homme qui a appelé Esther dimanche après-midi quand j'ai trouvé son téléphone au fond de la poche du sweat rouge à capuche ! Celui qui a refusé de laisser un message. « Je rappellerai », a-t-il dit. Mais il ne l'a pas fait. Pas avant aujourd'hui, en tout cas. Et ce n'est pas Esther qu'il a rappelée. C'est moi.

— Vous avez téléphoné à Esther l'autre jour, dis-je. Vous deviez la voir. Elle avait rendez-vous avec vous.

Il hoche la tête.

— Elle n'est pas venue, dit-il.

Puis il ajoute d'un ton solennel :

— Puisqu'elle était déjà partie, apparemment.

— Où deviez-vous la retrouver ?

Je lui pose la question, tout en me disant que je vais avoir droit à : « C'est confidentiel. »

Mais à ma grande surprise l'inspecteur accepte de répondre, même s'il exige d'abord que je lui dise tout ce que je sais. Et cette fois je dis vraiment tout. La disparition par l'escalier de secours, les lettres bizarres, la mort de Kelsey Bellamy. Et ensuite je lui montre le téléphone d'Esther, ce message que j'interprète comme une menace et qui est toujours affiché à l'écran :

La vengeance est sans pitié.

Un message qui semble l'intéresser au plus haut point — il éloigne le téléphone pour mieux voir. Apparemment, il n'a pas que des problèmes de cheveux, il a aussi la vue qui baisse. Ça s'appelle la presbytie — j'ai vu ça dans une publicité pour des lentilles progressives —, et une fois de plus je me dis que ça doit craindre de vieillir, mais enfin je ne me rends pas bien compte.

— C'est Esther qui m'a envoyé ça, dis-je.

Il me jette un regard interrogateur.

— Qu'est-ce qui vous fait croire que c'est Esther ? Pourquoi pensez-vous qu'Esther vous aurait envoyé un texto sur *son* téléphone ?

Voilà un aspect de la question auquel je n'avais jamais pris le temps de réfléchir. Pourquoi m'aurait-elle envoyé ce message sur son téléphone ? Pourquoi pas sur le mien ?

— Je ne sais pas trop, dis-je. Elle se doute peut-être que j'ai son téléphone. Ou bien…

Ou bien je n'en sais rien. Je ne sais pas pourquoi Esther m'a envoyé ce message sur son téléphone plutôt que sur le mien. C'est un détail, de toute façon. L'essentiel n'est pas là.

— Elle a tué sa précédente colocataire.

Voilà ce que je déclare posément, tout en sachant que je suis en train de trahir Esther. Je le dis tout bas, dans un murmure, comme si je craignais qu'Esther ne m'entende.

— Kelsey Bellamy. Et elle essaie de me tuer aussi.

Je lui parle de la photographie déchiquetée, de la photo de moi marchant dans la rue, avec mon pull prune, du trait de stylo rouge qui me tranche la gorge. Je lui dis que c'est une menace.

Et à ça il répond :

— Esther n'essaie pas de vous tuer.

300

Il semble très sûr de lui, comme si ça ne faisait aucun doute dans son esprit. Comme s'il savait.

— Que voulez-vous dire ? je demande.

Puis :

— Comment pouvez-vous l'affirmer ?

Et là-dessus il se lance dans un long monologue.

Il m'explique qu'il a connu Esther il y a un an au moment de l'enquête sur la mort de Kelsey Bellamy. L'affaire n'était pas compliquée, et il n'y avait même pour ainsi dire pas d'affaire. Kelsey souffrait d'allergies alimentaires — ça, je le sais. Elle avait ingéré un produit auquel elle était allergique et n'avait pas pu prendre à temps un antidote. Des centaines de personnes meurent d'anaphylaxie chaque année. Ce n'est pas très fréquent, mais ça arrive. Voilà ce que me dit l'inspecteur. La mort de Kelsey était très probablement due à une négligence et pourtant…

— Les gens l'ont montrée du doigt, dit-il. Il leur faut toujours un coupable. Ils ont besoin de quelqu'un à blâmer.

La police a donc conclu à un accident. La vie a repris son cours pour Esther. L'inspecteur Davies était passé à autre chose. Pour lui, il était clair qu'Esther n'avait pas délibérément introduit dans le repas de Kelsey un produit dangereux pour elle.

— Des menteurs, j'ai eu l'occasion d'en voir un certain nombre, m'assure-t-il. Et je peux vous dire qu'Esther ne mentait pas. Elle a réussi haut la main le test au détecteur de mensonge. Elle a coopéré de son mieux pour l'enquête.

Elle était selon lui un témoin exemplaire et elle était aussi pleine de remords. Elle se sentait responsable de ce qui était arrivé à Kelsey. Elle avait tout de suite reconnu que la farine d'arachide, ça ne pouvait être qu'elle. Tous les témoins ne sont pas aussi honnêtes, et certainement pas les coupables.

Il marque une pause pour reprendre son souffle, puis poursuit :

— Samedi dernier, Esther m'a contacté dans la soirée. Elle avait quelque chose à me montrer.

Et il ajoute :

— Elle semblait effrayée.

Il y a tant de conviction dans sa voix que j'en oublie de respirer.

Esther était effrayée ? Mais par quoi ? Cette simple pensée me donne envie de pleurer. Esther était en deuil, Esther avait peur, et moi je n'en savais rien.

Pourquoi ne me suis-je doutée de rien ?

Quel genre d'amie suis-je ?

— Elle n'a pas dit grand-chose au téléphone. Elle voulait me parler de vive voix. Elle avait reçu une lettre, je crois. J'ai cru comprendre que ça avait un rapport avec Mlle Bellamy.

Mon rythme cardiaque s'accélère et mes mains, que j'ai rentrées dans les manches de mon pull vert d'eau, commencent à transpirer.

— Elle vous a appelé quand ?

— Samedi soir, vers 21 heures, dit-il.

21 heures. Donc après mon départ pour ce bar karaoké complètement nul. A-t-elle délibérément attendu que je parte pour appeler l'inspecteur ? Etait-elle vraiment malade ?

Esther avait reçu un message… Je me demande si… Non. Je pense aux lettres à « cher amour ». Mais non. Ces lettres, c'est Esther qui les a écrites. L'inspecteur se trompe. La signature ne laisse pas place au doute : *Avec tout mon amour, EV*. Esther Vaughan. Elle a signé de ses initiales. Ce sont ses initiales, non ?

D'après l'inspecteur, Esther serait plutôt la destinataire des lettres, et donc le « cher amour », ce serait elle ?

J'avoue que j'en doute fort.

— Je les ai, ces lettres, dis-je à l'inspecteur.

Je fouille dans mon sac et lui fourre dans la main les deux lettres dactylographiées par Esther.

Je les ai gardées sur moi parce que je n'ai pas trouvé de cachette suffisamment sûre. Je les ai lues et relues, mais je n'y ai vu aucune allusion à Kelsey Bellamy. L'inspecteur Davies les parcourt rapidement et il n'a pas l'air de les trouver très pertinentes, lui non plus, mais il demande quand même s'il peut les conserver. J'acquiesce et le regarde les glisser soigneusement dans une sorte de pochette réservée aux preuves. Je suppose qu'il va faire rechercher les empreintes digitales avec leur espèce de poudre. Et aussi qu'il va les confier à un expert qui essayera de déterminer la marque et le modèle de la machine à écrire qui a servi à les taper.

Ces lettres sont complètement insensées, c'est certain. Mais au fond elles ne contiennent rien de très significatif et aucune allusion à Kelsey Bellamy. Je crois que l'inspecteur se trompe. L'appel de samedi n'avait aucun rapport avec Kelsey Bellamy. Il doit avoir mal compris ce que disait Esther, ou alors elle a menti, ou déguisé la vérité. Elle a peut-être cherché à l'induire en erreur. Mais, si c'est le cas, pourquoi ?

— Vous n'avez rien trouvé d'autre ? me demande-t-il.

Et je réponds que non.

— Il doit y avoir autre chose, insiste-t-il.

Mais je lui assure que non. L'expression qui passe sur son visage me donne à penser que je n'ai pas été à la hauteur. Une fois de plus, je n'ai pas fait ce qu'il fallait.

Mais enfin, pour l'instant, je ne comprends pas comment, ni pourquoi.

— Et la photo ? La photo de moi ? Celle qu'Esther a mise dans la déchiqueteuse, celle où j'ai la gorge barrée d'un trait rouge. Ce trait, c'est une menace ! Elle veut ma mort.

— Pas sûr, répond l'inspecteur d'une voix doucereuse.

Et, avec la suite, je sens la bile monter dans ma gorge, comme la lave d'un volcan sur le point d'entrer en éruption.

— Peut-être que c'est la personne qui a envoyé ces lettres à Esther qui a pris cette photo. Peut-être que c'est elle qui veut votre mort.

Alex

Pearl commence à creuser avec sa bêche de jardin. Elle pose la semelle de sa bottine en daim sur la partie en acier et appuie de tout son poids. Le sol a l'air de résister. Il n'est pas complètement gelé, mais il est dur. La couche supérieure, celle du gazon, semble la plus difficile à percer. Les brins d'herbe, comme soudés les uns aux autres, rechignent à laisser passer la bêche. C'est un travail ardu, mais Pearl progresse, pelletée par pelletée. Je la regarde avec admiration enfoncer sa pelle et jeter la terre sur le tas qui s'accumule derrière sa frêle silhouette. Elle transpire, la sueur qui gèle sur sa peau lui donne le frisson. Elle enlève son manteau, puis son bonnet, et les lâche sur la pelouse couverte de rosée. Ça me rappelle le jour où je l'ai vue se déshabiller lentement près du lac et avancer vers les eaux glacées.

Elle a maintenant atteint une couche plus molle et le travail devient plus facile. La terre résiste moins, le petit tas augmente. Elle creuse, elle creuse, et je la regarde. J'ai perdu la notion du temps. Je suis hypnotisé par ses gestes, mais en même temps terrifié. Qui est cette femme et que fait-elle ? Pourquoi exhume-t-elle les restes de la petite Geneviève ? Ça me semble soudain totalement stupide d'être venu jusqu'ici. Absurde. N'importe quelle personne avec deux sous de jugeote aurait immédiatement appelé la police ou aurait au moins pris la fuite, au lieu de suivre Pearl et de la regarder faire. Mais moi je suis là, caché dans les buissons, à espionner une frappadingue qui déterre un cadavre. Le brouillard se lève peu à peu, aussi je m'accroupis sur le sol gelé pour ne pas être repéré. Je préfère ne pas penser à la réaction de Pearl si elle me voyait.

Tout en continuant à observer la scène à bonne distance, je fouille dans ma mémoire pour retrouver ce que je sais de l'enterrement de Geneviève. Pas grand-chose, en fait ; et tout par ouï-dire, bien sûr. Et ce que j'ai entendu, c'est qu'on a sorti son petit cercueil en bois du coffre de la voiture pour le porter directement jusqu'à ce trou, à la hâte, sans la veillée d'usage, sans cérémonie, sans cortège. Le corps a été transporté du coffre à la fosse, et personne n'a jamais pris la peine de se demander pourquoi. Tout le monde était soulagé que Geneviève ne soit plus là. Elle n'avait que cinq ans, mais c'était une future délinquante, le genre de gamine qui faisait des ravages, qui torturait les autres enfants, qui faisait fuir jusqu'aux chiens du quartier. Voilà ce qu'on m'a rapporté. Je n'irais pas jusqu'à dire que tout le monde souhaitait la mort de cette petite fille, mais n'empêche, ils étaient tous heureux de ne plus l'avoir sur le dos.

« Avec elle, sa mère n'avait pas une minute de répit. » C'est une phrase que j'ai souvent entendue dans la bouche des voisins, quand ils contemplaient la maison abandonnée en marmonnant tout bas quelque chose qui ressemblait à : « Quelle honte… »

A ma connaissance, personne ne vient jamais sur la tombe de Geneviève. Je suppose que les parents se sont séparés après le drame, quand ils ont quitté la maison.

Au bout d'un moment, la pelle commence à récolter du limon et du sable, puis de l'argile, une argile rouge, couleur de terre cuite, et ensuite, juste avant que la bêche ne heurte le bois du cercueil, des fragments de roche, gris, probablement lourds, car Pearl ralentit son rythme et semble peiner.

Puis j'entends le métal heurter le bois et je sais qu'elle est arrivée au bout de sa quête. Elle vient de trouver ce qu'elle est venue chercher ici.

Le cimetière est calme et silencieux, à part la respiration haletante de Pearl. Je parie qu'elle a la gorge sèche. Je ne me suis pas démené comme elle, mais j'ai soif, moi aussi. Elle transpire sous l'effort. Et moi je gèle. L'air me glace les poumons. J'ai mal, ça brûle. Il fait si froid. L'herbe qui nous entoure est d'un vert fané, vert sauge, elle perd ses couleurs, elle devient cassante, elle se met peu à peu en sommeil. Aucun nouveau brin ne sort plus de terre. Bientôt, elle disparaîtra sous la neige. Le brouillard continue à se dissiper, et je vois peu à peu le monde prendre forme autour de moi : les pierres tombales de granit et de marbre, les arbres maladifs et grotesques, l'église, une petite église protestante, rectangulaire, blanche, avec une base en pierre calcaire et un bardage de bois. Les fenêtres sont simples, sans fioriture, tout comme l'ensemble du bâtiment, une structure des années 1800, à laquelle on préfère maintenant les églises plus modernes, branchées, qui sont apparues en ville. J'ignore si cette église est encore utilisée, ou si elle n'est là que pour décorer, une chose morte, un cadavre sans âme, comme tous ces corps qui gisent sous terre.

Et puis, soudain, Pearl jette sa bêche et cesse de creuser. Elle a atteint une caisse, une caisse en bois qui est elle-même dans un état de décomposition avancée. Elle tente de la sortir de la fosse, mais elle s'effrite dans ses mains et la base est prise dans la terre. Alors Pearl écarte ce qui reste du couvercle et se penche sur la fosse.

De là où je suis, je ne vois pas l'intérieur de la tombe de Geneviève, aussi j'observe attentivement la réaction de Pearl. Et sa réaction, c'est une expression de satisfaction béate, comme si elle avait trouvé exactement ce qu'elle était venue chercher. Elle se redresse, le sourire aux lèvres, les mains sur les hanches, et jette la bêche au loin.

Elle ne va pas recouvrir la tombe. Elle va laisser le monticule de terre, le cercueil béant. Pour que tout le monde puisse le voir.

Puis elle essuie du revers de la manche son front en sueur et ramasse son manteau et son bonnet, comme pour partir.

Mais elle ne part pas. Pas encore. Elle balaye lentement du regard le cimetière et ses pierres tombales centenaires. L'espace d'un instant, j'ai l'impression que ses yeux s'attardent sur ma cachette, là, derrière les arbres à feuilles persistantes et les buissons dénudés dans lesquels je m'enfonce un peu plus, essayant désespérément de disparaître. Elle secoue la tête. Elle laisse échapper un petit rire sardonique. Elle soupire.

En tout cas, si elle m'a vu, elle ne le montre pas. Elle se détourne posément et s'éloigne.

Je ne bouge pas tout de suite. J'attends. J'attends un long moment, d'abord le grincement de la grille d'entrée, qui m'indique que Pearl est partie pour de bon. J'attends encore un peu, pour plus de sûreté. Et ensuite seulement je me relève pour m'approcher de la tombe et regarder ce que Pearl a découvert.

Rien. Absolument rien. Voilà ce que Pearl a découvert.

Il n'y a rien dans le petit cercueil en bois qui se décompose dans la terre.

Quinn

Avant de grimper dans la voiture de l'inspecteur Davies, j'insiste pour qu'il me montre son permis de conduire, plus un autre papier d'identité avec photo. J'exige aussi de voir la carte d'immatriculation du véhicule et une preuve d'assurance. On n'est jamais trop prudent dans ce genre de situations. J'ai vu assez de thrillers et d'enquêtes criminelles pour savoir que le flic n'est pas toujours le gentil. Mais dans mon cas je pense quand même qu'il l'est. Et voici pourquoi : il n'est pas si gentil que ça. Et pas non plus très chaleureux.

— Ça ira comme ça ? me demande l'inspecteur Robert Davies en me tendant sa carte de crédit State Farm.

Et je lui réponds par l'affirmative, avant d'ouvrir la portière et de me glisser dans sa Crown Victoria banalisée, garée dans un parking près de Columbus. Un sac de nourriture à emporter est ouvert sur le siège du passager et ça pue dans tout l'habitacle. L'inspecteur l'attrape juste à temps pour m'éviter de l'aplatir avec mon arrière-train, et va le jeter dans une poubelle. Dans la voiture, à l'abri du vent glacé, il fait beaucoup plus chaud, mais je ne me détends pas pour autant, car l'atmosphère glauque du parking souterrain me met mal à l'aise.

L'inspecteur est un as du volant. Je n'ai jamais vu quelqu'un quitter aussi vite une place de parking, ni emprunter une rampe de garage à une telle vitesse. Mais moi, ça me donne la nausée. Il fait marcher son avertisseur sonore — pour prévenir de son arrivée —, tout en appuyant sur le champignon, direction Columbus, pour me ramener chez moi.

Tandis que nous roulons, je sens la bile me monter à la gorge. Je crois vraiment que je vais vomir. J'ai tellement peur que j'en ai la tête qui tourne et les mains qui tremblent. Quant à mon cœur, je crois bien que des ailes lui ont poussé et qu'il pourrait s'envoler, mais il reste en place, dans ma poitrine, en agitant ses ailes d'oiseau, comme s'il cherchait à s'enfuir sans y parvenir.

Je pense à Esther, malheureuse et apeurée, et à moi qui n'en savais rien. Etait-elle vraiment malheureuse et apeurée, ou bien jouait-elle la comédie ? Qui est vraiment Esther ? Est-elle encore Esther ou n'est-elle plus que Jane ? Toutes ces questions se bousculent dans mon esprit. Je ne peux plus penser à rien d'autre.

L'inspecteur Davies me dépose devant mon immeuble. Il ne me laisse pas le temps de lui dire au revoir ni de le remercier de m'avoir raccompagnée, il démarre brutalement en emportant avec lui le téléphone d'Esther et les lettres adressées à « cher amour ». Il va demander à ses experts de fouiller ce téléphone et ils vont en extraire tout ce qu'il contient — les appels, les messages laissés sur son répondeur, ses vidéos, ses photos.

Dans ma main, j'ai sa carte de visite ; et en tête, ses directives : appeler s'il se passe quoi que ce soit, si je trouve quoi que ce soit, si Esther réapparaît. Appeler, quoi qu'il arrive.

Tout en m'éloignant de l'endroit où il m'a déposée, je scrute la fenêtre de l'appartement que je partage avec Esther, m'attendant presque à apercevoir sa silhouette dans l'embrasure. Mais bien sûr elle n'est pas là. Il n'y a rien derrière la fenêtre trouble recouverte d'un film pare-soleil et tout ce que je vois, c'est Farragut Avenue qui s'y reflète.

Soudain, j'aperçois une femme devant l'entrée de l'immeuble qui presse à plusieurs reprises le bouton de l'interphone et tape nerveusement du pied, attendant une réponse qui ne vient pas. Dans sa main gantée, je reconnais la sacoche matelassée bleu poudre d'Esther. C'est une toute petite femme qui ne doit pas mesurer plus d'un mètre cinquante, avec une volumineuse masse de cheveux qui semble aussi lourde que tout le reste de sa personne. Je serais prête à parier qu'elle ne pèse pas plus de quarante kilos. Elle porte des vêtements moulants : pantalon moulant, manteau près du corps, bottes serrées.

— Puis-je faire quelque chose pour vous ? je lui demande précipitamment, les yeux rivés à la sacoche.

Je suis soudainement prise du désir violent de tendre le bras et de lui arracher cette sacoche. « C'est à Esther », ai-je envie de hurler, et je baisse les yeux vers mes mains qui continuent de trembler. Je suis inquiète. Inquiète pour Esther. Cette rencontre avec l'inspecteur Davies m'a paniquée et déboussolée. Je ne sais plus rien de ce que je croyais savoir. Je suis passée de l'inquiétude à l'angoisse. A présent, au lieu de penser qu'on en veut à ma vie, qu'*Esther* en veut à ma vie, je crains pour la sienne.

Pourtant, je n'ai pas pris pour argent comptant tout ce que m'a dit l'inspecteur. Je continue à m'interroger. Qu'est-il arrivé à Kelsey Bellamy ? Pourquoi Esther a-t-elle changé de nom pour s'appeler Jane Girard ? Pourquoi cherche-t-elle une colocataire pour me remplacer ? Pourquoi a-t-elle retiré en liquide mille cinq cents dollars ? Je n'arrive pas à donner un sens à tout ça. Vraiment pas.

— Etes-vous Jane…, commence la femme plantée devant l'interphone.

Puis elle s'interrompt pour consulter une carte qu'elle tient dans sa main et termine sa phrase par :

— Girard ?

« Etes-vous Jane Girard ? »

Qu'est devenue Esther Vaughan ? Je me le demande. L'ai-je seulement connue ?

Je secoue la tête vigoureusement. Je réponds que je ne suis pas Jane, mais sa colocataire. Quinn. Je donne cette dernière précision, mon nom, bien que je suppose que mon nom importe peu à cette femme. C'est pour Jane qu'elle est venue.

— Ah, parfait, dit-elle tandis qu'une expression d'intense soulagement passe sur son visage.

Un visage où tout est démesuré : les yeux, le sourire, les cheveux.

— J'ai trouvé ça, dit-elle en me fourrant la sacoche bleu poudre dans les mains. Dans une poubelle, vous vous rendez compte...

Je prends la sacoche, c'est un bout d'Esther, enfin, quelque chose, et ça me fait du bien de la serrer contre moi. Je respire l'odeur d'Esther. J'en oublierais presque l'odeur crasseuse de la ville et le parfum entêtant de la femme, un mélange capiteux de jasmin et de rose.

— Vous avez trouvé ce sac à main dans une poubelle ?

Je pose la question, pour être sûre d'avoir bien entendu. Elle hoche la tête en réponse et me raconte qu'elle s'apprêtait à jeter son gobelet de café quand elle a vu le sac dans la poubelle, au milieu des sacs en papier de nourriture à emporter. Evidemment, le bleu de la sacoche lui a tapé dans l'œil.

— C'est un joli sac, dit-elle. Beaucoup trop joli pour être jeté. J'ai tout de suite pensé qu'il y avait un souci.

Puis elle ajoute qu'elle ne voulait pas que ma colocataire s'inquiète.

— Je sais que moi, je serais affolée si je ne trouvais plus mon sac.

— C'est vraiment très gentil de votre part, dis-je.

Et ça l'est, en effet.

A condition qu'elle n'ait pas un motif inavoué. Je me méfie d'elle, comme je me méfie de tout et de tout le monde en ce moment. Mais je ferais bien de me calmer. Je suis épuisée, stressée. J'ai mal à la tête ; mes mains tremblent. Si je commence à me farcir le crâne avec de nouvelles questions, il pourrait tout simplement exploser.

Que faisait le sac d'Esther dans une poubelle ?

— C'était quelle poubelle ?

Elle montre la direction de Clark Street et déclare d'un ton vague :

— Là-bas.

— Vous l'avez trouvé aujourd'hui ? Maintenant ? Vous venez de le trouver ?

Elle secoue la tête pour dire non.

— C'était il y a un jour ou deux.

Puis elle soupire et ajoute :

— J'ai eu une semaine chargée.

Comme si ça pouvait justifier le fait qu'elle ait mis un jour ou deux à rapporter le sac d'Esther.

— J'habite tout près, reprend-elle. Vous étiez sur mon chemin.

Elle me dit que Jane devrait vraiment faire plus attention à son sac.

— Transporter tant d'argent liquide sur soi…

Et je comprends brusquement deux choses : premièrement, cette femme a fouillé dans le sac d'Esther ; et deuxièmement, quand je regarderai à l'intérieur, je trouverai les mille cinq cents dollars retirés par Esther.

Mon amie a retiré une importante somme d'argent, mais elle ne l'a pas utilisée. Elle n'a pas engagé un tueur pour m'éliminer. Elle n'est pas en vacances à Punta Cana, à siroter un daïquiri à la framboise.

Alors, où est-elle ?

— Comment avez-vous su où nous vivions ? je lui demande d'un ton brusque.

Nous sommes toujours devant l'entrée de l'immeuble, exposées au vent glacé, mais ça m'est égal.

— Votre adresse était sur son permis de conduire, explique-t-elle. Je ne voulais pas me montrer indiscrète, assure-t-elle d'un ton contrit.

Je la sens sur la défensive. Je la comprends. Elle ne voulait pas se montrer indiscrète, mais elle a fouillé le sac d'Esther.

— C'était pour savoir comment rendre ce sac, ajoute-t-elle. Vous le lui donnerez ? A Jane ?

Et je réponds :

— Oui, bien sûr…

Puis nous nous disons adieu et j'entre dans l'immeuble en fermant la porte derrière moi.

Notre appartement est vide, mais il exhale l'odeur d'Esther : celle de sa cuisine, celle de sa brume pour le corps à la pivoine. Une vague de nostalgie m'envahit.

Je vais directement dans sa chambre. En entrant, je remarque tout de suite le molly dalmatien qui flotte tout au fond de l'aquarium. A la dérive. Je m'empresse d'éteindre la lumière de la cuve, pour ne plus voir ce pauvre poisson échoué contre les roches roses, son petit corps agité doucement par le courant du filtre. On pourrait croire qu'il respire, mais je sais que non. Il vire au blanc, signe qu'il est en train de pourrir. Je tapote quand même le verre, on ne sait jamais, mais le poisson ne réagit pas. Il est mort, tout ce qu'il y a de plus mort. Depuis combien de temps ?

J'articule silencieusement des excuses : *Désolée, petit poisson.* C'est sûrement ma faute. Je ne sais pas ce que j'ai bien pu faire pour qu'il meure, mais, c'est certain, j'ai fait quelque chose de travers.

J'entame une troisième fouille de l'appartement, en repassant par les mêmes étapes que les deux premières fois. Je suis au bord du désespoir. Ou plutôt je suis totalement désespérée. Il doit bien y avoir quelque chose ici, quelque chose qui m'a échappé. De nouveau, je scrute l'intérieur du placard. J'en sors des vêtements au hasard, puis les balance sur le lit, sans me soucier du désordre. Puis c'est au tour du bureau Ikea, dont je vide le tiroir, pour vérifier qu'il n'est pas équipé d'un double fond. Je m'agite tellement que j'en suis essoufflée.

Mais il n'y a rien.

En attendant, j'ai mis la chambre d'Esther sens dessus dessous ; dans un accès de rage, je jette même son pot à crayons par terre. Je passe en revue la pile de livres et les mets de côté un à un, en les lâchant bruyamment, sans me préoccuper de Mme Budny, qui est probablement à deux doigts d'attraper son balai-éponge. Mais ça, je m'en fiche.

Mon portable sonne — Ben, j'en suis sûre, qui me rappelle enfin —, mais je ne décroche pas, je n'ai pas le temps. Je dois retrouver Esther. Quand j'arrive au bout de la pile de livres, je me relève et traverse la pièce en marchant avec mes chaussures sales sur le plaid vert d'eau d'Esther et sur sa couette orange, y laissant des traces de pas. Et, tout en le faisant, je pense à la colère d'Esther le jour où je m'étais servie dans son placard de cuisine : « La place de l'aneth, c'est là. Et celle de la farine d'arachide, c'est là. »

— Il n'y a rien dans cette chambre, dis-je tout haut pour moi-même, en me tordant les mains de désespoir.

Je m'attaque donc au salon et à la cuisine, prête à en découdre, fourrageant dans le moindre tiroir, vérifiant le moindre élément de notre mobilier hétéroclite, derrière les cadres, sous le tapis. Je glisse une main derrière les coussins du canapé pour voir s'il n'y a rien ; je frappe les cloisons pour vérifier qu'elles ne sonnent pas creux et ne dissimulent pas une cachette. Je regarde même dans la bouche d'aération, au cas où il y aurait un trésor, mais, là encore, rien. Rien que de la poussière, de la saleté et un air confiné.

Et puis il me vient soudain une idée. Il y a un endroit où je n'ai pas encore cherché ! Je grimpe sur le comptoir pour me hisser à hauteur des placards de cuisine et passe ma main dans le petit interstice entre les deux — ma dernière chance de découvrir un indice, n'importe quel indice. Je laisse des empreintes sales sur le comptoir en formica, mais je ne m'en soucie guère.

Mais, cette fois encore, je ne trouve rien.

Je reste là, debout sur le comptoir, hébétée, le visage écarlate, en sueur, le cœur battant, la respiration saccadée. Je remonte les manches de mon pull jusqu'aux coudes, quand soudain mes yeux tombent sur la sacoche bleue abandonnée par terre, derrière la porte, là où je l'ai laissée.

Je saute du comptoir — en poussant un gémissement de douleur quand mes genoux encaissent le choc. Je cours jusqu'au sac. Comment n'ai-je pas pensé plus tôt à regarder à l'intérieur ? Je déverse ce qu'il contient sur le plancher, le secoue bien pour être sûre que tout est sorti. Avant de l'abandonner, j'ouvre et referme toutes les poches, tâte soigneusement la doublure. Mais tout ce que je trouve, c'est un bâton de chewing-gum.

Je me concentre donc sur ce que j'ai déversé sur le plancher : un kit de couture, un bandeau, un petit miroir, trois tampons, quelques pastilles Altoids, le portefeuille bleu clair matelassé d'Esther — assorti au bleu poudre du sac —, des mouchoirs, un livre, des clés. La clé de la porte d'entrée, la clé de notre appartement, une clé de cadenas, servant probablement à ouvrir le cadenas du box du garde-meubles.

Plus une feuille dactylographiée pliée en trois. Une de plus.

Adressée à « cher amour ». Signée « avec tout mon amour, EV ».

Alex

J'arrive à la bibliothèque avant l'ouverture. Je patiente dehors, en haut du petit escalier, adossé à l'une des colonnes blanches du porche jusqu'à ce qu'une bibliothécaire se montre et déverrouille la porte en prenant son temps : elle insère la clé dans la serrure, puis vérifie à sa montre qu'il est bien 9 heures et pas une seconde de moins. Puis elle pousse enfin le battant et je passe devant elle en respirant l'odeur agressive de son spray pour les cheveux.

— Vous êtes le premier ! me dit-elle.

Comme si ça n'était pas évident. Je marmonne un rapide « ouais », et file directement vers un ordinateur. Je ne réserve pas, ça ne me traverse même pas l'esprit, puisque je suis tout seul. Mais la bibliothécaire ne l'entend pas de cette oreille, elle vient regarder ma carte et prendre mon nom, parce que, dit-elle, le règlement, c'est le règlement. Apparemment, j'ai déjà contrevenu à l'une des vingt-sept lois régissant l'usage des ordinateurs. Après un dernier regard désapprobateur, la bibliothécaire s'éloigne lentement. Ce matin, il n'y a que trois employées, elle et deux femmes plus jeunes qui remettent en rayon des livres entassés sur des chariots. Elles vont les ranger à leur place, selon un classement à la nomenclature compliquée, et les usagers vont s'empresser tout à l'heure de les déplacer. Un travail toujours à refaire. Ça doit les rendre folles.

Moi, en tout cas, je ne vais pas toucher aux livres. Je suis là pour chercher des réponses à mes questions. Le cercueil de la petite Geneviève est vide… Je fouille dans ma mémoire pour en exhumer tout ce que je sais d'elle, tout ce que j'ai entendu dire. Quand elle s'est noyée, à l'âge de cinq ans, je n'étais pas encore né — je n'étais pas même un écho sur le radar. Pour moi, Geneviève n'a jamais été qu'un fantôme, le soi-disant spectre qui se montrait à la fenêtre de la maison d'en face, un spectre en blanc flottant de pièce en pièce en appelant sa mère. Mais pour d'autres elle a été une petite fille. Une enfant en chair et en os.

Grâce à mes recherches, j'apprends que, pour trente-quatre biftons, je peux obtenir des certificats de naissance et de décès du bureau de l'état civil du Michigan, mais pour cela je dois faire une demande en ligne et payer douze dollars de plus pour l'expédition des documents. Puis attendre. Je n'en ai pas le temps. C'est maintenant que j'ai besoin de réponses. D'après ce que je comprends, le bureau des registres d'état civil m'enverrait, ou pas, ce que je réclame ; il semblerait que certaines informations — et notamment celles qui concernent les naissances — soient confidentielles. Mais ce n'est pas le certificat de naissance de Geneviève qui m'intéresse, c'est son certificat de décès. Il m'aiderait peut-être à comprendre pourquoi son cercueil est vide.

Le passé de Geneviève m'étant inaccessible, je tente donc sous un autre angle : celui de la vieille maison. J'espère retrouver à partir des titres de propriété le nom de la famille qui y vivait autrefois. Malheureusement, l'abandon de la maison est antérieur au monde des puissantes sociétés immobilières en ligne. Les faillites et les saisies que je trouve remontent à seulement quelques années — un duplex pourri quelque part à l'ouest de la ville, une maison sordide à l'est, et deux douzaines entre les deux. Un signe des temps, je suppose. C'est triste, tous ces gens expulsés de chez eux parce qu'ils ne peuvent plus payer leurs traites ou leur loyer. P'pa et moi, on ne va pas tarder à en arriver là, si ça continue. Je nous vois déjà, postés à un gros carrefour, avec des pancartes *Sans abri* et *Aidez-nous s'il vous plaît,* éperdus de reconnaissance quand un passant nous lâchera un dollar ou deux.

Je décide de chercher la nécrologie en ligne de Geneviève, dans l'espoir d'y trouver le nom d'un de ses proches parents. Mais ce que je trouve, c'est : que dalle.

Je tape son nom, suivi du mot *nécrologie,* en vérifiant à deux reprises que tout est bien orthographié. J'y ajoute le nom de notre petite ville, pour réduire le champ de mes recherches, mais pareil, rien. Enfin, pas rien, mais tout et n'importe quoi, des tas de liens qui ne me sont d'aucune utilité : une dame d'âge mûr de Hamilton, Ohio ; une religieuse dominicaine de Nashville, Tennessee, morte à l'âge de quatre-vingt-deux ans. Pas ma Geneviève. Pour autant que je puisse en juger, il n'y a tout simplement pas de notice nécrologique pour cette petite fille. Peut-être parce qu'elle est morte depuis vingt ans et des poussières. A moins qu'il n'y ait une autre raison.

Une bibliothécaire passe près de moi et j'en profite pour lui demander où je peux trouver les microfilms, en espérant y découvrir une nécrologie remontant à plus de vingt ans dans les pages du journal local. Cette bibliothécaire pourrait bien être la personne la plus âgée que je connaisse. Ses cheveux sont tout blancs, et elle porte des lunettes à double foyer qui pendent à une chaîne dorée. Elle me propose gentiment de me conduire jusqu'au lecteur de microfilms et je lui emboîte le pas. Nous traversons toute la bibliothèque. En passant devant les deux employées plus jeunes et donc certainement plus rapides qu'elle et plus branchées technologie, je me désole intérieurement d'être tombé sur cette antiquité qui va me faire perdre mon temps, mais...

Elle s'avère être au contraire *la* personne-ressource.

Avant même que nous soyons arrivés devant la machine, elle me demande :

— Vous faites des recherches ?

— Je suppose qu'on peut dire ça, oui.

— Et quel genre d'information recherchez-vous ? insiste-t-elle.

Ce n'est pas de la curiosité gratuite. Cette femme prend son boulot à cœur et veut m'aider. Après une légère hésitation, je me décide à répondre :

— Des informations sur la vieille maison abandonnée de Laurel Avenue.

Elle s'arrête net.

— C'est-à-dire ?

Apparemment, j'ai éveillé son intérêt, et je ne sais pas encore si c'est une bonne ou une mauvaise chose. Prudence. Je vais avoir besoin d'elle pour m'apporter les microfilms et me montrer le fonctionnement de la machine. Je ne dois pas l'effrayer. Mieux vaut éviter de parler de Geneviève. Je prends un air dégagé pour lui répondre, histoire de lui faire croire que tout cela est sans importance.

— Je voudrais savoir qui vivait dans cette maison.

Elle me jette un regard surpris. Comme si j'étais un parfait idiot. Ou comme si je tombais de la lune.

— Pas besoin de microfilms, déclare-t-elle. Je peux vous le dire.

Son visage est si proche du mien que je vois ses dents usées, la transparence de sa peau ridée. Je m'attends bien sûr à une révélation concernant le fantôme de Geneviève ; à une phrase mystérieuse et chargée de sens. Mais ce qu'elle m'apprend est encore plus incroyable qu'une histoire de fantôme.

Cher amour,

Tu m'as séparée de ma famille. Juste retour des choses, c'est maintenant ton tour de perdre quelqu'un à qui tu tenais. C'est ta faute si j'ai dû partir, je veux être certaine que tu en aies conscience. Ils m'ont dit que je ne pouvais pas rester parce que j'étais une vilaine fille. Mais nous savons toutes les deux que ce n'est pas vrai.

Ce n'était pas la faute de cette fille, sache-le.

C'était ta faute. Je voudrais pouvoir dire que ça me fait quelque chose de savoir que cette pauvre innocente a payé, mais ce n'est pas le cas. De toute façon, je n'avais pas le choix. Ça a été facile. Très facile. Je n'ai eu qu'à échanger les deux farines pendant que tu étais au travail. Tu devrais mettre une meilleure serrure à ta porte, ma chère, si tu ne veux pas que des étrangers pénètrent chez toi pendant ton absence.

J'avoue que j'ai pris un certain plaisir à te voir verser cette farine dans un bol et servir le plat à ta pauvre amie qui ne se doutait de rien. Je vous ai observées, depuis ma cachette. Je l'ai vue porter sa main à son cou et se mettre à vomir. J'ai vu à quelle vitesse la situation a dégénéré, comme dans une spirale infernale… Franchement, c'était un beau spectacle. J'ai dû patienter plusieurs jours avant que tu utilises la farine d'arachide, mais ça valait le coup d'attendre. J'ai observé la scène avec beaucoup d'intérêt, tu peux me croire. J'avais l'impression de suivre une pièce que j'avais écrite et dont je connaissais le dénouement. Votre jeu était parfait. J'ai adoré.

En plus, pas de chance, j'avais fait disparaître l'EpiPen. Je l'ai gardé. On ne sait jamais, ça peut servir.

Et tout ça est ta faute parce que c'est toi qui es venue me chercher. C'est toi qui m'as trouvée. Tu aurais pu me laisser vivre en paix. Sans toi, je n'aurais jamais su que j'étais morte.

Si seulement tu pouvais me voir en ce moment, ma douce Esther. Si seulement tu pouvais voir ce que je suis devenue.

Ça fait un certain temps que je t'observe. Assez pour connaître tes manies, tes habitudes, ta routine. Je t'ai suivie à ton travail, à ton école. Quand tu faisais tes courses. Tu m'as vue ? Tu savais que j'étais là ?

J'ai fait mon shopping dans tes magasins et maintenant je suis habillée comme toi. Mêmes chaussures, même manteau, mêmes cheveux. Ça n'a pas été très compliqué. Autrefois, tu étais l'unique Esther Vaughan. A présent, nous sommes deux.

Tu croyais qu'il te suffirait de changer de nom pour te débarrasser de moi ? Que tu pouvais me payer pour que je m'en aille ? Tu es bien naïve !

Tu as toujours été sa préférée, mais, si je deviens toi, peut-être qu'elle m'aimera aussi.

Avec tout mon amour,

EV

Alex

Je cours tout le long du chemin. Mes pieds martèlent le béton, mais c'est à peine si je les sens. Je suis comme anesthésié.

En arrivant chez Ingrid, je tambourine si violemment à sa porte que le chambranle de métal tremble sous l'impact de mes coups.

Elle vient m'ouvrir, une expression surprise sur le visage, et se dresse devant moi, les cheveux tirés, ses douces mains croisées sur son ventre.

— Alex, dit-elle d'un ton dans lequel je perçois une interrogation.

Je me glisse à l'intérieur et pousse la porte.

— On dirait que tu as vu un fantôme. Tout va bien ?

Je ne peux pas répondre. Je n'ai plus de mots. Plus de souffle. Je suis plié en deux dans le couloir, mes mains moites sur mes genoux.

— Je vais te chercher de l'eau, dit Ingrid en disparaissant dans la cuisine.

J'entends le robinet couler dans l'évier ; la machine à glace qui déverse bruyamment des glaçons dans un bol ; les mouettes à l'extérieur, qui crient au loin, couvrant le moteur d'un camion qui passe dans la rue déserte ; le bruit rythmé des pneus qui roulent sur les pavés. *Respire,* je me répète. *Respire.*

— Je ne me souvenais pas que tu devais passer aujourd'hui, me dit Ingrid depuis la cuisine. Tu aurais dû me prévenir, je t'aurais préparé quelque chose. Du pain à la banane ou…

Elle continue, mais je n'entends plus rien, parce que tout mon esprit est concentré sur ce que j'ai appris de la bouche de la bibliothécaire — un véritable scoop, du moins pour moi ! « C'est Ingrid Daube qui vivait là-bas », m'a-t-elle déclaré posément. Je n'ai pas répondu, j'ai écouté la suite, bouche bée. « C'était sa maison. A l'époque, elle s'appelait Ingrid Vaughan, c'était son nom d'épouse. Elle a repris son nom de jeune fille, Daube, après la mort de son mari. C'est d'origine hollandaise, je crois, Daube. Bien sûr, on évite de le dire, que c'était la maison d'Ingrid. C'est une telle tragédie, ce qui leur est arrivé. Vous êtes au courant pour leur petite fille, Geneviève ? »

Je n'ai pas entendu la suite, parce que j'étais déjà parti en courant, je venais de comprendre que chaque fois que Pearl était venue s'asseoir derrière la vitrine du café, en scrutant la rue, ce n'était pas la maison du Dr Giles qu'elle surveillait.

— Je n'ai pas faim…

C'est tout ce que je parviens à répondre. Je me force à me mettre debout et me dirige vers la cuisine, en avançant péniblement, un pied devant l'autre, m'appuyant d'une main au mur pour ne pas perdre l'équilibre. Je voudrais mettre ma tête entre mes jambes pour que mon sang irrigue mon cerveau. J'ai la tête qui tourne, le vertige, du mal à respirer.

Le robinet de la cuisine ne coule plus, la maison est redevenue silencieuse. Puis Ingrid se met à fredonner sa chanson triste. Celle de l'autre jour. Celle qui donne le cafard. Et soudain je la reconnais. C'est la chanson de Pearl. La berceuse.

Je m'arrête sur le seuil de la cuisine et murmure avec elle le refrain d'une voix chevrotante, tentant de masquer mon trouble en bombant le torse, comme un chat qui a peur et arque le dos pour paraître plus grand.

— « Sois bien sage et fais dodo, ne pleure pas. »

— Tu connais cette berceuse ? me demande Ingrid avec un sourire ravi.

Et comme j'acquiesce lentement, d'un air las — à la fois épuisé, effrayé et penaud —, elle avoue :

— Je la chantais à mes filles quand elles étaient petites.

Puis elle poursuit, tout haut, d'un ton ému :

— « Dors, mon joli bébé, dors. »

Et moi je revois Pearl serrant et berçant cette vieille poupée de chiffon contre sa poitrine, en se balançant d'avant en arrière sur le plancher délabré de la vieille maison. La vieille maison d'Ingrid.

Ingrid me tourne brusquement le dos pour me dissimuler son émotion. Mais elle continue à psalmodier tout bas la berceuse qu'elle chantait autrefois à ses filles en les prenant dans ses bras. Devant l'évier, elle lave machinalement la vaisselle, tandis que je me tiens à l'écart, cherchant toujours à reprendre mon souffle, ne sachant que faire ni que dire. Dois-je révéler ce que je sais ? Dois-je faire quelque chose ? Dois-je prévenir Ingrid qu'une jeune femme dort dans la vieille maison jaune abandonnée qui était la sienne ? Dois-je lui apprendre que cette même jeune femme a creusé la tombe de Geneviève pour déterrer un cercueil vide ? Dois-je lui raconter qu'elle chante cette berceuse à une vieille poupée de chiffon ?

Ou bien dois-je me détourner et m'éclipser, en faisant semblant de ne pas avoir vu l'évidence ? De ne pas avoir fait le lien entre Ingrid et Pearl ?

« Mes parents m'ont abandonnée », m'a dit Pearl, le soir où nous déambulions sans but dans les rues de la ville.

C'était vrai. Mais ce n'était pas tout.

A présent, il est midi, le soleil est au plus haut dans le ciel et entre par les fenêtres. Un souffle d'air glacé balaie soudain le couloir, je le sens depuis le seuil de la cuisine. En même temps, en dépit de l'eau qui gicle bruyamment dans l'évier, j'entends grincer la porte d'entrée, lentement, comme si elle luttait contre la poussée du vent, arrachant un gémissement aux murs de la maison.

— La porte, Alex, dit Ingrid en sursautant.

Ses yeux s'emplissent de terreur.

— Alex, tu as bien fermé la porte ?

Mais je ne sais plus si je l'ai verrouillée ou simplement poussée.

Ingrid pousse un cri strident en lâchant l'assiette festonnée qu'elle tenait dans ses mains humides.

— Esther ! s'exclame-t-elle en regardant par-dessus mon épaule.

Un long gémissement sourd s'échappe de sa gorge et elle recule précipitamment en marchant sur les bris d'assiette. L'eau continue de jaillir du robinet et des milliers de bulles luisantes s'amoncellent dans l'évier, qui menace à présent de déborder. On dirait un bain moussant.

— Oh ! non, gémit Ingrid en portant une main tremblante à sa gorge. Non. Non. Non.

Je me retourne. Derrière moi, il y a Pearl.

— Alex. C'est sympa de te trouver là, dit-elle, sans même me regarder.

Elle ne quitte pas Ingrid des yeux.

— Tu lui ressembles, murmure Ingrid d'une voix chevrotante et lointaine, comme si elle était sous l'eau, comme si elle se noyait dans l'évier de sa cuisine. Tu lui ressembles tellement que j'ai cru un instant que c'était elle…

Elle s'avance et passe devant moi, en tendant une main molle pour caresser les souples mèches ombrées des cheveux de Pearl.

Pearl lui répond par un sourire heureux, le sourire d'une enfant qui vient de se faire une nouvelle amie. Elle passe sa main dans ses cheveux décolorés et esquisse une révérence, de telle sorte que l'ourlet de son manteau à carreaux lui arrive aux genoux.

— Je me suis dit que ça te plairait, lance-t-elle, rayonnante. Elle a toujours été ta préférée, après tout. J'ai pensé que tu pourrais peut-être m'aimer, si je lui ressemblais.

Puis elle tend le bras pour s'emparer d'un couteau.

Quinn

En découvrant ce que contient la lettre du sac, je pousse un cri horrifié. Et d'instinct je porte la main à ma gorge — ma gorge barrée d'un trait sur la photo trouvée dans la déchiqueteuse d'Esther.

Entre mes doigts, le message tremble comme une feuille agitée par le vent. C'est ma main, qui tremble. Et je ne peux pas la maîtriser. Je tente de relire, pour être sûre que j'ai bien lu et bien compris, mais les mots se brouillent, je ne distingue plus rien, ne déchiffre plus rien. Lettres et mots se fondent, ne faisant plus qu'un. Ils dansent en tourbillonnant sur la page dactylographiée, en se riant de moi : « Tu ne m'attraperas pas. »

Mais j'ai compris l'essentiel du message : cette personne qui signe EV a tué Kelsey Bellamy et peut-être aussi s'en est-elle prise à Esther. Elle se fait passer pour Esther, elle rôde en ville en s'habillant comme elle, elle l'a prise pour modèle. Qui est-elle ? D'après ce qu'elle dit, *tu m'as séparée de ma famille*, elle pourrait être une parente. Mais j'ai du mal à imaginer Esther faisant une chose pareille. A-t-elle seulement une famille ? Je sais bien qu'il faut au moins qu'elle ait un père et une mère, mais franchement, si je me fie à son silence à ce sujet, je dirais qu'elle n'en a pas, de famille, qu'elle a été élevée par des nains, dans un chalet de bois, avec un toit de chaume. Chaque fois que j'ai voulu l'interroger sur ses parents, elle a éludé mes questions. Le jour où j'ai trouvé des photos de famille dans le box du garde-meubles et lui ai demandé : « Qui est-ce ? », elle a sèchement refermé le couvercle, presque sur mes doigts, en me disant : « Personne. »

Mais ce n'était pas *personne*, de toute évidence. Et maintenant je veux revoir ces clichés, scruter les visages des membres de la famille d'Esther, car peut-être est-ce l'un d'entre eux qui a écrit les lettres. Je fouille dans mes souvenirs, mais impossible d'extraire une image de mon cerveau. Ce jour de tempête hivernale où nous sommes allées chercher l'arbre de Noël dans le box, Esther ne m'a pas laissé le temps de regarder des photos. Dehors, il neigeait à gros flocons et il faisait très froid. Dedans, dans le local en béton du box, il faisait presque aussi froid, en dépit du chauffage. « Je crois qu'il est par là », avait dit Esther en parlant de l'arbre de Noël, mais moi j'avais soulevé le couvercle d'une boîte à chaussures pleine de photos. C'était indiscret, oui, et pourtant je n'avais pas eu l'impression de fouiller, puisque Esther était avec moi. Je ne pensais pas que ça la dérangerait.

Mais ça l'avait dérangée.

Mon cœur bat la chamade, la pièce devant moi s'estompe par instants, le canapé rose s'éloigne, puis se rapproche de nouveau. Les fenêtres sont soudain toutes proches et je peux les toucher, et ensuite, brusquement, elles ne sont plus là. Les sons augmentent en intensité, puis diminuent, comme si j'avais de l'eau dans une oreille, la tête sous l'eau. Et alors je n'entends plus rien.

« *Je n'aurais jamais su que j'étais morte.* »

Cette phrase me trotte dans la tête. Que peut-elle bien signifier ?

Je contemple les objets éparpillés sur le sol devant moi, et soudain je remarque les clés d'Esther, ses trois clés de cuivre nickelé, sur un anneau : une clé pour la porte de l'immeuble, une pour celle de notre appartement, et la clé qui ouvre le cadenas de son box.

La clé qui ouvre le cadenas de son box.

Je me relève d'un bond en attrapant le sac d'Esther et

pars en courant, avec une idée en tête et une seule : les photos. Il faut que je les voie.

Je cours à perdre haleine dans les rues de Chicago, longeant les restaurants et les boutiques. Je passe devant un arrêt de bus, un minuscule abri qui tente en vain de combattre le vent de Chicago, je file. Vers le garde-meubles de Clark Street. Cet endroit me donne la chair de poule — trop de portes, trop de couloirs, trop désert. L'introverti mutique de la réception me donne lui aussi la chair de poule. Mais ça ne fait rien, j'y vais quand même. Pas question de laisser la peur se mettre en travers de mon chemin.

Une fois sur place, j'utilise la carte magnétique que j'ai trouvée dans le portefeuille d'Esther pour déverrouiller les portes d'entrée et pénétrer dans les locaux. Il est là, l'homme de la réception, derrière son panneau de verre, en train de taper sur un clavier d'ordinateur. Il ne lève même pas les yeux pour me saluer.

Les box sont alignés derrière une succession de portes roulantes vert amande, le long d'un couloir désert. Mes pas résonnent sur le béton ciré. Impossible de distinguer une porte d'une autre. Lequel de ces box est celui d'Esther ? J'essaye la clé sur plusieurs cadenas, mais elle n'en ouvre aucun. Je suis déjà venue, voilà ce que je me répète. *Réfléchis, réfléchis...* Est-ce cette porte verte ? Ou bien celle-ci ? Il doit bien y en avoir une centaine, une centaine de portes vert amande, toutes munies de cadenas identiques. Une bonne centaine ! Elles me semblent toutes pareilles. Je fais un saut en arrière dans le temps ; j'essaye de me souvenir de cette unique fois où je suis venue avec Esther. Il y avait d'abord une série de box plus petits, puis les grands, avec des portes de garage ; la caméra de surveillance devant laquelle nous avons dansé la gigue, Esther et moi. Ce souvenir m'arrache un sourire — Esther et moi, exécutant une gigue pour l'homme assis derrière le bureau de la réception en riant comme des petites folles, un grand moment d'anthologie.

Et tout à coup ça me revient : c'est le box 203, le même

numéro que celui de la maison de mon enfance, celle où vivent encore mon père et ma mère. « Le destin », avait dit Esther, mais j'avais répondu qu'il s'agissait plutôt d'une simple coïncidence. Je me revois, devant les chiffres, à quelques pas derrière Esther qui faisait coulisser la porte.

Je trouve le box 203.

J'insère la clé dans le cadenas, qui cède brusquement. Ça y est ! J'y suis !

Je pousse la lourde porte et ce que je découvre quand elle coulisse m'arrache un cri. Un cri de fausset, désespéré, qui attire l'attention du gardien, lequel sort de derrière sa vitre. Je l'entends courir dans le couloir. Mais, avant qu'il ne me rejoigne, tout devient noir et je plonge vers le sol de béton en poussant un gémissement.

J'ai lâché les clés et mon téléphone. Un liquide chaud coule entre mes jambes et trempe mon collant. Ma cheville se tord sous mon poids, je hurle de douleur. Mon crâne heurte le sol et rebondit sur le béton comme un ballon. Puis je reste là, je ne bouge plus, la tête tournée vers Esther, tout près d'elle.

Elle porte encore le douillet pyjama de coton qu'elle avait la dernière fois que je l'ai vue, installée sur le canapé du salon, enveloppée dans son plaid vert d'eau. La fois où elle m'a dit : « Je serais une véritable rabat-joie, Quinn. Si tu veux t'amuser, vas-y sans moi. » C'est ce qu'elle a dit, alors je suis sortie. Je suis sortie sans elle et je me suis amusée. Mais à présent je me demande comment les choses auraient tourné si j'étais restée. Si seulement j'étais restée. Aurais-je pu protéger Esther ?

Mes yeux enregistrent les cartons ouverts et déchirés, leur contenu dispersé au sol. Des albums de photos, des journaux. L'album de naissance d'Esther, celui que sa mère a méticuleusement constitué avec des photos d'elle bébé, petite fille, adolescente. Toutes ces photos ont été arrachées du film de plastique qui les protégeait. Déchirées en mille morceaux. Qui a fait une chose pareille ?

Et puis il y a Esther, bien sûr, gisant devant moi, allongée de tout son long, les yeux fermés.

Et, à quelques centimètres de sa main d'un blanc crayeux, la photographie de deux petites filles, l'une plus âgée que l'autre, et ces mots griffonnés au marqueur sur la bordure blanche : *Geneviève et Esther.*

Alex

Mon sang se fige dans mes veines et n'alimente plus correctement mon corps en oxygène. J'ai des fourmis dans les jambes, les genoux qui flageolent. Je tiens à peine debout.

— Tu n'as pas l'air d'aller bien, Alex, ricane Pearl en serrant le couteau dans sa main.

Un couteau luisant, trente centimètres de lame d'acier au bord tranchant.

Un couteau qu'elle vient de prendre dans la cuisine d'Ingrid. En nous menaçant de cette arme, elle nous entraîne dans le salon, Ingrid et moi, et nous force à nous asseoir. Je traverse la pièce d'un pas lourd. Au loin, on entend des coups de feu provenant du stand de tir — cinquante décibels, autant qu'un bouchon de champagne qui saute. On entend aussi un craquement sonore, le tonnerre, le martèlement lourd de la pluie sur le capot en taule d'une voiture — un son creux, puissant et persistant.

Mais Pearl, indifférente au déchaînement des éléments, se plante au centre de la pièce, le couteau à la main.

— Vous n'allez pas faire ça, dis-je.

Mais tout en elle me suggère le contraire. Son assurance, son étrange calme mêlé d'une frénésie rentrée, d'une intensité intérieure qui ressemble à du délire. C'est une folle. Geneviève est folle. Elle tape du pied. Sa jambe tremblote. Elle roule les yeux. Le couteau tremble dans sa main. A sa façon de le tenir, on sent qu'elle ne s'apprête pas à découper un morceau de viande ou un gâteau d'anniversaire, mais plutôt à commettre un meurtre. Elle le serre convulsivement, au point d'en avoir les veines des mains gonflées.

— C'était toi, n'est-ce pas ? demande Ingrid. Au marché, c'était toi ? Je t'ai vue. Je savais que c'était toi.

— Bien sûr, que tu m'as vue, dit Geneviève. Je voulais que tu me voies.

— Ça fait si longtemps… Comment t'en es-tu souvenue ?

— Comment aurais-je pu oublier ? répond Geneviève. Tu es ma mère. Une petite fille n'oublie jamais sa mère.

Et je lis la résignation dans les yeux d'Ingrid, comme si elle avait toujours su que ça arriverait un jour. Que son secret ne resterait pas toujours un secret.

Le marché. L'endroit où Ingrid a eu sa crise de panique. Le dernier endroit public qu'elle a fréquenté avant de se cloîtrer chez elle. Quand Ingrid a eu cette crise, des témoins ont rapporté qu'elle s'était mise à crier : « Va-t'en, laisse-moi tranquille. Ne me touche pas. » C'est ce qu'ils ont dit.

— Je te suivais depuis un moment, déclare Geneviève, d'une voix lasse, à peine audible, qui semble se diluer dans l'air.

— Tu étais différente ce jour-là, murmure Ingrid. Tu ressemblais à…

— Je ne ressemblais à personne, coupe Geneviève. Mais aujourd'hui je lui ressemble. Tu me préfères comme ça, n'est-ce pas ? Tu l'as toujours préférée. Mais je ne veux pas parler d'Esther. Pas maintenant. Pas encore.

Et elle continue à évoquer ce jour-là, où elle a suivi Ingrid au marché. Elle l'a regardée arpenter les allées, son panier à la main, dans un sens puis dans l'autre. Longtemps. Très longtemps. Elle raconte comment Ingrid a lâché ses courses en la reconnaissant, et le cri rauque qu'elle a poussé, la main sur le cœur.

— Comment tu as su que c'était moi ? demande Geneviève.

Et Ingrid répond d'un ton solennel :

— Une mère n'oublie jamais son enfant.

Geneviève arpente la pièce, elle avance et recule à pas

mesurés. Ingrid et moi, nous la suivons des yeux depuis le canapé où elle nous a forcés à nous asseoir. Ingrid semble à peu près calme ; moi, je suis totalement décomposé. Ingrid a peur, oui, mais c'est une peur apaisée, celle de quelqu'un qui a accepté la défaite et renoncé à se battre. Elle reste prudemment assise, bien droite, les mains jointes sur les genoux, très digne. Ses yeux ne quittent pas Geneviève une seconde, sans jamais s'égarer, en cillant à peine. Elle ne pleure pas. Elle ne lui demande pas grâce. Moi, de mon côté, je voudrais pleurer et demander grâce. Mais je ne peux pas. Je ne peux pas parler.

Je remarque alors qu'elles ont les mêmes yeux, le même nez, le même visage triste qui ne sourit pas. Leur ressemblance est criante, jusque dans les moindres détails : leurs fines lèvres aux commissures aiguës, leur nez en trompette, la structure angulaire de leur visage taillé comme un diamant, leurs pommettes saillantes, leur menton pointu, la couleur de leurs yeux.

— Il faut que tu comprennes, dit Ingrid d'une voix tremblante. J'ai fait du mieux que je pouvais. J'ai tout essayé. Tout, répète-t-elle.

Geneviève continue d'arpenter la pièce. Je pourrais me lever, courir, tenter de l'empoigner pour la neutraliser, mais elle m'accueillerait d'un coup de couteau, c'est certain. Et comment savoir où elle le planterait ? Dans mes poumons, mes reins, mon abdomen ?

— Aujourd'hui, quand un enfant est perturbé, on pose un diagnostic, explique Ingrid. On parle d'autisme, de TDAH, de syndrome d'Asperger. Mais ce n'était pas le cas, à cette époque. Un enfant méchant était simplement un enfant méchant. Et toi, Geneviève, tu étais une petite fille méchante. Aujourd'hui, je t'emmènerais chez un psy et on te soignerait, on te donnerait des cachets. Mais ça ne se passait pas comme ça, il y a vingt ans.

Elle soupire, puis reprend :

— Ton père et moi, nous avons souvent parlé de ton cas, Geneviève. C'était dur, pour nous. Nous passions notre temps à analyser ton comportement. Et puis il y avait les gens. Ils venaient souvent se plaindre. « Elle n'a que cinq ans », disaient-ils. Et ils imaginaient ce que tu ferais plus tard, quand tu grandirais. Rien que d'y penser, ils avaient peur. Et moi aussi. Et tu sais comment ils réagissaient, les enseignants, les voisins, lorsque tu te comportais mal ? Ils me méprisaient.

Une larme s'échappe de l'œil d'Ingrid et roule le long de sa joue. Elle reste un instant suspendue au bout de son menton qui tremble, comme si elle s'accrochait à la vie. Je regarde cette larme, une larme de repentir, peut-être. Ingrid ne semble pas surprise que Geneviève se tienne devant elle, dans cette pièce, en chair et en os. Elle savait depuis tout ce temps que sa fille était en vie, qu'elle n'était pas morte dans une chambre d'hôtel, que son petit cercueil était vide. Elle a laissé les gens enterrer un cercueil vide, elle leur a fait croire que Geneviève était morte.

Alors qu'elle venait tout simplement d'abandonner sa fille.

Quel genre de mère abandonne son enfant ?

« Ce n'est pas facile d'être mère », m'a-t-elle dit un jour. Je comprends à présent pourquoi.

— C'était très difficile de s'occuper de toi, poursuit-elle. Mais quand Esther est arrivée tu es devenue vraiment dangereuse. Tu lui en voulais d'être là… Ce que tu lui faisais subir. Ça ne pouvait pas continuer. Elle n'était qu'un bébé.

Sa voix meurt peu à peu dans un souffle. Puis elle se tait un long moment, et la pièce devient calme et silencieuse.

Et elle reprend, avec un débit saccadé, comme si les mots étaient découpés par le clic-clac des touches d'une machine à écrire, comme si elle tapait l'histoire pour moi. Geneviève était un véritable casse-tête pour Ingrid. Un fléau plus terrible que la peste. Elle avait un fond mauvais, à la limite de la folie, il couvait en elle une violente colère. Voilà ce qu'explique Ingrid.

— Tu te souviens de ce que tu faisais à Esther ? demande-t-elle. Bien sûr que oui. Tu ne peux pas avoir oublié.

Mais elle le lui rappelle, au cas où elle l'aurait quand même oublié. Elle lui parle de la fois où elle avait tenté d'étouffer Esther qui dormait dans son berceau. Avec un oreiller. Ce jour-là, par chance, elle était arrivée juste à temps pour sauver son bébé d'une mort par asphyxie. Voilà ce que révèle Ingrid, d'un ton où perce maintenant la colère. A l'époque, elle avait essayé de trouver des excuses au geste de Geneviève, de se dire qu'elle ne savait pas ce qu'elle faisait. Mais à quatre ans on comprend qu'on peut tuer un bébé en l'étouffant sous un oreiller. Et c'était exactement ce que Geneviève voulait ; elle voulait tuer ce bébé. Le faire disparaître.

Le silence s'abat de nouveau sur la pièce. Et avec lui un grand calme. On n'entend plus que les discrets sanglots d'Ingrid. Ça et une pendule murale, le rapide tic-tac de la petite aiguille qui accomplit son parcours autour du cadran — aussi rapide que les battements de mon cœur. Et puis, brusquement, une petite porte s'ouvre et un oiseau en sort. Un coucou, nous annonçant qu'il est midi. Il est midi. Et la pièce n'est plus du tout silencieuse. *Coucou, coucou, coucou.* Douze fois. En face, le café est bondé, les clients entrent et sortent, complètement inconscients de ce qui se passe ici. Mon seul espoir, c'est Priddy. J'espère que Priddy est en train de préparer la boîte du déjeuner d'Ingrid : un sandwich avec une montagne de frites et un cornichon sur le côté.

— J'ai compris que je ne pouvais pas te garder. Tu étais un danger pour Esther, un danger pour moi. J'ai fait ce que je pensais être le mieux. Je me suis adressée à une agence d'adoption qui avait bonne réputation et ils t'ont trouvé un bon foyer. Tes parents adoptifs étaient de braves gens, Geneviève. Et ils étaient mieux armés que moi pour prendre soin de toi.

— Tu ne t'étais peut-être pas donné la peine d'essayer, coupe Geneviève.

— J'ai essayé, murmure Ingrid dans un souffle. Oh ! oui, j'ai essayé.

Puis elle cherche le regard de Geneviève.

— Comment m'as-tu retrouvée ? demande-t-elle en avançant une main tremblante pour effleurer le bracelet de perles que Geneviève porte au poignet.

Pearl. Son bracelet trop serré, au point qu'on voit l'élastique entre les perles et qu'il doit lui entailler la peau.

— Tu l'as gardé ? demande-t-elle. Je l'avais fait pour toi. Quand tu étais toute petite. Tu l'as gardé, répète-t-elle.

Geneviève ne prend pas la peine de répondre et soustrait d'un geste brusque sa main à la caresse d'Ingrid.

— Tu devrais plutôt me demander comment Esther m'a trouvée. Oui. Tu as bien compris. C'est Esther qui m'a trouvée. Sur Internet. Elle a pris contact avec moi et puis, brusquement, elle m'a rejetée. Elle a même proposé de me payer pour que je disparaisse. Tu te rends compte ? Bien sûr, je n'ai pas accepté ce marché de dupes. Je voulais retrouver ma famille. Et, puisque Esther s'y opposait, je me suis dit que je pouvais aussi bien prendre sa place. Tout simplement.

— Qu'est-ce que tu as fait à Esther ? demande Ingrid d'un ton affolé.

Geneviève hausse les épaules et répond :

— Tu le sauras en temps voulu.

Et elle exhorte Ingrid à poursuivre, à raconter comment elle en est arrivée à ramener un faux cercueil à la maison, en prétendant que sa petite fille était morte dans un tragique accident, noyée dans sa baignoire.

— Les parents que je t'avais choisis étaient exemplaires, Geneviève, reprend docilement Ingrid. Je savais qu'ils t'aideraient. Il était médecin, et elle, institutrice. Je me disais qu'ils prendraient soin de toi. Et, quand j'ai assisté, de loin, à votre première rencontre, ça a achevé de me convaincre qu'ils seraient capables de s'occuper de toi. Mieux que moi.

— Tu m'as dit que tu sortais faire une course en me laissant avec un homme que je ne connaissais pas. « Sois une gentille fille », tu m'as dit. Et ensuite je ne t'ai plus revue.

— J'étais là, Geneviève. Je regardais par la fenêtre. Je les ai vus arriver, et puis je vous ai vus partir ensemble. Tu donnais la main à ta nouvelle maman. Elle te tenait bien fort. Et je…

Elle bredouille, puis tente de reprendre :

— Je…

Sa voix se brise, elle se tasse sur le canapé, son corps s'affaisse.

— Jamais je ne me suis sentie aussi soulagée qu'à cet instant. Tu étais partie. C'était fini.

— Ça n'a jamais été fini, dit Geneviève en se remettant à arpenter la pièce. Tu m'as abandonnée. Entre Esther et moi, tu as choisi Esther. C'est ça, que tu as fait. Tu n'en avais que pour Esther. Esther. Esther. Esther. Moi, je ne comptais pas.

— Je ne pensais pas que tu te souviendrais de tout ça, avoue Ingrid. Tu étais si petite… Et je pensais que tu serais heureuse.

— Je ne l'ai jamais été, déclare Geneviève.

Tout en écoutant Geneviève, je réfléchis. A ce que je pourrais faire pour l'arrêter. Dois-je tenter de la maîtriser ? Elle tient tout de même un couteau. Elle pourrait me trancher des vaisseaux sanguins, provoquer une hémorragie, interne ou externe. Si elle touchait l'aorte, ou l'artère hépatique, enfin, un truc qui causerait une mort rapide et immédiate, j'aurais encore de la chance. Mais elle pourrait aussi atteindre mon foie, mes reins, mes poumons, et là ce serait une lente et douloureuse agonie.

Et puis, à travers Geneviève, je vois encore Pearl. Pearl, ma nouvelle amie. Pearl dont je voudrais caresser les cheveux. Prendre la main. Non, je ne peux pas faire ça. Bien sûr, que je ne peux pas. Pourtant, tout au fond de moi, c'est exactement ce que j'ai envie de faire. Caresser ses cheveux, lui prendre la main, franchir la porte d'entrée avec elle et l'entraîner dans la rue.

J'ai l'impression qu'Ingrid est sur le point d'avoir une crise. Elle inspire par à-coups, avec un drôle de bruit, et parfois on dirait que sa respiration va rester bloquée. A cet instant, son visage exprime la terreur. Elle s'étouffe. Puis ça revient, elle se calme, pose une main tremblante sur sa poitrine, se concentre pour maîtriser son souffle.

Elle tressaille quand Geneviève vient s'asseoir près d'elle en appuyant sa lame froide sur son cou. Puis elle lui retrousse sa manche de chemisier pour découvrir une rangée de veines bleu-gris et gonflées — tellement faciles à trancher. Si Geneviève passe à l'acte, Ingrid va mourir par exsanguination. *Exsanguination,* c'est un terme scientifique qui signifie mourir en se vidant de son sang.

— Ne bouge pas, murmure Geneviève en se penchant sur l'oreille d'Ingrid. Tu ne voudrais pas que ma main dérape ?

Puis elle ajoute :

— S'il te plaît, ne me dis pas que tu vas me repousser, comme Esther.

Je ne peux pas rester les bras croisés à attendre que Geneviève tranche les veines de sa mère. Ingrid est quelqu'un de bien et je dois la sauver, voilà ce que je me dis, même si en ce moment j'ai un peu de mal à m'en persuader.

Bien que je sois à demi mort de peur, je fais de mon mieux pour rester calme et concentré. Pour garder le contrôle.

Il faut que je tente de raisonner Geneviève.

— Tu n'as encore blessé personne, lui dis-je.

Mais est-ce vrai, je n'en sais rien du tout. Vu de l'extérieur, je dois paraître plutôt décontracté, ou le plus décontracté possible étant donné la situation, mais à l'intérieur je pense que je ne serai plus jamais le même. Quelque chose a basculé en moi. Et ce n'est pas seulement à cause de Geneviève, cette femme que j'ai prise pour celle de mes rêves pendant quarante-huit heures. C'est aussi lié à Ingrid. Quelque chose en moi a changé.

— Ingrid va bien, je poursuis. Toi et moi, on va bien, j'ajoute en pointant un doigt vers moi, puis vers elle. Tu peux encore changer d'avis. Je pense que tu ne serais même pas poursuivie. Pas après ce que *ta mère* t'a fait. Et puis…

Cette fois, je montre la lame du couteau. Cette lame tranchante qui brille dans la main de Geneviève.

— Tu n'es même pas armée. Tu nous as menacés avec un simple couteau de cuisine. Tu vois ce que je veux dire ?

Puis j'ajoute :

— La police est en route. J'avais tout compris avant de venir ici. Je l'ai prévenue.

Des sirènes hurlent au loin, mais je sais bien que ce n'est pas pour nous. Je n'ai pas prévenu la police. J'aurais pu le faire, mais je n'y ai pas pensé. En sortant de la bibliothèque, j'ai couru jusqu'ici, c'est tout.

— Laisse tomber, Geneviève, c'est ce que tu as de mieux à faire.

J'espère arriver à la manipuler. Je fais appel à toute ma force de persuasion.

— Laisse tomber et sauve-toi. Ils ne te retrouveront pas. J'ai de l'argent, si tu veux.

Je fouille dans ma poche de jean et en sors deux billets de vingt dollars. C'est tout ce que j'ai. Mais je suppose que c'est plus que ce qu'elle a. C'est assez en tout cas pour payer un billet de train. Du coin de l'œil, il me semble voir de la fumée par la fenêtre. Il y a le feu quelque part. Mais c'est loin, aussi je n'y prête pas vraiment attention.

En voyant les billets, Geneviève éclate d'un rire hystérique, un rire de malade, indescriptible, qui hantera à jamais mes rêves. Ses yeux d'un brun terne passent d'Ingrid à moi, et elle dit :

— Pourquoi pas, Alex ? Mais je pourrais aussi vous tuer tout de suite tous les deux.

Elle parle vite. Avec une étrange précipitation qui n'augure rien de bon.

— Avant l'arrivée de la police. Ensuite, je prendrais ton fric et je partirais en courant, comme tu le suggères, ajoute-t-elle en désignant du menton les billets que je tiens dans ma main.

J'acquiesce en silence. Mes genoux se sont mis à

trembler, mais je fais l'effort de me lever. Ce n'est pas le moment de flancher. Je dois me concentrer sur mon but.

— Tu pourrais aussi procéder comme ça, je concède.

Je n'en pense pas un mot. Evidemment. Mais je ne veux surtout pas contredire Geneviève. Je lui parle posément, calmement, en espérant qu'ainsi je parviendrai à l'apaiser. Je vais dans son sens. Ça fait partie de mon plan, de ma stratégie. Je dois gagner sa confiance. Etablir un lien avec elle.

— Je comprends que tu sois en colère, Geneviève. Tu en as parfaitement le droit.

— Ça, tu peux le dire, Alex, approuve-t-elle.

Elle se penche un peu plus vers Ingrid et la regarde droit dans les yeux en déclarant :

— Je suis en colère.

La résignation que je lis dans les yeux de sa mère me terrifie plus que tout. Je la sens sur le point d'abandonner, de laisser Geneviève prendre sa vie. Elle paraît fatiguée, vidée, lessivée. Elle est affalée sur le canapé, tassée sur elle-même. Elle ne se force même plus à sourire. Ses cheveux sont tout décoiffés. En l'espace de quelques minutes, elle a pris dix ans. Et elle vieillit encore, sous mes yeux. Par tranches de dix ans. Elle a soixante ans, puis soixante-dix, puis quatre-vingts. Elle a maintenant l'air d'une très, très vieille femme.

— Tu bluffais, les sirènes ne sont pas pour nous, déclare soudain Geneviève.

Son regard suit le mien, qui scrute au loin les colonnes de fumée. Le feu. A environ un kilomètre. Je ne vois que la fumée, mais j'imagine les flammes, des serpents rouge orangé léchant le ciel.

— On dirait que quelqu'un a oublié d'éteindre un radiateur dans une vieille maison abandonnée, déclare posément Geneviève en se levant pour marcher vers la fenêtre.

Puis elle éclate de rire.

Elle a brûlé cette ruine une fois pour toutes.

Et soudain Ingrid demande :

— Où est Esther ?

Les mots lui échappent dans un murmure désespéré, et de nouveau Geneviève rit, avant de répondre :

— Esther est morte.

Esther. Est. Morte.

— Non ! s'exclame Ingrid. Tu n'aurais pas osé. Tu n'as pas fait ça.

— Oh si, dit Geneviève avec un sourire cruel. Je l'ai fait.

Et c'est à partir de là que la situation commence à déraper sérieusement, et que je perds tout espoir d'être sauvé. Ingrid se met à gémir, à pleurer, encore et encore.

— Mon bébé ! Mon bébé !

Geneviève lui répond en hurlant sauvagement qu'elle aussi a été son bébé. C'est vrai, elle aussi a été le bébé d'Ingrid. Mais sa mère l'a abandonnée. Et, tandis qu'Ingrid pleure Esther, Geneviève a l'impression de revivre cette trahison une deuxième, une troisième et une quatrième fois. Peu à peu, Geneviève perd complètement pied avec la réalité. Sa rage et sa folie s'emballent. Je fais tout ce que je peux pour attirer son attention, la détourner d'Ingrid. Je lui montre l'argent que je tiens dans ma main. Je lui répète qu'elle ne nous a pas encore fait de mal et qu'elle peut toujours prendre la fuite. C'est comme une négociation avec un preneur d'otages : laisser Geneviève s'exprimer, ne rien faire pour l'exciter. L'empêcher de s'énerver. Si elle se met à cracher son venin, elle risque de ne plus pouvoir s'arrêter, d'avoir un geste impulsif, de plonger son couteau dans le ventre d'Ingrid ou dans le mien — dans un élan de passion et de témérité.

Mais Ingrid n'a que faire de la bonne tactique pour négocier avec un preneur d'otages. Elle se laisse emporter par son désespoir, par la soudaine certitude qu'Esther est morte. Et elle se met à hurler :

— Tu as tué mon bébé !

Mots extrêmement mal choisis qui portent à son comble l'excitation de Geneviève.

J'essaie désespérément de rétablir la situation.

— Dis-moi ce que je peux faire pour toi, Geneviève, je demande d'une voix doucereuse. Je suis prêt à t'aider, tu le sais.

Je tente de couvrir leurs voix, mais j'ai du mal. J'explique à Geneviève que j'ai un ami pilote, un type qui possède un petit jet privé, et qu'il pourra l'aider à disparaître. Il y a un aéroport régional à Benton Harbor, à moins de cinq kilomètres d'ici. Je vais appeler mon ami pour lui demander de nous rejoindre ici.

Geneviève se tourne alors vers moi et crache :

— Tu mens, Alex. Tu n'as pas d'amis.

Ça me coupe le souffle. Je crois qu'une blessure au couteau m'aurait fait moins mal.

« C'était toi, mon amie, ai-je envie de lui dire. Je croyais que tu étais mon amie. » Mais ça ne servirait à rien. Il faut que je continue à raisonner froidement et que j'oublie que moi aussi j'ai été floué. Ce n'est pas de moi qu'il s'agit. Les personnes concernées sont Ingrid, Geneviève et Esther. C'est leur histoire, pas la mienne.

— Geneviève ! je m'écrie.

Je tente d'attirer son attention, comme dans ce jeu où il s'agit d'attraper le drapeau de l'équipe adverse. Du coin de l'œil, je crois voir passer une silhouette devant la fenêtre, une paire d'yeux qui me regardent. Une peau d'un blanc de chaux, des cheveux teints en roux, une cigarette mentholée coincée entre des lèvres fines et gercées, des volutes de fumée dans l'air automnal. *Red*.

Puis elle n'est plus là.

— Geneviève, dis-je de nouveau, en tentant de placer quelques mots entre les gémissements désespérés d'Ingrid. Geneviève. Ecoute-moi, Geneviève. Je vais t'aider à sortir d'ici. Où veux-tu aller ? Je t'emmènerai où tu veux. Je peux t'y emmener.

Je le dis une fois, puis je le répète, plus calmement.

— Je peux t'y emmener.

Mais plus personne n'écoute ce que j'ai à dire. Nous

écoutons maintenant Geneviève, qui nous inflige le récit de la nuit où elle a grimpé l'escalier de secours d'un immeuble au nord de Chicago et forcé une fenêtre avec un tournevis pour pénétrer dans la chambre de sa petite sœur. Dans la chambre d'Esther. Esther qui n'était pas d'accord pour que tout le monde sache qu'Ingrid avait abandonné sa fille et qui lui avait demandé de disparaître.

— Esther, crache Geneviève. Esther, répète-t-elle à nouveau avec une pointe de dégoût. Esther a refusé. Elle cherchait à te protéger, tu te rends compte ? ajoute-t-elle en plongeant ses yeux dans les yeux désespérés d'Ingrid. Tu allais avoir des ennuis, elle a dit, si les gens apprenaient que je n'étais pas morte. « Que penseront les gens s'ils l'apprennent ? » C'est la question qu'elle m'a posée. Tu crois que je m'inquiète de ce que pensent les gens ? demande-t-elle.

Puis elle sourit et prend un air contrit, comme pour avouer une faute bénigne, un truc insignifiant, une simple erreur, un petit *oups* — genre « oui, c'est vrai, j'ai oublié une brique de lait à l'épicerie », ou « oui, j'ai eu tort de laisser la bougie allumée ». Et elle lâche :

— Alors je l'ai tuée.

Elle mime le geste de trancher une gorge.

— Comme ça. C'est ce que j'ai fait.

Ensuite, pendant cinq longues secondes, le calme et le silence règnent dans la pièce.

Cinq, quatre, trois, deux, un.

Feu.

Ingrid réagit la première en se levant du canapé pour charger Geneviève de toutes ses forces, mais celle-ci ne vacille même pas et ne lâche pas son couteau. La bataille s'engage. Je les regarde et j'attends, j'attends le moment où Geneviève laissera tomber le couteau. Ingrid aussi vise le couteau. Enlacées dans une étreinte gauche, la mère et la fille se battent pour l'arme. Mais Geneviève ne cède pas et Ingrid n'est pas de taille. Je sais qu'il faut que je me décide à réagir. Vite. Je dois intervenir. *Sauve Ingrid !*

crie une voix dans mon oreille. *Sauve Ingrid !* Ingrid est sur le point de perdre ce combat et je ne peux pas rester les bras croisés, à la regarder mourir. Ingrid est quelqu'un de bien ; c'est quelqu'un de bien.

Je me jette dans la mêlée. Maintenant, nous sommes trois corps qui luttent, avec un couteau coincé quelque part entre nous.

Il va y avoir un blessé, c'est inévitable.

Ça va forcément arriver.

A l'instant précis où je sens le couteau pénétrer ma peau — avec la facilité d'un pied se glissant dans une chaussette ou une chaussure —, j'entends enfin le sublime son des sirènes de police. Cette fois, elles sont pour nous. Red a donné l'alarme. On vient nous sauver. Je suis sauvé !

Puis le sang se met à couler de ma plaie et je sens soudain une atroce douleur qui me paralyse. Je ne peux plus bouger. Ingrid et Geneviève me semblent lointaines. Elles me regardent avec des yeux ronds et effarés, bouche ouverte, les doigts pointés vers moi. Leurs silhouettes se brouillent. Le couteau est resté planté dans mon abdomen. Je l'ai, j'ai le couteau. Cette victoire m'arrache un sourire.

Pour la première fois de ma vie, c'est moi le vainqueur. J'ai gagné.

La pièce autour de moi s'éloigne et se rapproche comme le lac à marée haute. Puis il apparaît. Le lac. Le lac Michigan, mon ancre. La pierre angulaire de mon existence, mon pilier.

On dit qu'on voit défiler sa vie dans les dernières minutes avant de mourir.

Ce que je vois, c'est mon lac.

La pièce autour de moi devient bleue, les murs dégoulinent de bleu, le plancher de bois bleu ondule sous moi, un brisant vient vers moi, mes pieds s'enfoncent dans le sable. Je m'enfonce dans l'eau, dans l'eau bleue du lac. Je rentre chez moi. Chez moi. Dans le lac. Chez moi, c'est le lac.

J'ai trois ans, je trottine le long de la plage et je ramasse des cailloux que je mets dans un seau en plastique. Des géodes, des pierres de foudre, du quartz. Mon seau est de plus en plus lourd. Ma mère est là aussi, elle marche à la lisière de l'eau. De temps en temps, elle se laisse surprendre par une vague et ses pieds disparaissent. Elle a du sable sur les pieds, sur les jambes et les mains. Elle porte un short en jean coupé et un T-shirt trop grand qui appartenait autrefois à p'pa. Le short, elle l'a fait elle-même en taillant une paire de jeans au-dessus du genou, sans ourlet, et de longs fils blancs pendent le long de ses fines jambes.

Les pierres qu'elle aime, ce sont celles en verre poli. Dès que j'en trouve une, je la ramasse avec ma petite main et je cours vers elle, pour lui offrir ce minuscule bout de verre bleu pâle ou vert délavé, que je lui tends dans ma paume pleine de sable. Elle me sourit, d'un sourire contrit et forcé. Mais n'empêche, elle sourit, elle essaye. Elle caresse ma main avec hésitation en me prenant le seau. Elle m'invite à m'asseoir près d'elle. Ensemble, nous sortons mon butin pour le trier par formes, puis par couleurs. Ma mère a une pierre pour moi, elle aussi, une petite pierre d'un brun-roux qu'elle pose dans la paume de ma main en me disant : « Tiens-la bien serrée ; ne la perds pas. C'est une perle indienne. Une tige de crinoïde. » Je suis beaucoup trop jeune pour ces mots savants et pourtant ils se frayent un chemin jusqu'à mon cœur, comme les racines sinueuses d'un arbre, m'ancrant dans le sol, nourrissant mon âme.

Je la tiens bien serrée, ma perle ; je ne la perds pas.

Et puis, soudain, j'ai huit ans. J'ai huit ans et je suis triste, seul, mal dans ma peau, un garçon trop grand pour son ossature dégingandée. Assis tout seul sur la plage, je frappe le sable de mes pieds nus, tout en cherchant du regard des tiges de crinoïdes. Les grains de sable s'élèvent dans les airs, puis retombent, en se dispersant comme des pétales de pissenlit. C'est beau. Ils s'élèvent et retombent, s'élèvent et retombent. Je creuse un trou assez grand pour moi avec une pelle oubliée par un autre enfant. J'ai envie de m'enterrer. De m'enterrer dans ce trou et de ne jamais en sortir. J'ai besoin de ma mère, mais elle n'est pas là. Je la cherche du regard, là où les vagues viennent se briser sur le rivage, là où elle aimait tant se promener. Mais elle n'y est pas. Elle n'est nulle part.

Il y a d'autres mères sur la plage et je les observe une par une, en m'imaginant que chacune d'elles est la mienne.

Puis la nuit tombe, il fait très sombre. J'ai douze ans, je contemple le ciel à travers la lentille de mon télescope. Leigh Forney est près de moi. Elle ne me touche pas et pourtant je sens le contact de sa peau. A peine, juste un peu. Sa présence m'enveloppe tout entier. C'est la première fois que ça m'arrive ; c'est différent ; c'est nouveau. Et c'est pas mal du tout. J'aime. Je suis bien, là, sur la rive du lac, à regarder le ciel, à écouter les vagues. Je me dis que je me souviendrai de cette nuit, que je vais stocker cet instant en lieu sûr et qu'il me reviendra en mémoire dans les moments difficiles. Je vais me souvenir de la barboteuse de Leigh, un truc gris-mauve avec un short et un T-shirt d'une seule pièce, et un lien coulissant à la taille. De ses pieds, ses pieds nus. De ses sandales qu'elle tient d'un seul doigt et qui pendent de travers. Du bandeau dans ses cheveux. De l'excitation que je lis dans ses yeux. La lune est à peine visible, ses contours sont flous. Puis, soudain, Leigh me lance d'un ton taquin, à la fois provocateur et enfantin : « Je parie que je te bats à la course jusqu'au manège. »

Et d'un seul coup, nous nous mettons à courir, avec nos pieds qui s'enfoncent dans le sable. Nous traversons le parking, nous escaladons le plateau orange pour grimper sur le carrousel endormi ; et c'est là, au moment où je m'installe sur le chariot serpent de mer et où le carrousel se met à tourner, que le monde se met à refluer lentement.

La pièce s'assombrit, le plafond brille comme un ciel de nuit, le sourire contrit de ma mère se détache sur la cloison du mur comme une constellation. J'ai cinq ans. C'est la nuit, je dors dans mon lit. Je ne sens pas la main hésitante qui me caresse les cheveux dans l'obscurité, je n'entends pas les mots terribles que ma mère me murmure à l'oreille avant de partir. « Tu mérites bien mieux que moi. »

Mais à présent je les entends, ils me pénètrent lentement, je m'en imprègne, tandis que la frontière entre cette vie et la suivante se fait plus fine et plus floue.

Et je bascule de l'autre côté.

Quinn

Nous formons un attroupement au coin de la rue. Des hommes et des femmes en uniforme s'agitent autour de moi : des agents, des ambulanciers, des inspecteurs. Ils se déplacent à petites foulées, d'un point à un autre, vers les voitures, vers le bâtiment de plain-pied du garde-meubles, vers un poste de commandement improvisé d'où l'inspecteur Robert Davies dirige les opérations et donne ses ordres. L'accès au garde-meubles est barré par un ruban jaune de police, celui où il est écrit qu'il ne faut pas franchir la ligne. Et moi je suis là, enveloppée dans une épaisse couverture de laine qui gratte, à regarder une dizaine d'hommes et de femmes en uniforme qui ne cessent de franchir la ligne en question. Je les regarde entrer, puis ressortir du bâtiment. Des ambulanciers en sortent, justement, avec une forme attachée sur une civière par des sangles élastiques et protégée d'une couverture.

Esther.

Le crépuscule tombe rapidement. Sur la chaussée, c'est l'embouteillage habituel, pare-chocs contre pare-chocs, les bouchons de l'heure de pointe à Chicago, aggravés par la pagaille sur le trottoir : la présence des agents, des ambulanciers et des inspecteurs. Les curieux jettent un coup d'œil furtif, mais appuyé, à ma silhouette assise par terre dans sa couverture de laine qui gratte, avec un sac de glace sur la tête. Ils regardent aussi Esther que l'on sort du garde-meubles. Ils regardent les journalistes qui brandissent micros et appareils photo en trépignant derrière le cordon de police, d'où ils ne peuvent atteindre ni les inspecteurs, ni l'employé de l'entrepôt — lui aussi enveloppé dans sa couverture de laine rêche —, ni moi.

Des klaxons hurlent.

A Chicago, en novembre, le crépuscule tombe avant 17 heures. A l'ouest, le ciel rougit déjà, là-bas dans la banlieue, quelque part au-dessus de la maison de mon père et de ma mère. Près de moi se tient Ben. Il a passé son bras autour de mes épaules, mais j'en sens à peine le poids. J'ignore comment il est arrivé ici ; je ne me souviens pas de l'avoir appelé. Sans doute l'ai-je fait.

Je regarde du côté d'Esther qui essaye de s'asseoir sur sa civière, bien qu'elle soit extrêmement faible. L'ambulancier qui s'occupe d'elle place une main douce, mais ferme, sur son épaule, en lui ordonnant de ne pas bouger.

— Restez tranquille, dit-il.

Et aussi :

— Détendez-vous.

Plus facile à dire qu'à faire.

Esther est restée prisonnière cinq longues journées dans le box de ce garde-meubles. Pendant cinq jours elle n'a rien eu à manger. Elle n'a bu qu'une seule fois, le jour où sa ravisseuse est passée la voir — d'après elle. « Geneviève est venue », m'a-t-elle dit.

Et je ne sais pas si cette fille est vraiment venue, ou si c'était un rêve, une hallucination, le fruit de l'imagination d'Esther.

« Elle m'a donné de l'eau. De l'eau tiède, pour me torturer, pour me provoquer, pour prolonger mon agonie. Elle avait décidé de me laisser mourir de faim, mais elle est passée me donner à boire. »

Esther est restée couchée sur le sol de béton, seule et terrorisée, à trembler de froid, avec un bâillon qui l'empêchait d'appeler à l'aide. C'est ce qu'elle m'a dit quand j'étais allongée près d'elle et que je l'ai prise dans mes bras pour essayer de la réchauffer. Elle ne savait pas quel jour on était, ni quelle heure il était. Elle pataugeait dans ses excréments. L'homme de la réception a appelé le 911 et il a mis le chauffage à fond, pour essayer de faire grimper la température, pour qu'Esther cesse de trembler. Mais elle a continué à trembler et nous l'avons enveloppée dans nos pulls et nos manteaux, tout ce que nous avons pu trouver pour la réchauffer. L'homme lui a donné quelques gorgées d'eau, en portant prudemment une bouteille à ses lèvres, à peine quelques gorgées, car il avait peur qu'elle ne vomisse si elle buvait trop. Je ne sais pas s'il avait raison, mais si ça n'avait tenu qu'à moi je lui aurais laissé boire toute la fichue bouteille.

Puis les ambulanciers sont arrivés, avec la police, et on nous a fait sortir, le type de la réception et moi.

Ben enroule son bras autour de ma taille et m'attire plus près de lui. Je tremble, de froid, de peur. C'est Ben qui me le fait remarquer quand je me laisse aller contre lui, tout en pestant contre le vent qui ne veut pas s'arrêter.

— Tu trembles, dit-il.

Il paraît qu'il va neiger ce soir. Ce sera la première neige de la saison. Elle ne tiendra pas, mais quand même, il va neiger. Je pense au radiateur, dans notre petit appartement, et je me demande s'il suffira à réchauffer les pièces. Je pense à notre chez-nous, avec toutes mes affaires et celles d'Esther. Je cale ma tête entre mes genoux et je me mets à pleurer. C'est un pleur silencieux. Rien qu'une larme ou deux, que je n'arrive pas à retenir et qui s'échappent de mes yeux. Je ne crois pas que Ben les ait remarquées.

Ce soir, je ne rentrerai pas à la maison ; ce soir, je reste avec Esther.

— Elle vous réclame, dit une voix.

Et, quand je me retourne, je me trouve face à l'inspecteur Robert Davies.

— Moi ? je demande, un peu étonnée.

Et mes yeux suivent les siens, qui regardent Esther et sa civière que l'on met dans l'ambulance. Un infirmier s'occupe d'elle, il lui injecte des fluides. Elle sera bientôt emmenée à l'hôpital pour des examens plus poussés et elle y passera probablement la nuit.

Je traverse la zone de rassemblement de la police et m'approche de la porte de l'ambulance.

— Comment va-t-elle ? je demande à l'ambulancier qui écoute le cœur d'Esther avec un stéthoscope.

Il me répond qu'elle va bien. Je n'ose pas encore la regarder dans les yeux. Je ne vois pas de blessures, pas d'entailles ni de sang, mais je sais qu'elle est totalement brisée à l'intérieur.

— Je n'ai pas été une très bonne colocataire, je murmure d'un ton piteux en lui jetant un regard de biais.

Le visage fatigué d'Esther arbore une expression étonnée, un peu perdue. Ça m'émeut, de la voir si diminuée. Fragile à un point que je n'aurais jamais imaginé. Ses yeux sont las, ses cheveux — sales et gras — sont trop longs sur ses épaules décharnées. Ils mériteraient une coupe. Je tends la main pour les caresser, en me demandant comment j'ai pu croire qu'Esther me traquait et en voulait à ma vie.

A présent, j'y vois clair : pas mon Esther. Non. Esther serait incapable de me faire du mal.

Mais ce n'est que maintenant que je m'en rends vraiment compte.

— Qu'est-ce que tu veux dire ? demande-t-elle dans un souffle.

Elle est pratiquement aphone. Elle porte la main à sa gorge qui lui fait mal.

— Tu es la meilleure des colocataires, Quinn. C'est toi qui m'as retrouvée…

Elle s'arrête pour reprendre son souffle.

— Tu m'as sauvée.

Et là-dessus, au mot *sauvée,* elle se met à tousser.

— On n'est pas obligées de parler maintenant, lui dis-je. Tu devrais te reposer.

Mais, comme je me détourne pour m'éloigner, elle tend sa main pour saisir la mienne.

— Reste, supplie-t-elle.

Et je prends une grande inspiration avant de lui avouer tout ce que j'ai fait pendant son absence, comment j'ai fouillé sa chambre de fond en comble, une fois, deux fois, trois fois, et trouvé des choses qu'elle aurait sans doute préféré que je ne voie pas. Je n'ai pas besoin de lui dire ce que j'ai trouvé ; elle le sait. Elle acquiesce d'un air entendu et articule un nom : Jane Girard. Son nouveau nom. Je lui avoue aussi que j'ai reçu un coup de fil d'une certaine Meg, une fille qui répondait à son annonce dans le *Reader,* une fille qui voulait être sa colocataire à ma place. J'essaye de le lui dire sans larmoyer ; elle en a assez vu comme ça. Et pourtant ça me fait encore mal de penser qu'elle cherchait à me remplacer.

— Oh ! Quinn, gémit-elle.

Et elle me presse la main avec le peu de force qu'elle a.

— La colocataire, c'était pour toi, dit-elle.

Cinq mots qui me plongent dans la plus grande confusion.

— C'était moi, qui allais déménager, ajoute-t-elle.

Et là-dessus, elle m'explique.

Quand Esther était une petite fille, elle devait avoir à peu près un an, sa sœur s'est noyée. Esther ne savait pas grand-chose d'elle. Elle avait vu des photos. Elle avait appris au fil des ans les détails du drame. Esther et Geneviève étaient en vacances avec leur mère, à l'hôtel. Elles partageaient la même chambre. Geneviève est restée seule une minute ou deux dans la salle de bains, elle a coulé dans l'eau du bain, elle est morte. Pourquoi était-elle restée seule dans son bain ? A cause d'Esther. Donc, Esther se sentait coupable de la mort de sa sœur, même si sa mère ne cessait de lui répéter : « Ce n'était pas ta faute, Esther. Tu n'étais qu'un bébé. Tu ne pouvais pas savoir. »

Comme Esther se sentait écrasée de culpabilité, elle est allée chercher de l'aide auprès d'un psychologue, celui dont j'ai trouvé la carte de visite : Thomas Nutting. Il a essayé de l'aider, mais ça n'a pas vraiment marché. Le chagrin d'Esther s'estompait un peu, puis il revenait, et aussi la culpabilité. Jusqu'au jour où sa mère lui a avoué que Geneviève n'était pas morte.

— Elle m'avait menti, dit Esther. Elle avait menti à tout le monde. Je lui en ai terriblement voulu.

Et Esther, qui fait tout à cent dix pour-cent, a décidé de retrouver Geneviève. Elle a réussi, bien sûr, parce que c'est Esther. Elle m'explique qu'elle l'a retrouvée, il y a environ un an et demi, en passant par un site Internet consacré à l'adoption et elles ont décidé de se rencontrer. Esther avait imaginé de joyeuses retrouvailles. Elle était folle de bonheur.

Au lieu de cela, les retrouvailles ont débouché sur du chantage et des menaces. Geneviève voulait révéler à tout le monde la supercherie de leur mère : l'adoption, la dissimulation, l'abandon. Comme Esther refusait, elle a commencé à la traquer, à la harceler au téléphone. Esther a dû changer deux fois de numéro. Geneviève a débarqué chez Esther, dans son appartement ; elle lui a envoyé des lettres. Mais Esther était déterminée à l'empêcher de nuire et à protéger leur mère, même si elle lui en voulait. Geneviève rêvait prétendument d'une famille unie et heureuse, mais Esther avait déjà compris que ce ne serait jamais possible. Et donc elle a décidé de disparaître. Elle a changé de nom ; elle a obtenu un nouveau passeport. Elle avait l'intention de partir. Ailleurs. De prendre un nouveau départ, loin de sa mère et de Geneviève.

— Je ne pouvais pas t'abandonner comme ça, me dit-elle. La colocataire, c'était pour toi.

Esther rencontrait des jeunes femmes pour me trouver la colocataire idéale.

Avant de partir, elle tenait à s'assurer que tout irait bien pour moi. Je n'en suis même pas étonnée. Ça, c'est tout à fait Esther.

— Mais ensuite Geneviève a recommencé à envoyer des lettres.

Au début, ces lettres n'étaient pas agressives, me dit-elle, juste un peu bizarres. Elles ne l'avaient pas alertée. Sa sœur était folle, ça, elle s'en doutait, mais elle la voyait plutôt comme un simple boulet. Pas comme quelqu'un de dangereux. Jusqu'à ce qu'elle reçoive la lettre où elle lui avouait avoir tué Kelsey.

— Kelsey, murmure Esther.

Et là elle se met à pleurer. C'est sa faute, pense-t-elle, si Kelsey est morte.

— A ce moment-là, j'ai compris que je devais m'en remettre à la police. Je ne contrôlais plus rien. C'était allé trop loin.

Et elle reconnaît avec moi que sa mère n'avait peut-être pas tort, après tout. Qu'elle avait bien fait de se débarrasser de Geneviève.

Samedi, quand la lettre parlant de Kelsey est arrivée, Esther a appelé Mme Budny pour lui demander de faire changer la serrure de notre porte, afin que Geneviève ne puisse pas entrer dans l'appartement et s'en prendre à moi. Esther cherchait à me protéger. Et ensuite, quand je suis partie, elle a appelé l'inspecteur Davies et lui a dit qu'elle avait besoin de le rencontrer. Elle avait quelque chose à lui montrer. La lettre.

A présent, je comprends tout.

La nuit où je suis sortie en laissant Esther en pyjama sur le canapé, elle a fermé la porte à clé derrière moi et s'est mise au lit. Geneviève est venue. Elle a longuement sonné à l'interphone, mais, comme Esther refusait de répondre, elle est apparue à la fenêtre de sa chambre et l'a obligée à la suivre. « Tu viens avec moi », lui a-t-elle dit en l'entraînant avec elle par l'escalier de secours.

Ou elle s'en prendrait à moi aussi. Elle lui a montré une photo pour lui prouver qu'elle ne bluffait pas : une photo de moi marchant dans la rue, avec mon pull couleur prune, photo qu'elle a pris la précaution de détruire dans la déchiqueteuse à papier avant de partir. Elle me surveillait depuis un certain temps.

C'est pour me protéger qu'Esther a accepté de la suivre. Bien sûr, elle ne se doutait pas que Geneviève avait décidé de l'éliminer, mais elle savait quand même une chose : Geneviève essayait de se faire passer pour elle.

— Elle voulait être moi pour se faire aimer de notre mère, explique-t-elle. « Tu as toujours été sa préférée », elle me disait. Mais comment je pouvais le savoir ? Je n'étais qu'un bébé quand elle est partie.

Elle se met à pleurer.

Pendant cinq longs jours et cinq longues nuits, Esther est restée allongée sur le sol de béton, en respirant par le nez parce que le bâillon qu'elle avait sur la bouche ne laissait pas passer l'air. « Il ne peut pas y avoir deux Esther, ce serait vraiment trop bizarre, non ? » avait dit Geneviève avant d'enfermer sa sœur dans le box du garde-meubles. Elle avait donc décidé de supprimer Esther pour pouvoir être Esther. Et signer EV. Esther Vaughan.

Esther en est là de son récit quand l'inspecteur Robert Davies s'approche en lui tendant un téléphone. Le sien, celui qu'il m'avait confisqué un peu plus tôt pour le confier à ses experts.

— C'est pour vous, dit-il avec un sourire las et crispé.

Puis il lui demande si elle se sent en état de prendre l'appel. Elle acquiesce et tourne la tête vers moi pour me demander si je veux bien tenir le téléphone contre son oreille.

— Je suis fatiguée, avoue-t-elle. Je suis tellement fatiguée.

Une précision dont elle aurait pu se passer, parce que ça crève les yeux.

— Bien sûr, dis-je en me penchant pour coller le téléphone à son oreille.

Je suis suffisamment près de l'appareil pour entendre chaque mot de la conversation. C'est la mère d'Esther, avec qui elle avait pris ses distances.

Esther pousse un énorme soupir de soulagement en reconnaissant sa voix.

— Je croyais t'avoir perdue, gémit-elle.

Et la mère d'Esther, en larmes à l'autre bout du fil, dit la même chose.

— Je croyais t'avoir perdue, moi aussi.

Elles se font des excuses et des promesses. Elles effacent le passé et jurent de ne plus se quitter.

J'essaye de ne pas écouter, pour ne pas me montrer indiscrète, mais comme je suis à portée de la voix qui sort du téléphone, je comprends ce qui suit : après avoir enfermé Esther dans le box, Geneviève est partie en quête de leur mère. Elle l'a menacée ; elle lui a fait croire qu'Esther était morte. Un voisin était là, il l'a aidée à maîtriser Geneviève, il a même donné sa vie pour elle. Il est mort.

— Alex Gallo, dit la mère. Tu te souviens de lui ?

Esther secoue la tête ; elle ne se souvient pas de lui.

— C'est un héros…

J'entends la voix de la mère à travers le téléphone, qui conclut :

— … il m'a sauvée. Sans lui, je ne serais plus là.

Il s'ensuit un bref intermède durant lequel la mère d'Esther sanglote bruyamment, pleurant sur le sort du pauvre garçon. Puis elle se reprend et déclare d'un ton ferme :

— Geneviève ne viendra plus nous menacer.

Parce qu'il paraît que Geneviève va tout simplement passer le reste de sa vie derrière les barreaux, pour meurtre.

— Nous devons l'emmener à l'hôpital, à présent, dit l'ambulancier.

J'acquiesce, pour dire que je suis d'accord. J'écarte le téléphone de l'oreille d'Esther et déclare à la femme à l'autre bout du fil qu'elles se parleront plus tard. Je promets à Esther de rester avec elle ; de suivre l'ambulance. Elle ne doit pas affronter ça toute seule. Je suis là.

Je reviens vers Ben au moment où son téléphone se met à sonner. C'est Priya. Il sort l'appareil de sa poche et s'éloigne en s'excusant, pour parler à l'écart, tranquillement. Je sais qu'il ne va pas tarder à s'en aller et moi aussi, dès que la police m'en donnera l'autorisation. J'irai à l'hôpital, pour soutenir Esther.

Mais de voir Ben parler avec Priya, ça me fait mal. Je

me sens plus seule que je ne l'ai jamais été, bien que je sois entourée de tout un tas de gens.

Quand Ben revient vers moi, je lui dis :

— Tu n'es pas obligé de rester, tu sais.

Je montre son téléphone du doigt.

— Je suis sûre que Priya t'attend.

Il opine mollement du chef, presque distraitement.

— Oui, dit-il d'un ton vague. Oui, je devrais y aller.

Il m'explique qu'elle a préparé le dîner. Et qu'effectivement elle l'attend. Mais je n'ai pas envie qu'il s'en aille. J'ai envie qu'il reste. *Reste,* je supplie silencieusement.

Mais il ne reste pas.

Il me serre contre lui avec ses grands bras qui m'enveloppent tout entière et me réchauffent à l'intérieur. Puis il s'écarte de quelques centimètres et me dit :

— Au revoir.

Et moi je fixe ses magnifiques yeux, l'ombre de barbe qui assombrit son menton, son sourire saisissant.

Et puis je me demande : est-ce que c'est un « au revoir, ma chérie », ou un « salut, à plus tard » ?

Seul le temps le dira, je suppose. Alors je réponds : « Au revoir », tandis qu'il pivote sur ses talons et s'éloigne lentement, comme à regret.

Et soudain il se retourne, revient vers moi d'un pas décidé, et là, sur ce coin de trottoir encombré par la police et les ambulanciers, au milieu des embouteillages de cette fin d'après-midi et des journalistes qui commentent l'événement qui sera diffusé ce soir aux informations, nous échangeons enfin notre premier baiser.

A moins que ça ne soit le deuxième.

REMERCIEMENTS

Merci au brillant tandem éditorial formé par Erika Imranyi et Natalie Hallak, dont la diligence et les sages conseils m'ont aidée à peaufiner ce roman, et merci à mon agent, Rachael Dillon Fried, dont le soutien inconditionnel et les encouragements m'ont donné la force de poursuivre mon travail.

Merci aux équipes de Harlequin Books et HarperCollins, qui n'ont pas ménagé leurs efforts. Merci à Emer Flounders pour la publicité. Merci au merveilleux personnel de Sanford Greenburger Associates.

Un grand merci aux familles Kubica, Kyrychenko, Shemanek et Kahlenberg, et à mes chers amis pour tout le réconfort qu'ils m'ont apporté : merci d'avoir pris soin de ma famille quand je ne pouvais pas être là ; merci d'être venus à mes séances de signature et d'avoir parcouru des centaines de kilomètres pour m'entendre dire les mêmes choses ; merci d'avoir frappé à ma porte avec une bouteille de vin quand je traversais des moments de doute ; merci de m'avoir pardonné mes oublis et mon manque de disponibilité. Je ne vous remercierai jamais assez pour votre amour, votre soutien, votre patience.

Et enfin merci à mon mari, Pete, et à mes enfants, ma Quinn et mon Alex à moi, qui m'inspirent chaque jour. Sans vous, je n'y serais jamais arrivée.

Composé et édité par HarperCollins France.

Achevé d'imprimer en janvier 2018.

Barcelone

Dépôt légal : février 2018.

Pour limiter l'empreinte environnementale de ses livres,
HarperCollins France s'engage à n'utiliser que du papier
fabriqué à partir de bois provenant de forêts gérées durablement
et de manière responsable.

Imprimé en Espagne.